BEATE RYGIERT

Herzensräuber

Buch

Tobias' große Leidenschaft sind Bücher, doch sein kleines Antiquariat läuft nicht besonders gut. Viel zu oft lässt sich der gutmütige junge Mann von seinen Kunden als Tauschbibliothek ausnutzen. Noch dazu hat ihn gerade seine Freundin Vanessa verlassen. Im Urlaub in Spanien, wo Tobias Abstand von seinen Sorgen gewinnen will, begegnet er einem liebenswerten Straßenhund und beschließt kurzerhand, ihn mit nach Heidelberg zu nehmen. Zola war einst der treue Begleiter des Postboten, doch seit dessen Tod musste er sich allein durchschlagen. Nichts wünscht er sich sehnlicher, als einen neuen Menschen zu finden. Als Tobias den Hund zum ersten Mal mit in sein Buchantiquariat nimmt, stellt sich heraus, dass Zola die Gabe hat, für jeden Menschen die richtigen Bücher zu finden – denn in jedem »Herzensräuber« erschnuppert er die Gefühle, die die bisherigen Leser darin hinterlassen haben. So bringt er nicht nur Tobias' Geschäft auf Vordermann, sondern nach und nach auch dessen chaotisches Liebesleben ...

Autorin

Beate Rygiert studierte Theater-, Musikwissenschaft und italienische Literatur in München und Florenz und arbeitete anschließend als Theaterdramaturgin, ehe sie den Sprung in die künstlerische Selbstständigkeit wagte. Nach Studien an der Kunstakademie Stuttgart, der Filmakademie Ludwigsburg und der New York Film Academy schrieb sie Bücher und Drehbücher, für die sie renommierte Preise wie den Würth-Literaturpreis und den Thomas-Strittmatter-Drehbuchpreis erhielt. Beate Rygiert reist gern und viel und hat eine Leidenschaft für gute Geschichten. Zu Hause ist sie im Schwarzwald und in Stuttgart. *Herzensräuber* ist ihr erster Roman bei Blanvalet.

Besuchen Sie uns auch auf www.facebook.com/blanvalet und
www.twitter.com/BlanvaletVerlag

Beate Rygiert

Herzensräuber

Roman

blanvalet

Der Verlag weist ausdrücklich darauf hin, dass im Text
enthaltene externe Links vom Verlag nur bis zum Zeitpunkt
der Buchveröffentlichung eingesehen werden konnten.
Auf spätere Veränderungen hat der Verlag keinerlei Einfluss.
Eine Haftung des Verlags ist daher ausgeschlossen.

Verlagsgruppe Random House FSC® N001967

1. Auflage
Copyright © 2017 by Blanvalet in der Verlagsgruppe
Random House GmbH, Neumarkter Str. 28, 81673 München
Redaktion: Angela Kuepper
Das Zitat auf S. 201 stammt aus: Marcel Proust, *In Swanns Welt. Auf der Suche nach der verlorenen Zeit 1*. Übersetzt von Eva Rechel-Mertens.
Suhrkamp Verlag, Frankfurt am Main 1981
Das Zitat auf S. 304 stammt aus dem Klappentext zu: Marie Mannschatz, *Buddhas Anleitung zum Glücklichsein: Fünf Weisheiten, die Ihren Alltag verändern*. Gräfe und Unzer, München 2016
Umschlaggestaltung und -abbildung: © Johannes Wiebel | punchdesign,
unter Verwendung von Motiven von Shutterstock.com
AF · Herstellung: sam
Satz: Buch-Werkstatt GmbH, Bad Aibling
Druck und Bindung: GGP Media GmbH, Pößneck
Printed in Germany
ISBN 978-3-7341-0424-4

www.blanvalet.de

Für Cookie,
die mich zu einem besseren Menschen machte

1

Der neue Mensch

Ich träume …

Wohlig recke ich mich seiner Hand entgegen, damit er mich dort kraulen kann, wo es am schönsten ist: am Bauch, an der Brust und in den Beugen meine Vorderläufe. Weich und warm liege ich in meinem Körbchen, meine Welt ist in Ordnung, auch wenn mein Magen knurrt, denn ich weiß, es dauert nicht mehr lange, dann füllt er mein Schälchen auf. Schon jetzt strömt mir der Speichel ins Maul. Nur noch eine kleine Weile so daliegen, mich der Streichelhand hingeben, den Augenblick genießen. Aber was stößt mich denn da so unsanft in die Seite, wieder und wieder? Das kann nicht mein Mensch sein, ganz unmöglich! Und während die Tritte heftiger werden, verblasst seine Gegenwart, und mit dem Erwachen fällt die Wirklichkeit wieder über mich her. Ich liege in der Höhle über der Brandung, das Körbchen ist für immer verloren, denn mein erster Mensch ist nicht mehr.

Der Morgenwind weht die Neuigkeiten des noch jungen Tages herein. Da ist ein Geruch, ein bestimmter, der mich hellwach werden lässt, während die Tritte gegen meine abgemagerten Rippen immer heftiger werden. Es ist natürlich Tschakko, der Anführer des Rudels, dem ich mich angeschlossen habe, nachdem ich mein Zuhause verlor. Er will, dass ich die Kuhle räume. Es ist das einzige mit Sand gefüllte Lager in dieser verdammten Höhle, die ansonsten uneben ist und kantig. Ich denke nicht daran, diesen bequemen Platz aufzugeben. Schon gar nicht wegen Tschakko. Ich ziehe meine Lefze hoch, gerade so weit, dass mein Eckzahn zum Vorschein kommt, und werfe ihm einen gefährlichen Blick aus halb geöffneten Lidern zu. Aus den Tiefen meiner Brust lasse ich ein Knurren erklingen, das jedem vernünftigen Hund die Haare zu Berge stehen ließe.

Hörst du das, Tschakko? So klingt das bei einem echten Macho.

Er weicht zurück. Na bitte. Noch ein paar Tage, und das Rudel wird ihm den Rücken kehren und mir folgen, falls ich es darauf anlege. Als ob mir daran etwas gelegen wäre. Ich bin kein Rudelhund. Ich bin ein Menschenhund.

Da ist er wieder, dieser Duft. Unverkennbar nach Mensch. Auch Tschakko hat es bemerkt. Mein Herz beginnt wie wild zu pochen. Es ist *sein* Duft. Doch das ist nicht möglich, ich weiß es. Er hat aufgehört zu sein, der Tod hat ihn von innen zerfressen, langsam und unaufhörlich. Ich wusste es, lange bevor er es ahnte. Die Menschen sind so hilflos. Sie wissen so wenig. Ihr Geruchssinn ist besorgniserregend. Und doch sind sie mächtig. Wir gehören zusammen, Mensch und Hund. Nur gemeinsam können wir das Leben meistern.

Doch woher nur kommt *sein* Geruch? Ich hebe den Kopf und sauge die Luft ein. Schnüffle, wittere. Schmecke sie ganz hinten in meiner Kehle. Tschakko hat kein Interesse mehr an meiner Kuhle, und so kann auch ich ohne Ehrverlust aufstehen, zum Rand der Höhle gehen, dem Geruch folgen. Mit einem Stich der Enttäuschung muss ich mir eingestehen: Es ist nicht der Duft meines ersten Menschen. Er ist seinem nur ähnlich. Sehr ähnlich. Und je mehr ich von ihm in der Nase habe, auf der Zunge und an meinem Gaumen schmecke, desto aufgeregter werde ich. Doch auf einmal ist er verschwunden. Weg. Der Wind hat ihn fortgeweht. War er überhaupt da, oder habe ich auch ihn nur geträumt?

Ich stehe am Rand der Höhle, spitze die Ohren und sondiere die Lage: Da sind die üblichen Morgengeräusche von Pepes Bar dort hinten, ganz am anderen Ende des ewig weiten Strandes, und der ekelhafte Geruch nach dieser schwarzen Brühe, die Menschen dort so gerne trinken. Ich orte außerdem Zigarettenrauch und stelle bedauernd fest, dass Pepe heute offenbar eine ganz besonders miese Laune hat, die er aus jeder einzelnen seiner Poren verbreitet. Dass auch Pilar bereits in der Küche ist, höre ich an der Art, wie mit Geschirr geklappert wird, auch sie hat heute keinen guten Tag.

Ein Lieferwagen nähert sich. Am Motorengeräusch erkenne ich, wem der gehört, und ich weiß auch, was er geladen hat. Sein Besitzer war ein Freund meines ersten Menschen. Wir haben ihm die Post gebracht, und fast immer haben sich die beiden gemeinsam auf die Bank vor seinem Haus gesetzt, um bei einer Zigarette ein bisschen zu plaudern. Ob er sich daran noch erinnert? Meine Eingeweide ziehen sich schmerzhaft zusammen, seit Tagen habe ich nichts Vernünftiges mehr gefressen. Seit Felipe tot ist, will mich keiner mehr kennen. Ein Hund ohne Mensch ist nämlich nichts wert.

Mit ein paar Sätzen bin ich unten am Strand. Vielleicht fällt heute etwas für mich ab? Das Motorengeräusch erstirbt, die Heckklappe wird geöffnet, und mir wird ganz flau: Eine Kiste voll mit duftendem fangfrischem Fisch wird in Pepes Küche getragen. Makrelen! Während ich mir noch einen Plan zurechtlege, wie ich Pepe davon überzeugen könnte, mir die Abfälle zu überlassen, haben es auch Tschakko und die anderen Köter bemerkt. Wie eine wilde Meute jagen sie an mir vorbei. Sollen sie doch rennen, die dummen Tölen. Es ist viel zu weit. Sie werden die Bar nicht rechtzeitig erreichen, das Fischauto wird längst wieder fort sein, die Kiste in Pepes Kühlschrank verschwunden. Alles, was sie mit ihrem aufdringlichen Getue ausrichten werden, ist, dass Pepe wütend wird und uns alle verjagt. Diese Strandhunde haben einfach keinen Stil.

Verärgert wende ich mich ab. Ich schnüffle hier und dort an einem leeren Plastikbecher, einem vom Wind verwehten Einwickelpapier. Eine große Trostlosigkeit überfällt mich. Ich lecke ausgiebig die rechte Vorderpfote, mit der ich gestern in eine scharfe Muschel getreten bin. Was soll nur aus mir werden?! Ich habe es so satt, Mülleimer nach Essbarem zu durchsuchen und aus schmutzigen Drecklachen zu trinken, von denen man Bauchweh bekommt. Ich bin nicht geschaffen für dieses

Streunerleben. Ich brauche dringend einen neuen Menschen.

Und auf einmal ist er wieder da, der Duft. Es ist ein Mann, und er kann nicht weit entfernt sein. Sein Geruch ist freundlich, aber auch ein bisschen traurig. Ich kenne das. Mein erster Mensch war genauso. An dieser Art Kummer ist immer eine Frau schuld.

Er kommt aus der Richtung des Leuchtturms den Strand entlanggeschlendert. Noch hat er mich nicht bemerkt. Jetzt heißt es, auf der Hut zu sein. Gut, dass Tschakkos Meute an Pepes Strandbar beschäftigt ist. Nicht auszudenken, wenn sie sich jetzt auf diesen Menschen hier stürzen würden. Ich versuche, genauso gelassen zu schlendern wie er. Aus Erfahrung weiß ich, dass es gut ist, die Bewegungen der Menschen zu imitieren. Er bleibt stehen und sieht hinaus aufs Meer? Ich tue dasselbe, auch wenn dort außer Wasser und Wellen nicht viel zu sehen ist. Ich halte die Nase in die Brise, es riecht nach Algen und nach den Motoren der Fischerboote, nach Abfällen, die vor Tagen ins Meer geworfen und hier angeschwemmt wurden. Wenn es einer wissen wollte, könnte ich ihm erzählen, wer gestern hier an welcher Stelle saß und dass dort hinter den angeschwemmten Planken ein Liebespaar heute Nacht beieinanderlag. Jeder hat seine Markierung hinterlassen inklusive seiner Gefühlsfarben, bis ins kleinste Detail. Ich weiß genau, welche Dramen sich an diesem Ort abgespielt haben und wer hier glücklich war. Aber mich fragt ja keiner …

Jetzt hat er mich gesehen. Mein Herzschlag setzt kurz aus. Doch in seinen Duft mischt sich keine Angst, keine

Abwehr. Weder stockt sein Schritt, noch weicht er aus. Sein Duft sagt: Ich bin erfreut, dich zu sehen. Er sagt: Was bist du für einer?

Ich bin der, den du an deiner Seite brauchst, denke ich und gehe weiter langsam auf ihn zu. Mein Schwanz wedelt heftig. Mein Herz schlägt schneller. Dieser Mensch riecht so unverhofft wunderbar, nach Freundschaft, nach einem Zuhause.

Als uns nur noch wenige Hundelängen voneinander trennen, bleibt er stehen. Sofort verharre auch ich. Langsam geht er in die Knie und streckt die Hand aus. Nach mir? Ja, nach mir! Ist es eine Einladung? Es ist eine Einladung! Vorsichtig setze ich meine wunde Pfote auf und verfolge aufmerksam jede seiner Regungen. Dann stehe ich vor ihm. Meine Schnauze berührt fast seine ausgestreckte Hand. Tief sauge ich ihr Aroma ein. Wie wohl das tut. Es ist ein guter Geruch. Ein liebevoller Geruch. Ein Geruch mit Zukunft …

Er hebt die Hand über meinen Kopf, und ich weiche unwillkürlich zurück. Ich will es nicht, doch es ist stärker als ich. Zu oft in den letzten Wochen haben mich Menschenhände geschlagen. Ich will mich vor dieser Hand nicht wegducken, ich weiß, dass sie mich nicht schlagen wird. Doch ich kann nicht anders.

Er hat es verstanden, murmelt beruhigende Worte. Die Hand senkt sich wieder, und er dreht sie um, formt sie zu einer Schale. Ganz sachte mache ich mich lang und lege meinen Kopf in diese Schale. Dabei blicke ich ihm in die Augen, unverwandt, ohne zu blinzeln. Er hat gute Augen, und er schaut nicht weg. Er hält den Blick, ich fühle an meiner Kehle das Blut in seiner Hand pulsieren, sehe, wie seine Pupillen weich werden und weit. Ich sehe ihn lächeln und höre ihn freundliche Worte sagen und wünsche mir, dass dieser Augenblick niemals vergeht. Ich blicke ihm in die Augen und denke, so intensiv ich nur kann: Sei mein Freund. Und: Wir gehören zusammen. In seinen Geruch mischt sich eine neue Note. Und ich bin sicher: Er hat mich verstanden.

In diesem Moment bricht die Hölle über uns herein. Tschakko und seine Meute haben uns entdeckt. Kläffend umtanzen sie uns, Lili erdreistet sich gar, an meinem neuen Menschen, der sich erschrocken erhoben hat, emporzuspringen wie ein irre gewordener Vollgummiball. Mit aufgestelltem Nackenhaar fahre ich dazwischen, dass der Bande Hören und Sehen vergeht. Sie sind zu sechst, doch die Gegenwart des neuen Menschen verleiht mir Riesenkräfte. Meine Zähne erwischen Tschakkos schlappes Ohr, jetzt ist es auch noch geschlitzt, Blut fließt, das hat er davon. Lili ziehe ich mit der Pfote eins über, was sie nicht so schnell vergessen wird. Die anderen halte ich mit meinem gefährlichsten Kampfgebell in Schach. Tschakko versucht noch einen halbherzigen Angriff von der Seite, doch ich belehre ihn eines Besseren, und er zieht sich jaulend zurück. Wenn ich wollte, könnte ich jetzt und hier die Führung über die Bande übernehmen. Doch ich habe andere Pläne. Schützend stelle ich mich vor meinen neuen Menschen, den Schwanz steil nach oben gerichtet, das Fell gesträubt.

Tschakko tut so, als interessiere ihn das alles gar nicht mehr, er schnüffelt hier, schnuppert dort, dann trollt er sich. Die anderen folgen ihm. Na bitte. Was habe ich gesagt?

Zufrieden wende ich mich meinem neuen Menschen zu. Der blickt mich nachdenklich an. Kratzt sich am Kopf und sieht der geschlagenen Truppe hinterher. Er sagt etwas, und ich bin mir nicht sicher, ob es ein Lob ist.

Als er seinen Weg fortsetzt, folge ich ihm in respektvollem Abstand. Bei den Menschen weiß man nie. Einmal habe ich meinem ersten Menschen ein Kaninchen vor die Füße gelegt, das ich extra für ihn erjagt hatte. Damals kannte ich keinen größeren Liebesbeweis, als meinem Herrn ein Kaninchen zu bringen. Doch irgendwie muss er es falsch verstanden haben. Statt sich zu freuen, schien er bestürzt. Und statt es zu fressen, vergrub er die Beute in der Erde. Darüber habe ich lange nachgegrübelt und bin zu dem Schluss gekommen, dass die Menschen in der Tat merkwürdige Wesen sind. Manche ihrer Regeln sind einfach nicht zu verstehen. Doch das macht nichts. Ich liebte ihn trotzdem. Und das ist schließlich alles, was zählt.

Jetzt bleibt der neue Mensch stehen und setzt sich in den Sand. Ob auch er mich schon liebt? Ich tue es bereits mit jeder Faser meines Hundewesens.

Und darum setze ich mich leise neben ihn. Er braucht mich, wer sonst sollte ihn beschützen? Das Meer sieht ruhig aus. Ich kann mich nicht erinnern, dass von dort je Gefahr gekommen wäre. Doch vielleicht weiß dieser Mensch ja etwas, das mir entgeht. Und darum behalte ich, genau wie er, den Horizont im Auge. Für alle Fälle. Man kann nie wissen.

Irgendwann wandert seine Hand meinen Rücken hinauf zu meinem Genick. Ich schließe die Augen und genieße die Berührung. Als seine Finger meine Ohrwurzeln erreichen und mich hier sacht kraulen, halte ich ganz still, und jedes Denken hört auf.

Irgendwann steht er auf, klopft sich den Sand von der Hose. Auf einmal ist sie wieder da, die Angst, er könnte mich davonjagen. Oder einfach weggehen. Ob ich ihm dann folgen darf?

Er geht ein paar Schritte, und das Herz wird mir schwer. Da wendet er sich um.

»Komm!«, sagt er. Es ist das erste Wort von ihm, das ich verstehe, denn er spricht in einer seltsamen Sprache, er ist nicht von hier.

»Komm mit!«

Seine Hand macht eine eindeutig einladende Bewegung. Im Nu bin ich an seiner Seite, entschlossen, nie wieder von ihr zu weichen.

2

Der neue Name

Mein neuer Mensch geht mit mir zu Pepes Strandbar. Unerschrocken folge ich ihm zu einem der Tische und lege mich ihm zu Füßen, schlage die Vorderpfoten übereinander und bette betont gelassen meinen Kopf darauf. In dieser Position verfolge ich aus halb geschlossenen Lidern, wie Pepe mit gerunzelter Stirn zu uns herüberstapft. Er duldet keine Hunde in seinem Cafébereich, und ohne meinen neuen Menschen hätte ich mich nie im Leben hierhergewagt. Er ist nicht gut auf Tschakkos Meute zu sprechen, und das kann ich ihm auch nicht verdenken. Doch ich gehöre nicht zu denen, eigentlich müsste er das sehr wohl wissen, schließlich haben mein erster Mensch und ich ihm viele Jahre lang die Post gebracht.

Pepe baut sich vor mir auf und stemmt die Fäuste in die Seiten. Ohne auch nur den Kopf zu heben, bohre ich ihm meinen schönsten Blick in die Pupillen. Erinnerst du dich nicht mehr?, denke ich eindringlich. Ich bin ein guter Hund. Wir haben dir deine Briefe gebracht!

Es wirkt: Pepe hält inne und stutzt. Er öffnet zwar den Mund, doch ehe er etwas sagen kann, spricht mein neuer Mensch:

»Wasser für den Hund, bitte«, sagt er. »*Café con leche* und eine *Tostada* für mich.«

Pepe klappt den Mund wieder zu. Er wirft mir noch einen drohenden Blick zu, dann verschwindet er in der Küche. Welch ein Sieg! Doch ich bleibe auf der Hut.

Als Pepe den Kaffee bringt und mir einen Eimer voll Wasser vor die Schnauze knallt, der nach eingelegten Oliven stinkt, wird er auf einmal gesprächig.

»Das ist der Hund von unserem Postboten«, erklärt er meinem neuen Menschen, während sein Lappen ein paar Krümel vom Tisch fegt.

»Ach«, sagt der, und seine Stimme klingt enttäuscht, »er hat also doch ein Zuhause?«

Pepe betrachtet mich nachdenklich, schüttelt den Kopf und kratzt sich hinterm Ohr.

»*No Señor*«, sagt er betrübt. »Felipe ist tot. Im Frühjahr gestorben.«

Beim Klang *seines* Namens wird mir schwer ums Herz. Ich kann nicht anders, ich lasse die Ohren hängen und fühle wieder mein ganzes Elend.

»Das heißt«, sagt der neue Mensch entsetzt, »so lange schon lebt der arme Hund am Strand? Kein Wunder ist er so dürr.«

Das ist Pepe nun doch zu viel.

»Hunde können selbst für sich sorgen«, sagt er barsch und räumt scheppernd eine leere Tasse vom Nachbartisch, dass ich zusammenfahre. Menschen können so grob sein. Und ständig machen sie einen solchen Lärm.

Sag, denke ich, so intensiv ich kann, in Pepes breiten

Rücken hinein, dass ich ein guter Hund bin. Sag ihm, dass er mich ruhig aufnehmen kann.

Und wirklich, Pepe hält inne, wendet sich um und sagt: »Aber wenn Sie einen Hund gebrauchen können, *Señor*, dann machen Sie mit dem hier keinen Fehler.«

Sag es!, beschwöre ich ihn stumm.

»Er ist ein guter Hund!«, tönt es tatsächlich aus Pepes Mund. Und wenn ich nicht wüsste, wie verschreckt die Menschen darauf reagieren, würde ich jetzt vor Glück heulen wie ein Wolf.

Mein neuer Mensch führt mich zu einem der Häuser, die gleich hinter der Strandpromenade aneinandergereiht sind wie die Zähne im Gebiss eines Hundes. Hier wohnen, seit die Tage länger und wärmer geworden sind, die Fremden, die kommen und gehen und an die man sein Herz nicht hängen soll. Im Winter sind die Rollläden geschlossen, und der Wind pfeift durch die Vorgärten, zerzaust die Palmblätter und reißt den lilafarbenen Hecken die letzten Blüten vom Kopf. Doch im Sommer ist jedes der Häuser bewohnt, und zwischen ihnen und dem Strand herrscht reger Betrieb.

Ich kann mich nicht erinnern, dass Felipe und ich jemals Briefe hierhergebracht hätten, und für Tschakkos Bande ist dieser Bereich sowieso tabu. Dafür sorgt Señor Pizzarro, vor dem man sich in Acht nehmen muss. Señor Pizzarro hasst Hunde. Er war es auch, der im vergangenen Sommer, als meine Welt noch in Ordnung war, vergiftete Fleischstücke am Strand verteilte, auch wenn er es bis heute abstreitet. Ich kenne mindestens fünf Hunde, die er auf dem Gewissen hat, und keiner hätte je darüber gesprochen, wäre nicht auch das winzige Schoßhündchen von Doña Maria Assunta gestorben, das bestimmt stets einen gefüllten Napf hatte und es gewiss nicht nötig gehabt hätte, am Strand vergammeltes Fleisch zu fressen. Doña Maria Assunta machte ein Riesentheater, Señor Pizzarro kaufte ihr einen neuen Köter, und damit war die Sache vom Tisch. Ich aber mache seither einen großen Bogen um diesen Mann. Zum Glück eilt ihm ein starker, hässlicher Geruch voraus, sodass man sich rechtzeitig in Sicherheit bringen kann.

Die Versuchung, sich trotz aller Gefahr in diese Siedlung zu wagen, ist aber einfach zu groß, vor allem dann, wenn man sehen muss, wie man allein durchs Leben kommt. Mitunter kannst du hier nämlich Glück haben, und jemand stellt dir ein Schälchen mit sauberem Wasser vors Tor oder schenkt dir einen Keks, ein Würstchen oder ein Stück altes Brot. Sind Kinder beteiligt, ist Vorsicht geboten. Manche sind nett, aber es gibt auch Biester, die gerne ausprobieren, ob sie dir ein Ohr abreißen können, oder sie finden es lustig, dir einen Luftballon an den Schwanz zu binden. Manchmal auch eine Blechdose, wie es Lili passiert ist. Vielleicht ist deswegen so ein Springteufel aus ihr geworden, wer weiß.

Manche Fremde gehen sogar extra in den *Supermercado* und kaufen für dich ein, was aber noch lange nicht heißt, dass sie dich am Ende nicht einfach zurücklassen, als wärst du einer dieser Beutel, prall gefüllt mit Müll. Eines Tages kommst du hin, und sie sind einfach weg. Aus dem Abfall duftet es nach den leeren Futterdosen, und außer der Erinnerung, einem knurrenden Magen und der Sehnsucht nach einem richtigen Zuhause bleibt dir nichts. Denn die Fremden kommen und gehen, wenn du Glück hast, bescheren sie dir ein paar Mahlzeiten. Aber einen richtigen Freund fürs Leben, den wollen sie nicht.

Ob mein neuer Mensch es ernst mit uns meint? Ob er weiß, dass ich hier eigentlich überhaupt nicht sein darf? Dass Señor Pizzarro einen Tobsuchtsanfall bekommen würde, könnte der sehen, dass er mir gerade die Gittertür aufhält und ich rasch hineinhusche? Hat er die geringste Ahnung, dass ich damit eine magische Grenze überschreite?

Ich überschreite auch gleich die nächste und folge ihm ins Haus. Hier ist es kühl und schattig. Die Geruchslandschaft ist klar und überschaubar: Hier wohnt mein neuer Mensch, sonst niemand. In der Küche dominiert der Gestank nach einer ganzen Meute Putzmitteln, lediglich zum Kühlschrank zieht mich eine verführerische, feine Spur nach rohem Fleisch. In den Polstermöbeln des Wohnzimmers hängen übereinandergeschichtet die Gerüche der vorherigen Familien. Am frischesten ist die Note meines neuen Menschen, vor allem auf einem bestimmten Sessel. Auf dem Tisch daneben schnuppere ich interessiert an zwei Stapeln seltsamer Gegenstände herum, die den Zigarrenkisten meines ersten Menschen ähneln. Nur dass sie überhaupt nicht nach Zigarren stinken, nicht ein kleines bisschen. Sie riechen nach … Menschenhänden, altem und neuem Menschenschweiß. Und nach den unterschiedlichsten Gefühlen …

Die Tür zum Schlafzimmer steht offen. Mein neuer Mensch holt eine Decke aus dem Schrank und legt sie im Wohnzimmer neben seinen Sessel. Er formt ein schönes Nest aus der Decke, so als hätte er nie etwas anderes getan. Er lächelt mich an. Doch noch ehe ich mich in dieses einladende Nest legen kann, hat er eine andere Idee.

Er geht ins Badezimmer, und augenblicklich weiß ich, was mir bevorsteht. Auch Felipe hat mir das von Zeit zu Zeit angetan.

»Komm«, lockt die Stimme meines neuen Menschen, »ich bin auch ganz vorsichtig.«

Mit eingezogenem Schwanz widerstehe ich dem Drang wegzurennen. Ich mache mich ganz steif und warte, was passiert. Mein neuer Mensch hebt mich hoch und stellt mich in die weiße, kalte Wanne. Lauwarmes Wasser strömt auf mich herab, schon habe ich es in den Augen, in den Ohren, und was das Schlimmste ist: in der Nase. Doch es kommt noch schlimmer. Mein schönes graubraunes Fell wird mit dieser schrecklichen Flüssigkeit einmassiert, mit der sich die Menschen ihre Haare waschen, bis ich aussehe wie die verrückte Lili mit ihrem schmutzig weißen Pelz und stinke wie Doña Maria Assunta, wenn sie frisch vom Friseur kommt. Gedemütigt und mit hängendem Kopf blicke ich auf die schmutzigen Seifenschlieren, die an mir herabrinnen. Ich bin durchaus ein reinlicher Hund. Gut, die vergangenen Wochen und Monate in der Höhle haben ihre Spuren hinterlassen. Doch an meinem ganz persönlichen Hundegeruch habe ich lange gearbeitet. Jetzt wird das alles den Gully hinuntergespült. Ein Glück, dass mich keiner so sehen kann.

Auf einmal ist das Wasser überall, prasselt auf mich nieder wie ein Wolkenbruch. Meine Pfoten verlieren jeden Halt, ich rutsche aus, und Panik überkommt mich. Mein neuer Mensch legt ein Handtuch über meinen triefenden Körper und hebt mich hoch. Ich bin viel zu groß, um hochgehoben zu werden, schließlich reicht ihm mein Rücken bis zu den Knien. Außerdem bin ich das nicht gewohnt und beginne heftig zu strampeln.

»Ist ja gut«, ächzt mein neuer Mensch unter meinem Gewicht, schleppt mich ins Wohnzimmer und setzt mich auf der Decke ab. »Jetzt bist du ein viel schönerer Hund.«

Na ja, denke ich und blase Wasser aus meinen Nüstern, das ist wohl Geschmackssache. Und dann: Vielleicht meint er es doch ernst mit uns. Sonst wäre es ihm nicht so wichtig, dass ich rieche wie er.

Dann denke ich nichts mehr und beginne, mich trocken zu lecken. Das ist viel Arbeit, und irgendwann fallen mir die Augen zu.

Es ist ein unglaublich verführerischer Duft, der mich aufweckt, und eine Weile wage ich es nicht, die Augen zu öffnen, aus Furcht, dass ich wieder einmal träume und am Ende doch nur in der verdammten Höhle über der Brandung liege, hungrig, wie ich bin. Dann aber fällt mir alles wieder ein. Ich bin nicht mehr in der Höhle, ich habe einen neuen Menschen, und schon springe ich auf, um ihn zu suchen. Er steht in der Küche und füllt gerade eine Schüssel mit … nein … ich kann es nicht fassen, womit er sie füllt. Nicht mit dem Futter, das mein erster Mensch für mich hatte, diesen kleinen trockenen Brocken, von denen ich immer so durstig wurde. Auch nicht mit dem leckeren Brei aus den Dosen, den ich von manchen der Fremden bekam. Nein: Mein wunderbarer neuer Mensch hat zwei richtige, köstliche Steaks gebraten, die ganze Küche schnuppert danach. Eines davon hat er in maulgerechte Stücke geschnitten. Und darunter hat er Reis gemischt – es ist mein absolutes Lieblingsessen, auch wenn ich es noch nie in meinem Leben gekostet habe. Innerhalb von drei Sekunden ist die Schüssel leer, und ich blicke meinen neuen Menschen an.

»Mehr?!«, fragt er ungläubig. Ich fahre mir mit der Zunge ums Maul, wo ein paar Reiskörner in meinem Zottelbart hängen geblieben sind.

»Na gut«, sagt er lächelnd und schneidet auch das zweite Stück Fleisch klein, das er sich schon auf den Teller getan hat, mischt Reis darunter und befüllt meine Schüssel neu. Sofort mache ich sie wieder leer.

»Das muss jetzt aber mal reichen«, bestimmt er, und ich füge mich widerstrebend.

Frisch gestärkt, beschließe ich, den Garten zu erkunden. Außerdem sollte ich dringend etwas für meinen Körpergeruch tun, ich stinke wie ein Schoßhündchen, und das muss sich so schnell wie möglich wieder ändern. Meine Nase weist mir den Weg in den hinteren Teil des Gartens. Unter einem der Büsche finde ich ein ganz besonders feines Aroma, ein kleines Mädchen hat hier vor einigen Tagen hingepinkelt. Mit Wonne werfe ich mich genau dort auf den Rücken und wälze mich hin und her, reibe mir diesen wunderbaren Duft ins Fell. Mein neuer Mensch ist mir gefolgt, er lacht und freut sich, und da ich schon auf dem Rücken liege, strecke ich probehalber alle viere von mir. Tatsächlich, er setzt sich zu mir ins Gras und beginnt mich am Bauch zu kraulen. Herrlich! Er kann das richtig gut, findet bald die Stellen, wo es sich am schönsten anfühlt, und mein Denken setzt aus ...

Nur so ist es zu erklären, dass ich ihn nicht rechtzeitig wahrgenommen habe, diesen fürchterlichen Gestank. Auf einmal steht Señor Pizzarro über uns, und ich erschrecke fast zu Tode. Bei seinem Geschrei, das so sicher folgt wie die Nacht auf den Tag, springe ich mit allen vier Pfoten gleichzeitig auf und drücke mich von hinten gegen die Beine meines Menschen. Señor Pizzarro brüllt fürchterlich, und in meiner Aufregung höre ich: »... kein Hund, niemals ...« Und: »... raus hier ... sofort ...«

Glasklar und entschlossen schneidet die Stimme meines neuen Menschen das Redegewitter ab. Ich verstehe zwar nicht, was er sagt, doch es klingt nach Chef. Es klingt nach: »Hier entscheide ich!«

So schnell gibt sich Señor Pizzarro natürlich nicht geschlagen. Er hat allerhand zu antworten, doch mein neuer Mensch macht eine Handbewegung und sagt: »Schluss jetzt!«

Ich blinzle zu ihm hoch, und was ich sehe, lässt mein Herz hüpfen vor Freude: Mein Mensch wird immer größer und Señor Pizzarro immer kleiner. Mein Mensch spricht ruhig und ohne Zorn, doch mit großer Bestimmtheit, während der Hundemörder immer mehr den Kopf einzieht und mit den Armen beschwichtigende Ruderbewegungen macht. So tritt er den Rückzug an.

Ich kann es nicht fassen. Noch niemand hat das fertiggebracht! Sogar mein erster Mensch, der mit Señor Pizzarro in ständigem Kriegszustand lebte, hat so etwas nie geschafft. Unbändiger Stolz erfüllt mich: Mein neuer Mensch ist stark. Mein neuer Mensch ist unermesslich mächtig. Er hat Señor Pizzarro besiegt.

Am Abend trage ich ein neues Halsband, besitze einen eigenen Napf, liege in meinem neuen Körbchen auf meiner neuen Hundedecke, die *er* für mich gekauft hat, und bin restlos erschöpft. Wir waren beim Tierarzt, und ich war so tapfer, wie es mir inmitten dieser Dunstwolken aus Todesangst, Krankheit und Schmerz nur möglich war, die hier alle möglichen Tiere hinterlassen haben und ständig erneuern. Als echter spanischer Macho, der ich nun einmal bin, ließ ich das Gepikse über mich ergehen, von denen die Menschen allein wissen, wieso sie uns Tiere damit quälen müssen. Erst als mir ganz am Ende ein kleines Metallstück in den Hals geschossen wurde, konnte man mich mindestens zehn Straßenzüge weiter jaulen hören. Wozu soll das gut sein?, wollte ich wissen. Doch wir Hunde kriegen selten Antworten auf unsere vielen Fragen.

»Morgen bekommst du einen eigenen Reisepass«, sagt mein neuer Mensch auf einmal. »Ist das nicht toll?«

Ich lege den Kopf auf den Rand des Körbchens und

betrachte ihn voller Liebe. Auch wenn ich nicht die geringste Ahnung habe, wovon er spricht.

»Dafür brauchst du aber einen Namen«, redet er weiter und denkt eine Weile nach.

»Ich heiße Tobias«, sagt er dann und zeigt mit dem Finger auf seine Brust. Tobias. Ein guter Name.

»Und wie heißt du?«, fragt er mich.

Das verwirrt mich. Wie ich heiße? Felipe hat mich immer nur *perro* genannt. Ist das ein Name?

Tobias nimmt eines dieser Dinger vom Tisch, die aussehen wie Zigarrenschachteln, aber keine sind. Er betrachtet es, dann klappt er es auseinander. Es ist wirklich keine Kiste, es besteht aus lauter Papier, so wie die Briefe, die wir früher verteilt haben, oder wie die Zeitungen. Nur kleiner und dicker. Papier. Mit Worten darauf. Dicke Briefe zwischen festen Deckeln …

»Ich hab's«, sagt Tobias und schlägt den dicken Brief zu. Er tippt mit dem Finger auf den Umschlag.

»Ich nenne dich Zola. Nach Émile Zola. Der hat Geschichten über Leute geschrieben, die auch kein Zuhause hatten. Außerdem hatte er selbst einen Hund. Gefällt dir das? Zola?«

Ich lächle. Wir Hunde haben das von den Menschen abgeschaut, das Lächeln. Ein anderer Hund fühlt sich bedroht, wenn ich ihm meine Zähne zeige, doch Menschen tun das ständig, wenn sie es freundlich meinen. Tobias lächelt, nennt mich Zola, mit der Betonung auf dem »a«, und ich lächle zurück. Zola. Ein guter Name.

Als hätte ich nicht begriffen, zeigt er mit dem Finger auf mich und sagt mehrmals laut und deutlich: »Zola.«

Dann deutet er auf sich selbst und sagt: »Tobias.« Ich lächle milde. Ja doch, denke ich, ist ja gut. Schließlich legt Tobias den dicken Brief zurück auf den Tisch und geht in die Küche.

»Zola«, höre ich ihn rufen, »komm her, Zola!«

Ist das ein Spiel? Ich erhebe mich, schüttle mich ein wenig und folge meinem neuen Menschen in die Küche. Der grinst wie einst Felipe, als wir das neue Postauto bekamen.

»Braver Zola, gut gemacht«, sagt Tobias und schenkt mir einen leckeren Kaustreifen.

Wenn das so ist, denke ich, während ich die Beute in mein Körbchen trage, können wir dieses Spiel noch stundenlang spielen. Ach, was sag ich: ein ganzes Hundeleben lang.

3

Die Reise

Die Tage vergehen, und bis auf die Sache mit den Herzensräubern bin ich mehr als zufrieden mit meinem neuen Menschen. Ich habe ihm beigebracht, dass wir morgens einen langen Spaziergang durch mein Revier machen. Er folgt mir tadellos, auch sein Tempo stimmt. Wir haben ein Arrangement getroffen, mit dem wir beide gut zurechtkommen: Auf unserem Weg durch das Städtchen führe ich ihn an der Leine, damit die Menschen sehen, dass ich auf ihn aufpasse und dass sie gefälligst Respekt vor ihm haben müssen, denn sonst bekommen sie es mit mir zu tun. Dabei haben sich überraschende Dinge ereignet: So manch einer der Freunde meines ersten Menschen, die durchweg alle nach seinem Tod so taten, als hätten sie mich noch nie gesehen, bleibt nun stehen, spricht Tobias an und erzählt ihm von Felipe. »Wie schön«, sagte neulich Doña Maria Assunta zu ihm, während ihr größenwahnsinniger Köter aus ihrer Handtasche zu mir herabknurrte, »dass dieser gute Hund endlich einen neuen Herrn gefunden hat. *Pobrecito!* Wir alle, die wir Don Felipe kannten und liebten, haben uns um ihn gekümmert und ihm immer wieder einen Leckerbissen zugesteckt. Nicht wahr, du Guter?«

Ich spitzte die Ohren und wunderte mich. Mir hat sie jedenfalls nie einen Bissen zugesteckt, nicht einen Blick hatte die alte Schachtel für mich. Doch was war, das war, ich habe jetzt Tobias, und ich platze schier vor Stolz, als er sich höflich von der Alten verabschiedet und sich von mir weiterführen lässt. Unsere Dorfrunde endet beim Strandcafé, wo wir unser Frühstück einnehmen und mit Pepe über alte Zeiten plaudern.

»Felipe hat ihm beigebracht«, erzählte er Tobias neulich, »den Leuten die Zeitung an die Tür zu bringen. Er kann toll apportieren, Felipes Hund, das sollten Sie mal ausprobieren.«

Tobias trinkt seinen *Café con leche,* isst eine *Tostada,* die Pilar mit Olivenöl, fein gehackten Tomaten und leckerem Schinken belegt, für mich gibt es den obligatorischen Wassereimer, der nach Oliven schmeckt. Brechen wir dort auf, um am Strand entlang zurück nach Hause zu gehen, lässt mich Tobias von der Leine, denn es wäre doch eine zu große Schmach, müsste ich angeleint an Tschakko und den anderen vorüberschleichen. Diese wilden Hunde, die nie einen Menschen hatten, haben ja keine Ahnung, dass *wir* es sind, die die Menschen führen, und aus purem Neid machen sie sich stets über Leinenhunde lustig. Dies ist außerdem die Gelegenheit, am Strand so richtig Gas zu geben und Tobias vorzuführen, was ich alles kann: rennen und Purzelbäume schlagen, große Löcher buddeln und jeden verrotteten Fisch finden, um nur ein paar Beispiele zu nennen. Zeigen sich Tschakko und die Meute, jage ich sie ein bisschen durch die Gegend und veranstalte ein Riesenspektakel, damit Tobias sieht, was ich so drauf habe. Ruft er mich aber bei meinem neuen Namen, komme ich nur so angeflogen. Ich liebe es, wenn er mich ruft. Dann weiß ich, dass er mich braucht.

Sorgen machen mir in diesen Tagen nur zwei Dinge: Da ist zum einen sein Koffer auf dem Schlafzimmerschrank. Eines Tages wird er ihn von dort herunterholen, seine Sachen hineinstopfen, ihn in sein Auto laden und davonfahren. Was wird dann aus mir?

Darum versuche ich, nicht an die Zukunft zu denken. Das ist ohnehin nicht Hundeart, es ist Menschenart, doch wie so vieles habe ich auch dies von den Menschen gelernt. Will man mit ihnen leben, muss man lernen, sie zu verstehen. Was ich nicht verstehe, ist, warum die Menschen so unruhig sind. So unstet. Hat ein Hund ein Revier, kommt er nicht auf die Idee, es aufzugeben, um sich woanders niederzulassen. Das macht er nur, wenn er dazu gezwungen wird. Doch die Menschen lieben es, alles Mögliche in ihr Auto zu packen und loszufahren, um irgendwo anders anzukommen und dort für eine Weile zu bleiben. Wie oft habe ich sie dabei beobachtet, wie sie todmüde und voller fremder Gerüche in der Siedlung ankamen, Sack und Pack ins Haus schleppten, Koffer leerten und auf dem Schlafzimmerschrank verstauten, um sie nach einer gewissen Zeit wieder herunterzuholen und alles wieder einzupacken. Anfangs dachte ich, es habe ihnen hier nicht gefallen. Vielleicht war Señor Pizzarro schuld daran, obwohl mir noch nie zu Ohren gekommen wäre, dass der auch Menschen vergiftet hätte. Doch die Fremden schienen immer traurig, wenn sie abreisten, und viele kamen im nächsten Jahr wieder. Das soll ein Hund verstehen, ebenso wie die Begeisterung der Fremden für das Meer. Die Menschen sind voller Rätsel, und darum beobachte ich genau, was Tobias tut.

Die meiste Zeit sitzt er in seinem Sessel und schaut in diese merkwürdigen Dinger, die aussehen wie dicke Briefe zwischen zwei harten Deckeln. Das kann er stundenlang tun, und ich frage mich, wer ihm all diese Briefe schreibt. Manchmal muss ich ihn gar daran erinnern, dass er jetzt einen Freund hat, der ab und zu hungrig wird oder sich dringend die Beine vertreten muss. Dann schreckt er auf, so als habe er geträumt, nur dass er hellwach war, das weiß ich ganz genau. Nicht nur weil seine Augen Zeile um Zeile die geschriebenen Worte entlangwandern, sondern auch weil seine Gefühle wechseln, als würde er etwas Aufregendes erleben. Dann etwas Trauriges. Oder etwas Schönes. Eine Gefühlsgeruchswelle nach der anderen. Dabei erlebt er doch gar nichts, er sitzt einfach nur in seinem Sessel! Das Schlimmste aber ist, dass ich fühle, wie er mir regelmäßig abhandenkommt, sobald er seine Nase in diese Dinger steckt. Wenn er liest, dann geht sein Herz auf Reisen, sein Herz erlebt Sachen, die mit mir nichts zu tun haben, und das macht mich traurig.

Von diesen Herzensräubern hat er ganze Taschen voll dabei. Auf der einen Seite stapelt er die, die er schon gelesen hat, auf der anderen jene, die noch darauf warten, ihn in einen Mann ohne Willen, ohne Achtsamkeit und jede Vorsicht zu verwandeln. Wie gut, dass er mich hat! Mit einem Seufzer verlasse ich mein gemütliches Körbchen, sondiere die Lage, prüfe die Schwachstellen unserer Behausung, bestimme den strategisch besten Platz, von dem aus ich alles im Auge habe, und lasse mich dort nieder. Und während die Herzensräuber ihr Teufelswerk an ihm tun, sorge ich dafür, dass ihm nichts passiert.

So geht es eine schöne Weile lang, die Tage werden unmerklich kürzer, der Wind vom Meer weht frischer, das weiße, unbarmherzige Licht des Sommers wird goldener. Morgens duften die Gärten nach Tau und der Süße von Verwesung, der Kraft, die alles im ständigen Wandel hält und vor nichts haltmacht. Die angrenzenden Häuser sind schon längst verwaist, und gerade als ich mich frage, ob mein neuer Mensch hier für immer bleiben wird, geschieht, was ich so sehr fürchte: Er holt seinen Koffer vom Schrank. Mein Herz fühlt sich an wie der Luftballon, auf dem ein Kind einmal so lange herumhüpfte, bis er platzte.

Alles hat ein Ende, denke ich und lege mich in die hinterste Küchenecke, damit ich das Elend nicht mit ansehen muss. Auch Tobias wird gehen und mich zurücklassen, und dann wird es so sein, als wäre er tot. So wie Felipe. Und dann denke ich gar nichts mehr, sondern lasse den Schmerz über mich branden wie eine stürmische See über ein gesunkenes Schiff.

»Was machst du da, Zola?«

Besorgnis geht von Tobias aus, der in der Küchentür steht. Und Ratlosigkeit.

»Ich hab dich gesucht. Warum versteckst du dich?«

Ich hebe den Kopf und blicke ihn aus waidwunden Augen an.

Du willst mich verlassen, denke ich.

»Nein«, ruft Tobias und kommt mit großen Schritten zu mir. Seine Hand in meinem Nackenfell bringt mich zum Erzittern. Warum liebe ich ihn so? Warum kann ich nicht wie Tschakko mir selbst genug sein und mein größtes Glück darin finden, ein paar abgerissene Köter herumzukommandieren? Warum muss ich immer und immer wieder mein Herz an einen Menschen verlieren?

»Du kommst natürlich mit«, sagt Tobias. »Was glaubst du, warum ich einen Pass für dich besorgt habe? Warum ich dir einen Namen gab? Wir fahren gemeinsam nach Hause.«

Sag das noch mal, denke ich. Ich muss mich verhört haben. Diese fremde Sprache ist mir noch nicht so recht vertraut. Ich verlasse mich auf das, was ich rieche, auf das Schwingen in seiner Stimme, niemand weiß so gut wie ich, wie trügerisch Menschenworte sein können. Ich rieche keinen Abschiedsschmerz, kein schlechtes Gewissen. In seiner Stimme liegt kein Bedauern, kein »Es tut mir leid, aber es muss einfach sein«. Und das eine Wort, das ich am besten verstehe, war auch darunter: das schöne Wort »komm«.

Ich setze mich auf und blicke ihm in die Augen. Er lächelt. Er schaut nicht weg. Seine Hand streicht mir ganz sanft über den Kopf. Schon lange ducke ich mich nicht mehr weg, wenn sie das tut. Jetzt richtet er sich auf und geht zur Eingangstür.

»Komm!«, sagt er. »Ich hab alles eingepackt. Nur du fehlst noch.«

Wie ein Blitz bin ich an seiner Seite. Draußen wartet Señor Pizzarro. Während er den Hausschlüssel entgegennimmt, wirft er mir einen hasserfüllten Blick zu.

»Sie werden diesen Köter doch nicht mit nach Deutschland nehmen?«, fragt er, und ich muss mich schwer zusammenreißen, um ihn nicht anzuknurren.

»Doch«, sagt Tobias fröhlich. »Genau das werde ich tun.«

Schwungvoll öffnet er mir die Heckklappe, wo er mein Körbchen schön mit seinen Taschen umbaut hat, ein richtiges Nest hat er mir bereitet. Mit einem Satz bin ich drin, drehe mich ein paarmal im Kreis, prüfe, ob da womöglich eine Tasche ist, die mich während der Fahrt erschlagen könnte. Um mich herum erschnuppere ich die Herzensräuber. Jeder einzelne von ihnen riecht nach einer anderen Geschichte. Dann lege ich mich hin und bohre triumphierend Señor Pizzarro meinen schönsten Siegerblick in die Pupillen.

Ohne eine Spur von Bedauern sehe ich, wie der Ort, der bis heute meine Welt bedeutete, an mir vorübergleitet und bald darauf verschwindet. Ich werde niemanden vermissen, und als der Wagen auf eine große, schnurgerade Straße einbiegt und an Tempo gewinnt, habe ich sie alle bereits vergessen: Tschakko und die Meute, Pepe und Pilar, Doña Assunta, Señor Pizzarro und all die anderen. Nur Felipe werde ich in meinem Herzen bewahren. Felipe war mein erster Mensch und wird es immer bleiben. Doch nun beginnt etwas Neues. Zola ist mehr als bereit dafür.

4

Das neue Zuhause

Am dritten Tag frühmorgens verlassen wir die große, gerade Straße, und ich spüre, dass unsere Reise zu Ende geht. Ich kann es an den Ausdünstungen erkennen, die mein Mensch aus jeder einzelnen seiner müden Poren verströmt. Tobias hatte nicht viel Glück während der Reise, wo auch immer er anhielt und nach einem Zimmer fragte, in dem wir beide unsere müden Häupter hätten zum Schlafen niederlegen können, wurde er weggeschickt. *Perros no,* hieß es am ersten Abend, *Interdit aux chiens* am zweiten. Ich rechne es meinem neuen Menschen hoch an, dass er mich nicht die ganze Nacht allein im Auto ließ, sondern seufzend die Rückenlehne seines Sitzes nach hinten klappte, soweit es die vielen Taschen voller Herzensräuber eben zuließen, und zu schlafen versuchte, während ich Wache hielt. In Wahrheit tat er kein Auge zu, und irgendwann während der Nacht klappte er seinen Sitz wieder hoch und fuhr weiter.

Jetzt aber sind wir beide hellwach. Ich setze mich auf und inspiziere die Umgebung. Was ich sehe, gefällt mir. Grün, so weit ich blicken kann. Dann ein paar Häuser. Felder und Wälder, mehr Häuser, groß und weiß und

35

noch größer, und dann wird das Grün seltener, und die Häuser säumen die Straße wie das Riesengebiss eines Monsterhundes, das überhaupt nicht mehr aufhört. Tobias biegt um ein paar Ecken, dann hält er den Wagen an.

»Da sind wir«, sagt er zu mir gewandt. »Wir sind zu Hause, Zola.«

Er steigt aus, öffnet die Heckklappe, und mit einem Satz bin ich draußen. Schüttle mich. Blicke mich um. Halte die Nüstern in die Luft. Wittere die Präsenz von anderen Hunden. Vielen Hunden. Das Kommen und Gehen der letzten vierundzwanzig Stunden rekonstruiere ich mit ein paar gezielten Schnüfflern. Der letzte Konkurrent war vor fünf Minuten hier, ein älterer Herr, der seine Ruhe will. Rasch hebe ich mein Bein und markiere die Stelle. Ein paar Meter weiter die nächste. Alle sollen wissen, dass von nun an Zola das Viertel regiert …

»Zola«, ruft Tobias, und ich reiße mich widerstrebend los. Er öffnet eine gläserne Tür, und ein feines Glöckchen ertönt. »Komm rein«, lockt er mich, und schon bin ich drin.

Im ersten Moment bin ich fassungslos. Tausende von Schicksalsdüften prasseln von allen Seiten auf mich nieder. Glücklich lachende, verzweifelte, weinende, erwartungsvolle, suchende, findende, eifersüchtige, liebende, widerspenstige, hassende, sehnende, zornige und unzählige andere Gefühle samt ihren feinsten Schattierungen hängen in der Luft wie wispernde Stimmen, reißen an mir und machen mich ganz unruhig. Tobias schaltet das Licht an, und nun sehe ich, dass die Wände hier aus Herzensräubern bestehen, vom Boden bis zur Decke aufeinandergeschichtet und in Reihen geordnet, und selbst im Raum lagern sie übereinander wie die Gesteinsschichten der Felsen an meiner heimatlichen Meeresküste.

»Das ist mein Antiquariat«, sagt Tobias. Ich habe keine Ahnung, was das heißen soll, für mich wird dies immer die Höhle der Herzensräuber sein. Und hier unter all diesen unzähligen Schicksalsgeschichten sollen wir wohnen?

Tobias öffnet eine Tür, die ich im ersten Schreck übersehen habe. Rasch folge ich ihm und befinde mich in einer Küche. Tobias öffnet Fenster und Holzläden und lässt die Morgensonne herein. Hier riecht es nach abgestandener Luft, nach einer toten Maus hinter dem Herd und ... nach einer Frau. Hat mein neuer Mensch etwa eine Frau?

Ich untersuche den Raum und finde heraus: Sie ist weg. Für immer. Sie hat ihn verlassen. Vor gar nicht langer Zeit. Hier hat sie gestanden und es ihm gesagt, während er am Tisch saß. Seine Verzweiflung hängt noch jetzt in dem Sitzpolster des Stuhls.

Ich kenne mich aus mit Frauen, die ihre Männer verlassen. Auch Felipe wurde verlassen. Sie hieß Carmencita. Und war kein Verlust. Leider hat Felipe das nie eingesehen. Es hat ihn krank gemacht, das Liebesleid, und von innen heraus aufgefressen ...

Ich bekomme einen Schreck. Tobias wird doch nicht krank werden? Das bittere Aroma nach Liebesleid habe ich schon am Strand aufgefangen, gleich bei unserer ersten Begegnung. Doch es verblich nach und nach, bei jedem Spaziergang ließ es ein wenig nach, der Wind wehte die Traurigkeit weg. Am Ende war nichts mehr davon übrig. Oder doch?

Ich suche Tobias und finde ihn im Zimmer nebenan. Hier hat er seinen Koffer auf das Bett gelegt und sitzt ganz verloren daneben. In den Händen hält er ein Stück Papier und betrachtet es traurig. Ich trete näher. Es riecht nach ihr. Alles hier riecht nach ihr. Man sollte die Fenster und Läden öffnen, die Sonne hereinlassen, damit sie sich auflösen, diese Phantome einer vergangenen Frau. Er sollte mit mir nach draußen gehen, ich spüre ein dringendes Bedürfnis, auch ihm täte ein Spaziergang gut. Ich stupse mit der Nase sanft gegen sein Knie und blicke ihm in die Augen. Er lächelt, stellt das blöde Foto weg und steht auf.

»Was soll's«, sagt er, »jetzt beginnt etwas Neues«, und ich wedle zustimmend mit dem Schwanz. Laufe zur Türe und blicke zurück. Er versteht. Er ist ein wunderbarer Mensch. Wir gehören zusammen. Wir brauchen keine Frau. Weder eine Carmencita noch diese hier.

Als hätte er meine Gedanken gehört, nimmt er das Foto mit in die Küche und wirft es in die Mülltonne. Dann hat er auf einmal die Leine in der Hand. Ich mache ein paar Freudensprünge quer durch die Höhle der Herzensräuber, und schon bin ich an der Eingangstür. Am besten führe ich ihn jetzt ein bisschen herum und lasse mir von ihm die Gegend zeigen. Das bringt ihn sicher auf andere Gedanken.

Nach einem schönen Spaziergang und einem ordentlichen Frühstück schließt Tobias die Tür mit dem Glöckchen auf und beginnt, die Herzensräuber aus den Taschen zu holen und unter die Stapel zu mischen, die sich überall gen Decke recken. Mein Körbchen hat er neben einem Tisch platziert, der aussieht wie Pepes Theke. Sogar eine Kasse steht darauf. Ein paar Sonnenstrahlen reichen bis zu mir und kitzeln mich an der Nase. Ich bin kurz davor wegzudämmern, als mich das feine Klingen der Türglocke aus meinen Träumen reißt. Eine Gestalt steht in der Tür, und ich knurre sie an.

»Psst, Zola«, macht Tobias und hält den Finger senkrecht vor seinen Mund. »Nicht! Das ist Kundschaft!«

Ein neues Wort, das ich bereitwillig lerne. Kundschaft. Ich erhebe mich aus meinem Körbchen und beginne, die Kundschaft zu beschnüffeln.

»Seit wann sind Sie denn auf den Hund gekommen?«, fragt die Kundschaft. Es ist eine ältere Frau, und sie trägt eine freundliche Note nach Einsamkeit vor sich her.

»Ich habe Zola aus Spanien mitgebracht, Frau Nothnagel«, erzählt Tobias.

»Ein Spanier also«, sagt die Frau. »Darf ich dich streicheln, Zola?«

»Am besten«, erklärt mein Mensch, »Sie strecken ihm die Hand entgegen und kraulen ihn unterm Kinn. Er mag es nicht, wenn man ihm die Hand auf den Kopf legt.«

Wie klug er ist, denke ich und genieße das Kinnkraulen.

»Haben Ihnen die Bücher gefallen?«, fragt Tobias.

»Und wie!«

Leider richtet sich Frau Nothnagel schon wieder auf.

»Ganz besonders *Das böse Mädchen*! Haben Sie vielleicht noch mehr von diesem Autor? Und dann wollte ich Sie fragen«, fährt die Frau fort, kramt in ihrer Einkaufstasche und riecht auf einmal ein bisschen nach Verschlagenheit, »ob Sie vielleicht diese hier in Zahlung nehmen würden. Die hab ich schon alle gelesen.«

Tobias sieht alles andere als begeistert aus. Mit spitzen Fingern nimmt er Frau Nothnagel die Bücher ab und beäugt sie mit zusammengezogenen Augenbrauen.

»Ach«, sagt er und tut so, als fände er interessant, was er sieht, »Dostojewski und Tolstoi. Nun, leider habe ich diese Romane bereits in mehreren Ausgaben ...«

»Aber noch nicht in dieser DDR-Dünndruckversion, oder?«, setzt die Frau hartnäckig nach. »Meine Schwester sagt, die haben inzwischen Seltenheitswert.«

Fieberhaft sucht Tobias nach einem magischen Spruch, der diese Herzensräuber zurück in die Einkaufstasche von Frau Nothnagel zaubern könnte, doch ihm scheint keiner einzufallen.

»Wir machen es so«, entscheidet Frau Nothnagel, »ich überlasse Ihnen diese beiden Raritäten im Tausch gegen einen Roman von diesem südamerikanischen Schriftsteller namens, wie heißt er noch? Vargas Llosa. Was halten Sie davon?«

Tobias windet sich wie ein Aal. Ich überlege mir, ob ich nicht doch wieder ein tiefes Knurren hören lassen soll. Gegen diese Frau Nothnagel scheint er machtlos zu sein, auch wenn ich nicht verstehe, warum.

Lass dich von dieser alten Frau nicht über den Tisch ziehen, denke ich, so intensiv ich kann.

»Ganz ehrlich, Frau Nothnagel«, sagt Tobias und räuspert sich, »diese DDR-Ausgaben will heute kein Mensch mehr lesen. Sie sind zu dicht und klein gedruckt. Und das Papier ist eine Katastrophe. Sehen Sie mal. Sieht aus wie umweltfreundliches Klopapier. Tut mir leid, aber Ladenhüter wie diese habe ich schon viel zu viele.«

Frau Nothnagel zieht scharf die Luft ein, hält sie so lange an, bis ich Sorge habe, sie könnte blau anlaufen und tot zu Boden fallen. Dann stößt sie den Atem mit einem Mal wieder aus, nimmt meinem Menschen ihre Herzensräuber aus der Hand und stopft sie in ihre Einkaufstasche, als müsse sie die Bücher vor ihm retten.

»Es ist beschämend«, sagt sie schnippisch, »wie respektlos Sie über diese Kostbarkeiten sprechen. Meine Schwester hat sich damals einen ganzen Tag lang anstellen müssen, um sie überhaupt ergattern zu können. Und Sie … Sie nennen sie … Klopapier.«

Tief beleidigt wendet sich Frau Nothnagel zum Gehen.

»Warten Sie!«

Tobias' Stimme klingt nach Kapitulation. Er geht zu einem Regal und zieht einen dicken Herzensräuber heraus.

»Nehmen Sie das.«

Frau Nothnagel sieht sich gierig um. Und schon hält sie das Buch in der Hand.

»*Tante Julia und der Kunstschreiber*«, liest sie begeistert. »Von Mario Vargas Llosa. Also haben Sie es sich anders überlegt?«

Ihre Hand fährt in die Einkaufstasche, doch mein Mensch hebt abwehrend die seine.

»Behalten Sie Ihre Raritäten. Ich schenke Ihnen das Buch.«

Frau Nothnagel strahlt.

»Sie haben ein gutes Herz. Nicht wahr, Hund?«

»Er heißt Zola«, sagt Tobias resigniert. »Nach Émile Zola.«

Frau Nothnagel nickt flüchtig. Verabschiedet sich und ist weg.

Tobias seufzt und schüttelt den Kopf. Und ich frage mich, wozu er hier auf der Theke eine Kasse stehen hat, wenn er die Herzensräuber ohnehin verschenkt. Ich kann mich nicht erinnern, dass Pepe jemals einen Kaffee umsonst hergegeben hätte.

Die Stadt, durch die ich Tobias zweimal täglich führe, gefällt mir. Es gibt viele duftende Bäume, und an jedem bleibe ich stehen, um die neuesten Nachrichten der vielen fremden Hunde zu lesen. Hier ist was los, kein Vergleich zu dem verschlafenen Nest, in dem ich groß geworden bin. Ich habe Tobias beigebracht, mich von der Leine zu lassen, so kann er in seinem Tempo gehen und muss nicht ebenfalls vor jeder Spur und bei jeder Markierung stehen bleiben. Sobald er mich ruft, und sei es auch noch so leise, bin ich bei ihm. Dann freut er sich und ist sehr stolz auf mich, und ich bin es auch.

In dieser Stadt gibt es zwar kein Meer, aber einen mächtigen Fluss, den Tobias »Neckar« nennt und auf dem sogar Schiffe fahren. Breit und behäbig fließt er dahin, und sein Wasser schmeckt süß. In den Sträuchern an seinem Ufer riecht es nach Wasservögeln und ihren Jungen, doch Tobias erlaubt mir nicht, sie aufzuscheuchen und ein bisschen herumzujagen oder gar zu versuchen, einen zu erwischen. Widerstrebend füge ich mich seinem Wunsch, auch wenn es mir nicht leichtfällt. Hin und wieder sehe ich sie auf dem Wasser dahingleiten, ziemlich große Gänse in Grau und Hellbraun und riesige Kerle in weißem Gefieder und mit überlangen Hälsen, die mich aus ihren schwarzen Knopfaugen hinterhältig fixieren.

»Mit den Sibirischen Schwanengänsen legst du dich besser nicht an«, sagt mein Mensch, »und mit den Schwänen auch nicht. Ihre Schnäbel sind scharf.« Wahrscheinlich hat er recht. Und doch würde ich mich zu gerne mal mit einem dieser schwimmenden Riesenhühner messen.

Wir gehen eine Weile an diesem verführerischen Ufer entlang, jeden Tag um dieselbe Zeit, und treffen täglich dieselben Hunde mit ihren Menschen. Die meisten wissen, was sich gehört, erkennen schon von Weitem, dass sie sich mit mir besser nicht anlegen, und zollen mir den gebührenden Respekt. Doch es gibt auch ein paar Wichtigtuer darunter. Da ist zum Beispiel ein hässlicher Mops, der seine Körperfülle auf seinen krummen, viel zu kurzen Beinen träge durch die Gegend schleppt, sich aber innerhalb einer Zehntelsekunde in ein feuerspeiendes Monster verwandelt, sobald er mich erblickt. Ich wende dann peinlich berührt den Kopf in die andere Richtung, gehe auch ohne Leine leichtfüßig neben meinem Menschen her und tue so, als würde ich den Mops überhaupt nicht bemerken, während sein Frauchen ihn an seiner Leine hinter sich herzerrt wie einen irre gewordenen Putzlappen. Sie weiß offenbar nicht, dass es genau das ist, was uns Hunde wahnsinnig macht und ihren Mops so giftig: Wir sind nun mal keine Spielzeugautos auf Rädern, die man nach Belieben hinter sich herzerren kann. Zum Glück weiß Tobias das, und ich liebe ihn dafür.

Ja, die Hunde hier sind ganz anders als die in meiner Heimat. Noch nie habe ich hier einen Streuner gesehen. Dafür gibt es Hunde mit in der Sonne glitzernden Halsbändern und andere, die sinnlose Gegenstände durch die Gegend schleppen, tote Stofffetzen oder einen Ball, einfach so zum Spaß. Auf der großen Wiese, die sich durch eine Schleife des Flusses ergibt, treffen wir regelmäßig einen ziemlich zottigen Gesellen namens Max, einen feinen Kerl, wenn auch ein bisschen verrückt, der gleich am ersten Tag zu mir gelaufen kam, seinen Ball vor mich hinlegte und mich begeistert begrüßte. Wir beschnüffelten uns gebührend, rannten ein bisschen um die Wette und purzelten übereinander, doch als Max' Mensch auf einmal den Ball aufhob und in unsere Richtung warf, zog ich erschrocken den Schwanz ein, legte die Ohren an und suchte, so schnell ich nur konnte, Zuflucht bei meinem Menschen.

»Zola kennt das nicht«, erklärte Tobias dem anderen. »Wahrscheinlich hat man dort, wo er herkommt, Steine nach ihm geworfen.« Ich drückte mich zärtlich gegen seine Knie. Wie gut er mich versteht! Nein, auch wenn ich Max gerne mag, das mit dem Ball ist mir nicht geheuer.

In Tobias' Stadt gibt es sogar ein Schloss, und zu dem steigen wir durch steile, mit glatten, rutschigen Steinen belegte Gassen empor, in denen noch die Gerüche der vergangenen Nacht hängen, Gerüche voller Sehnsucht und Versprechen, Hoffnung und Enttäuschung, Erwartung und Traurigkeit. In den Pflasterfugen und Gehsteigkanten fange ich alle möglichen Formen von Angst auf: die Angst zu versagen, die Angst, etwas zu verlieren, die Angst, nicht anerkannt zu werden, und das alles vermischt mit den Ausdünstungen von Menschen, die zu viel Alkohol getrunken haben. Auch Varianten der Gier nehme ich wahr: die Gier nach Essen, nach Leben, nach der Liebe. Am liebsten sind mir die Winkel, wo sich Liebende gerne verstecken, sich in den Armen halten und Essenzen der Begierde und des Verlangens hinterlassen, so wie früher am Strand. Und während wir an Lokalen und Kneipen vorübergehen, deren Türen weit offen stehen, sodass wir sehen können, wie Frauen in Kittelschürzen die Aromen der vergangenen Nacht mit viel Wasser und Putzmittel aus den Steinfußböden zu spülen versuchen, wird mir klar, dass die Menschen überall auf der Welt gleich sind: angetrieben von denselben Gefühlen, denselben Wünschen und Sehnsüchten, denselben Freuden und Ängsten. Und auf eine besondere Art und Weise, wie ich es vorher noch nie erlebt habe, lagern diese in all ihren Schattierungen und Variationen in der Höhle der Herzensräuber meines Menschen.

Zwar sind mir diese nach den Gefühlen der Menschen duftenden Dinger, die Tobias Bücher nennt, noch immer ein wenig ungeheuerlich. Und doch bin ich stolz auf ihn.

Muss er nicht ein Experte in Sachen Menschengefühle sein, wenn er eine solche Sammlung davon besitzt?

Ich dachte immer, den Menschen ihre Post zu bringen sei die höchste Aufgabe. Doch was Tobias tut, ist etwas noch viel Größeres. Denn wie Felipe immer sagte: »Seine Post kann sich keiner aussuchen, manch einer wartet auf einen Liebesbrief und bekommt stattdessen eine Rechnung.« Tobias aber wählt lange und sorgsam, ehe er einer Kundschaft einen Herzensräuber empfiehlt.

Und doch. Was geschieht nur mit den Menschen, die sich ihnen hingeben? Wohin geht ihr Herz, ihr Verstand? Was erleben sie, während sie in ihrem Sessel sitzen und die Welt um sich vergessen?

Wie so manche Nacht liege ich auch heute wach. Mein Körbchen steht in der Höhle der Herzensräuber, denn im Schlafzimmer ist kein Platz dafür, und auch die Küche ist zu eng. Außerdem ist es gut, wenn einer Wache hält, falls Diebe kommen.

Ich kann nicht schlafen, und vielleicht liegt es ja an dem Stapel Herzensräuber direkt neben meinem Körbchen, die mein Mensch noch nicht eingeräumt hat. Es riecht nach Furcht, Schrecken und Aufregung. Ich schnuppere an dem obersten Buch herum und fahre zurück, denn das Auge eines Wildtieres stiert mich an. Erst nach einer Weile merke ich, dass es sich nicht bewegt. Das Wildtier lebt nicht. Doch der Inhalt des Herzensräubers schon.

Ich fasse mir ein Herz und nehme es vorsichtig zwischen meine Zähne. Felipe hat mir das beigebracht, und wenn auch die zusammengefalteten Zeitungen leichter waren, so schaffe ich es doch, das Buch aufzuheben. Wohin damit? Ich trage es in eine Ecke des Raumes, in dem ohnehin schon der Geruch nach Aufregung und Angst lauert, und lege es dort ab.

Zurück im Körbchen fühle ich mich leichter. Und doch finde ich noch immer keinen Schlaf. Der Herzensräuber, der nun oben auf dem Stapel liegt, duftet nach Sehnsucht und Herzeleid, nach Hoffnung und … ja, nach Glück und Erfüllung. Es ist ein gutes Buch, denke ich, nehme es behutsam zwischen meine Zähne und trage es in eine andere Ecke. Und so mache ich weiter, bis der Stapel neben meinem Körbchen verschwunden ist. Auf dem Stapel »Angst und Schrecken« liegen drei Bücher, auf dem »Sehnsucht, Herzeleid und Glück« fünf. Dann gibt es noch ein Buch, das weder hierhin noch dorthin passt: Es ist ein Buch voller Lachen, und das lege ich mir ins Körbchen. Ich bette meinen Kopf darauf und schlafe auf der Stelle ein.

5

Der Ausflug

Eines schönen Sonntagmorgens sagt Tobias nach unserem Spaziergang: »Heute lernst du Oma Griesbart kennen.«

Er geht zum Sehnsuchts-Herzschmerz-Glücksgefühle-Stapel und sucht mit Bedacht zwei Herzensräuber aus, packt sie in eine Stofftasche, und los geht's.

Wir fahren mit dem Auto, und ich komme mir vor wie in alten Zeiten, als ich mit Felipe die Post ausfuhr. Diesen Weg sind wir noch nie gefahren, und ich bin gespannt, wo er uns hinführt. Zunächst geht es hinaus aus der Stadt, an herbstlichen Feldern vorüber, die braun und gelb in der Sonne schimmern. Tief ziehe ich den süßlichen Geruch nach Erde, sterbendem Gras und Feldfrüchten ein. Dann biegt Tobias ab, hohe Bäume flitzen in regelmäßigen Abständen auf beiden Seiten der hübschen Straße an uns vorbei, bis der Weg vor einem großen Gebäude endet. Vor dem schmiedeeisernen Tor ist praktischerweise ein großer Platz, hier stellt Tobias den Wagen ab.

Er öffnet die Tür, ich springe hinaus und erkunde das Gelände. An einem Baum mit unglaublich vielen Hundebotschaften hebe ich mein Bein und erleichtere mich.

48

Ich schnüffle noch ein bisschen hier und dort, während Tobias geduldig auf mich wartet. Dann ruft er nach mir, und ich weiß, jetzt geht es weiter.

Am Tor bleibt Tobias kurz stehen und kratzt sich am Kopf. Jetzt sehe auch ich, warum: Da ist ein Schild mit einem Hund darauf, und quer darüber verläuft ein roter Strich.

»Hunde verboten«, murmelt Tobias und zögert. Dann gibt er sich einen Ruck, und wir gehen einfach hindurch.

Ich denke an Señor Pizzarro und daran, dass Tobias diesen mächtigen Mann besiegte. Señor Pizzarro muss einen Bruder haben, der uns am Eingang des großen Hauses entschlossen entgegentritt.

»Hunde sind hier nicht erlaubt«, sagt er wichtigtuerisch und sieht mich mit demselben Hassblick an wie sein Bruder in meinem Heimatdorf. Ob er wohl auch Gift auslegt? Ich blicke ihm freimütig in die Augen.

Mein Mensch hat es schon mit ganz anderen aufgenommen als mit dir, denke ich. Mach den Weg frei. Ich bin ein anständiger Hund.

»Ist in Ordnung«, sagt zu meiner Überraschung Tobias und wendet sich zum Gehen. Ich werfe ihm einen entrüsteten Blick zu, doch er schenkt mir ein verschwörerisches Grinsen. Ein Stück weit gehen wir den Weg zum Tor zurück, doch kurz davor biegen wir auf einmal ab. Zielsicher führt mich mein Mensch auf einem schmalen Pfad durch hohe Hecken zur Hinterseite des Hauses, wo ein gläserner Anbau in den Garten hineinragt. Das Aroma nach Kaffee und nach Kuchen wabert um meine Nase, und ehe irgendjemand uns aufhalten kann, sind wir schon drinnen. Ich halte mich dicht an den Beinen meines Menschen, der grüßt in Richtung Theke, von wo eine junge weibliche Stimme freundlich zurückklingt.

»Besuchen Sie Ihre Großmutter, Herr Griesbart?«, fragt die Frau, die ich nicht sehen kann und die auch mich nicht sieht. Jedenfalls hoffe ich das.

»Ja«, antwortet Tobias. »Vielleicht kommen wir später noch auf ein Stückchen Kuchen herunter.«

»Heute gibt es Apfelkuchen«, meint die Frau, »den isst Frau Griesbart doch so gerne.«

Tobias öffnet eine weitere Tür, und wir befinden uns in einem Treppenhaus. Alles ist ruhig, es riecht dezent, aber deutlich nach Alter, nach Urin und Kot. Es riecht scharf und eklig nach Medizin, und – ja, es riecht hier nach Tod. Ich werde unruhig, alles erinnert mich an das große Haus, aus dem mein erster Mensch in einer Holzkiste herausgetragen wurde. Am liebsten würde ich wegrennen, doch Tobias geht unbeirrt zwei Treppen hinauf und einen langen Gang entlang bis zu einer bestimmten Tür. Nebenan klappert Metall auf Metall, es riecht penetrant nach verkochtem Gemüse und Braten in künstlichen Soßen. Und gerade als Tobias seine Hand hebt, um anzuklopfen, tritt eine weiß beschürzte Frau mit einem Tablett aus der Küche, starrt mich erschrocken an und ruft: »Hunde sind hier nicht erlaubt.« Doch statt darauf zu antworten, öffnet Tobias kurzerhand die Tür, und wir schlüpfen hinein.

Am Fenster, durch das die Sonne ihre goldenen Strahlen schickt, sitzt eine Frau in einem sonderbaren Stuhl.

Er hat Räder statt Beine. Vorsichtig halte ich mich dicht an Tobias, denn auch hier liegt über allem der erschütternde Geruch nach Abschied und Sterben. Mit einem einzigen Atemzug ist mir klar: Diese Frau wird nicht mehr lange leben. Ich gebe ihr höchstens noch einen Monat. Und da sie freundlich riecht und mein Mensch sie zu mögen scheint, macht mich das tieftraurig.

»Wen haben wir denn da? Wie schön, dich zu sehen, Tobias! Bist du seit Neuestem auf den Hund gekommen?«

Sie lacht. Ich spitze die Ohren.

»Komm her zu mir, Hund. Hat er auch einen Namen?«

»Er heißt Zola. Nach Émile Zola.«

Die Frau kichert und streckt die Hand nach mir aus. In diesem Augenblick schließe ich sie in mein Hundeherz. Ich gehe zu ihr und fahre mit meiner Zunge über ihre knochige Hand, dann lasse ich mich hinter den Ohren kraulen, während Tobias die Geschichte unserer Begegnung erzählt.

Die Tür geht auf, und die Frau in der weißen Schürze steht im Zimmer. »Der Hund da«, sagt sie, »der darf nicht bleiben.«

»Und warum nicht, wenn ich fragen darf?«

Die Frau im Rollstuhl hat sich aufgerichtet. Sie wirkt jetzt kein bisschen mehr gebrechlich.

»Wegen der Vorschriften«, kontert die Frau in Weiß.

»Soso, wegen der Vorschriften. Es gibt auch eine Vorschrift, die besagt, dass das Personal anzuklopfen hat, ehe es ins Zimmer stürmt. Ich habe nicht gehört, dass Sie angeklopft hätten.«

Kurz ist es still im Raum.

»Der Hund bleibt, so lange ich das wünsche, Schwester Edeltraud. Und jetzt können Sie wieder gehen. Und das nächste Mal bitte: anklopfen.«

Tatsächlich verschwindet die Schwester und zieht eine prächtige Frustwolke hinter sich her. Die alte Dame aber wendet sich zufrieden Tobias zu.

»Und was ist mit dieser Frau? Dieser … Vanessa? Was sagt die zu dem Hund?«

Man kann deutlich hören, dass die alte Frau nicht viel von dieser Vanessa hält.

»Wir haben uns getrennt«, sagt Tobias, und ich fühle mit aller Macht den Schmerz, der in ihm aufwallt. »Das heißt, sie hat mich verlassen.«

Eine Weile ist es still. Doch die alte Dame ist alles andere als traurig, ich nehme Erleichterung wahr, aber auch Mitgefühl.

»Ich müsste lügen«, sagt sie schließlich, »würde ich behaupten, dass ich das bedauere. Sie war nicht gut für dich, das weißt du ebenso wie ich. Aber das geht mich nichts an. Es ist dein Leben. Wie läuft der Laden?«

Tobias seufzt. »Es könnte besser sein«, sagt er vorsichtig, doch es ist klar, dass er auf einmal randvoll mit Sorgen ist.

»Die Leute kaufen sich jetzt diese elektronischen Geräte«, erzählt die alte Dame. »Meine Nachbarin hat von ihrer Tochter so ein Ding bekommen, stell dir das mal vor! Man kann Bücher vom Computer daraufladen, dein gesamtes Antiquariat passt angeblich in so ein Gerät hinein.«

Tobias räuspert sich. Das Thema ist ihm unangenehm.

»Wieso in aller Welt schenkt man einer alten Dame einen E-Reader?«, fragt er.

»Oh«, antwortet Oma Griesbart, »Frau Müller sieht nur noch sehr schlecht. Bei diesen elektronischen Büchern kann man die Schrift vergrößern. Das ist natürlich ein Vorteil. Und trotzdem. Frau Müller liest nach wie vor mit einer Lupe die Bücher, die du mir bringst und die ich ausgelesen habe. Sie weiß nicht mal, wie man dieses elektronische Buch an- und ausschaltet.« Sie lacht wieder. »Man stelle sich vor«, gluckst sie, »Bücher, die man an- und ausschalten muss. Und wenn sie keinen Strom mehr haben – aus die Maus, an der spannendsten Stelle.«

Tobias holt die Herzensräuber aus der Stofftasche und reicht sie seiner Großmutter.

»Hier«, meint er, »hast du die schon gelesen?«

Die alte Dame hebt ihren Arm und greift nach den Büchern. Das fällt ihr schwer, und ich sehe, wie stark ihre Hände zittern. Tobias legt die Herzensräuber behutsam vor sie hin und reicht ihr eine Brille, die auf dem Tisch liegt.

»Nein«, sagt sie erfreut, als sie die Titel gelesen hat, »die kenne ich noch nicht. Das ist sehr nett von dir, Tobias. Vielen Dank.«

Erschöpft legt sie die Bücher weg. Sie sind dick. Sie wird nicht mehr die Zeit haben, das alles zu lesen.

»Hör zu, Tobias«, sagt sie jetzt ernst. »Sag mir ehrlich, wie es um dein Geschäft steht.«

Tobias windet sich.

»Alles bestens«, lügt er dann, »mach dir keine Sorgen. Es gibt immer wieder Zeiten, wo es schlechter läuft. Das geht vorbei. Die Menschen werden immer Geschichten lesen wollen, und das mit den elektronischen Büchern ist eine Mode. Wir werden auch das überstehen.«

Die alte Dame blickt lange und forschend in Tobias' Gesicht, als versuche sie darin zu lesen. Vielleicht kann auch sie die Sorgen riechen, die mein Mensch zu überspielen versucht? Vielleicht ist sie klüger als die meisten anderen Menschen und sieht die Wahrheit hinter den Worten?

»Der Laden ist zu klein«, erzählt Tobias auf einmal. »Und die Lage ist nicht die beste. Laufkundschaft kommt so gut wie keine. Und die Stammkunden … na ja, die Leute sind immer weniger bereit, für Bücher zu bezahlen. Im Internet bekommen sie die nachgeschmissen. Und frei Haus geliefert.«

Er streicht sich mit der Hand über das Kinn, macht eine hilflose Geste. »Aber was soll's«, fährt er dann fort. »Klagen macht es auch nicht besser. Und du weißt, dass ich mein Antiquariat niemals aufgeben werde.«

Die alte Dame nickt. Dann legt sie ihre knochige Hand auf die von Tobias.

»Es wird alles gut werden«, sagt sie. Und dann, ganz leise, fast unhörbar: »Dafür werde ich schon sorgen.«

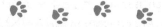

Während wir Oma Griesbart in einem winzigen Raum, der mir Panik verursacht, wie durch Zauberhand hinunter in den gläsernen Anbau transportieren, während sie Apfelkuchen isst und sich Mühe gibt, ihre zittrige Hand so zu halten, dass sie sich nicht mit Kaffee bekleckert, während mir die freundliche junge Frau, die nichts davon sagt, dass Hunde hier nicht hergehören, eine tadellose Schale mit Wasser hinstellt, überlege ich fieberhaft, wie die alte Dame meinem Menschen helfen will. Ich komme zu dem Schluss, dass sie selbst Hilfe nötig hätte, und als sie einen schrecklichen Hustenanfall bekommt und die Hälfte des Kuchens auf den Teller erbricht, wird mir klar, dass für sie jede Hilfe zu spät kommt. Was ich bewundere, ist, dass sie ihre gute Laune nicht verliert, selbst als zwei weiß angezogene junge Männer kommen müssen, um ihr eine unheimliche, pfeifende Maske vors Gesicht zu halten, durch die sie wie durch ein Wunder wieder ruhig atmen kann, ohne zu husten. Die ganze Zeit über lächeln ihre Augen, und ihre Hand streichelt die von Tobias.

»Wir bringen Sie am besten wieder auf Ihr Zimmer zurück, was, Frau Griesbart?«, sagt der eine der jungen Männer.

Die alte Dame nickt, drückt Tobias die Hand, zwinkert mir mit einem Auge zu, und dann bringen die beiden Männer sie weg.

Tobias ist schrecklich aufgewühlt auf der Heimfahrt und spricht kein Wort. Er macht sich Sorgen. Auch ich mache mir Sorgen, ganz entgegen meiner Hundenatur, die am liebsten nur daran denken möchte, was mein Mensch heute Abend wohl in meinen Napf füllen wird. Stattdessen lecke ich ausgiebig und mit großer Beharrlichkeit meine Pfoten und frage mich, wie es Oma Griesbart jetzt wohl geht. Und was es mit diesen elektronischen Büchern auf sich hat und ob es an denen liegt, dass das Glöckchen an der Ladentür so selten klingelt.

6

Besuche

Das Glöckchen läutet tatsächlich sehr selten, und immer öfter probiert die Kundschaft denselben Trick wie Frau Nothnagel: Statt mit leeren Taschen und vollem Geldbeutel kommen sie mit alten Herzensräubern und versuchen sie gegen neue umzutauschen.

»Tut mir leid«, sagt Tobias das eine ums andere Mal, »aber ich bin ein Antiquariat, keine Tauschbörse.«

Doch es gibt Tage, da scheint er einfach nicht die Kraft zu haben, schon wieder Nein zu sagen, und geht resigniert auf das Tauschgeschäft ein. Immerhin versucht er, zwei Bücher zu bekommen und eines herzugeben, doch manchmal gelingt ihm nicht mal das. Dann wirft er die neuen Herzensräuber verstimmt auf den Stapel neben meinem Körbchen, und ich versuche zu erschnüffeln, in welche Ecke sie gehören. Das mache ich umso lieber, als Tobias dann sofort wieder gute Laune bekommt, von Herzen lachen muss und mich lobt.

Eines frühen Morgens geht das Glöckchen an der Tür, und ein Mann kommt herein, an dem alles grau ist, sogar sein Geruch. Seine Augen sind hinter dicken Gläsern verborgen, und er hält eine Tasche aus altem, speckigem

Leder an sich gepresst. Als er näher kommt, rieche ich verhaltene, gut versteckte Wut, Bitterkeit und Misstrauen. Tief in meiner Kehle entsteht ein leises Knurren, wie von selbst passiert das, ich kann gar nichts dagegen tun.

Irgendwie weiß ich, dass dieser Mann keine Bücher tauschen will, sondern viel Schlimmeres im Sinn hat. Auch Tobias scheint das zu ahnen, er wird blass, als er den Besucher sieht, und seine Poren verströmen reinste Panik.

»Mein Name ist Bohn«, sagt der Mann, »ich komme vom Finanzamt.«

Damit stellt er seine Ledertasche auf dem Ladentisch ab, als gehöre er ihm.

»Ist irgendetwas nicht in Ordnung?«, fragt Tobias besorgt.

»Das werden wir sehen«, meint Herr Bohn. »Ich bin hier, um eine unangekündigte Steuerprüfung vorzunehmen. Ihre Buchhaltung der letzten drei Jahre, wenn ich bitten darf.«

Ich bin der Meinung, dass sein Ton mehr als unangemessen ist, und mein Knurren wird lauter. Erst jetzt scheint er mich überhaupt zu bemerken. Er macht einen erschrockenen Schritt zurück und bringt damit einen Stapel Herzensräuber zum Umstürzen.

»Still, Zola«, sagt Tobias zu mir. Und zu Herrn Bohn gewandt: »Sie müssen keine Angst haben. Er ist ein guter Hund.«

Herr Bohn scheint nicht überzeugt. Besonders mutig ist er nicht, wenn ihn ein so leises Knurren bereits aus der Fassung bringt. Ich schaue ihm direkt in die Augen, die hinter den Gläsern kaum zu sehen sind, außerdem kneift er sie zu schmalen Schlitzen zusammen. Doch er wendet den Blick ab, räuspert sich und widmet sich seiner Tasche.

»Wo kann ich ungestört arbeiten?«, fragt er.

Tobias fährt sich mit beiden Händen durch die Haare, dass sie in alle Richtungen abstehen. Dann schließt er die Tür ab, räumt einen der mit Herzensräubern belagerten Tische frei, verschwindet mit hochrotem Gesicht in seinem Schlafzimmer und kommt nach einer Weile mit einem Stapel Aktenordner wieder. In kürzester Zeit ist der Tisch von Papier übersät. Herr Bohn macht sich mit einem spitzen Bleistift in der Hand darüber her. Besorgt betrachte ich Tobias' Gesichtsfarbe. Sie wechselt von Dunkelrot zu Papiergrau, zu einem grünlichen Ton und wird wieder rot. Die Zeit vergeht, und Herr Bohn ist immer noch da. Hin und wieder hebt er triumphierend ein Papier hoch und traktiert meinen Menschen mit Fragen, die er offensichtlich nur mit Mühe beantworten kann.

So geht das stundenlang. Tobias vergisst zu essen, und was noch viel schlimmer ist: Er vergisst unseren Spaziergang. Mein Bedürfnis wird immer dringender, und als sich der Nachmittag schon zum Abend neigt, frage ich mich, ob er vergessen hat, dass er einen Hundefreund hat.

Da, auf einmal, schlägt Herr Bohn den Ordner, den er gerade durchschnüffelt hat, zu, dass der Staub aufwirbelt.

»Feierabend«, sagt er, steht auf, nimmt seine Tasche und wendet sich zur Tür.

»Sind Sie fertig?«, fragt Tobias hoffnungsfroh.

»Wie meinen Sie das?«, gibt Bohn hinterhältig zurück.

»Morgen früh komm ich natürlich wieder. Mit Ihnen bin ich noch lange nicht fertig.«

Tobias schließt die Tür für ihn auf, und weil er schon dabei ist, drücke ich mich gegen seine Knie. Da erinnert er sich, holt die Leine und macht sich mit mir auf den Weg.

Herr Bohn kommt am nächsten Tag und am übernächsten, und Tobias stehen die Haare zu Berge, so sehr muss er sie sich raufen. Er kommt eine ganze Woche lang, und Tobias ist ganz krank vor Sorge. Und gerade, als ich mir überlege, ob es nun so bleiben wird und was ich am besten dagegen unternehmen könnte, schiebt Herr Bohn den Ordner, den er schon seit zwei Tagen fest im Griff hat, von sich. Er kritzelt mit dem harten, spitzen Bleistift auf seinem Block herum, und Tobias beobachtet ihn angstvoll, als erwarte er sein Todesurteil.

»Sie werden sich auf eine Nachzahlung einstellen müssen«, verkündet nach einer halben Ewigkeit Herr Bohn.

»Eine Nachzahlung«, echot Tobias tonlos. Er ist am Ende seiner Kräfte.

»So ist es. Und Sie können von Glück sagen«, triumphiert Herr Bohn, während er aufsteht, sich den Staub von seiner grauen Hose schüttelt, seinen Block samt Bleistift in der Ledertasche verstaut und zur Tür geht, »dass ich meine Prüfung nicht auf die vergangenen zehn Jahre ausdehne. Denn was ich hier bei Ihnen als Buchhaltung vorgefunden habe, würde dies durchaus rechtfertigen.«

Er bleibt einen Moment stehen, nimmt die Brille ab und sieht sich zum ersten Mal, seit er hier ist, richtig um. Mit zusammengekniffenen Augen lässt er den Blick die endlosen Reihen der Herzensräuber entlangwandern. Er sieht aus, als überlege er, seine Belagerung nicht doch noch ein wenig fortzusetzen. Meine Nackenhaare stellen sich auf, und ich muss mich schrecklich zusammenreißen, um nicht böse zu knurren. Dann gibt sich Herr Bohn zum Glück einen Ruck und geht zur Tür. Ohne sich zu verabschieden, verschwindet er hinaus in den Tag.

Seitdem ist Tobias nicht mehr derselbe. Er brütet über den ausgebreiteten Papieren aus den Ordnern und scheint nicht zu wagen, sie wieder ins hinterste Eck des Schlafzimmers zu räumen, wo sie hingehören, um vergessen zu werden. Viele Tage lang geht das so, und ich mache mir große Sorgen. Auch vergisst er, die Tür aufzuschließen, immer wieder steht Kundschaft davor und versucht ratlos, einen Blick ins Innere unserer Höhle der Herzensräuber zu werfen. Dafür geht er viel mit mir spazieren, und ich springe und schlage Purzelbäume, um ihn aufzuheitern, doch er sieht gar nicht richtig hin. Er ist tief in Gedanken versunken, manchmal übersieht er sogar einen unserer Freunde und vergisst sie zu grüßen. Bis der Mensch von Max, der Ballwerfer, ihn darauf anspricht und wissen will, was zum Teufel eigentlich mit ihm los ist.

»Ärger mit dem Finanzamt.« Tobias versucht, lässig zu klingen, was ihm nicht gelingt.

»Wie schlimm ist es?«, will Max' Mensch wissen.

Tobias zuckt mit den Schultern. »Ich glaube, ich muss mich auf eine Nachzahlung gefasst machen.«

»War der Steuerprüfer schon da?«

Tobias nickt. Max' Mensch tritt einen Schritt näher an ihn heran.

»Haben Sie keinen Steuerberater?«, will er wissen.

Tobias schüttelt den Kopf. »Hab immer versucht, Kosten zu sparen.«

Max' Mensch seufzt und schüttelt kurz den Kopf. »Das sagen sie alle. Ich *bin* Steuerberater, und ich kann Ihnen versichern: Meistens spart es Kosten, wenn man die Sache professionell angeht. Sie haben doch einen Buchladen, nicht wahr?«

»Ein Antiquariat.«

»Hier, nehmen Sie«, sagt der Mann und zaubert eine kleine weiße Karte aus seiner Jackentasche. »Rufen Sie an, wenn Sie Hilfe brauchen. Noch ist nicht aller Tage Abend.«

Zwei Tage später ist er da und schaut sich die ganze Sache an. Nach ein paar Stunden macht auch er ein besorgtes Gesicht.

»Können Sie sich den Fehlbetrag erklären?«, fragt er, und ich kann riechen, dass es ihm unangenehm ist. »Es handelt sich immerhin um eine fünfstellige Summe.«

Tobias stöhnt. »Vanessa«, sagt er schließlich, »es kann nur sie gewesen sein.«

»Ihre Angestellte?«

Tobias windet sich. »Ja, so könnte man es sagen.«

»Sie müssen sie anzeigen. Das ist Diebstahl.«

»Nein! Auf keinen Fall!«, ruft Tobias entschlossen.

»Aber ...«

»Sie war ... meine Freundin.«

Max' Mensch nimmt seine Lesebrille ab und betrachtet Tobias gründlich. Er klappt den Mund auf und macht ihn wieder zu, ohne etwas zu sagen. Dann setzt er seine Brille auf, schaut in die Papiere und nennt eine Zahl, die Tobias erbleichen lässt.

»Wenn die Nachzahlung wirklich so hoch ausfällt«, sagt Tobias nach einer Weile tonlos, »muss ich den Laden schließen.«

In dieser Nacht schlafe ich kaum. Unermüdlich trage ich Herzensräuber hin und her, bis die Gefühlsdüfte endlich irgendwie zusammenpassen. Doch auch dann finde ich wenig Ruhe. Es sind die Worte »Nachzahlung« und »Fehlbetrag«, die nach Verzweiflung und Resignation riechen, die durch meine Träume wabern und mir den Schlaf rauben. Aus Tobias' Schlafzimmer höre ich das Knarzen des Bettes, in dem er sich herumwirft. Schließlich steht er auf, kommt mit zerknittertem Gesicht im Schlafanzug zu mir und setzt sich auf einen Stapel Herzensräuber. Seine Sorgen nehmen ein säuerliches und bitteres Aroma an, während seine Hand mich krault.

»Ich weiß nicht«, sagt er, »was ich tun soll. Auch ohne Nachzahlung sind wir so gut wie pleite.« Ich lecke mit Hingabe seine Hand.

Solange wir zusammen sind, denke ich, wird es so schlimm nicht kommen.

Doch es kommt ziemlich schlimm. Am nächsten Morgen ist er da, der lang erwartete und gefürchtete Brief von Herrn Bohn. Als Tobias ihn gelesen hat, muss er sich erst einmal setzen, so schwach macht er ihn. Er hat kaum Luft geholt, geht die Tür auf, und das Glöckchen schlägt einen Purzelbaum, so heftig wird an ihr gerissen. Es ist ein dicker Mann mit einem zornigen Gesicht, und mein Gefühl sagt mir, dass auch der uns nur Ärger bringen wird.

»Sie sind mit der Miete drei Monate im Rückstand«, schreit er, dass ich die Ohren anlege. Ich hasse es, wenn Menschen schreien. »Ist Ihnen klar«, fügt er noch eine Oktave schriller hinzu, »dass dies ein Grund zur fristlosen Kündigung ist?«

Tobias hebt beschwichtigend die Hand. »Ich werde den Laden sowieso schließen müssen«, sagt er tonlos. Ganz gegen seine freundliche Art wendet er sich einfach ab, geht in die Küche und schließt die Tür hinter sich. Der Dicke schaut verdutzt.

»Aber nicht«, brüllt er, dass ich nun doch mein Knurren hören lasse, »ehe Sie mir die ausstehende Miete auf Heller und Pfennig bezahlt haben, hören Sie? Sonst lass ich den ganzen Krempel hier pfänden. Und Ihren Hund gleich mit.«

Das hätte er nicht sagen dürfen. Ich springe aus dem Körbchen, stelle mein Nackenfell auf und verbelle ihn nach allen Regeln der Kunst. Das tut gut, denke ich, während sich der Dicke mit vorsichtigen Schritten rückwärts zur Tür tastet. Das hätte ich schon lange tun sollen, und zwar, solange dieser Bohn noch hier war. Auch die alte Nothnagel hätte ich in ihre Schranken weisen sollen und all die geizigen Herzensräubertauscher gleich mit. Ich bin so zornig, dass ich meine Nase an der Scheibe der Glastür platt drücke, als der Dicke schon draußen ist, die Lefzen hochziehe und ihm so lange hinterherbelle, bis die Scheibe ganz beschlagen ist und ich nichts mehr erkennen kann.

»Zola«, höre ich Tobias hinter mir. »Zola, gib Ruhe. Du hast ja recht, aber das macht es jetzt auch nicht mehr besser.«

Da verpufft mein Zorn, und übrig bleibt eine übergroße Zärtlichkeit. Ich laufe zu meinem Menschen und schmiege mich an ihn, lecke ihm die Hand, und als er sich zu mir herunterbeugt, auch das Gesicht, ich lecke alles an ihm, was ich erreichen kann, seinen Hals, seinen Hemdkragen und die Ohren, ich lecke so lange, bis er lacht und sich wehrt und mit mir über den Boden kullert, und da wird es mir wieder leichter ums Herz. Solange die Menschen lachen, ist noch nicht alles verloren.

7

Menschensorgen

Am nächsten Tag kommt Max' Mensch und kümmert sich um die Papiere. Zu meiner Erleichterung packt er sie alle zusammen und nimmt sie mit. Er klopft meinem Menschen auf die Schulter und sagt Sachen wie: »Ich kümmere mich darum« und »Kopf hoch«, und das hat Tobias auch dringend nötig, sein Kopf hängt nämlich schon fast auf Kniehöhe.

Dann holt mein Mensch ein paar leere Kartons aus dem Keller. Ich ahne Schlimmes. Und tatsächlich beginnt er, aus den Regalreihen einzelne Herzensräuber herauszuziehen und sorgsam in die Kisten zu legen. Manche wickelt er sogar in dünnes, weiches Papier. Dazu steigt er auf eine hohe Leiter, damit er auch ganz oben hinreichen kann. Und als ich ihn so dabei beobachte, wie er Herzensräuber für Herzensräuber in die Kartons legt, während in den Regalen nach und nach dunkle, leere Löcher klaffen, wird mein Herz schwer: Viel zu sehr erinnert mich das alles an die Koffer, die in der Feriensiedlung von den Schränken geholt wurden. Irgendeine Veränderung, ein Aufbruch steht bevor. Ich misstraue Veränderungen. In der Regel bedeuten sie nichts Gutes.

Als die erste Kiste voll ist und Tobias sie unter Stöhnen hochhebt, verlasse ich mein Körbchen, um nach dem Rechten zu sehen.

»Keine Sorge«, versucht mich mein Mensch zu beruhigen. »Ich sortiere nur die wertvollsten Bücher aus, ehe wir mit dem Räumungsverkauf beginnen. Es fehlte noch, dass jemand wie die Nothnagel mir die Arno-Schmidt-Originalausgaben aus dem Laden trägt.«

Aber ich bin kein bisschen beruhigt. Ich weiß nicht, was Räumungsverkauf bedeutet, und will es auch gar nicht wissen. Unruhig gehe ich zwischen den Kisten umher und sauge besorgt die verschiedenen Düfte der Herzensräuber ein, die mein Mensch dort hineinpackt.

Plötzlich schrillt das Telefon, und ich hechte mit eingezogener Rute in die Küche. Es gibt kein schlimmeres Geräusch als diesen Höllenautomaten, es fährt mir in die Gehörgänge wie ein scharfes Messer. Es dauert lange, bis mein Mensch von seiner Leiter heruntergeklettert ist und meine Qual beendet. Vorsichtig strecke ich den Kopf in die Höhle der Herzensräuber. Und sehe sofort, dass Tobias mich braucht.

Vollkommen erstarrt steht er da, sagt »Ach!« und dann eine Weile gar nichts mehr. Etwas Schlimmes ist geschehen, aber nicht von der Art des Herrn Bohn; die Nachricht, was immer es auch sein mag, hat sein Herz getroffen. Dann sagt er mit ganz fremd klingender Stimme: »Danke, dass Sie angerufen haben. Ja, ich komme sofort.« Und legt auf.

Erst nach einer Weile sieht er mich, obwohl ich direkt vor ihm stehe und ihn anstarre.

»Oh, Zola«, sagt er dann und geht in die Knie, legt seinen Arm um mich und fängt zu meiner Bestürzung an zu weinen. »Oma Griesbart ist gestorben«, schluchzt er.

Sein Jammer wird augenblicklich auch meiner. Ich lecke ihm die Hand, denn keiner weiß wie ich: Einen Menschen, den man liebt, an den Tod zu verlieren ist das Allerallerschlimmste. Und während Tobias' Tränen in mein Fell tropfen, füllen mich Trauer und Mitgefühl aus bis in meine letzte Hundepore.

Wir fahren zu dem Haus am Ende der Allee, und ich warte geduldig im Auto. Ausnahmsweise macht es mir gar nichts aus. Als Tobias zurückkommt, ist er ganz still und in sich gekehrt, sein Kummer hat sich tief in sein Inneres festgesetzt und sendet von dort diesen Duft nach Endgültigkeit und Verlust aus, den ich nur zu gut kenne. Wir fahren wieder nach Hause und sitzen zwischen Herzensräubern und Kisten und tun einfach nichts. Das ist Hundeart, jedoch auf keinen Fall Menschenart, darum behalte ich Tobias genau im Auge, auch wenn ich noch so entspannt in meinem Körbchen zu liegen scheine.

Am nächsten Tag macht er weiter mit der Kistenfüllerei, und obwohl er längst seinen anfänglichen Schwung verloren hat, wird es allmählich eng im Schlafzimmer, eng in der Küche, und noch immer holt Tobias Bücher aus den Regalen. Ein paar Tage später gehen ihm die Kartons aus, und erst jetzt scheint er zu bemerken, welch ein Durcheinander überall entstanden ist.

In diesem Moment klopft es an die Ladentür, und ich frage mich, wer das sein kann. Tobias öffnet, und herein kommt eine Frau. Es ist *sie*. Vanessa. Auf der Stelle steigt die Herzfrequenz meines Menschen an. Diese Frau trägt Schuhe, die bis zu den Knien reichen und hohe Absätze haben, die gefährlich auf den Fußboden knallen. Ihr Haar ist viel zu lang, es fällt ihr bis zur Taille und hat die Farbe eines Golden Retrievers. Ihren Geruch kenne ich schon, doch wie sie ihn so direkt vor meinen Nüstern verströmt, wird mir fast schlecht. Außerdem hat sie sich irgendeine künstliche Farbe ins Gesicht geschmiert, die sich hässlich mit ihrer Ausdünstung vermischt. Wie schaffe ich es bloß, dass sie so schnell wie möglich wieder verschwindet?

»Hallo«, sagt sie, und in ihrer Stimme klingen falsche Verheißung und Verachtung, Verschlagenheit und die Gewissheit von uneingeschränkter Macht. Tobias sagt nichts. Nicht weil er es nicht will, er ist einfach nicht in der Lage dazu, so überrascht und überwältigt ist er.

Wirf sie raus!, denke ich, so fest ich kann. Mein Blick sucht den seinen, doch er hat mich vergessen. Stattdessen schießen Hormone in sein Blut, deren Duftnoten mir schier den Atem nehmen. Ich mache mir die größten Sorgen.

»Ich wollte mal nachsehen, wie es dir geht«, sagt sie und tritt, ohne zu zögern, zur Theke. Sie knöpft ihren Mantel auf und sieht sich um.

»Willst du umziehen?«, fragt sie. »Wird ja auch Zeit. Dass du es in diesem Loch überhaupt noch aushältst …«

Endlich kommt wieder Leben in meinen Menschen.

»Warum bist du gekommen?«, fragt er. Ich hoffe inständig, dass sie die Verzweiflung und das verräterische Zittern in seiner Stimme nicht wahrnimmt, und auch nicht die winzige Spur Hoffnung, die darin mitklingt. Doch natürlich tut sie das. Frauen sind wie Katzen. Sie durchschauen dich bis ins Mark. Sie spielen mit dir. Und wenn es am schönsten ist, ziehen sie dir mit den Krallen eins über die Nase. Dort, wo es am meisten wehtut.

»Sagte ich doch, nach dir schauen.« Ihre Stimme klingt, als hätte sie sie geölt. »Ich habe mich gefragt, wie es dir geht.«

Ja, das sagt sie. Ich aber kann deutlich riechen, dass sie aus völlig anderen Gründen hier ist.

»Mir ging es schon besser«, sagt Tobias. »Und du? Was machst du so?«

Sie denkt gar nicht daran, ihm zu antworten.

»Hör mal«, sagt sie, und ich weiß, jetzt geht es um den Knochen, wegen dem sie wirklich gekommen ist. »Ich wollte meinen Goethe mitnehmen, den ich neulich vergessen habe.«

»Welchen Goethe?«

»Diesen Gedichtband, den du mir geschenkt hast.«

Einen Moment lang ist es gefährlich still in der Höhle der Herzensräuber. Die Temperatur sinkt um ein paar Grad. Dann lässt das Biest die Tarnung fallen.

»Du weißt genau, was ich meine: Goethes *West-östlicher Divan*. Die Erstausgabe«, sagt sie kalt. Sie stöckelt zu einer bestimmten Stelle im Regal. Ihre rot lackierten Fingernägel kratzen eine Reihe mit Herzensräubern entlang, enden an einer großen Lücke.

»Sie ist nicht mehr da«, sagt Tobias. »Und du irrst dich. Ich habe dir daraus vorgelesen. Aber ich habe dir das Buch niemals geschenkt.«

»Und ob du das hast.«

»Vanessa«, sagt er verzweifelt, als ginge es darum, einen tollpatschigen Welpen Zucht und Ordnung zu lehren, »wir sprechen doch nicht etwa von der Stuttgarter Ausgabe in der Cotta'schen Buchhandlung von 1819 mit den Kupferstichen von Carl Ermer?«

»Genau von der spreche ich.«

»Sie ist ein Vermögen wert!«

»Und du hast sie mir geschenkt!«

Fordernd stellt sie sich vor ihn hin, das Gewicht auf dem rechten Bein, die linke Faust in die Taille gestützt. Besorgt stelle ich fest, dass sie ihn um einen halben Kopf überragt. Zeit, mich vorzustellen. Ich beginne vernehmlich zu knurren.

»Du solltest jetzt gehen«, sagt Tobias müde.

»Erst«, schnappt sie, »wenn du mir mein Buch gibst.«

Mein Knurren wird lauter. Jetzt endlich hat sie mich entdeckt. Sie hat tatsächlich die Augen einer Katze, wie sie mich so mustert.

»Was macht denn der hier?«, fragt sie kalt. »Hunde gehören in einen Zwinger, weißt du das nicht?«

Ich ziehe meine Lefze ein wenig hoch, gerade genug, dass sie meinen imponierenden Eckzahn sehen kann. Damit sie merkt, wie ernst es mir ist, stehe ich auf und gehe langsam auf sie zu, bohre meinen gefährlichsten Blick in ihre Katzenaugen. Hole mein Knurren hoch in den Rachen und lasse es dort so richtig schön angriffslustig rollen. Wäre ja gelacht, wenn wir dieses Biest nicht in die Flucht schlagen könnten. Und doch sehe ich mich vor. Ihre Knöchel und Waden sind gut geschützt. Und es könnte wehtun, wenn sie mit ihren Absätzen um sich tritt.

»Ruf ihn sofort zurück!«

Ihre Stimme klingt schrill. Ein gutes Zeichen. Sie hat Angst. Ich mache mich so groß ich kann, stelle meine Schulterbürste auf und ziehe meine Lefzen hoch. So kann sie mein Gebiss bewundern, Zahn für Zahn.

»Wir sehen uns wieder«, droht sie. Dann tritt sie den Rückzug an.

In dieser Nacht schlafe ich bei Tobias im Bett. Es wäre fahrlässig, ihn in diesem Zustand allein zu lassen. Ich muss ihn zwar erst davon überzeugen, und zweimal schubst er mich sanft und voller Schuldbewusstsein von der Matratze. Doch als ich mich zum dritten Mal geduldig an ihn kuschele, sieht er endlich ein, dass es so viel schöner ist. Ich schmiege meinen Rücken an seinen, und sofort fällt er in einen tiefen Schlaf. Das hat er auch nötig, der Ärmste ist völlig fertig mit den Nerven.

Am nächsten Tag ist es so weit. Tobias zieht lauter dunkle Kleider an, dann machen wir uns auf den Weg. Wir fahren dahin, wo Oma Griesbart gewohnt hat, jedoch am Haus vorbei und ein Stück weiter. Hier ist ein Park, in dem lauter aufgerichtete Steine stehen, außen herum hat man eine hohe Mauer gezogen. Ich weiß sofort, dass dies der Ort für die toten Menschen ist. Sie werden in der Erde vergraben, damit sie keiner klaut. So wie ich gerne einen Knochen irgendwo verbuddle, damit ihn niemand findet. Leider passiert es häufig, dass auch ich mich nicht mehr genau an die Stelle erinnern kann. Die Menschen sind viel klüger: Sie stellen einen großen Stein dort auf, wo ihre Toten sind, und schreiben sogar die Namen darauf.

Und heute wird hier Oma Griesbart vergraben, so wie einst Felipe. Kaum ist dieser Gedanke in mich eingesickert, werde ich auch schon wieder traurig.

»Du musst leider hier auf mich warten, Zola«, sagt Tobias bedauernd und streicht mir über den Rücken. Ich sehe ihm verständnisvoll in die Augen. Einer muss den Wagen bewachen, denke ich erleichtert. Ich bin nicht scharf darauf, dabei zu sein.

Aus sicherer Entfernung beobachte ich alles genau. Da ist die nette Frau aus dem gläsernen Café, wo Oma Griesbart erst vor Kurzem noch Apfelkuchen aß. Und ein paar Alte, die in ihren Rollstühlen herbeigeschoben werden, vielleicht wollen sie sich mit dem Ort vertraut machen, an dem auch sie bald landen werden. Dann sehe ich Max' Menschen, und wie von selbst beginnt meine Rute zu wedeln. Außer ihm sind da noch ein paar, die ich noch nie gesehen habe. Müde vom angestrengten Aufpassen, lege ich den Kopf auf meine Pfoten und schließe die Augen.

Ich wache wieder auf, als Tobias die Wagentür öffnet. Mit einem Sprung bin ich draußen und laufe zum nächsten Baum. Max' Mensch ist noch da, ich begrüße ihn freudig und tanze um ihn herum.

Da kommt eine dunkle Gestalt auf meinen Menschen zu, und schon bin ich ganz Achtsamkeit. Sofort nehme ich neben Tobias Aufstellung, falls das ein Bruder von

Herrn Bohn sein sollte oder gar einer von dem schreienden Vermieter. Doch er lächelt freundlich, wenn auch verhalten, schließlich haben sie gerade Oma Griesbart in die Erde getan.

»Darf ich mich vorstellen«, sagt der Mann, »mein Name ist Langenbach. Ich war der Anwalt Ihrer Großmutter. Mein tief empfundenes Beileid.«

Tobias reicht ihm erstaunt die Hand.

»Bitte kommen Sie doch in mein Büro in den nächsten Tagen. Hier ist meine Karte.«

Tobias betrachtet verwundert das kleine Stück Papier, dann steckt er es in die Tasche.

»Aus welchem Grund?«, fragt er.

Herr Langenbach schaut kurz zu Max' Menschen, als ob er nicht wüsste, ob ihm zu trauen ist.

»Es geht um Frau Griesbarts Nachlass. Aber am besten rufen Sie an und vereinbaren einen Termin. Vielen Dank und auf Wiedersehen.«

Er geht mit großen Schritten davon, während Tobias und Max' Mensch einen langen Blick tauschen.

»Nein«, sagt Tobias plötzlich, obwohl keiner was gesagt hat. »Sie hatte nichts. Ihr ganzes Erspartes hat das Pflegeheim aufgefressen. Ich habe keine Ahnung, was das soll.«

»Geh hin«, sagt Max' Mensch. »Eher heute als morgen.«

»Meine Güte«, stöhnt Tobias, und Panik dampft aus allen seinen Poren, »sie wird mir doch nicht etwa auch noch Schulden hinterlassen haben. Das hätte mir gerade noch gefehlt.«

8

Das große Haus

Was Geld den Menschen bedeutet, hat Felipe mir erklärt. Meistens riecht es eklig, nach zu vielen Menschenhänden, Angst, Gier und Machtgelüsten. Das Blöde ist nur, sagte mein erster Mensch, dass man Geld ganz einfach braucht. Sogar mein Essen wird damit aufgewogen. Die Alternative habe ich lange genug in aller Härte erleben müssen: im Abfall wühlen, um etwas Fressbares zu finden.

Selbst ein Hund mit geringerem Verstand als ich würde begreifen, dass mein Mensch und ich ein Problem mit dem Geld haben. Herr Bohn kam wegen des Geldes, und so wie der Vermieter herumschrie, ging es auch ihm darum, von dieser Schlampe ganz zu schweigen. Meine Nase sagt mir, dass sie Tobias nicht liebt, wahrscheinlich noch nie geliebt hat. Er jedoch ist ihr völlig verfallen – wäre er ein Hund, er würde sich auf die Hinterbeine setzen und sie hilflos anwinseln.

Seit Neuestem beschäftigt Tobias aber etwas anderes. Er dreht und wendet das Kärtchen in seinen Händen, das ihm dieser Langenbach gegeben hat. Was das Wort Schulden bedeutet, weiß ich auch. Pepe schrie alle paar

Monate einen seiner Stammkunden zusammen, er solle endlich seine Schulden bezahlen. Wenn er Glück hatte, zog der ein Bündel Geldscheine hervor und blätterte einiges davon hin. Wenn Pepe Pech hatte, tat er so, als höre er nichts, da konnte Pepe schreien, so viel er wollte. Um Schulden zu haben, braucht man starke Nerven. Tobias ist damit nicht gesegnet. Er kann zwar einen Señor Pizzarro besiegen. Aber nicht genug Geld zu haben wird ihn früher oder später krank machen, da bin ich mir sicher.

Endlich rafft er sich auf und greift zum Telefon. Ich stehe schon mal auf, gähne ausgiebig, strecke mich und schüttle mein Fell in Form, denn mich kitzelt so ein Gefühl in den Pfoten, als würden wir gleich einen Ausflug machen.

Zum Büro von Herrn Langenbach sind es nur ein paar Gehminuten. Im Eingangsbereich freunde ich mich spontan mit einer jungen Frau an, die verführerisch nach einer Hundedame riecht, ganz jung noch und hinreißend willig, jedenfalls nach dem, was sie ihrer Menschin an Duftstoffen an der eleganten Stoffhose hinterlassen hat.

»Wenn Sie wollen«, sagt die Hundedamen-Menschin zu Tobias, »passe ich so lange auf Ihren Hund auf«, aber das ginge dann doch zu weit. Auf der Stelle bin ich wieder pflichtschuldig an seiner Seite. Wenn es um derart ernste Dinge wie Schulden geht, hat Tobias jede Hilfe nötig. Da müssen die Erkundungen einer abwesenden Schönheit warten.

Herr Langenbach sitzt in einem hellen Zimmer, dessen hölzerner Fußboden so glatt ist, dass ich mich konzentrieren muss, um meine vier Pfoten auf Kurs zu halten und nicht herumzuschlittern wie ein Tollpatsch. In der Ecke beim Fenster steht ein Bäumchen in einem Topf voll mit einladender Erde, und ich muss mich schwer zusammenreißen, nicht mein Bein zu heben und diese prägnante Stelle zu markieren, um der Schönen, falls sie mit der jungen Dame diese Räume doch einmal aufsuchen sollte, eine Liebesbotschaft zu hinterlassen. Ich besinne mich jedoch auf meine gute Kinderstube und lege mich so neben Tobias' Stuhl nieder, dass ich gleichzeitig Herrn Langenbach und die Tür im Auge habe. Hund weiß ja nie.

Ich bin so darauf konzentriert, die fremden Räumlichkeiten zu überwachen und mit gespitzten Ohren jede Bewegung im Vorzimmer zu registrieren, dass ich erst aufmerke, als Tobias' Stimme aufgeregt zu klingen beginnt.

»Ein Haus?«, fragt er überrascht. »Sind Sie sicher? Meines Wissens besaß meine Großmutter aber gar kein Haus.«

»Sie hat es selbst erst vor Kurzem geerbt«, erklärt Herr Langenbach und raschelt mit Papieren. »Das Haus und einige recht gute Geldanlagen. Von einem Herrn von Straten. Sie werden es nicht glauben, aber noch einen Tag, ehe sie starb, war ich bei ihr. Bei dieser Gelegenheit hat sie mir vor Zeugen ihr Testament diktiert.«

Herr Langenbach sieht auf und nimmt seine Brille ab. Er schaut meinem Menschen in die Augen und sagt: »Sie sind Alleinerbe, Herr Griesbart.«

»Das ist einfach … unglaublich«, sagt mein Mensch, und ich bin wie immer seiner Meinung. Sicherlich liegt eine Verwechslung vor. Schließlich heißt er Tobias, nicht Griesbart.

Es wird noch viel geredet und noch mehr mit Papieren geraschelt, mein Mensch wird blass und wieder rot und das immer im Wechsel, und ich mache mir große Sorgen. Irgendwann lässt sich Tobias in seinen Stuhl zurückfallen und seufzt tief.

»Dann ist es also wirklich wahr?«, fragt er, und ich sauge tief den Geruch von Glück in mich ein, das wie in einer Woge in ihm aufwallt.

»Es ist eine sehr alte Villa«, meint Herr Langenbach und wiegt vorsichtig den Kopf hin und her. »Und ziemlich groß. In welchem Zustand sie ist, kann ich nicht sagen. Doch die Lage ist ausgezeichnet. Wenn Sie einen guten Makler beauftragen, könnte Ihnen der alte Kasten eine Million einbringen. Womöglich mehr.«

Und schon wieder wird mein Mensch weiß wie das Papier in seiner Hand. Sicherheitshalber erhebe ich mich und lege ihm meinen Kopf aufs Knie. Womöglich droht ein Ohnmachtsanfall, und deshalb lasse ich ihn besser nicht aus den Augen. Doch er fängt sich wieder, krault mir liebevoll den Kopf.

»Aber eines verstehe ich nicht«, sagt Tobias nach einer Weile. »Wieso hat dieser Herr von Straten meiner Oma die Villa überhaupt vermacht?«

»Das entzieht sich leider meiner Kenntnis«, sagt Herr Langenbach bedauernd. »Sie schien selbst überrascht. Aber ich habe alles überprüfen lassen: Es gibt keine weiteren erbberechtigten Personen, die das Testament von Herrn von Straten anfechten könnten.«

Herr Langenbach lehnt sich lächelnd zurück. »Tja, Herr Griesbart. Wie es aussieht, sind Sie jetzt ein reicher Mann.«

Auf dem ausgedehnten Spaziergang, den wir nach dem Besuch bei Herrn Langenbach machen, ist mein Mensch nicht bei der Sache. Wir ziehen wilde Schleifen durch die Stadt und am Fluss entlang, und all meine Versuche, der Sache eine gewohnte Struktur zu geben, schlagen fehl. Mehrmals gehen wir eine mir bislang unbekannte Straße entlang, hin und zurück, als hätte Tobias etwas verloren. Doch statt auf den Boden starrt er auf ein bestimmtes Haus, das weit hinten in einem riesigen, völlig verwilderten Park steht. Inzwischen kenne ich sämtliche Gerüche dieser Straße. Wollte einer von mir wissen, wer hier wohnt, er brauchte mich nur zu fragen. Doch es fragt ja keiner.

Einige der hinter Büschen und Bäumen verborgenen Häuser stehen schon seit längerer Zeit leer. Kaum Menschendüfte, dafür jede Menge wildes Getier: streunende Katzen, Eichhörnchen, Haselmäuse und Igel. Da sind noch ein paar andere Fährten, größere Nagetiere, deren Namen ich nicht kenne, flinke Wesen, die in den Bäumen leben, und ich wette, auch unter den Dächern der von den Menschen verlassenen Häuser. Dann gibt es andere, in denen reger Verkehr herrscht, Tore, durch die ständig Menschen aus und ein gehen, Vorgärten, die zu Einfahrten und Parkplätzen umfunktioniert wurden. Eines dieser Häuser riecht furchterregend nach Medizin, Krankheit und Tod, aus einem weiteren dringen Foltergeräusche von hell surrenden Bohrern, die mir in den Gehörgängen schmerzen. Das Haus, vor dem Tobias immer wieder stehen bleibt, scheint auf den ersten Blick völlig in Vergessenheit geraten. Es gehört zur Kategorie Eichhörnchen, Katzen, Haselmaus und Igel, wären da nicht ein, zwei, nein: drei Menschenspuren. Alle weiblich. Alt, mittel und jung. Die Fensterläden sind geschlossen, bis auf zwei ganz oben. Und vorne rechts neben dem metallenen Eingangstor verbirgt sich in einem Mantel aus Grünzeug ein weiteres, viel kleineres Haus. Ich halte meine Nüstern in die Luft: Dort leben »mittel« und »jung«.

Forschend sehe ich zu meinem Menschen auf. Warum starrt er das Haus so merkwürdig an? Was ist nun mit der Erbschaft? Sind es doch keine Schulden? Was bedeutet das Wechselbad der Gefühle, das als widersprüchliche Schnupperwoge zu mir hinunterschwappt? Ist er glücklich oder besorgt, aufgewühlt oder verzweifelt? Warum ist er so aufgeregt, dass er sich für keines der Gefühle endgültig entscheiden kann? Und vor allem:

Warum müssen wir hier herumstehen wie Leute, die nicht wissen, wohin? In ein paar Minuten beginnt die blaue Stunde der Dämmerung, höchste Zeit, nach Hause zu gehen, das Abendessen zu verputzen und sich dann ins Körbchen zu legen. Ich stupse ihm sanft mit der Schnauze gegen das Knie. Dann noch einmal. Endlich wacht er auf.

»Komm«, sagt er, und ich seufze innerlich auf vor Erleichterung, »lass uns nach Hause gehen!«

Das muss er mir nicht zweimal sagen. Sofort mache ich einen Sprung und gleichzeitig eine eindeutige und aufmunternde Bewegung mit dem Kopf in die richtige Richtung. Nur so, für den Fall, dass er sich verlaufen haben sollte.

Am anderen Morgen ist alles wie immer: Wir machen unsere Morgenrunde und treffen Max mit seinem Menschen. Ich versuche, meinem Freund den Ball abzujagen, und wir rennen wie wild über die große Wiese. Max rennt und rennt und verpasst es, rechtzeitig einen Haken zu schlagen, und landet samt Ball in hohem Bogen im Fluss. Er geht unter wie ein Stein, und, ohne zu zögern, springe ich ihm hinterher. Wie es aussieht, kann Max nicht schwimmen. Ich schon, ich liebe Wasser, und Felipe hat mir das Schwimmen im Meer beigebracht. Seither bin ich immer zur Stelle, wenn es gilt, jemanden da herauszuholen. Ich habe sogar schon einmal ein Kind aus den Wellen gerettet, und deshalb paddle ich zu Max, der gerade wieder auftaucht, bekomme ihn im Nacken zu fassen und ziehe ihn Richtung Land. Er windet sich, der Dummkopf, und strampelt wie wild, doch irgendwie schaffe ich es, ihn und mich ans Ufer zu bugsieren. Dort warten schon unsere Menschen und ziehen uns mit einem Ruck an Land.

»Hey, Zola«, ruft Tobias begeistert, »ich hab gar nicht gewusst, dass du so toll schwimmen kannst!«

Stolz schüttle ich gut und gern fünf Liter Flusswasser aus meinem Fell und sehe nach meinem Freund. Der hustet und würgt und blickt traurig auf den Fluss hinaus, wo sein Ball über das Wasser hüpft, unerreichbar für uns.

Nach dieser Heldentat ist mir eigentlich nach einem besonders großen Frühstück, doch zu meiner Überraschung schlagen wir gar nicht den Weg hoch zum Schloss ein wie sonst. Stattdessen geht es wieder in die Straße mit den großen Häusern, und Max und sein Mensch kommen mit.

»Hast du den Schlüssel dabei?«, fragt Max' Mensch.

Tobias nickt.

»Warum bist du nicht gestern schon reingegangen?«

Mein Mensch zögert.

»Ich weiß nicht. Mir schien, da wohnt jemand. Was soll ich denn dann sagen?«

»Na, dass du der neue Hauseigentümer bist und deine Mieter kennenlernen willst.«

»Das ist ja das Komische. Es gibt keine Mietverträge. Eigentlich müsste das Haus leer stehen.«

Max' Mensch hält inne.

»Du meinst«, sagt er, »dass sich da Unberechtigte Zugang verschafft haben?«

»Was weiß ich«, fährt Tobias auf. »Mir ist das alles unangenehm.«

»Vielleicht sollten wir zur Polizei gehen«, meint Max' Mensch nachdenklich.

»Auf gar keinen Fall«, gibt Tobias zurück. »Vielleicht täusche ich mich ja. Aber ich hatte einfach kein gutes Gefühl, da so hineinzumarschieren. Und darum bin ich froh, dass du mitkommst.«

Max' Mensch setzt sich wieder in Bewegung.

»Dann komm«, sagt er. »Vielleicht hast du Gespenster gesehen, und das Haus ist wirklich leer.«

Das ist es ganz sicher nicht, denke ich, so intensiv ich kann. Doch Tobias ist viel zu sehr mit seinen eigenen Gedanken beschäftigt.

»Hier ist es«, sagt er und bleibt dort stehen, wo wir uns gestern schon so lange herumgetrieben haben. Es gibt ein großes Tor, durch das ein Auto hindurchpassen würde, und daneben ein kleineres für Hunde und Menschen. Tobias setzt beherzt seine Hand auf die Klinke, sie gibt tatsächlich nach. Drinnen lassen uns unsere Menschen von der Leine, und wir sausen los, das Gelände zu sichern.

Alles was recht ist, hier duftet es vielleicht interessant! Die Nase im wild wachsenden Gras versenkt, ziehe ich meine Bahnen und kriege am Rande mit, wie unsere Menschen den zugewachsenen Kiesweg zum Haus hinaufgehen und an der großen zentralen Eingangstür, zu der es ein paar Steinstufen hinaufgeht, klingeln. Ich hebe den Kopf und spitze die Ohren. Nichts. Oder fast nichts. Ganz oben im Haus höre, nein ahne ich sachte Geräusche. Eine minimale Bewegung an einem der Fenster, wo eine Gardine in leichte Schwingung geraten ist. Wenn da nicht jemand vorsichtig versucht herauszuschauen, fresse ich meinen eigenen Schwanz.

In diesem Moment kommt Max auf mich zugaloppiert, als wäre er ein Rennpferd, springt mir in die Seite, dass wir übereinanderkullern, wie wir es so gerne tun. Nur dass sein Spielangebot gerade jetzt ziemlich daneben ist: Tut mir leid, mein Freund, mit einem gezielten freundlichen Zwicken und einem raschen Pfotenhieb mache ich ihm das klar. Dann sprinte ich zu meinem Menschen, der eben dabei ist, mit einem Schlüssel die Haustür aufzuschließen, und keine Ahnung zu haben scheint, wie gefährlich das sein kann. Nach den Ausdünstungen zu schließen, welche die ältere Frau, die hinter dem Fenster dort oben lauert, im Garten hinterlassen hat, kann ich mir nicht vorstellen, dass sie erfreut sein wird, uns zu sehen. Es riecht viel zu stark nach Wut und Rebellion.

Die schwere Haustür geht auf, und Staub wirbelt auf. Drinnen ist es dunkel, doch ich kann eine zweite Tür erkennen, und als Tobias die aufdrückt, stehen wir in einer großen Halle, größer als jeder Raum, den ich je auf meinen Pfoten betreten habe.

»Hallo«, ruft Tobias ziemlich laut, und nicht nur ich, auch er fährt zusammen beim Widerhall seiner Stimme, »ist hier jemand?«

Alles bleibt still, selbst ich kann nichts mehr vernehmen. Wer auch immer da oben steckt, hält vermutlich gerade die Luft an.

»Herrgott«, sagt Max' Mensch und tastet an der Wand neben der Tür herum, »es muss doch irgendwo ein Lichtschalter sein. Ah! Hier!«

Ein helles Leuchten verbreitet sich in der Halle. Meine Pfoten stehen auf einem Steinfußboden aus weißen und schwarzen Platten, immer versetzt. Er sieht aus wie das Brett mit den kleinen Holzfiguren, auf das Felipe gemeinsam mit Pepe so gerne gestarrt hat, um dann alle Stunde mal eine dieser Figuren zu bewegen. Nur dass hier alles viel größer ist, und mir scheint fast, ich bin jetzt auch so eine Figur auf einem riesigen Brett, und der Gedanke, jemand könnte mich hochheben und ein Stück weiter schieben, behagt mir überhaupt nicht. Weit oben hängt ein gigantisches Licht aus vielen kleinen glitzernden Glassteinchen, die leise im Wind, den wir hereingebracht haben, klirren. Gegenüber der Eingangstür führt eine Treppe aus dunklem Holz hinauf in ein oberes Stockwerk zu einer Art Balkon, von dem viele Türen abgehen. Irgendwo da oben ist die Frau, die sich vor uns versteckt.

»Das nenne ich mal eine amtliche Bude«, sagt Max' Mensch bewundernd und pfeift leise durch die Zähne. »Mir scheint«, meint er und klopft Tobias auf die Schultern, »da hast du das große Los gezogen.«

Ich gehe vorsichtig in Richtung Treppen, schnüffle alles genau ab. Tobias tritt zu mir.

»Na«, fragt er mich, »gefällt es dir, Zola?«

Ich blicke ihn an und denke: Es geht nicht ums Gefallen. Dort oben lauert Gefahr! Und um dies zu bekräftigen, stelle ich meine Rute steil nach oben und sträube mein Fell am hinteren Rücken. Doch schon ist er an mir vorbei, steigt frohgemut die Treppe hinauf, ignoriert meine deutlichen Zeichen der Warnung. Natürlich muss ich mit – wenn ihn einer schützen kann, dann ich, doch mir ist nicht wohl bei der Sache. Max ist draußen geblieben, wahrscheinlich erkundet er gerade den hinteren Garten. Wie gerne wäre ich bei ihm!

Tobias ist oben auf der Balustrade angekommen, und in diesem Moment weiß ich, wo sie steckt. Doch ehe ich etwas tun kann, öffnet Tobias die nächstbeste Tür – und dann passiert alles auf einmal: Mein Mensch wird hinterrücks von einem Schlag getroffen, es ist ein Besenstiel, mit dem auf ihn eingedroschen wird, und schon bin ich im Zimmer und packe sie am Rock, die alte Vettel, die sich hinter der Tür versteckt hat, um meinen Menschen zu überfallen, reiße und zerre an ihr, trotz des widerwärtigen Gezeters, das sie anstimmt und mir in die Gehörgänge fährt, und dann gibt der Stoff nach, und mit einem Ratsch reiße ich ihr den Rock vom Leib, was sie dazu bringt, nun auf mich einzuschlagen, doch ich bin flinker als sie, packe sie an einem ihrer mageren Knöchel und zerre sie von meinem Menschen fort.

»Zola«, schreit Tobias, »aus!«, doch ich denke gar nicht daran. Wer weiß, wozu dieses Weib imstande ist, und darum halte ich sie in Schach, achte jedoch sorgfältig darauf, dass meine Zähne sie nicht verletzen. Zola ist kein Beißhund, ganz gewiss nicht. Nur mit sich spaßen, das lässt er nicht.

Irgendwann haben Tobias und Max' Mensch sie überwältigt, und ich kann sie loslassen. Sie heben die Frau, die nicht aufhört zu keifen und zu schreien, hoch und setzen sie in einen alten, stinkenden Sessel, von dem augenblicklich eine Staubwolke aufsteigt. Tobias legt für meinen Geschmack viel zu behutsam eine Decke über ihre Beine und steckt sie rundherum fest. Dann sagt er laut und entschieden: »Schluss jetzt«, und genauso wie damals bei Señor Pizzarro herrscht augenblicklich Stille. »Wer sind Sie überhaupt?«, will Tobias streng wissen.

»Dasselbe könnte ich Sie fragen«, sagt die Frau in anklagendem Ton. »Dringen hier ein wie die Einbrecher.«

»Ich bin der neue Hausbesitzer«, sagt Tobias freundlich, wie es nun mal seine Art ist.

Die alte Frau starrt ihn an.

»Ja, ja«, sagt Max' Mensch, »er hat das Haus geerbt.«

»Das kann nicht sein«, sagt die Alte tonlos, und auf einmal tut sie mir sogar leid. »Das ist völlig unmöglich.«

»Ich habe das Haus von meiner Großmutter geerbt«, sagt Tobias, »und sie hat es von einem Herrn von Straten.«

Die Frau schließt die Augen und schüttelt den Kopf. Eine ganze Weile tut sie das, und ich frage mich, ob sie vielleicht nicht ganz gesund im Hirn ist.

»Wie heißt Ihre Großmutter?«, fragt sie dann mit rauer Stimme.

»Sie hieß Bernadette Griesbart. Und ist vor zwei Wochen gestorben.«

Die Alte zuckt zusammen. »Bernadette ... Oh mein Gott ...«, flüstert sie entsetzt. Dann bricht sie ansatzlos in Tränen aus.

9

Unter einem Dach

Max' Mensch sagt: »Verkauf den alten Kasten«, doch Tobias schüttelt den Kopf.

Max' Mensch sagt: »Dann bist du alle Sorgen los«, doch Tobias will davon nichts hören. Seit er den Fuß über die Schwelle des riesigen Hauses gesetzt hat, ist er ein anderer. Jede seiner Poren strahlt Glück und Staunen aus. Ein Lächeln bringt sein Gesicht zum Leuchten, als er von einem Raum zum anderen geht, wie jemand, der träumt.

Die alte Frau schreit: »Sie haben kein Recht, hier einfach so einzudringen!«, doch Tobias tut so, als höre er sie gar nicht.

»Dann wirf wenigstens die Alte hinaus«, schlägt Max' Mensch vor, und ich wedle zustimmend mit dem Schwanz.

»Aber Moritz«, wendet Tobias ein, »wo soll sie denn hin? Ich kann sie doch nicht einfach auf die Straße setzen!« Und mir wird klar, dass er viel zu viel Mitgefühl hat, um so etwas zu tun.

Außerdem ist er beschäftigt. Im Geiste, das kann ich deutlich sehen, stellt er bereits Regale auf und überlegt, welcher Sorte Herzensräuber er wo ein neues Zuhause geben wird. Ja, wäre er ein Rüde, er würde sein Bein heben und in jede Ecke dieses Hauses seine Markierung setzen, so groß ist sein Wunsch, es in Besitz zu nehmen. Mir wird ganz bang ums Herz, denn das alles riecht nach Veränderungen, und Veränderungen machen mich nun einmal nervös. Doch solange mein Mensch und ich zusammenbleiben, kann es so schlimm nicht werden. Außerdem duftet das alte Haus durchaus angenehm. Wäre da nicht Frau Kratzer. Und die beiden anderen, von denen wir noch nicht wissen, was wir von ihnen halten sollen.

Ja, Tobias ist leider blind und taub und hat noch immer nicht bemerkt, dass sich außer der Alten noch zwei weitere Menschen auf diesem verwilderten Grundstück eingenistet haben. Wie es aussieht, muss Zola sich darum kümmern.

Ich hebe die Nase und sauge die Luft tief in meine Lunge, und auf dem Weg dorthin prüfe und schmecke ich sie in jedem Winkel meines Mauls bis in meinen Rachen. Die Menschen ahnen ja nicht, dass sich in der Luft die ganze Welt abbildet, so, wie sie uns umgibt. Alles hinterlässt seinen Duft, kreuz und quer verlaufen diese Spuren auch nach vielen Stunden noch, und da meine Nase besonders lang ist, ist sie bestens dafür geeignet, dieses Abbild zu lesen. Wenn er auch hier im Haus kaum wahrnehmbar ist, so ist er doch da, der Geruch von zwei Menschenweibchen: einem ganz jungen und einem weiteren in jenem kritischen Alter, in dem es bei meinem Menschen Hormonstürme auslösen könnte. Das macht mir Sorgen. Und darum schleiche ich hinaus, um zu sehen, wie ernst die Lage ist.

Im Garten treffe ich Max, der aussieht wie ein Strauch auf vier Beinen, das Fell voller Blätter, Kletten, Blütenblätter und Samenstände – die perfekte Tarnung. Er grinst über sein breites Hundegesicht und scheint ziemlich zufrieden, als er sich wieder in die Büsche schlägt, in Richtung Haselmaus und Igel. Äußerst verführerisch, doch ich habe eine Mission: Sorgfältig schnüffle ich am Boden herum und versuche, die Spur der beiden Menschenfrauen aufzunehmen.

Unter einem der Fenster des großen Hauses ist das Gras niedergetrampelt, ein interessantes Aroma hängt dort überall in den Pflanzenbüscheln. Die Spur führt mich zweifelsfrei in Richtung Tor, biegt dann kurz davor ab und endet bei dem zugewachsenen Häuschen gleich hinter der Einfahrt. Hier verdichtet sich der Geruch, wird fast greifbar, ich schmecke ihn mit der Zunge, lasse ihn über meinen Gaumen gleiten, werde ganz aufgeregt, und schon bin ich an der Haustürschwelle, die ich sorgfältig beschnüffle. Dann kratze ich ganz leicht an der Tür, vielleicht hört es ja jemand und macht mir auf? Doch nichts geschieht. Ich ziehe mich ein wenig zurück und entdecke am Fenster ein Kindergesicht mit weit aufgerissenen Augen. Ein Mädchen. Ich will ihm keine Angst machen und weiche ein paar Schritte zurück, setze mich brav hin und blicke treuherzig zu ihm empor. Sie drückt ihr Gesicht gegen die Fensterscheibe, betrachtet mich unschlüssig. Dann verschwindet das Kindergesicht, ein paar Herzschläge später geht die Tür einen Spaltbeit auf, und die Augen vom Fenster spähen vorsichtig heraus. Ich rühre mich nicht von der Stelle, und als das Mädchen immer noch zögert, lege ich mich hin, bette meine Schnauze auf die Pfoten und betrachte es freundlich von unten.

Du kannst mir vertrauen, denke ich, so fest ich kann, ich bin ein guter Hund.

Und tatsächlich, ganz vorsichtig geht die Tür weiter auf, und das Mädchen kommt heraus. Es schaut sich nach allen Seiten um, dann läuft es zu mir.

»Wo kommst du denn auf einmal her?«, fragt es mich und geht vor mir in die Hocke. »Bist du mit den beiden fremden Männern gekommen? Was wollen die hier?«

Da ist ein Geräusch. Tobias und Max' Mensch haben das alte Haus verlassen. Ich spitze die Ohren.

»Zola!«, ruft auch schon mein Mensch. »Wo steckst du denn?«

Wie der Wind ist das Mädchen aufgesprungen und zurück in das kleine Haus gelaufen. Mit einem lauten Knall fällt die Tür ins Schloss. Ein letzter Blick noch zum Fenster, doch da ist niemand. Dann folge ich der Stimme meines Menschen.

Ich will ihn warnen, ihm meine Entdeckung zeigen. Wenn er doch nur die Leine herausholen würde, dann könnte ich ihn zu dem versteckten Haus führen. Doch leider ist Tobias viel zu tief in seine Gedanken versunken, er nimmt von meinen Aufforderungsversuchen, mir zu folgen, einfach keine Notiz. Und Max' Mensch ist vollkommen damit beschäftigt, meinen Freund aus- zuschimpfen und sein Fell von den schlimmsten Kletten zu befreien. Keiner bemerkt, dass ich an der Gartenpforte noch kurz den Boden untersuche und zweifelsfrei den Duft der fremden Frau feststelle, die hier mit dem Mädchen in dem kleinen Haus wohnen muss. Die beiden haben einen verwandten Geruch. Ich nehme an, es sind Mutter und Tochter.

Den ganzen Nachmittag, während Tobias gut gelaunt Kiste um Kiste mit Herzensräubern füllt, muss ich darüber nachdenken, was es mit dem Mädchen und seiner Mutter in dem kleinen Haus wohl auf sich hat. Dürfen die zwei dort wohnen? Mein Instinkt sagt mir: Nein. Es klebt ein Hauch von Heimlichkeit und Angst an ihrem Duft, den ich nur allzu gut kenne. Auch ich trug ihn, ehe mein neuer Mensch in mein Leben trat, und zwar immer dann, wenn ich unerlaubt durch die Siedlung der Fremden schlich oder mich um den Kücheneingang von Pepes Strandbar herumdrückte. Er klebte an mir, wenn ich mir einen Schlafplatz in einem verbotenen Garten suchte oder heimlich eine Mülltonne nach Fressbarem durchsuchte. Und darum weiß ich, dass Mutter und Tochter ganz sicher nicht in dem kleinen Haus sein sollten, aber wahrscheinlich keine andere Wahl haben. Und bei diesem Gedanken werde ich ganz traurig, ganz so, als hätte auch ich noch immer kein Zuhause ...

Doch dann wird es auf einmal hektisch in der Höhle der Herzensräuber. Die Tür wird aufgerissen, und ein Mann stapft herein, der aus allen Poren Ärger ausstrahlt. Tobias scheint es nicht zu bemerken, ja er wirkt sogar erfreut, diesen unfreundlichen Mann mit seinem Gesicht voller kleiner Narben zu sehen, unterschreibt auf einem Papier und erlaubt, dass noch zwei weitere Männer von seiner Sorte kommen. Sie schnappen sich die vollen Kisten und schleppen sie davon, sodass ich im höchsten Maße alarmiert bin und mir überlege, ob ich eingreifen muss. Doch da schrillt schon wieder das Telefon, und ich flüchte in Tobias' Schlafhöhle, verstecke mich unter dem Bett. Als ich mich wieder hervorwage, sind fast alle Kisten verschwunden. Der Raum wirkt auf einmal unglaublich traurig, alle Düfte sind durcheinandergewirbelt und machen mich unruhig. Ich durchsuche den ganzen leeren Raum und stelle mit wachsendem Entsetzen fest, dass auch mein Körbchen verschwunden ist. Das Narbengesicht und seine Meute beginnen, die leeren Regale von den Wänden zu reißen, scheppernd stürzt ein Brett zu Boden, und ich ziehe mich in die Küche zurück, von wo ich aus sicherer Entfernung dieses Werk der Zerstörung beobachte. Wo ist Tobias? Hat er mich am Ende doch verlassen? Will er mich nicht mitnehmen in das neue, große Haus?

Dann tragen sie die Verkaufstheke samt Kasse hinaus und nähern sich der Küche.

»Muss das Zeug da drin etwa auch mit?«, fragt einer der großen Kerle und sieht sich in der Küche um. Sein Blick fällt auf mich. »Und was ist mit dem Köter?«

Ich lasse ein tiefes Knurren hören. Der große Kerl weicht einen Schritt zurück.

»Wenn Sie bitte den Küchentisch und die Stühle mit einpacken wollen«, höre ich da die geliebte Stimme meines Menschen, »und im Schlafzimmer den Schrank und das Bett. Komm, Zola.«

Das lasse ich mir nicht zweimal sagen. Wie der Blitz bin ich draußen, wo Tobias' Wagen mit geöffneter Heckklappe auf mich wartet. Ein Sprung, und ich bin drin. Mit einem Seufzer der Erleichterung entdecke ich mein Körbchen und lege mich erschöpft hinein.

»Das sind die Möbelpacker«, erklärt mir mein Mensch, während wir losfahren, »wir ziehen nämlich um, Zola. Und Herr Erkel und seine Leute bringen unsere ganzen Sachen in die Villa. Verstehst du?«

Ich atme erleichtert auf. Alles soll mir recht sein, wenn ich nur bei meinem geliebten Tobias sein kann. Doch dann kriege ich einen neuen Schrecken: Mein Mensch weiß ja noch immer nichts von den beiden heimlichen Bewohnerinnen des grün überwachsenen Häuschens. Das muss sich schleunigst ändern.

An diesem Tag bin ich jedoch viel zu sehr damit beschäftigt, meinen Menschen im allgemeinen Durcheinander zu beschützen. Die alte Frau Kratzer muss in ihre Schranken gewiesen werden, als sie sich über den Lärm beschwert und von der Galerie auf Tobias herabschimpft, gerade so wie die Frauen in meiner ersten Heimat, wenn sie auf dem Markt ihren Fisch verkauften. Mit ein paar Sätzen bin ich oben bei ihr, und es genügt vollkommen, sie streng anzublicken, schon flüchtet sie in ihr Zimmer und knallt mir die Tür vor der Nase zu. Gut so!

Und doch muss ich ihr heimlich zustimmen: Herrn Erkels Männer geben sich nicht die geringste Mühe, unnötigen Lärm zu vermeiden, und als sie eine Kiste mit

Herzensräubern einfach fallen lassen, dass sie aufreißt und die Bücher auf den Boden purzeln, regt sich sogar Tobias auf, was ich noch nie zuvor erlebt habe. Um seinen Worten Nachdruck zu verleihen, richte ich meine Rute senkrecht auf und belle, was das Zeug hält, sicherlich kann man mich zwei Straßenzüge weiter noch hören. Doch leider hat dies zur Folge, dass diese dummen Kerle eine weitere Bücherkiste einfach fallen lassen, ja, aus reiner Absicht, und mein Mensch ganz weiß im Gesicht wird vor Zorn.

»Sperren Sie den Köter weg!«, schreit Herr Erkel, und ich kontere mit schönstem Zähnefletschen. Vorsorglich suche ich mir schon mal eine Stelle an seinem Hosenbein aus, die sich besonders gut zum Dranherumzerren eignen würde.

»Machen Sie Ihre Arbeit ordentlich«, faucht ihn Tobias an, und einen Moment lang stehen sich die beiden so dicht gegenüber, dass sich ihre Stirnen fast berühren. Wie zwei rivalisierende Rudelführer starren sie sich in die Pupillen, keiner von beiden gibt nach. Auf einmal ist es still in der großen Halle, alle schauen auf meinen Menschen und fragen sich, ob er wohl standhalten wird. Da lasse ich es ganz tief in meiner Kehle grollen, leise, aber vernehmbar, und zu meinem Entzücken senkt dieser Herr Erkel endlich den Blick.

»Und wenn Ihre Leute noch einmal eine Kiste fallen lassen«, fährt Tobias ebenso leise und drohend fort, »dann schmeiß ich sie raus. Und zwar ohne Honorar!«

Noch einmal bäumt sich das Narbengesicht auf, immerhin ist er ein bisschen größer als mein Mensch, doch ich lehne mich sacht gegen Tobias' Knie und sage ihm damit: »Du bist nicht allein! Gemeinsam putzen wir ihn weg, wenn es sein muss.«

Und gerade so wie damals bei Señor Pizzarro scheint Tobias ein Stück zu wachsen. Entschlossen bohrt er Herrn Erkel seinen Blick in die Augen, wie ich es selbst nicht besser könnte, bis sich dieser brüsk umdreht, seinen Männern ein paar Befehle zubrüllt und sich ansonsten genauso gebärdet wie Tschakko, nachdem er begriffen hatte, wer von uns beiden der Chef war.

Als die Kistenschlepper am Abend endlich das Revier räumen, herrscht in der großen Halle noch immer ein riesiges Durcheinander. In ihrer Mitte türmt sich ein Kistenberg fast bis zu dem glitzernden Lampenlicht an der Decke auf. Ich umrunde ihn mehrere Male auf der Suche nach dem besten Platz für mein Körbchen und komme zu keinem Ergebnis. Wichtige Informationen fehlen mir noch, um den perfekten Standort zu bestimmen: Wo gedenkt mein Mensch zu schlafen? Denn schließlich bin ich für seine Sicherheit verantwortlich.

Als mir klar wird, dass ich ihn schon eine Weile nicht mehr gesehen habe, mache ich mich auf die Suche nach ihm. Ich finde ihn im Garten vor der Villa, wo er einfach so dasteht und in den Himmel schaut. Ob er Regen erwartet? Mein Geruchssinn sagt mir, dass diese Sorge unbegründet ist, heute wird es trocken bleiben und morgen vermutlich auch. Was gibt es dort oben wohl zu sehen?

Was auch immer es ist, ich halte mit ihm Wache, ganz still stehen wir da. Ich lausche dem Rauschen der hohen Bäume nach und dem Geraschel von vielen kleinen Wesen, die in ihnen herumturnen. Den Lauten aus dem Zimmer von Frau Kratzer, wo das Licht gelöscht wird und die Bettfedern knarzen. Den Schritten von Passanten und dem gedämpften Lärmen des Straßenverkehrs. Außerdem ist hier in dieser Stadt ein ständiges Brummen, das niemals aussetzt, so wie dort, wo ich herkomme, das große Wasser niemals Ruhe gibt. Auch das Fließen des großen Flusses nehme ich wahr und hin und wieder das Tuten eines der Schiffe, die auf ihm vorübergleiten. Das also ist der Klang unseres neuen Zuhauses. Tobias verströmt noch immer dieses selbstvergessene Glück, und auch ich bin zufrieden.

Ein Geräusch unterbricht den sanft wabernden Klangteppich: Metall reibt quietschend gegen Metall, es ist die Gartentür, die sich in den Angeln dreht. Dann das Knirschen von Schritten auf dem Kiesweg. Ich spitze die Ohren und sehe zu meinem Menschen auf. Auch er hat es gehört. Jetzt kann ich ihren Geruch wahrnehmen, den Geruch der Menschenfrau, die wir noch nicht kennen. Er ist nicht unangenehm, im Gegenteil. Ich nehme ihn tief in mich auf und weiß auf einmal, dass ich sie mögen werde. Oh ja, sie ist eine nette Frau. Erleichterung erfüllt mich. Garstige Menschen hatten wir heute schon viel zu viele. Ich stupse meinen Menschen an und setze mich in Bewegung. Es wird Zeit, dass die heimliche Nachbarin uns kennenlernt.

»Guten Abend«, sagt Tobias, und die Frau lässt vor Schreck ihre Einkaufstüte fallen. Einen Moment lang starrt sie uns erschrocken an, dann rafft sie die Tasche wieder auf und rennt in Richtung kleines Haus davon. Doch nach wenigen Schritten reißt die Tüte, und es riecht nach zerbrochenen Eiern.

»Oh«, macht mein Mensch und beeilt sich, ihr zu helfen, »das tut mir leid. Ich wollte Sie nicht erschrecken.«

Dass er sie damit nur noch mehr verwirrt, merke nur ich. Sie beginnt zu zittern, und während er versucht, zwischen dem Eiermatsch, der mir das Wasser im Mund zusammenlaufen lässt, zwei ganz gebliebene Eier zu bergen, schaut sich die Frau nach einem Fluchtweg um. Genau wie ich, wenn mich früher jemand in einem verbotenen Areal ertappte.

»Wo wohnen Sie denn?«, fragt mein Mensch arglos und stürzt sie in noch größere Verlegenheit. Sie schaut sich in Richtung Gartentor um, so als wiege sie ihre Möglichkeiten ab, uns zu entkommen. In diesem Augenblick klingt eine helle Stimme durch die Nacht.

»Mami?«, ruft das Mädchen ängstlich vom kleinen Haus aus. »Bist du das?«

Da weiß die Frau, dass Flucht keine Option mehr ist. Sie räuspert sich und holt tief Luft.

»Ich bin Alice«, sagt sie. »Emma und ich wohnen im Pförtnerhäuschen.«

»Im Pförtnerhäuschen?«

Mein Mensch ist ehrlich überrascht. Mir ist schon aufgefallen, dass er die meiste Zeit so sehr in Gedanken versunken ist, dass er weder rechts noch links schaut.

Es gibt Tage, da könnte eine wilde Meute an ihm vorbeirasen, er würde sie nicht bemerken. Und obwohl wir schon oft genug auf dem Gelände waren, hat er das im Gebüsch gut verborgene, überwucherte Häuschen noch nicht entdeckt. Ich habe mich schon oft gefragt, wie Tobias es fertigbringt, so wenig dort zu sein, wo er sich gerade aufhält. Wahrscheinlich liegt es an den vielen Herzensräubern, die seinen Geist wer weiß wohin entführen.

»Wir ... wir bezahlen auch Miete«, beeilt sich Alice zu sagen.

»Mami?!«

Emmas Stimme klingt jetzt wirklich alarmiert.

»Ja, Schatz«, ruft Alice, »ich komme gleich.«

Tobias schaut in die Richtung, woher die Stimme kommt, und kratzt sich am Kopf.

»Dort ist ein ... Pförtnerhaus?«, fragt er überrascht.

»Wer sind Sie überhaupt?«, entgegnet Alice misstrauisch.

»Oh, entschuldigen Sie«, antwortet Tobias schuldbewusst. »Mein Name ist Tobias Griesbart, ich bin der neue Besitzer der Villa.«

»Ach«, macht Alice überrascht, »hat Frau Kratzer das Haus etwa an Sie verkauft?«

»Nein«, erklärt Tobias geduldig, »Frau Kratzer gehört das Haus nicht. Das Anwesen hat mir meine Großmutter vererbt. Und sie bekam es von einem Herrn von Straten. Aber ich wusste gar nicht, dass es auch ein Pförtnerhaus gibt. Wo ist es denn?«

Alice muss das alles offenbar erst einmal verdauen.

»Kommen Sie«, sagt sie schließlich, sich in ihr Schicksal ergebend. »Irgendwann finden Sie es ja doch heraus.«

Sie dreht sich um und geht vor uns her zum Haus, während mein Mensch ihr die beiden heilen Eier hinterherträgt, was sich irgendwie nicht richtig anfühlt. Auf einmal merke ich, wie sich eine Kleinigkeit in Tobias' Geruch verändert, sein Körper reagiert auf das Duftpaket dieser Alice. Sein Blick ruht auf ihrem weißen Rock, der sich sanft beim Gehen hin und her wiegt.

»Ich bin es, Emma«, ruft Alice, während sie die Tür aufschließt, »und ich habe Besuch mitgebracht.«

Das Haus ist wirklich klein, doch in jeder Ecke schnuppert es einladend. Hier ist es viel aufgeräumter als bei uns zu Hause, auch bevor Herr Erkel kam und Chaos anrichtete. Ein Duft, der mich an die Milch meiner Mutter erinnert, an das Fell meiner Geschwister und den Geschmack ihres Speichels, hängt in den Räumen. Irgendetwas macht die ganze Zeit »tock-tock«, und es ist mein Schwanz, der überall anstößt, aber nicht aufhören kann, freudig zu wedeln.

»Hallo«, sagt Tobias zu dem erschrockenen kleinen Mädchen, »ich bin Tobias. Und das ist Zola. Du musst keine Angst vor ihm haben. Zola ist ein guter Hund.«

Emmas große Augen wandern von meinem Menschen zu mir und wieder zurück, so als könne sie uns beiden nicht trauen.

»Bitte«, sagt die Frau namens Alice, »nehmen Sie doch Platz«, und weist auf den einzigen Sessel im Zimmer. Außerdem gibt es noch ein Sofa, das nach einer langen, staubigen Geschichte duftet. Tobias zögert kurz, dann lässt er sich in den Sessel fallen, dass die Federn quietschen und das Ding gefährlich ins Wackeln gerät.

»Möchten Sie vielleicht etwas trinken?«, fragt Alice gehetzt, »ich hab nur leider … Ein Glas Wasser vielleicht?«

Und ehe mein Mensch etwas sagen kann, eilt sie in die winzige Küche nebenan und kommt gleich darauf mit einem vollen Glas zurück. Sie reicht es Tobias, doch im letzten Moment bleibt sie mit dem Fuß in einer Teppichfalte hängen und stolpert. Das ganze Wasser ergießt sich über Gesicht und Brust meines Menschen.

»Mami«, sagt das Mädchen tadelnd, »bitte, nicht schon wieder«, und holt einen großen Lappen.

»Es tut mir leid«, flüstert Alice.

»Ach«, sagt Tobias, nimmt Emma den Lappen aus der Hand und wischt sich damit das Gesicht ab, »halb so schlimm. Wirklich. Machen Sie sich keine Gedanken. Seit wann wohnen Sie denn schon hier?«, fragt er dann, ganz sicher, um das Thema zu wechseln, denn er ist selbst völlig unangebracht verlegen und hat Mühe, der Frau nicht auf ihre Zitzen zu starren.

»Seit einem halben Jahr«, antwortet Alice leise, wirft mir einen ängstlichen Blick zu und senkt dann die Augen.

»Ah«, macht Tobias, »das ist ja interessant. Haben Sie hier auch alles, was Sie brauchen? Ich meine, gibt es hier überhaupt Strom und so?«

Alice nickt und sieht noch schuldbewusster aus als zuvor. Sie öffnet den Mund, um etwas zu sagen, lässt es dann aber doch sein. Überhaupt wirkt sie wie jemand, der erwartet, jeden Augenblick geschlagen zu werden. Kann sie denn nicht sehen, dass mein Mensch so etwas ganz gewiss nicht tun wird? Schließlich schaffte er es nicht einmal, dieser schrecklichen Vanessa eine runterzuhauen, und die hätte es wirklich verdient.

»Dann ist ja gut«, sagt Tobias betont heiter und erhebt sich aus dem Sessel. »Ich störe Sie mal nicht länger. Wir sind ja jetzt Nachbarn. Wissen Sie, ich habe ein Antiquariat, und wenn wir hier erst einmal alles eingerichtet haben, dann machen wir ein Eröffnungsfest. Spätestens da sehen wir uns sicherlich wieder. Vielleicht ja auch … na ja … früher. Ich würde mich … Jedenfalls fände ich das sehr schön. Eine gute Nacht dann. Komm, Zola!«

»Was ist ein Antiquariat?«, ertönt da Emmas klare, helle Stimme.

Tobias schenkt ihr einen erfreuten Blick.

»Ein Laden für gebrauchte Bücher«, antwortet er.

»Mit Geschichten drin?«

Tobias strahlt sie an und nickt. »Es gibt auch ein paar Bildbände«, erklärt er dann. »Aber hauptsächlich sind es Geschichten. Romane und so.«

»Dann heißt Ihr Hund nach dem Schriftsteller Émile Zola?«

Tobias schaut Alice an, als sei sie ein Weltwunder.

»Ja«, sagt er hingerissen. »Wissen Sie, er hatte auch einen Hund und ging jeden Morgen mit ihm spazieren. Haben Sie seine Bücher gelesen?«

»*Das Paradies der Damen*«, antwortet Alice, und ihre Augen leuchten auf. »Das hat mir gefallen. Da geht es um ein Pariser Warenhaus und um die Leute, die dort arbeiten. Aber … das ist schon eine Weile her. In letzter Zeit … kam ich nicht mehr zum Lesen.«

»Wenn Sie möchten«, sagt Tobias, »dann schauen Sie doch mal bei uns vorbei. Ich habe noch ein paar andere Romane von ihm. Im Moment ist zwar alles noch in Kisten verpackt, aber das wird sich bald ändern.«

»Und du und dein Hund«, fragt Emma, »ihr wohnt ab jetzt drüben im großen Haus?«

»Ja«, sagt Tobias und sieht sehr glücklich aus. »Zola, ich und das Antiquariat.«

»Und Frau Kratzer?«

Emma will es offenbar ganz genau wissen. Tobias denkt ein bisschen über diese Frage nach, so als hätte er sich das selbst noch gar nicht überlegt. Auch ich bin gespannt auf seine Antwort. Ich kann nicht behaupten, dass ich Frau Kratzer besonders mag. Auf der anderen Seite werde ich immer traurig, wenn jemand sein Zuhause verliert.

»Na ja«, sagt Tobias schließlich und fährt sich mit der Hand durch sein Haar. »Warum soll sie nicht bleiben, wo sie ist? Das Haus ist doch groß genug. Oder?«

»Frau Kratzer kann manchmal sehr garstig sein«, setzt Emma nach.

»Aber Emma!«, weist sie ihre Mutter erschrocken zurecht.

Doch das Mädchen lässt sich nicht beirren. Kampfluslustig und mit blitzenden Augen steht sie da, die Arme vor der Brust verschränkt, das Kinn vorgereckt. Im Grunde, denke ich, stimmt es nicht ganz, was sie sagt: Frau Kratzer ist nicht nur manchmal garstig, sie ist es eigentlich immer.

»Ich schätze«, wendet Tobias beschwichtigend ein, »sie muss sich erst mit der Tatsache abfinden, dass nicht sie das Haus geerbt hat. Das ist sicherlich nicht einfach für sie. Früher oder später wird sie sich an mich und Zola gewöhnen. Das hoffe ich jedenfalls.«

Dann sieht er auf die Uhr.

»Meine Güte, es ist ja schon spät! Musst du morgen nicht zur Schule? Wir gehen dann mal. Bis bald und gute Nacht!«

Und damit sind wir draußen. Tobias rennt fast den Kiesweg zum großen Haus hinunter, am liebsten würde er einen Luftsprung machen, so wie er duftet. Als hätte er eine richtig gute Nachricht erhalten, und ich grüble darüber nach, ob ich womöglich etwas verpasst habe. Doch dann wird mir alles klar: Alice ist die gute Nachricht. So wie die Dinge stehen, dürfen Emma und sie sicherlich im kleinen Haus bleiben. Das macht mich glücklich. Sie riechen so gut!

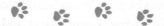

Die nächsten Tage geht es hoch her. Es kommen und gehen so viele fremde Menschen, dass ich den Überblick und mitunter fast die Nerven verliere. Auf beiden Seiten der großen Halle gehen je drei Räume ab, die sich ähneln wie die linken und rechten Pfoten eines sechsbeinigen Tieres. Aus ihnen werden die alten Möbel herausgeschleppt und in den Keller getragen. Frau Kratzer hat Einwände, doch keiner hört auf sie, und irgendwann zieht sie sich wieder zurück. Als die Räume leer sind, werden Gestelle für die Herzensräuber an den Wänden aufgebaut. Schließlich überlasse ich die Aufsicht über die große Halle meinem Menschen und mache mich daran, den Rest des Hauses zu inspizieren.

Seitlich unter der großen Treppe befindet sich eine Tür, hinter der sich das eigentlich Interessante verbirgt: die Küche. Sie ist riesengroß und so wie die Eingangshalle mit weißen und schwarzen Steinplatten ausgelegt. Ich bin sehr stolz auf meinen Menschen, denn selbst Pepes Küche war kleiner. Ein ziemlich imposanter Herd steht mitten im Raum, und über ihm hängen glänzende, rötlich metallene Töpfe und andere Utensilien. Zum hinteren Garten hin gehen mehrere Fenster hinaus, und genau in der Mitte befindet sich eine Fenstertür. Ich drücke mit der Pfote gegen sie, doch sie ist verschlossen. Ein großer Tisch mit vielen Stühlen steht nahe bei den Fenstern, und zu meinem Entzücken entdecke ich dahinter einen Raum nur für Fressbares. Da die Tür offen steht, muss ich mich da drinnen natürlich ausführlicher umsehen. Es duftet nach Brot, Speck und Würsten und nach vielen anderen guten Dingen, die ich erst noch erkunden muss. Gerade habe ich ganz hinten in einer unzugänglichen Ecke ein vertrocknetes Etwas gefunden, das meinen Speichel nur so zum Fließen bringt. Es ist ein steinhartes Stückchen Wurst, zu dem ich mich niederlasse, um diesen Leckerbissen in aller Ruhe zu zerkauen. Da fällt auf einmal ein Schatten über mich. Frau Kratzer steht in der Tür, und sie ist mit einem Besen bewaffnet. Sie schreit ein paar sehr hässliche Dinge, und da ich es nun mal nicht leiden kann, wenn man mich anschreit, und ich außerdem nicht einsehe, warum ich ihr meine

Beute überlassen sollte, schnappe ich mir den Wurstzipfel und schlüpfe, ehe sie etwas tun kann, zwischen ihren Beinen hindurch in die Küche, wo die Gartentür auf einmal offen steht. Ich spurte hinaus und finde mich in weicher, warmer Erde wieder. Um mich herum wächst in schönen Reihen Gemüse, auch ein paar Wühlmäuse haben ihr Aroma hier hinterlassen. Und ja, wo kommt denn dieser Leckerduft auf einmal her? Ich wittere doch tatsächlich Kaninchen. Ich wühle ein bisschen in der lockeren Erde und überlege mir, ob ich meinen Wurstzipfel hier irgendwo verbuddeln soll, doch da ist schon wieder diese lästige Frau hinter mir her und schreit noch viel schlimmer als vorhin in der Kammer.

»Raus aus meinen Mohrrüben«, kreischt sie mit dieser Stimme, die irgendwie eine üble Ähnlichkeit mit Tobias' altem Telefon hat, sodass ich, obwohl ich sie lieber packen und schütteln möchte, unwillkürlich den Schwanz einziehe und mich ins nahe Gebüsch verziehe. Unter dem dichten, dornigen Gestrüpp schiebe ich den Kopf hervor und zeige ihr aus dieser sicheren Entfernung mein fletschendes Gebiss.

Emma hat vollkommen recht, denke ich, so laut ich kann, du bist ja so was von garstig!

Da verstummt sie mitten im Satz, als hätte sie vergessen, was sie gerade sagen wollte, und sieht mich mit einem Ausdruck im Gesicht an, den ich nicht gleich verstehen kann. Er ist wütend und traurig zugleich, dass ich Angst bekomme, sie könnte in Tränen ausbrechen. So als wären meine Wühlspuren in ihrem Möhrenbeet die letzte von viel zu vielen Kränkungen, die sie in ihrem Leben hat erdulden müssen. Sie lässt die Arme sinken, bis sie kraftlos an ihrer Seite baumeln, dreht sich um und stapft zurück zum Haus. Und auf einmal bin ich kein bisschen böse mehr auf Frau Kratzer. Nein, die alte Frau tut mir nur noch leid.

Tagelang ist mein Mensch damit beschäftigt, die Kisten in die unterschiedlichen Räume zu schleppen, und schon bald habe ich sein System verstanden: In die große Halle kommen alle Geschichten, die irgendwie von Liebe, Sehnsucht, Verlangen und Glück handeln, und das sind ziemlich viele. In das vordere Erkerzimmer auf der einen Seite trägt Tobias alles, was nach Aufregung, Verschwörung und Verbrechen, aber auch nach Gerechtigkeit riecht. Die fröhlichen Geschichten und die für Kinder bekommen im Raum daneben ein Zuhause, während die traurigen, die von Verlust und Herzeleid handeln, in den Raum gegenüber geräumt werden. In den düstersten Raum ganz hinten dagegen, dessen Fenster von einer alten Zypresse verdunkelt werden, wandern die Herzensräuber voller Furcht, Entsetzen und unnennbarem Schrecken. Die mag ich am wenigsten. Der Raum gegenüber ist hinter der Kellertreppe halb verborgen, und hier, hinter einer dicken Tür mit besonderem Schloss, räumt Tobias die wertvollsten seiner Herzensräuber ein. Darunter ist auch jenes, das Vanessa unbedingt haben wollte, als sie uns diesen unerfreulichen Besuch abstattete, aber nicht bekam. Die Fenster dieses Raumes sind von außen mit Eisenstäben gesichert. »Hier sind sie gut aufgehoben«, erklärt mir Tobias. Ich hoffe, er hat recht.

Dann gibt es vorne noch ein zweites Erkerzimmer, und hier verstaut Tobias alle Bücher, die zu keiner anderen Gruppe passen, Geschichten, bei denen viele Gefühle durcheinander ihren Duft hinterlassen haben oder auch nur ganz wenige. Darunter sind auch rätselhafte Bücher, welche die Menschen, die sie lasen, offenbar beruhigten, ihnen Sorgen wegnahmen und sie mit Zufriedenheit erfüllten. Mit Hoffnung und neuem Lebensmut.

Da ist eines, das ich lange beschnüffle, ohne so richtig schlau aus ihm zu werden, und als Tobias das sieht, kniet er sich zu mir und legt ganz sacht seinen Arm um meinen Hals. Und auf einmal verströmt auch er das Bukett, das diesem Herzensräuber entströmt, irgendwie zufrieden und glücklich. Aber es ist ein Glück von der ruhigen Art, wie das, was ich fühle, wenn ich abends in meinem Körbchen liege, meinen Menschen betrachte und aufhöre zu denken. Wenn mein Magen gefüllt und auch ansonsten alles in Ordnung ist und ich meiner Hundenatur freien Lauf lassen darf. Wenn ich einfach nur bin.

»Gefällt dir der Dalai Lama?«, flüstert Tobias leise in mein Ohr. Ich schaue ihm in die Augen. Dieser Herzensräuber heißt also Dalai Lama? Das werde ich mir merken.

Dann strubbelt Tobias mir über den Kopf und sagt das Zauberwort: »Feierabend!«, was auf Hündisch heißt: »Jetzt machen wir es uns miteinander gemütlich.« Ich lasse den Dalai Lama dort, wo er ist, und folge meinem Herrn und Meister in der Erwartung eines leckeren Abendessens. Meine Hoffnung wird auch diesmal nicht enttäuscht.

Je mehr Ordnung in unser neues Heim einkehrt, desto schwieriger gestaltet sich meine angestammte Aufgabe: meinen Menschen zu bewachen. Früher gab es nur eine Höhle der Herzensräuber, jetzt haben wir sechs davon, und alle befinden sich zu ebener Erde, während mein Mensch beschlossen hat, in einem der oberen Zimmer zu schlafen. Seit die Theke mit der Kasse in der großen Eingangshalle aufgebaut wurde samt einigen Gestellen mit besonders bunten und durchmischten Büchern, sitze ich in der Klemme. Da nützt es auch nichts, dass Tobias großzügig, wie er ist, noch mehr Körbchen für mich gekauft hat und jetzt nicht nur in der Halle der Herzensräuber, sondern auch in seinem Zimmer und unter großem Protest vonseiten Frau Kratzers sogar in der Küche eines für meine Bequemlichkeit sorgt. Doch natürlich muss ein anständiger Herzensräuber-Hund die Kasse bewachen, das hat mir schon mein erster Mensch beigebracht. Aber noch wichtiger ist mein Mensch selbst. Schlafe ich in der großen Halle, bewache ich Haus samt Inhalt, also auch meinen Menschen. Der Haken ist: Über der Treppe wohnt Frau Kratzer, und die ist meinem Menschen alles andere als wohlgesinnt. Sie nennt ihn »Erbschleicher«, wann immer sie ihn zu sehen bekommt, und obwohl ich das Wort nicht kenne, kann es nichts Gutes bedeuten, gemessen an dem Hass, mit dem sie es herausstößt. Wäre sie imstande, meinen Menschen im Schlaf zu überfallen? Ich kann es nicht ausschließen und weiß nicht, was ich tun soll.

Schließlich finde ich die Lösung: Ich lege mich auf dem obersten Treppenabsatz schlafen, zwischen dem Zimmer von Frau Kratzer und dem meines Menschen. Von hier aus habe ich auch die große Halle im Auge samt Eingangstür. Tobias versteht recht schnell und stellt mir bereits am zweiten Abend mein Körbchen an Ort und Stelle. Zwar schrecke ich jedes Mal auf, wenn die alte Kratzer nachts die kleine Kammer aufsucht, in der die Menschen ihre Notdurft loswerden, doch ich habe ohnehin einen leichten Schlaf und liege viele Stunden lang wach. Immer wenn sie in ihrem müffelnden Nachthemd aus ihrem Zimmer krabbelt, wirft sie mir einen misstrauischen Blick zu. Ich nehme es mit Gelassenheit. Solange sie nicht die unsichtbare Grenze zwischen ihrem Zimmer und der Tür meines Menschen überschreitet, behalte ich sie lediglich im Auge.

Eines Nachts allerdings schrecke ich wegen eines neuen Geräuschs auf. Deutlich höre ich ein Schaben an einem der unteren Fenster. Ich husche leise hinunter in die große Halle und lausche. Das Geräusch kommt aus einem der Erkerzimmer, und ich gehe nachsehen, was dort los ist. Jemand macht sich am Fenster zu schaffen. Es muss die Stelle sein, an der ich schon zuvor Spuren im niedergetrampelten Gras gefunden habe. Ich überlege, ob ich gleich anschlagen soll, doch dann läuft der Dieb womöglich davon, also warte ich, bis er im Haus ist. Da kann ich ihn in Schach halten und gleichzeitig meinen Menschen alarmieren.

Ich verberge mich im Dunkeln hinter einem Stapel noch nicht eingeräumter Herzensräuber und warte. Der Eindringling schiebt vorsichtig das Fenster ein Stück weit hoch und zwängt seinen Kopf hindurch. Irgendwie kommt mir der Geruch bekannt vor, und spätestens als sie von der Fensterbank ins Zimmer springt wie ein Kätzchen, habe ich sie erkannt. Es ist Emma. Das kleine Mädchen aus dem überwachsenen Haus. Ich bin wütend. Ich bin enttäuscht. Dass ausgerechnet Emma mit dem freundlichen Duft eine Diebin ist, hätte ich nicht erwartet. Schon will ich sie am Hosenbein packen, da halte ich inne. Sie trägt ihre Schlafhose, und die schnuppert dermaßen nett, dass ich es nicht über mich bringe hineinzubeißen. Vielleicht sollte ich erst einmal abwarten, was Emma im Schilde führt? Dann kann ich ja immer noch eingreifen.

Das Mädchen sieht sich neugierig um, und ich ducke mich noch tiefer hinter den Stapel Herzensräuber. Dann geht sie zu einem Regal und legt den Kopf schief, so wie es viele Kundschaft-Menschen tun, wenn sie das richtige Buch für sich suchen. Warum das so ist, habe ich noch nicht verstanden, vielleicht können Menschen dann besser riechen? Emma lässt ihre Finger an den Rücken der Herzensräuber entlanggleiten und hält plötzlich bei einem inne. Sie zieht es heraus und betrachtet es. Dann steckt sie es zurück und sucht weiter.

Endlich findet sie einen, der sie interessiert. Es ist ein großer Herzensräuber mit Bildern darin, und Emma setzt sich auf eine der vom Mond hell beschienenen Kisten und schlägt ein Bein unter. Ganz vorsichtig öffnet sie das Buch. Seite um Seite schlägt sie um, doch sie liest nicht, das sehe ich genau. Sie sieht sich nur die Bilder an, und als sie damit durch ist, springt sie auf und holt sich ein neues. So geht das eine Weile, bis sie sich streckt und neugierig umschaut und offensichtlich beschließt, das Haus näher zu erkunden. Sie geht in die große Halle, und ich schleiche hinter ihr her. Vor der Verkaufstheke bleibt sie stehen, nimmt ein Lesezeichen hoch und legt es wieder hin, dann einen Bleistift. Währenddessen pirsche ich mich lautlos an. In der Schublade hält Tobias eine Belohnung für sich selbst versteckt, etwas Süßes in raschelndem Papier, das mich jedes Mal irrsinnig neugierig macht, wenn er die Lade öffnet.

»Das ist Schokolade«, hat Tobias mir einmal erklärt, ehe er sich ein Stück von dem braunen Zeug in den Mund schob, »Schokolade ist giftig für Hunde. Da ist etwas drin, das kann euch umbringen, hörst du?«

Emma zieht vorsichtig die Schublade auf und steckt ihre Nase hinein. Die giftige Schokolade nehme ich bis hierher wahr. Emma offenbar auch. Mit sicherem Griff zieht sie die Raschelpackung heraus und leckt sich kurz über die Lippen. Schuldbewusst schaut sie kurz zum Treppenaufgang hinüber. Dann starrt sie wieder auf das Päckchen in ihrer Hand, und ich kann direkt fühlen, wie sie mit sich ringt. Emma ist keine Diebin, aber ich fürchte, die Schokolade, so giftig sie auch sein mag, ist stärker als sie. Auf einmal nehme ich noch etwas wahr: den Geruch von Hunger. Emma ist hungrig. Sie ist tatsächlich ziemlich dünn für ein Menschenkind. Und da ist es auch schon passiert. In einem einzigen Atemzug ist die

ganze Schokolade in ihrem kleinen Mund verschwunden, schneller hätte selbst ich es nicht geschafft. Sorgfältig faltet sie die leere Packung so zusammen, dass es
aussieht, als wäre der Inhalt noch darin, legt sie zurück
in die Schublade und schiebt diese zu.

Jetzt ist es an der Zeit, ihr klarzumachen, dass sie nicht
allein ist. Dass jemand gesehen hat, wie sie die Schokolade meines Menschen gestohlen hat. Ich kann nur hoffen,
dass die nur für Hunde giftig ist und nicht auch für freche kleine Mädchen. Ich trete Emma also im Mondlicht
entgegen, und sie verschluckt sich fast vor Schreck, denn
noch immer bläht die Schokolade ihr die Backen auf. Ihr
erster Impuls ist fortzulaufen. Doch ihr wird sofort klar,
dass ich ihr folgen würde, auch durch das Fenster. Also
nimmt sie all ihren Mut zusammen, kommt auf mich zu
und kniet sich vor mich hin.

»Guter Hund«, flüstert sie mit vollem Mund, und ich
muss mich zusammenreißen, ihr nicht das verschmier-
te Gesicht abzulecken, so verführerisch mischt sich ihr
Duft mit dem der Schokolade, die braune Flecken um ihren Mund zurückgelassen hat. »Du verrätst mich nicht,
was, Zola?«

Das muss ich mir noch überlegen, denke ich, so fest
ich kann.

»Nein, nein, das machst du nicht«, flüstert sie und
schluckt den letzten Rest des Süßzeugs hinunter. »Ich
hab schließlich gar nichts gemacht«, schwindelt sie.
»Hab ich etwa etwas Unerlaubtes getan? Hast du irgend-
einen Beweis?«

Ich würde ihr gerne sagen, dass ihr Gesicht voller

Schokolade ist und Tobias sofort erkennen würde, was sie getan hat, wenn er sie so sähe. Doch er sieht sie nicht, er schläft. Sollte ich ihn wecken? Mein Mensch braucht seinen Schlaf. Er wäre sicherlich nicht zufrieden mit mir, wenn ich ihn wegen eines kleinen Mädchens, das sich ein paar Bücher ansieht und seinen Hunger mit Schokolade stillt, aufwecken würde. Und außerdem. Ich habe die Zeiten nicht vergessen, als ich gezwungen war, mir mein Futter zusammenzustehlen. Ob Emma und ihre Mutter wohl arm sind? Ob sie Geldsorgen haben, so wie wir bis vor Kurzem? Ich weiß es nicht, aber schon der Gedanke macht mich traurig.

»Dann geh ich jetzt wieder«, sagt Emma leise und steht auf. Sie tritt zögernd ins Erkerzimmer zu dem offenen Fenster und sieht sich prüfend zu mir um. So mutig dieses kleine Mädchen auch ist, jetzt hat sie es doch mit der Angst zu tun bekommen. Es gibt keinen Grund. Zola hat beschlossen, dass Emma irgendwie … ja, zur Familie gehört. Und darum begleite ich sie bis zum Fenster und sehe ihr zu, wie sie wieder hinausklettert. Mit einem Plumps ist sie im Garten. Doch ehe sie verschwindet, reckt sie sich nochmals auf die Zehenspitzen und lugt zu mir herein.

»Gute Nacht, Zola«, flüstert sie. Dann schließt sie das Fenster und ist auch schon fort. Ein winziger Spalt jedoch bleibt offen.

Ich stehe noch eine Weile dort und lausche, für den Fall, dass sie zurückkommt. Dann gehe ich von Raum zu Raum und überprüfe die Fenster. Sie sind alle geschlossen. Es ist vollkommen ruhig im Garten. Trotzdem bin ich so aufgewühlt, dass ich den Rest der Nacht nicht mehr schlafen kann. Ich bin besorgt. Wenn ein kleines Mädchen hier einfach so einsteigen kann, dann können es fremde Diebe ebenso. Etwas muss geschehen. Und doch. Werden alle Fenster gesichert, wie soll Emma dann je wieder mich und die Herzensräuber besuchen kommen?

Es bleibt nur eine Lösung: Zola muss aufpassen. Und genau das wird er tun.

10

Die bösen Buben

Ich finde es schön, dass mein Mensch so glücklich in dem großen Haus ist, denn weil er es ist, bin ich es auch. Mein Revier hat sich ungeheuer vergrößert, und manchmal wünsche ich mir, Tschakko und die anderen könnten mich sehen. Doch ein so großes Reich bringt eine Menge Verantwortung mit sich. Oft habe ich das Gefühl, überall gleichzeitig sein zu müssen, was auch der beste Hund der Welt nicht schaffen kann. Ich frage mich, wie das erst sein wird, wenn die Kunden kommen und hier überall herumspazieren. Dann werde ich nervös. Wenn das passiert, gehe ich in den Raum mit den vielen Fenstern über Eck, wo der Herzensräuber namens Dalai Lama aufbewahrt wird. Ich schnuppere eine Weile an den Regalen entlang und fühle mich gleich besser. Meine Zuversicht kehrt zurück, und das ist gut. Ein Hund ohne Zuversicht ist nämlich verloren, der kommt nicht mehr so schnell auf die Pfoten.

Bei all diesen Aufregungen freut es mich, wenn etwas gleich bleibt in Tobias' und meinem Leben. Und das sind vor allem unsere Morgenspaziergänge mit Max und dessen Menschen. Seit Tobias und er eine halbe Nacht miteinander auf Kisten voller Herzensräuber saßen und stundenlang miteinander redeten und lachten, weiß ich, dass er Moritz heißt.

Ja, noch nie zuvor habe ich meinen Menschen so viel lachen hören, und sogar als der Name Bohn fiel, der mir persönlich immer noch die Nackenhaare aufstellt, blieb Tobias erstaunlich entspannt. Also nehme ich an, Herr Bohn wird nicht wiederkommen und sein graues Gesicht in unsere Papiere stecken.

Wir gehen also nach wie vor jeden Morgen zum Neckar, wo Max und ich herumtollen und immer neue Varianten erfinden übereinanderzupurzeln. Wir lieben es auch, miteinander zu kämpfen, aber nur im Spiel, und natürlich gewinne immer ich. Bis auf die paar Mal, wenn ich mich freiwillig unterlegen zeige, damit Max nicht irgendwann den Spaß verliert.

Eines Morgens sind wir viel früher dran als sonst. Auf dem Weg zum Fluss bemerke ich eine Straßenkreuzung weiter eine Gruppe von Kindern, die ihre Taschen auf dem Rücken tragen. Auf der Stelle nehme ich wahr, dass da etwas nicht stimmt, es riecht nach Grausamkeit und Angst. Darunter mischt sich ein Geruch, den ich kenne. Ganz automatisch bewegen sich meine Pfoten schneller. Zum Glück hat Tobias die Leine in der Tasche gelassen, sonst müsste ich ihn jetzt hinter mir herschleifen, und das gehört sich schließlich nicht. Ich trabe also näher. Tatsächlich. Es ist Emma, und sie ist eingekreist von anderen Kindern. Von lauter Jungen.

»Lasst mich in Ruhe«, höre ich Emmas klare, empörte Stimme, und auch ich werde wütend, als ich die Angst wahrnehme, die in ihrer tapferen Stimme mitschwingt. Emma ist ein mutiges Mädchen, und jeder, der ihr Angst einjagt, ist mein Feind.

»Zola«, höre ich meinen Menschen rufen, »wo läufst du denn hin?« Jetzt ist jedoch keine Zeit für Erklärungen, denn ein Junge versetzt gerade Emma einen Schubs, sodass sie gegen die anderen Kinder fällt, die hinter ihr stehen.

»Pass doch auf, du Missgeburt«, schreit einer von denen und gibt Emma einen heftigen Knuff. Ich bin der Meinung, dass es so nicht weitergehen kann, und beginne entschlossen zu bellen. Die Jungen fahren auseinander und starren mich an, während ich um sie herumtanze und sie mit Scheinangriffen traktiere. Doch als einer einen Stein aufhebt und nach mir zielt, werde ich erst so richtig böse. Damals am Strand hat ein ähnlicher Stinkbeutel die arme Betty, eine in die Jahre gekommene Terriermischlingsdame, mit einem einzigen Steinwurf getötet; am Kopf hat er sie getroffen, sodass sie umfiel, noch kurz mit den Läufen strampelte und dann starb. Und deswegen fahre ich dem Lümmel ans Bein, noch ehe er richtig zielen kann, zwicke ihn ordentlich in die Wade, ohne ihn wirklich zu beißen, springe dem nächsten mit den Vorderläufen gegen die Brust, dass er auf seinen Hintern fällt, und dann reicht es, meinen Nackenpelz aufzustellen, die Zähne zu fletschen und in alle Richtungen zu bellen, um die Bande vor mir her die Straße hinunterzutreiben, bis sie rennen, was ihre Beine hergeben.

»Haben sie dir wehgetan?«, fragt Tobias Emma mit einer Stimme, die mein Herz für ihn schmelzen ließe, würde ich ihn nicht ohnehin schon mehr lieben als mein Leben. Emma presst die Zähne aufeinander und schüttelt tapfer den Kopf. Sie ist immer noch wütend. Und verzweifelt. Mein Gefühl sagt mir, dass dies nicht ihre erste Begegnung mit den bösen Buben war. Und auch nicht ihre letzte.

»Wo musst du denn hin?«, fragt Tobias. »Sollen wir dich ein Stück begleiten?«

Emma antwortet nicht. Sie ist ganz weiß im Gesicht. Um den Mund, der erst neulich noch ringsum mit Schokolade verschmiert war und so frech grinsen konnte, gräbt sich eine feine Linie ein, die mir nicht gefällt. Ein so junges Menschenkind sollte solche Linien noch nicht haben müssen. Das ist etwas für ältere Menschen. Auch Tobias schaut sie besorgt an.

»Das waren doch nicht etwa deine Schulkameraden?«, fragt er.

Emma scharrt verlegen mit dem rechten Schuh.

»Dann sollte deine Mutter mit den Lehrern sprechen.«

»Lieber nicht«, antwortet Emma leise. »Das würde alles nur noch schlimmer machen.« Und dann gibt sie sich einen Ruck und rennt hinter den bösen Buben her. Obwohl klar ist, dass sie am liebsten woanders wäre.

An diesem Tag bin ich beim Spielen mit Max nicht so recht bei der Sache. Emma geht mir nicht aus dem Kopf und die bösen Buben auch nicht, vor allem nicht der mit dem Stein. Ich mache mir Sorgen, was Emma alles zustoßen könnte, und darum bin ich froh, dass Max heute seinen neuen Ball mitgebracht hat, denn bei diesem Spiel laufe ich nur bellend hinter ihm her und mache ein bisschen Stimmung. Auf diese Weise kann ich meine ganze Wut auf Emmas Angreifer loswerden, und als ich einmal doch nach dem Ball schnappe, was sonst gar nicht meine Art ist, beiße ich prompt ein großes Loch in das Leder.

»Ich kaufe dir einen neuen«, verspricht Tobias meinem Freund, als der Ball nicht mehr rollt und er enttäuscht die Ohren hängen lässt.

Am nächsten Morgen tue ich etwas, was ein anständiger Hund eigentlich nicht macht: Ich schleiche mich noch etwas früher als am Tag zuvor aus der Villa und warte, bis Emma mit der Tasche auf dem Rücken das Pförtnerhaus verlässt.

»Zola«, ruft sie erfreut, und noch mehr freut sie sich, als sie merkt, dass ich sie begleite. An jener Straßenecke stehen schon wieder ein paar von den Jungen und kicken Steine vor sich her. Sie scheinen auf jemanden zu warten. Auf Emma? Ich kann fühlen, dass das Mädchen neben mir den Atem anhält und sich ganz aufrecht hält. Trotz, Wut und Angst mischen sich in das Emma-Aroma. Die Jungen haben ihre Daumen in den Hosentaschen, einer will verwegener sein als der andere, doch kaum haben sie mich bei Emma gesehen, werden sie zu den kleinen Jungs, die sie nun einmal sind, und laufen davon.

»Danke, Zola«, sagt Emma leise, und ich streife sie ganz kurz mit meiner Flanke an den Beinen. Sie bleibt stehen und sieht mich an. »Jetzt musst du sicher wieder zurück«, sagt sie. »Tobias wartet auf dich.« Doch ich rühre mich nicht von der Stelle.

Heute begleite ich dich bis zur Schule, denke ich, so fest ich kann, und endlich setzt sich Emma, wenn auch zögernd, in Bewegung.

»Und wenn du nicht mehr nach Hause findest?«, fragt sie. »Ich kann dich nämlich nicht zurückbringen, verstehst du?«

Ich ziehe kurz die Lefzen zurück und zeige ihr freundlich meine Zähne, so wie die Menschen es tun, wenn sie lächeln. Als ob ich nicht zurückfinden könnte! Da kennt sie Zola aber schlecht.

Es zeigt sich, dass es eine gute Idee war, Emma bis zur Schule zu bringen, denn die Dumpfbacken lauern ihr doch tatsächlich vor dem großen Tor schon wieder auf. Als sie mich sehen, gehen sie freiwillig ins Gebäude, und zum Glück kommt gerade eine Horde älterer Mädchen, in der Emma winkend verschwindet und ins Schulgebäude gespült wird. Drinnen ist sie hoffentlich sicher.

Als ich außer Atem in vollem Galopp bei der Villa ankomme, hat Tobias nichts von meinem Ausflug bemerkt. Er trinkt gerade seinen Kaffee und hat die Nase in einem Herzensräuber, und spätestens da weiß ich, dass er sich keine Sorgen um mich gemacht hat. Er kann sich kaum von dieser Geschichte losreißen, die irgendwie mit fernen Ländern zu tun haben muss und von der Aufregung des Reisens, die ich ja ebenfalls kenne, seit ich hier bei ihm gelandet bin. Endlich klappt er den Herzensräuber zu und holt die Leine vom Haken.

»Hoffentlich lassen die Kerle Emma künftig in Ruhe«, murmelt er, als wir am Pförtnerhäuschen vorübergehen.

Das lass nur meine Sorge sein, denke ich, und Tobias wirft mir einen überraschten Blick zu.

»Ich wollte mich bedanken«, sagt Alice und weiß vor Verlegenheit nicht, wo sie hinschauen soll. »Das ist sehr nett, dass Zola meine Emma zur Schule begleiten darf. Eine Lehrerin fragte mich neulich, ob wir seit Neuestem einen Hund hätten.«

Tobias schaut sie verdutzt an, dann schenkt er mir einen langen, fragenden Blick. Ich halte ihm stand, und dann begreift er alles.

»Zola macht das gerne«, sagt er zu Alice. »Die beiden mögen sich. Und wenn Emma Spaß daran hat, warum nicht?«

Alice nickt, und die Hitze steigt ihr in den Kopf. Sie sieht sich scheu in der großen Halle um, und als Tobias das bemerkt, zeigt er ihr das gesamte Höhlensystem der Herzensräuber.

»So viele Bücher«, staunt Alice, geht zu einem der Regale und legt auf Menschenart den Kopf schräg.

»Wenn Sie möchten, suchen Sie sich ruhig etwas aus«, sagt Tobias und tritt vor Aufregung von einem Bein auf das andere. Doch da reißt sich Alice von den Bücherreihen los und sieht Tobias direkt an.

»Ich wollte mit Ihnen über … über unser … Mietverhältnis sprechen«, sagt sie und holt tief Luft. »Jetzt, wo das alles Ihnen gehört, kommt es mir falsch vor, die Miete weiterhin an Frau Kratzer zu bezahlen. Jedenfalls wollte ich das mit Ihnen besprechen. Es …

es ist mir sehr wichtig, dass das alles seine Richtigkeit hat.«

Alice atmet erleichtert auf, gerade so als hätte sie einen anstrengenden Spurt hingelegt und nicht einfach ein paar Sätze gesagt.

»Frau Kratzer nimmt Miete von Ihnen?«, fragt Tobias irritiert.

Alice nickt.

»Ja, natürlich, und ich bezahle immer pünktlich.«

Ich hebe wachsam den Kopf, denn in Tobias' Überraschungsnote mischt sich langsam, aber stetig aufsteigender Ärger.

»Frau Kratzer«, schreit er so unvermittelt, dass ich aus dem Körbchen springe und zu bellen beginne. »Kommen Sie sofort herunter! Und du, Zola, sei still!«

Widerwillig beende ich mein Gebell mit ein paar leiseren Wuffs und stelle mich mit aufgerichteter Rute neben meinen Menschen. Oben geht die Tür auf, und die alte Frau schiebt ihren Kopf heraus.

»Was willst du von mir, Erbschleicher?«, fragt sie, und ich muss mich zusammenreißen, um ihr nicht angemessen auf Hundeart zu antworten.

»Kommen Sie herunter, Frau Kratzer, oder ich komme hoch zu Ihnen, und das werden Sie bereuen!«

Ich kann nicht umhin, stolz auf meinen Menschen zu sein. Er mag sanft sein und manchmal ein zu weiches Herz haben, aber wenn es darauf ankommt, ist er ein ganzer Kerl.

Es funktioniert. Leise schimpfend kommt Frau Kratzer die Treppe herunter.

»Stimmt es«, fragt Tobias sie streng, als sie vor ihm steht, »dass Sie von dieser Dame Miete verlangen für das Pförtnerhaus?«

»Dame?«

Frau Kratzer sieht Alice missbilligend an, und wieder strömt viel zu viel Hitze in das Gesicht von Emmas Mutter. »Dass ich nicht lache. Natürlich muss sie Miete bezahlen, was glaubst du denn, Erbschleicher!«

»Aber das Haus gehört Ihnen doch gar nicht«, kontert Tobias empört. »Sie können schließlich nicht Miete verlangen für etwas, das Ihnen nicht gehört. Das ist Betrug. Ist Ihnen das klar?«

Frau Kratzer starrt ihn kämpferisch an.

»Betrug, soso«, faucht sie. »Und was ist das, was du hier tust, Grünschnabel? Wenn hier einer ein Betrüger ist, dann du. Alles Betrug, alles Lüge, das mit der Erbschaft. Habe ich etwa jemals einen Erbschein zu sehen bekommen? Hat mir etwa jemals einer einen gültigen Grundbucheintrag gezeigt? Nein. Und warum? Weil alles erstunken und erlogen ist. Glaub mir, Bürschelchen, wenn ich nur die Mittel dazu hätte, ich würde dich hinausklagen aus diesem Haus, das dir nicht gehört. Aber ich hab das Geld nicht. Und niemanden, der mir hilft, niemanden …«

Tobias sieht ziemlich verblüfft aus. Alice ist ein paar Schritte zurückgetreten vor lauter Schreck. Die alte Frau ist so zornig, dass ich Angst bekomme, eine Ader könnte platzen oder ihr Herz kollabieren. Ihr ganzer kleiner, zäher Körper ist in Aufruhr, ihr Atem geht stoßweise. Auch Tobias bemerkt es und tut das einzig Richtige: Er holt den Stuhl von der Theke und stellt ihn hinter Frau Kratzer. Mit einem merkwürdigen kleinen Schnapplaut sinkt sie darauf und in sich zusammen.

»Alice«, sagt Tobias dann, »wissen Sie, wo hier die Küche ist? Würden Sie Frau Kratzer ein Glas Wasser holen, bitte?«

Alice saust davon. Einige Momente lang hören wir nichts außer Frau Kratzers schnarrendem Atem, dann ein großes Klirren aus der Küche.

»Diese Frau ist ein hoffnungsloser Fall«, stöhnt Frau Kratzer leise. »Was sie in die Hand nimmt, geht schief. Ich kann nur hoffen, dass es nicht eines von den guten Gläsern war von …« Und auf einmal fängt die alte Frau an zu schluchzen, zu meiner und Tobias' Bestürzung.

Es dauert eine Weile, bis sie sich wieder beruhigen kann. Das Wasser hilft, und als Alice anbietet, einen Kaffee zu machen, kann Frau Kratzer schon wieder schimpfen, dass sie keine Lust habe, eine neue Kaffeemaschine zu kaufen, weil Alice sie garantiert kaputt machen würde.

»Wie lange haben Sie jetzt die Stelle im Hotel Adler?«

Alice lässt den Kopf hängen und antwortet nicht.

»Schon wieder gekündigt worden? Was war es dieses Mal?«

»Lassen Sie Alice in Ruhe«, mahnt mein Mensch streng. »Wir reden jetzt erst mal über die Miete, die Sie dieser Frau abknöpfen. Damit ist Schluss. Sie zahlen schließlich auch keine Miete, oder?«

Da will die Alte schon wieder auffahren, doch ich lege meine rechte Pfote auf ihr Knie, und sie überlegt es sich anders.

»Wissen Sie, was wir jetzt machen?«, sagt Tobias und erhebt sich. »Wir setzen uns alle drei zusammen in die Küche. Dann kocht Alice einen Kaffee, und zwar auf meine Verantwortung, und danach sehen wir gemeinsam die Papiere durch. Das Testament. Den Erbschein. Und den Auszug aus dem amtlichen Grundbuch. Und danach überlegen wir gemeinsam, ob und wie wir hier alle weiterhin unter einem Dach leben können. Nein«, unterbricht er Frau Kratzer, die etwas einwenden möchte, »keine Widerrede. Wir klären das heute ein für alle Mal. Und wenn es Ihnen nicht passt, Frau Kratzer, dann finden wir sicherlich eine andere Bleibe für Sie.«

Das sitzt. Frau Kratzer schaut meinen Menschen an, als drohe er, ihr einen Dolch ins Herz zu stoßen. Sie reißt den Mund auf, überlegt es sich aber anders. Dann lässt sie sich von Alice aufhelfen und in die Küche führen, während Tobias nach oben in sein Schlafzimmer geht und mit einem dicken Ordner wiederkommt.

Zwei Stunden später liegt der Küchentisch voller Papiere, ein Anblick, bei dem mir durchaus mulmig wird, erinnert er mich doch viel zu sehr an den Albtraum mit Herrn Bohn. Frau Kratzer hat ein ganzes Päckchen Papiertücher vollweinen müssen, doch jetzt hat sie sich beruhigt.

»Ich habe diesen alten Saftsack zwei Jahre lang gepflegt«, sagt sie gerade und putzt sich die Nase. »Immer hat er gesagt: ›Das Haus, liebe Ilse, das gehört einmal dir.‹« Sie schüttelt den Kopf und kann gar nicht mehr damit aufhören. »Und dann vermacht er alles Bernadette. Die er seit mindestens vierzig Jahren nicht mehr gesehen hatte. Ist das zu fassen?«

Ich schnuppere erstaunt und fange einen Hauch von Eifersucht auf. Alice sieht sehr betroffen aus und starrt in ihre Kaffeetasse. Tobias ist voller Mitgefühl, mehr, als es meiner Meinung nach angemessen ist.

»Liebe Frau Kratzer«, sagt er schließlich, »nehmen Sie es nicht so schwer. Von mir aus können Sie hier ja wohnen bleiben, es ist doch Platz genug für uns alle.«

Frau Kratzer schnieft und schiebt trotzig ein paar Papiere auf dem Tisch hin und her.

»Nur wäre es schön«, fährt Tobias fort, und der Klang seiner Stimme wird ein bisschen strenger, »wenn Sie sich entsprechend benehmen könnten. Ein bisschen Freundlichkeit ist doch nicht zu viel verlangt.«

Frau Kratzer schnaubt und fasst mich vorwurfsvoll ins Auge.

»Ihr Hund ist ungezogen«, beschwert sie sich, »er bedroht mich und wühlt meine Gemüsebeete um. Neulich hat er sogar nach mir geschnappt.«

»Dann haben Sie es sicherlich verdient«, sagt Tobias streng. »Zola ist der liebste Hund der Welt, wenn Sie sich anständig benehmen. Nicht wahr, Zola? Sei von jetzt an nett zu Frau Kratzer.«

Ich blinzle zu ihm auf. Nur wenn sie auch nett ist, denke ich, und Tobias grinst.

»Und was irgendwelche Mietzahlungen anbelangt«, schließt Tobias das Ganze ab, »so wird mein Freund Moritz in den nächsten Tagen unsere Nebenkosten ausrechnen, und die werden anteilig auf ein Hauskonto über- wiesen. Auch von mir. Plus ein paar Euro Rücklagen für die Renovierungen, die eher früher als später notwendig werden. Damit wir alle auch noch in ein paar Jahren hier leben können, ohne dass uns das Dach auf den Kopf fällt. Einverstanden?«

»Das ist sehr großzügig. Vielen Dank«, sagt Alice er- leichtert, während Frau Kratzer die Lippen aufeinander- presst. Tobias sieht es, und ich kann fühlen, wie er lang- sam die Geduld verliert.

»Jetzt hören Sie mir mal genau zu: Wenn Ihnen die alte Villa gehören würde«, erklärt ihr Tobias streng und klingt auf einmal ein bisschen wie Moritz, Max' Mensch, »dann müssten Sie das alles alleine bezahlen. So teilen wir es untereinander auf. Und Sie haben Gesellschaft auf Ihre alten Tage.«

»Soso«, macht Frau Kratzer und sieht schon nicht mehr so verkniffen aus, ja sie lächelt sogar ein bisschen, wenn auch schief, »dann sollte ich dem alten von Stra- ten am Ende noch dankbar sein, was?«

»Das wäre durchaus angebracht«, antwortet Tobi- as und steht auf. Sogar Frau Kratzer ist klar, dass die Unterredung damit beendet ist. Ich bin stolz auf mei- nen Menschen. Er benimmt sich genau wie ein richti- ger Rudelführer.

Dennoch gilt es, wachsam zu sein. Ein guter Hund sollte wissen, mit wem er und sein Mensch in einem Haus leben, und darum behalte ich Frau Kratzer im Auge. Zu gerne würde ich ihr Zimmer untersuchen, doch offenbar ahnt sie das, denn sie hält es immer gut verschlossen. Ohnehin verschanzt sie sich die meiste Zeit hinter dieser Tür und geht nur zu den Mahlzeiten in die Küche. Hin und wieder zieht sie sich einen Mantel über, schnallt sich einen Rucksack auf den Rücken und verlässt das Haus. Wenn sie wiederkommt, geht sie in die Küche und packt lauter gute Sachen aus. Am liebsten würde sie mich dann verjagen, doch seit dort mein Körbchen steht, kann sie das nicht mehr.

»Wenn Sie möchten«, hat Tobias gutmütig, wie er ist, schon öfter angeboten, »kaufe ich mit dem Auto für Sie mit ein. Dann brauchen Sie nicht so schwer zu schleppen.«

Doch Frau Kratzer antwortet mit komischen Wörtern wie »Papperlapapp« oder »Quatsch mit Soße« und will davon nichts wissen.

Eines Tages jedoch sehe ich nach und traue meiner Schnauze kaum: Frau Kratzers Tür ist nur angelehnt. Ich drücke sie vorsichtig auf und stelle fest, dass sie nicht in ihrem Zimmer ist. Rasch schlüpfe ich hinein und sauge ihre Geheimnisse auf, die sie hier verborgen hält. Es ist schon eine Weile her, dass gelüftet wurde, und ganz deutlich setzt meine Nase mir so etwas wie eine Gefühlslandschaft zusammen. Dass Frau Kratzer sehr einsam ist, wusste ich schon vorher. Aber warum ist das eigentlich so? Wieso hat sie keine Freunde, keine Familie, keine Menschenseele, die sich um sie kümmert? An dem staubigen Sessel und an der Wolldecke darauf haben sich ein paar alte Hoffnungen verfangen, die sie inzwischen aufgegeben hat. Hoffnungen und Sehnsüchte nach … Liebe? Ja, kein Zweifel, Frau Kratzer hat hier gesessen und war erfüllt von Liebe zu einem Mann, und das ist noch gar nicht so lange her. Aber auch ganz viel Traurigkeit klebt an diesem Liebesduft, Schmerz und Verlust. Und dann werde auch ich traurig, denn das alles erinnert mich daran, wie ich meinen ersten Menschen verlor. So riecht jemand, der jemanden liebt, der sterben muss, und dann fällt mir der alte Herr ein, dem das Haus einst gehört hat und dessen bitterer Abschiedsdunst noch aus den Zimmern strömt.

Ich reiße mich von dem Sessel und der Decke los und lasse meine Nase weiter durch das Zimmer wandern. Das Bett riecht nach Schlaflosigkeit und Wut, nach Verzweiflung und Tränen, und ich mache einen Bogen darum. Dann entdecke ich einen kleinen Schreibtisch mit einem Stuhl davor und ein Regal an der Wand darüber. Hier stehen ein paar Herzensräuber, und die verströmen einen überraschend anderen Geruch. Der Stuhl riecht nach Disziplin, nach Ordnung und klaren Gedanken. Doch von dort oben weht ein viel interessanteres Aroma herunter, das mir neu ist und mich in Aufregung versetzt: Es ist ein Bukett aus kämpferischem Widerspruch, aus Aufruhr und Revolution. Ich nehme mir gerade vor, in der Höhle der Herzensräuber nach ähnlichen Düften zu suchen, als ich höre, wie sich Frau Kratzers Schritte nähern. Es ist längst zu spät, um hinauszuflitzen, also verstecke ich mich blitzschnell unter ihrem Bett. Die Tür knallt zu, und ich habe das schlimme Gefühl, in einer Falle zu sitzen. Es ist staubig unter diesem Bett, und von all der Traurigkeit, die es im Lauf der Jahre aufgesogen hat, wird mir ganz schwach. Ich hoffe, dass ich nicht niesen muss, denn direkt vor meiner Nase befindet sich ein dickes Staubknäuel, das sich mit meinem Ein- und Ausatmen sacht vor- und zurückbewegt. Ich wage nicht, mich zu regen, und hoffe nur, dass Frau Kratzer bald wieder zur Toilette muss und dabei die Tür offen stehen lässt. Doch so viel Glück habe ich nicht.

Ich höre die Springfedern des Sessels knarren und entdecke ihre Füße davor. Ihre Hände rascheln vernehmlich mit Papier, und da weiß ich, dass ich mich auf eine längere Wartezeit einstellen muss. Wenn Tobias Zeitung liest, dauert das mindestens ein kurzes Schläfchen lang. Resigniert lege ich meinen Kopf auf die Vorderpfoten und schließe die Augen. Kaum bin ich eingenickt, schrecke ich auf und schlage mir den Kopf am Lattenrost an. Zum Glück hat Frau Kratzer nichts gehört, denn sie führt Selbstgespräche. Das war es, was mich geweckt hat. Sie sagt: »Früher Napalm. Heute Drohnen. Nichts hat sich geändert. Und keiner regt sich mehr auf.«

Ich lausche, ob vielleicht noch etwas kommt. Was sie da brabbelt, ergibt für mich keinen Sinn. Wieder raschelt es, und ich höre sie trocken auflachen. »War alles umsonst?«, fragt sie, und ich bin mir nicht sicher, ob sie eine Antwort erwartet und wenn ja, von wem. »Die Demos«, fährt sie leise fort, »die Sit-ins. Die Hausbesetzungen.«

Nach dem Geraschel zu urteilen legt sie gerade die Zeitung weg und steht auf. Ich verfolge die Bewegung ihrer Füße zum Fenster. Dort bleibt sie stehen und seufzt tief auf.

»Und du, alter Sack, der du warst, hast mir den Himmel versprochen und mich stattdessen mit in deine Hölle genommen. Und am Ende hast du alles der alten Berni vermacht.«

Sie lacht vor sich hin, es klingt ein bisschen verrückt und hysterisch, dann geht sie nahtlos zum Weinen über. »Geschieht mir recht«, schluchzt sie. »Hätte nicht die Fronten wechseln dürfen, du alter Saftsack von einem Kapitalistenschwein.«

Geräuschvoll putzt sie sich die Nase, geht zu ihrem Schreibtisch und hantiert dort herum. Ihre knorrige Hand zieht einen blechernen Papierkorb unter dem Schreibtisch hervor und wirft etwas hinein. Es sind Briefe, ich erkenne das genau, schließlich war ich einmal ein Postbotenhund. Als Nächstes wirft sie Fotos in den Blecheimer und wieder Briefe, herausgerissene Seiten aus einem Schulheft vielleicht, und dann bekomme ich einen Riesenschreck: Feuer flammt auf und setzt all das Papier in Brand. Rauch quillt heraus, wabert durchs Zimmer und unter das Bett, und eine schlimme Panik befällt mich. Frau Kratzer stürzt zum Fenster und reißt es auf, und ich atme etwas leichter. Trotzdem starre ich den Metalleimer an, voller Angst, das Feuer könnte auf das Haus übergreifen und uns alle vernichten, doch da sind die Flammen schon wieder verschwunden, nur ein schwarzer, ekliger Qualm steigt empor und bringt Frau Kratzer zum Husten.

Und da endlich tut sich mir ein Fluchtweg auf. Frau Kratzer nimmt die Wolldecke vom Sessel, wirft sie über den Metallbehälter, schleppt ihn zur Tür und hinaus auf den Gang, rüber zur Toilette. Wie der Blitz bin ich draußen und falle beinahe die Treppe hinunter, meinem

Menschen direkt vor die Füße, der mit gerunzelter Stirn zur Empore hinaufschaut, von wo eine dunkle Wolke sich sanft und gelassen in die Eingangshalle niederlässt.

»Frau Kratzer?«, fragt er mit streng erhobener Stimme, »was machen Sie da?«

Wasser rauscht und zischt, und dann strömen weiße Dampfwolken aus der Toilette.

»Haben Sie etwa ... Feuer gemacht?«

Es dauert noch ein paar Augenblicke, da erscheint Frau Kratzer auf der Galerie. Im Gesicht hat sie schwarze Flecken, und ihre Haare stehen ihr zu Berge.

»Es ist ... nicht der Rede wert«, stammelt sie, und mir wird klar, sie hat sich selbst den größten Schrecken eingejagt. »Ich habe alles im Griff«, versichert sie und wedelt mit den Händen. »Wirklich. Alles in Ordnung!«

Doch nach allem, was ich in ihrem Zimmer erlebt habe, bin ich mir da gar nicht so sicher. Und ich nehme mir vor, ein ganz besonderes Auge auf Frau Kratzer zu haben.

Morgens bringe ich also Emma zur Schule, doch immer gegen Mittag mache ich mir Sorgen. Tag für Tag warte ich am Gartentor auf das Mädchen, und schon von Weitem kann ich sehen, wie sie angerannt kommt. Das macht sie nicht aus Freude am Rennen, so wie Max und ich am Fluss, nein, sie läuft vor etwas davon. Und manchmal hat sie sogar geweint. Es sind die bösen Buben, die ihr nach der Schule auflauern, und kein Zola ist da, der sie beschützt.

»Wenn du Emma abholen möchtest, dann lauf ruhig los«, sagt eines Tages Tobias, der Herzensräuber in Regale stellt und eine leere Kiste nach der anderen auf wundersame Weise verschwinden lässt, bis nur flacher Karton übrig ist, der noch eine Weile nach den Geschichten riecht, die in ihm gereist sind. Ich bin überrascht. Offenbar ist mein Mensch doch mehr im Hier und Jetzt, als ich dachte.

Erleichtert spurte ich los. Vor der Schule muss ich eine Weile warten. Ich setze mich in den Schatten eines Baumes, von dem hin und wieder eine stachelige Kugel fällt. Wenn die auf dem Boden aufprallen, platzen sie auf, und eine glatte braune Frucht rollt davon. Die Eichhörnchen sind ganz scharf auf diese Früchte, und ich vertreibe mir die Zeit damit zu beobachten, wie sie in der Baumkrone nervös hin und her huschen. Da ertönt ein Signal, und die ersten Kinder kommen aus dem großen Gebäude. Ein verhasster Geruch steigt mir in die Nüstern, er stammt von dem Steinewerfer, der seitlich neben dem Portal steht und sich mit ein paar von den anderen Bengeln unterhält. Dabei behalten sie den Eingang im Auge und sind voll boshafter Erwartung.

Schließlich erkenne ich unter den vielen Kindern, die aus dem Schulhaus strömen, Emmas Geruch. Auch die Jungen haben sie bemerkt. Breitbeinig stellen sie sich ihr in den Weg. Unwillkürlich richtet sich meine Bürste auf, mein imponierendes Fell rund um Hals und Schultern. Mit einem Satz bin ich neben Emma.

»Hey, Zola«, sagt Emma leise, und der Angstgeruch verweht. Ich fasse den Steinewerfer ins Auge und lasse ein feines Knurren hören, was ihm gar nicht gefällt. Er ist der Anführer, und er ärgert sich darüber, dass ich ihm und seiner Meute den Spaß verderbe, Emma durch die Gegend zu jagen, so wie ich es gerne mit Tschakko gemacht habe. Aber Emma ist nicht Tschakko, sie gehört zu meiner Familie, und ich lasse nicht zu, dass ihr irgendjemand Angst macht. Und darum wird mein Knurren lauter, rauer und kehliger, bis auch der letzte dieser Bengel einsieht, dass heute der Spaß vorbei ist, noch ehe er begonnen hat, und sich davontrollt.

»Hey, Missgeburt«, plärrt der Steinewerfer mitten im Rückzug, »wir sehen uns!« Dann sind sie weg.

Da geht ein großes Aufatmen durch Emma. Sie kniet sich neben mich und streichelt mir den Kopf und den Rücken, dann sogar den Bauch, was ich gnädig hinnehme, denn normalerweise darf niemand mich am Bauch anfassen. Niemand. Außer Tobias natürlich. Und neuerdings Emma.

Von jetzt an hole ich sie jeden Tag von der Schule ab. Irgendwie weiß ich immer, wann die richtige Zeit dafür ist. Das kommt von dem feinen, unsichtbaren Band, das mich mit dem Mädchen verflicht, seit wir uns das erste Mal sahen. Es ist nicht so stark wie das zwischen mir und Tobias, doch stark genug, um zu wissen, wann Emma mich braucht.

11

Bedrohungen

»Mami liest total gern«, erzählt Emma stolz. »Zu Hause hat sie einen ganzen Haufen Bücher. Aber mein Papa kann das überhaupt nicht leiden. Er wird immer böse, wenn sie liest …«

Sie sitzt in einem besonders großen Pappkarton und reicht Tobias Herzensräuber um Herzensräuber heraus, und der findet für jeden den richtigen Platz im Regal. Jetzt lässt er allerdings seine Hand sinken und blickt Emma überrascht an.

»Wohnt dein Papa denn auch hier?«, fragt er.

Emma zuckt zusammen und schüttelt rasch den Kopf.

»Nein«, sagt sie leise und macht auf einmal ganz große, ängstliche Augen. Sie beißt sich auf die Unterlippe und schaut scheu zu Tobias auf. Dann senkt sie wieder den Blick. »Papa darf nicht wissen, wo wir sind«, fügt sie kleinlaut hinzu.

Für einen Moment ist es still in der großen Halle. Emma verströmt verlegene Hitze und starrt auf eine Stelle vor sich in der Kiste. Auf einmal ist so etwas wie Bedrohung im Raum, obwohl gar niemand da ist außer uns. Emma hat Angst, und die ist so groß, dass ich versucht bin, sicherheitshalber aus meinem Körbchen zu klettern und jeden Winkel nach etwas Gefährlichem abzusuchen. Doch ich lass es sein, meine Nase weiß genau, dass hier niemand ist außer uns und Frau Kratzer. Was Emma Angst macht, lauert irgendwo da draußen in der Welt.

»Na, dann wollen wir es ihm auch auf keinen Fall sagen, nicht wahr?«, bricht Tobias in gespielt beiläufigem Ton das Schweigen. »Kannst du mir bitte noch die beiden letzten Bücher reichen?«

Draußen wird es schon dunkel, und mein Magen sagt mir, dass es höchste Zeit für das Abendessen ist.

»Feierabend!«, ruft Tobias, ich erhebe mich, strecke und dehne erst meine Vorder-, dann meine Hinterläufe, ehe ich mich schüttle und aus dem Körbchen klettere. Emma allerdings bleibt einfach in der leeren Kiste sitzen und starrt noch immer vor sich hin.

»Musst du nicht nach Hause?«, fragt Tobias.

Emma zuckt mit den Schultern.

»Mami ist arbeiten«, sagt sie und spielt mit den beiden großen Laschen zu beiden Seiten der Schachtel.

»Um diese Zeit?«, will Tobias wissen.

»Ja«, antwortet Emma, »Frau Schreck zwingt sie, in einem Restaurant zu arbeiten. Sie sagt, sie kürzt uns alle Leistungen, wenn Mami nicht hingeht.«

»Wer ist denn Frau Schreck?«

»Frau Schreck ist Mamis Sachbearbeiterin beim Jobcenter«, erklärt Emma und klappt die beiden Deckelhälften über sich zu. »Ich kann sie nicht leiden.« Ihre Stimme klingt jetzt ganz dumpf. »Sie ist gemein zu Mami. Wegen ihr haben wir immer weniger Geld. Einmal hat sie sogar unsere Adresse an Papa verraten, und wir mussten fliehen. Das war, bevor wir hier eingezogen sind.«

Tobias steht über der Kiste und sieht sehr betroffen aus. Mehrmals fährt er sich mit der Hand durch sein lockiges Haar, bis es in alle Richtungen absteht, dann öffnet er vorsichtig die Kiste und lugt hinein.

»Magst du mit uns zu Abend essen, Emma?«, fragt er. Der Deckel klappt auf, und Emmas Kopf erscheint. Sie strahlt.

»Au ja«, juchzt sie. Dann besinnt sie sich und fügt höflich hinzu: »Sehr gerne, vielen Dank für die Einladung.«

Ich habe meinen Napf längst geleert, doch Emma ist noch nicht fertig. Scheibe um Scheibe schneidet Tobias von dem großen Brotlaib ab und legt sie dem Mädchen auf den Teller. In der Küche duftet es nach Leberwurst, Schinken und Käse, und eine Ewigkeit vergeht, während Tobias und ich fasziniert dabei zusehen, wie alles in Emmas Mund verschwindet. Endlich seufzt sie glücklich auf und lässt sich gegen die Stuhllehne fallen.

»Bist du jetzt satt?«, erkundigt sich Tobias. Emma nickt und schenkt ihm ein strahlendes Lächeln. Dann ergreift sie mit beiden Händen das große Glas, das ein Apfelaroma verströmt, und trinkt es in einem Zug leer. Ich sauge ihren Duft ein und stelle fest, dass sich ihr Aroma ganz leicht verändert hat. Da erst wird mir bewusst, dass dieses Mädchen offenbar immer ein wenig hungrig war, solange ich es nun schon kenne. Jetzt aber ist diese feine Nuance verschwunden.

»Wann kommt Alice denn von der Arbeit zurück?«, fragt Tobias.

Emma zuckt mit den Schultern.

»Mitten in der Nacht. Da bin ich schon lange im Bett.«

Wenn du nicht hier zum Fenster einsteigst, denke ich, und Emma wirft mir einen verstohlenen Blick zu. Tobias runzelt die Stirn.

»Hast du keine Angst so allein in dem Häuschen da draußen?«

Emma zieht ein trotziges Gesicht, schaut woanders hin und zuckt mit einer Schulter. Natürlich hat sie Angst. Doch das würde sie niemals zugeben. »Wenn du willst, kannst du hier schlafen. Ich meine, wenn deine Mami das erlaubt.«

Emma sieht Tobias mit erstaunten Augen an, so als sähe sie ihn zum ersten Mal. »Meinst du wirklich?«

Tobias nickt, und ein großes Lächeln breitet sich auf ihrem Gesicht aus und mit ihm der Duft von riesengroßer Erleichterung.

»Ich brauch auch überhaupt kein Bett«, sagt Emma eifrig. »Ich kann in dem Umzugskarton schlafen. Du hast ja gesehen, da passe ich prima rein.«

Tobias lacht. »Du hast vielleicht Ideen«, sagt er und steht auf.

Dann gehen wir alle ein Stockwerk höher und erkunden lange nicht benutzte Zimmer hinter verschlossenen Türen, in denen uralte, abgestandene Geschichten in den muffigen Teppichen und Matratzen hängen. In einem Raum steht ein riesiges Bett mit einem Dach aus Stoff. Hier riecht es nach Krankheit und Tod. In einem anderen lauert ein dunkler Schreibtisch, der auf Tierfüßen dahockt, als warte er auf seine Beute. Emma ist das alles nicht geheuer, und ich kann es ihr nicht verdenken. Schließlich ist da noch eine Kammer mit einem schmalen Bett, einem Tisch und einem Stuhl, und Tobias beschließt, dass dieses Zimmer auf Emma nur gewartet habe. Ganz fürsorglich wird er, holt frische Wäsche und bezieht mit Emmas Hilfe das Bett.

»Nun lauf und hol deinen Schlafanzug«, sagt er dann. »Und vergiss die Zahnbürste nicht. Schreib deiner Mami einen Zettel, damit sie sich keine Sorgen um dich macht.«

Emma kaut auf ihrer Unterlippe herum.

»Och, Tobias, kannst du den Zettel nicht rasch für mich schreiben?«, fragt sie und schaut meinen Menschen von unten herauf an, genau wie ich, wenn ich sichergehen will, dass er tut, was ich will. »Ich glaube, wir haben kein Papier zu Hause …«, murmelt sie noch, während Tobias schon etwas auf ein Blatt kritzelt.

Natürlich gibt es noch eine kleine Diskussion mit Frau Kratzer, die überhaupt nicht damit einverstanden ist, dass »das kleine Biest sich hier einnisten will«, und erst noch überzeugt werden muss. Doch irgendwann ist auch das geregelt. Alle liegen in ihren Körbchen, und Ruhe kehrt ein in dem alten Haus. Nur ich liege noch wach und lausche auf die Nagetiere unter dem Dach und die Vögel mit den weiten Schwingen draußen in den Bäumen, dem Rauschen des Windes und dem tiefen Pulsieren der Stadt. Darüber döse ich ein wenig ein, doch das Tapsen nackter Füße macht mich augenblicklich hellwach. Es ist Emma, und sie schleift ihre Zudecke hinter sich her. Unter den Arm hat sie ein Kissen geklemmt.

»Pst, Zola«, flüstert sie, »ich kann nicht schlafen in dem kalten Bett.«

Vorsichtig, um keinen Lärm zu machen, zieht sie die große Umzugskiste neben mein Körbchen, baut sich darin ein Nest und legt sich hinein. Ein paar Herzschläge später ist sie eingeschlafen. Und ich lausche auf ihre tiefen Atemzüge, so lange, bis auch mir die Augen zufallen.

Alice hat nichts dagegen, und so übernachtet Emma jetzt immer bei uns. Jedes Mal tut sie so, als schlafe sie in der Kammer, doch kaum ist es still geworden im Haus, kommt sie mit ihrer Decke angeschlichen. Dann macht sie es sich in dem Karton bequem, erzählt mir, was am Tag so los war, von der Schule und einer Frau Baum, von blöden Klassenarbeiten, Frau Schreck und dem schrecklichen Jobcenter. Von den Jungs spricht sie nicht, und ich hoffe, dass die ihr Interesse am Emma-Ärgern verloren haben, seit ich sie täglich begleite.

Fast jede Nacht streift Emma vor dem Einschlafen noch durch die Höhlen der Herzensräuber auf der Suche nach einem Buch, das ihr gefällt. Da ist eines, das sie immer wieder holt, es sind viele Bilder darin mit allen möglichen Tieren, auch solchen, die ich noch nie gesehen habe, mit langen Hälsen oder riesigen Ohren und einer Nase, so lang wie eine Schlange. Ich weiß nicht, was ich davon halten soll. Ich bleibe auch skeptisch, als mir Emma weismachen will, dass es Länder gibt, in denen solche Tiere leben. Als sie schließlich noch ein schweres Buch anschleppt mit lauter seltsamen Zeichen darin, Linien und verschiedenfarbigen Flächen, mit dem Finger darauf herumdeutet und behauptet, dies seien jene Länder auf einem Kontinent namens Afrika, hier würden Giraffen und Elefanten leben – da kann ich es immer noch nicht glauben. Wie kann ein ganzer Kontinent in einen Herzensräuber passen? Das ist doch einfach unmöglich.

»Eines Tages fahre ich dorthin«, verkündet Emma zu allem Überfluss, klappt den schweren Herzensräuber mit all diesen Ländern zu und nimmt ihn mit in ihre Kiste.

Als sie eingeschlafen ist, schnuppere ich lange an dem Buch herum, um herauszufinden, was es damit auf sich hat, bis ich endlich die Essenz einer seltsamen Unruhe auffange, die fremde Menschen an ihm hinterlassen haben. Ich nehme Unrast wahr und den Wunsch nach Veränderung. Lauter Dinge, die mir nicht geheuer sind. Und über die ich lange nachgrüble, während ich ins Dunkle lausche. Dann kann es sein, dass ich mich an früher erinnere, an den Strand, wo ich Tobias getroffen habe, und an die Siedlung der Fremden. Auch sie verströmten diesen Hauch, bereits Tage ehe sie ihre Koffer von den Schränken holten. Auch bei ihnen lagen solche Herzensräuber auf dem Tisch, voller bunter Linien und dem Duft nach Aufbruch und Abreise. Dann klopft mein Herz vor Beklemmung und Sorge. Dann frage ich mich, ob auch Tobias heimlich solche Herzensräuber anschaut und plant, von mir fortzugehen. Dann ist an Schlaf nicht mehr zu denken.

Doch wenn es wieder Tag wird, wenn ich Emma sicher in der Schule abgeliefert habe, wenn ich mit Tobias die Morgenrunde drehe und mit Max über die Neckarauen tobe, sind die Gespenster der Nacht verflogen. Überhaupt wirkt Tobias kein bisschen wie jemand, der einen Koffer packen und abreisen möchte. Er ist von großem Tatendrang erfüllt, ist unermüdlich im Haus unterwegs, und eines Tages stelle ich fest, dass alle Herzensräuber ausgepackt sind. Ich kann gerade noch Emmas Schlafkarton im dunklen Korridor hinter der Küche verstecken, als urplötzlich Herr Erkel wiederkommt und alle anderen Umzugskisten mitnimmt.

Dann ruft Tobias nach mir mit der Leine in der Hand, und wir besuchen ein Haus, das von oben bis unten angefüllt ist mit dem Geruch nach bedrucktem Papier, und verlassen es mit einem dicken Paket. Darin sind viele kleine, gefaltete Papiere, an denen noch kein Menschengeruch haftet. Am nächsten Morgen drückt Tobias Moritz voller Stolz so ein Papier in die Hand, der es auffaltet und interessiert von allen Seiten begutachtet, meinem Menschen auf die Schulter haut und sagt: »Das sieht aber gut aus!«

»Wir eröffnen nächste Woche«, erklärt Tobias stolz. »Machst du ein bisschen Werbung für das Antiquariat?«

»Aber klar!«, antwortet Moritz gut gelaunt. »Ich leg die Flyer bei uns im Büro aus und verteil sie unter meinen Freunden. Hast du auch Plakate drucken lassen?« Die beiden stecken die Köpfe zusammen und machen Pläne. Tobias' Gesicht wird dabei ganz rosig, und mein Herz wird leicht.

Als wir zu Hause gerade das Gartentor hinter uns schließen wollen, huscht Alice an uns vorbei wie ein verschrecktes Kaninchen. Sie hat ein Tuch um ihren Kopf gebunden und tief in ihr Gesicht gezogen. Doch auch so weiß ich, dass sie weint.

»Alice«, sagt Tobias überrascht, »ist etwas passiert?«

Doch sie hört und sieht nichts, hastet zum Pförtnerhäuschen, wo sie anfängt, in ihrer Tasche herumzusuchen.

»Alice«, sagt Tobias noch einmal und geht ihr nach, »ist alles in Ordnung?«

Nichts ist in Ordnung, denke ich, das riecht man doch auf hundert Meter. Jetzt fällt Alice auch noch der Schlüssel, den sie endlich gefunden hat, aus der Hand und verschwindet zwischen den Ritzen eines Gitters, das direkt vor dem Eingang in den Boden eingelassen ist. Alice stößt einen erschreckten Laut aus, kniet sich hin und versucht, an dem Gitter zu rütteln, doch es gibt nicht nach. Auch ich stecke meine Schnauze, so tief es geht, zwischen den Metallverstrebungen hindurch und atme tausend Jahre Fäulnis ein, ein Geruch, der den nach Metall und Alices Hand völlig in sich aufgesogen hat.

Jetzt kann Alice nicht hinein, und so gehen wir alle ins große Haus, und zwar direkt in die Küche, wo Tobias Wasser für einen Tee aufsetzt, während Alice am Tisch sitzt und noch immer schluchzt.

»Wir werden schon einen zweiten Schlüssel finden«, versucht Tobias Alice zu beruhigen, doch ich bin mir nicht sicher, ob es wirklich der verschwundene Schlüssel ist, der Alice so aus der Fassung gebracht hat, schließlich hat sie schon vorher geweint. »Frau Kratzer hat sicherlich irgendwo noch einen versteckt«, fährt Tobias fort. Und wie aufs Stichwort steht sie in der Tür, die alte Frau, und starrt Alice an.

»Was soll ich versteckt haben?«, fragt sie misstrauisch.

»Ach, da sind Sie ja«, fährt Tobias erschrocken herum. »Haben Sie vielleicht noch einen Ersatzschlüssel zum Pförtnerhaus?«

Alice zieht unwillkürlich das Genick ein, ich ahne Schlimmes.

»Ob ich noch einen Schlüssel habe?«, echot Frau Kratzer. »Du fragst mich, ob ich noch einen Schlüssel habe, Erbschleicher? Frag doch mal die junge Dame. Dann wird sie dir erzählen, dass sie bereits drei Schlüssel vom Pförtnerhäuschen verloren hat. Drei! Sagt mir nicht, dass der letzte jetzt auch noch weg ist.«

Alice ist ganz still geworden, ja, sie hält den Atem an, so wie ich es tue, wenn ich nicht bemerkt werden möchte.

»Na gut«, sagt Tobias nach einem Augenblick, »dann werden wir eben einen Schlosser kommen lassen. Nein, Frau Kratzer, wir wollen darüber jetzt nicht streiten. Und mein Name ist Tobias Griesbart, wenn Sie so freundlich wären, sich das bitte mal zu merken. Ich sag ja auch nicht Frau Schreckschraube zu Ihnen!«

Da reißt Frau Kratzer den Mund auf, und ich bin sicher, sie hätte eine ganze Menge dazu zu sagen. Doch sie lässt es sein. Stattdessen stolziert sie in die Vorratskammer und kommt mit einer Dose in der Hand wieder, wirft mir einen misstrauischen Blick zu, den ich voller Unschuld erwidere. In der Dose sind nämlich Kekse, und vor ein paar Tagen war sie so aufmerksam, sie offen auf der Treppe stehen zu lassen. Ich nahm dieses Freundschaftsangebot gerne an. Warum sie danach so schrecklich schimpfte, weiß ich allerdings bis heute nicht.

Als Frau Kratzer wieder draußen ist, setzt sich Tobias zu Alice an den Tisch, nimmt ihre Hand, lässt sie dann erschrocken wieder los und sagt: »Nun erzählen Sie schon, was Sie so bedrückt!«

Alice schreckt zusammen, aber zu meiner Erleichterung holt sie ganz tief Atem. Für meinen Geschmack hat sie nämlich schon viel zu lange die Luft angehalten. Und dann sprudelt alles nur so aus ihr heraus. Dass sie schon wieder ihre Arbeit verloren hat und Frau Schreck ihr jetzt endgültig alle Leistungen kürzen will. Dass diese Frau einfach nicht einsehen will, warum Alice nur nach Einbruch der Dunkelheit arbeiten kann.

»Aber warum können Sie nur nachts arbeiten, Alice?«, fragt Tobias. Da sieht sie ihn an mit einem Blick, in dem alles gleichzeitig liegt: Angst und Verzweiflung, Scham und Sorge. Sie versucht etwas zu sagen, doch sie bringt es nicht fertig, ihr ganzer Kummer verstopft wie ein dicker Pfropfen alles Denken, Fühlen und offenbar auch ihre Fähigkeit zu sprechen.

»Ist es …«, sagt Tobias vorsichtig, und ich spitze alarmiert die Ohren, denn ich ahne, was jetzt kommen wird, »ist es vielleicht … wegen Emmas Papa?«

Alice springt auf und weicht ein paar Schritte zurück. Alles Blut ist aus ihrem Gesicht gewichen. Sie zittert. Auch ich stehe vorsorglich auf, unschlüssig, ob ich mich zu ihr oder zu meinem Menschen stellen muss.

»War er … war er hier?«, stammelt Alice gehetzt und schaut sich um, als lauere jemand hinter der gläsernen Gartentür.

»Nein, nein«, versucht Tobias sie zu beruhigen, »niemand war hier. Emma hat … sie hat mir erzählt, dass er nicht wissen darf, wo Sie beide sind.«

Alice schlägt die Hände vors Gesicht und versucht sich zu beruhigen. Und während Tobias sie sanft wieder zum Tisch führt und sie auf den Stuhl sinkt, sagt sie: »Ich fürchte mich davor, tagsüber aus dem Haus zu gehen. Ich könnte ihm jederzeit über den Weg laufen. Das wäre beinahe schon einmal passiert. Aber Frau Schreck sagt, dass sie das nicht gelten lassen kann. Sie meint, das sei nur eine Ausrede. Wir könnten schließlich zur Polizei gehen, falls er …«

Ihre Stimme bricht. Ihr Angstgeruch ist so stark geworden, dass mir beinahe schlecht davon wird.

»Aber wir waren schon bei der Polizei«, fährt sie noch leiser fort. »Die sagten, sie können nichts tun. Ich soll sie rufen, wenn er gerade so richtig … ich meine … wenn er uns etwas antut. Nur dann können sie etwas machen.«

Ich lege den Kopf auf ihren Oberschenkel, und weil ich nicht an ihre Hand herankomme, lecke ich ihr hingebungsvoll über ihr Knie.

»Keine Sorge«, versucht auch Tobias sie zu beruhigen, »hier findet Sie niemand. Und was diese Frau Schreck anbelangt …« Ich sehe erwartungsfroh zu ihm auf. Auch Alice ist ganz aufmerksam geworden. Tobias fährt sich mit beiden Händen durchs Haar. »Was diese Frau vom Jobcenter anbelangt …«, sagt er noch einmal, und ich nehme deutlich wahr, wie es hinter seiner Stirn fieberhaft arbeitet. Jetzt steht er sogar auf und geht in der Küche auf und ab. »Alice«, sagt er schließlich und bleibt vor ihr stehen, »nächste Woche eröffne ich das Antiquariat. Sie verstehen doch etwas von Büchern ... ich meine, Emma sagt, dass Sie gerne lesen. Ich könnte Hilfe gebrauchen. Wollen Sie bei mir im Antiquariat arbeiten? Dann müssten Sie überhaupt nicht mehr aus dem Haus. Ich meine ... vom Grundstück ...«

Er ist rot geworden.

»Das ist nicht Ihr Ernst«, flüstert Alice.

»Doch«, strahlt Tobias sie an. »Mein voller Ernst!« Dann zieht er ein nachdenkliches Gesicht. »Glauben Sie, Ihr Mann könnte hier auftauchen, um Bücher zu kaufen?«

Alice starrt ihn an, dann lacht sie auf einmal glockenhell. Ich bin entzückt.

»Mein Exmann?«, fragt sie, und ihre Augen glitzern, »Bücher kaufen? Niemals, Herr Griesbart. Nie im Leben.«

Tobias grinst.

»Na, dann werden wir mal zu Frau Schreck gehen und ihr erklären, dass Sie eine neue Arbeitsstelle haben.«

Ich bin begeistert von dem unverhofften Ausflug, der uns durch die halbe Stadt führt, und zwar in lauter Gegenden, in denen ich noch nie zuvor war. Alice trägt den Kopf eingezogen, fest vermummt mit Tuch und Sonnenbrille, während Tobias und ich die herrliche Herbstsonne genießen. Es riecht nach Verwesung und

Früchten, nach winzigen Pilzen und überreifen Beeren, Eichhörnchen und diesen kleinen dunkelbraunen Mäusen, die überall unter dem Laub herumhuschen. Meine Nase hat zwischen den vielen dürren Blättern allerhand zu entdecken, bis wir das Flussufer hinter uns lassen und ein Stück an einer breiten Straße entlanggehen, wo die Dämpfe der Autos alles andere überdecken. Schließlich nähern wir uns einem großen Gebäude, das ein bisschen aussieht wie das Haus, in dem Oma Griesbart lebte, nur unfreundlicher, und je näher wir der Eingangstür kommen, desto verzweifelter wird der Geruch ringsum.

»Da sind wir«, sagt Alice verzagt. Doch Tobias öffnet mutig die Tür.

Hinter einer Theke sitzt ein Mann und deutet mit dem Finger auf mich. »Hunde sind hier nicht erlaubt«, sagt er, doch Tobias sucht seine schönsten Worte hervor und ich meinen betörendsten Blick, ganz intensiv denke ich die Worte: »Ich bin ein guter Hund«, was schließlich tatsächlich wirkt. Der Mann gibt jeden Widerstand auf und winkt uns durch. Wir durchqueren graue Korridore, wo verzweifelte und mitunter auch wütende Menschen auf Stühlen sitzen, Papiere zwischen den Fingern drehen und vor sich hin starren.

»Wir haben gar keinen Termin«, flüstert Alice, und es ist klar, dass sie am liebsten wieder gehen würde. Doch Tobias lässt sich nicht entmutigen, und schließlich bleibt Alice vor einer bestimmten Tür stehen. Sie ist grau. Alles ist hier grau, auch der Boden, der scharf nach Putzmittel stinkt. Tobias klopft beherzt an. Ich schnuppere an der Schwelle, und mir wird klar, warum Alice so eingeschüchtert ist.

Frau Schreck staunt nicht schlecht, Alice so bald wiederzusehen, doch noch überraschter ist sie, als sie mich erblickt. »Hunde sind hier …«, beginnt sie, aber Tobias unterbricht sie freundlich. Ich setze mich artig hin und strahle Frau Schreck an, auch wenn sie mir nicht geheuer ist, ich tu es Alice zuliebe.

»Wir wollen Sie ohnehin nicht lange belästigen, Frau Schreck«, erklärt Tobias. »Ich wollte Ihnen nur mitteilen, dass ich eine Stelle für Alice habe. Sie kann sofort bei mir anfangen. Ich habe ein Antiquariat und brauche Unterstützung.«

Frau Schreck nimmt ihre Brille ab und betrachtet Tobias eingehend. Alice würdigt sie keines Blickes.

»Da sind Sie bei mir ganz falsch, Herr …«

»… Griesbart«, sagt Tobias höflich, »Tobias Griesbart.«

»Wenn Sie eine Beschäftigung anzubieten haben«, fährt Frau Schreck fort, »dann müssen Sie dies der Abteilung für Unternehmer melden. Ich bin für Arbeitssuchende zuständig. Die Anfrage wird anschließend von der Abteilung für Unternehmer an mich weitergeleitet. Erst dann können wir sehen, ob wir jemanden Geeignetes für Sie haben.«

»Aber ich weiß schon, wen ich einstellen werde«, erklärt Tobias und zeigt auf Alice. »Sie ist geeignet, und sie kann sofort anfangen. Also, können wir das Prozedere vielleicht ein wenig abkürzen?«

Frau Schreck lächelt, doch es ist kein richtiges Lächeln, keines, das aus dem Herzen kommt. Im Grunde verzieht sie nur den Mund. Ich beginne zu verstehen, warum Emma diese Frau nicht leiden kann.

»So geht das aber nicht, Herr Griesbart«, sagt Frau Schreck. »Wir sind schließlich nicht auf dem Basar. Wir sind eine Behörde, da muss alles seine Ordnung haben. Wie gesagt: Ich bin ganz allein zuständig für Arbeitssuchende, nicht für Unternehmer, die eine Stelle anzubieten haben. Und ob Frau Alice Sommerfeld für Ihre Jobbeschreibung geeignet ist, das wage ich außerdem zu bezweifeln. Ich habe in meiner Kartei einige arbeitssuchende Buchhändlerinnen, sogar eine ausgebildete Bibliothekarin und …«

»Aber ich will keine Buchhändlerin und auch keine Bibliothekarin«, wird Tobias nun ungewohnt laut. »Ich möchte Alice Sommerfeld einstellen und sonst niemanden.«

»Aber …«

»Nichts aber«, platzt es aus Tobias heraus. »Es ist mein Antiquariat, und ich entscheide, wen ich einstelle und wen nicht.«

Frau Schreck scheint sprachlos. Sie wirft Alice einen vernichtenden Blick zu, sodass diese noch ein wenig mehr in sich zusammensinkt. Dann setzt sie ihre Brille wieder auf, klappert auf ihrem Tisch herum und schaut in ihren Computer.

»Hat Ihnen Frau Sommerfeld eigentlich erzählt, an wie vielen Arbeitsstellen sie allein in den vergangenen sechs Monaten gescheitert ist?«

Tobias will etwas erwidern, doch Frau Schreck kommt ihm zuvor.

»An zwölf«, sagt sie triumphierend, so als wäre es allein ihr Verdienst. »Die längste Beschäftigungsdauer waren siebzehn Tage. Dann hat sie es geschafft, mit dem Staubsauger eine Glasvitrine umzureißen, Sachschaden fünftausend Euro.«

Wieder zieht sie ihre Brille ab und fixiert Alice mit einem strafenden Blick.

»Frau Sommerfeld scheint ein einziges Talent zu besitzen, das aber gründlich«, sagt sie mit falscher Freundlichkeit, »nämlich das Zerschlagen von zerbrechlichen Gegenständen.«

»Sehen Sie«, meint Tobias liebenswürdig wie immer, »und deswegen ist sie bei uns genau richtig: Soviel ich weiß, sind Bücher nicht zerbrechlich.«

Er sagt noch eine Menge weiterer kluger Dinge, gegen die sogar Frau Schreck immer weniger einwenden kann, und die schrecklichen Worte »unmöglich« und »Vorschriften«, die bei mir inzwischen schon einen Knurrreflex auslösen, kommen immer seltener vor. Schließlich sagt sie gar nichts mehr, presst die Lippen zusammen, seufzt mehrmals laut hörbar auf und nimmt den Telefonhörer ab. Sie spricht in dieses tote Stück Plastik hinein und verdreht dabei immer wieder die Augen. Menschen, so denke ich in solchen Momenten, sind schon irgendwie komisch.

Endlich legt sie den Hörer wieder hin und schreibt etwas auf einen Zettel.

»In diesem Zimmer finden Sie Herrn Ganter«, sagt sie, »er wartet schon auf Sie«, und wirkt erleichtert, uns los zu sein.

Noch mehr graue Flure und graue Treppenhäuser müssen wir entlang, bis wir endlich die nächste richtige Tür finden, hinter der ein grauer Herr an einem grauen Schreibtisch sitzt. Am Ende bin ich so müde, dass ich den Kopf auf meine Pfoten lege und ein bisschen weg-döse, wobei ein Auge immer einen Spaltbreit geöffnet bleibt, man weiß ja nie. Jedenfalls hat sich Alices Eigen-geruch schon merklich verändert, in ihre Verzweiflung und Scham mischt sich langsam Hoffnung. Und Tobias? Der strotzt nur so vor Entschlossenheit.

Mit einem Mal aber schrecke ich auf. Da ist so etwas wie ein inneres Signal, und es sagt: Emma! Ich erhebe mich, schüttle mich, strecke und recke mich. Es wird höchste Zeit, sie von der Schule abzuholen. Ich stupse meinen Menschen an, um auch ihn daran zu erinnern, doch er ist so sehr in all die Papiere versunken, die die-ser Mann hier ihm über den Tisch herüberreicht, dass er mich gar nicht bemerkt. Darum wende ich mich an Alice. Sie ist schließlich ihre Mutter. Sie muss doch auch spüren, dass …

Und dann bin ich in höchster Alarmbereitschaft. Et-was ist nicht in Ordnung mit Emma. Ich gehe zur Tür, kratze an ihr.

»Sagen Sie Ihrem Hund«, beschwert sich der graue Mann hinter dem Schreibtisch, »er soll aufhören, meine Tür zu zerkratzen.«

Da schaut Tobias endlich auf. Ich bohre ihm meinen Alarmblick in die Augen. Und endlich versteht er.

»Wie spät ist es denn?«, fragt er, und Alice sieht auf die Uhr.

»Oh mein Gott«, sagt sie, »Emma!«

Und dann raffen sie die vielen Papiere zusammen, verabschieden sich hastig und rennen mit mir all diese Flure wieder zurück, bis wir endlich den Ausgang finden.

Auf dem ganzen weiten Weg zurück werde ich das Gefühl nicht los, dass wir es nicht rechtzeitig schaffen werden. Da ist so eine Vorahnung in mir, dass gerade etwas Schlimmes passiert, und Zola ist nicht zur Stelle. Dicke Wolken haben die Sonne vertrieben, ein ungemütlicher Wind kommt auf. Es riecht nach Regen. Tobias und Alice sind viel zu langsam, und irgendwann vergesse ich meine Manieren, lasse meinen Menschen zurück, spurte los und renne, was das Zeug hält. Als ich zur Schule komme, sind alle Schüler schon weg. Ich suche nach Emmas Geruch, aber hier wabern Hunderte von Kinderdüften quer durcheinander. Unmöglich, einen bestimmten darin auszumachen. Statt mich damit länger aufzuhalten, laufe ich lieber nach Hause. Schon unterwegs finde ich die Fährte meiner Freundin, und meine schlimmsten Befürchtungen bestätigen sich: Nicht nur Emmas Duft ist hier, sondern auch die bösen Buben haben ihre Spuren hinterlassen. Ich wittere eine Gemengelage aus Angst und Boshaftigkeit, Schmerz und Aggression. Und Zorn, Verzweiflung, Hilflosigkeit, Schweiß und … Blut. Ihr Blut.

Ich sehe mich um, versuche herauszufinden, wie weit sie schon gekommen sind, Emmas Angreifer. Ich schnüffle den Boden ab. Von hier sind sie sternförmig in alle Richtungen davongelaufen. Und Emma? Schnell wie der Blitz sause ich nach Hause.

Sie sitzt auf der Stufe vor dem Pförtnerhäuschen, ihr Gesicht ist blutverschmiert, auch an ihrem Handrücken und auf ihrer Jacke, überall ist ihr Lebenssaft.

»Das ist überhaupt nicht schlimm«, sagt sie trotzig, als sie mich sieht, »ich hab nur Nasenbluten. Das ist alles.« Doch in ihr schreit es stumm: Wo warst du, Zola?, und ich könnte heulen wie ein Wolf vor lauter Scham. Unter ihrem linken Auge erkenne ich deutlich die Spuren eines Schlags, schon schwillt das Gewebe dort an. Ich lecke ihr das Blut von der Hand, von der Jacke, von ihrer Wange und von ihrem Kinn. Ich entdecke einen kleinen Riss an ihrer Augenbraue, aus der es dickflüssig herausquillt. Emma schließt die Augen und lässt mich gewähren.

Dann setzt der Regen ein, und wir drücken uns unter das schmale Vordach des Pförtnerhauses. Als endlich unsere Menschen um die Ecke gebogen kommen, schwitzend und schnaufend, völlig am Ende und durchnässt, gibt Alice einen Schreckenslaut von sich, als sie Emma so sieht. Sie reißt sich das Tuch vom Kopf und kniet sich vor sie hin.

»Wo warst du?«, presst Emma zwischen ihren Zähnen hervor.

»Bei Frau Schreck«, antwortet Alice und drückt ihr das Tuch auf die Wunde an der Augenbraue, die einfach nicht aufhören will zu bluten. Doch ehe sie noch ein weiteres Wort sagen kann, bricht Emma in Tränen aus.

»Oh nein«, schluchzt sie. »Du hast schon wieder deine Arbeit verloren. Stimmt's?«

Es braucht einen großen Becher heiße Schokolade und ein paar Kekse aus Frau Kratzers Dose, die diese, ausnahmsweise ohne zu murren, herausrückt, als sie sieht, in welchem Zustand Emma ist. Doch erst als Alice einen Schokomuffin aus ihrer Handtasche hervorzaubert, kann sich das Mädchen ein wenig beruhigen. Sie will Emma auf ihren Schoß ziehen, aber die wehrt sich strampelnd und setzt sich allein auf einen Stuhl. Vorsorglich lege ich mich quer auf die Kinderfüße. In solchen Situationen braucht man die Wärme eines anderen, niemand weiß das so gut wie ich. Noch immer mache ich mir Vorwürfe. Tobias holt zwei Decken, wickelt Emma in eine ein und reicht die andere Alice. Doch die kann fragen, soviel sie will, Emma bleibt stumm.

»Das Kind muss zum Arzt«, sagt Frau Kratzer auf einmal.

»Das geht nicht.« Alice schaut betreten zu Boden.

»Aber warum denn nicht?«, will Tobias wissen.

Wieder fällt die alte Ängstlichkeit über Alice, hüllt sie ein wie ein Schleier und lässt sie verstummen.

»Weil wir über meinen Papa krankenversichert sind«, erklärt Emma mit klarer Stimme, so als ginge sie das gar nichts an. »Und wenn wir zum Arzt gehen, kann er das herausfinden.«

Es ist ganz still in der Küche. Ich kann das Atmen von jedem einzelnen meiner Menschen hören: Alice atmet fast gar nicht, während sich Emmas Brustkorb ungestüm hebt und senkt. Tobias hat die Luft tief eingesogen und atmet sie jetzt nach und nach wieder aus. Frau Kratzer dagegen schnaubt und steht auf. Unter unseren erstaunten Blicken verlässt sie die Küche und stampft geräuschvoll die Treppe hinauf. Sie will damit nichts zu tun haben, denke ich, doch da kommt sie mit einem Kästchen in der Hand zurück. Das stellt sie auf den Küchentisch und klappt es auf.

»Nein«, ruft Emma und macht Anstalten, vom Stuhl zu rutschen, was ihr nicht gelingt, weil ich auf ihren Füßen liege. »Fass mich nicht an, du alte Hexe!«

Frau Kratzer hat ein braunes Fläschchen aus dem Kästchen geholt und etwas Weißes, was aussieht wie ein Stück Fell, das sie einem Tier ausgerissen hat. Zum ersten Mal in meinem Leben sehe ich Frau Kratzer lachen.

»Über das mit der Hexe wird noch zu reden sein«, sagt sie, »aber jetzt halt erst mal still, du Rotznase.«

Ruckzuck hat sie das restliche Blut, das ich noch nicht abgeleckt habe, von Emmas Gesicht gewischt und trotz ihres lautstarken Protests, der mir schmerzhaft in die Ohren fährt, auch den Riss an ihrer Braue gereinigt. Das Zeug aus der Flasche riecht scharf und eklig, doch mein Gefühl sagt mir, dass Frau Kratzer gerade das Richtige tut.

»Das muss desinfiziert werden«, erklärt sie entschlossen, »oder willst du eine Blutvergiftung kriegen? Und auf dein Auge kommt was Kaltes. Sonst erblüht das womöglich noch zu einem Veilchen.«

Sie geht zum Kühlschrank und kommt mit einer blauen Packung wieder, die vor Kälte dampft, wickelt das Ding in ein Küchentuch und legt es vorsichtig auf Emmas linkes Auge.

Mir ist klar, was passiert ist, und vermutlich ahnt auch Tobias, wer das kleine Mädchen so zugerichtet hat. Emma drückt die blaue Packung gegen ihre Stirn, knabbert abwesend an einem Keks und hört mit einem Ohr zu, was Tobias von der neuen Arbeit ihrer Mutter erzählt, doch ihr Geist ist noch damit beschäftigt, was ihr gerade zugestoßen ist, und womöglich auch mit dem, was sie morgen erwartet, wenn sie wieder zur Schule muss. Alice scheint nicht zu ahnen, in welcher Gefahr sich Emma tagtäglich befindet, und nach einigem Nachdenken komme ich zu dem Schluss, dass es besser so ist. Alice ist selbst viel zu angeschlagen, um auch noch solche Sorgen zu tragen. Nein, um die bösen Buben muss Zola sich kümmern, niemand sonst. Und eines schwöre ich mir, während ich an den Hosenbeinen meiner Freundin schnuppere: Nie wieder werde ich meine Pflicht an ihrer Seite versäumen. Tief sauge ich den Geruch unserer Feinde in mich ein, den diese an Emmas Kleidung hinterlassen haben, jenen verhassten Gestank nach Verachtung und Grausamkeit.

»Morgen gehe ich nicht zur Schule«, erklärt Emma auf einmal, während Frau Kratzer ihr noch ein Pflaster aufs Kinn klebt, wo sie auch eine kleine Schramme abbekommen hat.

»Natürlich gehst du morgen zur Schule«, widerspricht Frau Kratzer, und ich finde, dass sie sich auf einmal ziemlich viel herausnimmt. »Du willst doch nicht als

Feigling dastehen? Erhobenen Hauptes gehst du morgen zur Schule.«

»Vielleicht sollten wir Anzeige erstatten«, wendet Tobias ein. »Das kann doch nicht angehen, dass …«

»Papperlapapp«, unterbricht ihn die alte Kratzer. »Das wäre genau das Falsche. Statt zu schwänzen, muss Emma lernen, Stärke zu zeigen. Und sich zu wehren. Du musst dir Respekt verschaffen, junge Dame. Dann passiert dir so etwas nicht mehr.«

»Aber …«, wendet Tobias ein, doch er hat keine Chance.

»Ich war nicht umsonst vierzig Jahre lang Lehrerin, Herr Erbschleicher-Griesbart«, erklärt ihm Frau Kratzer. »Da hat man das alles tausendfach gesehen. Verprügelt werden diejenigen, die Schwäche zeigen. Emma muss das alleine regeln.«

Da merke ich, es wird höchste Zeit, mich wieder ins Spiel zu bringen. In aller Ruhe richte ich mich zu meiner vollen Größe auf, schüttle mein Fell in Form und stelle mich demonstrativ an Emmas Seite. Keiner sieht, dass ich dabei unauffällig meine rechte Vorderpfote auf Emmas Fuß stelle. Aber Emma spürt es umso mehr.

»Ich bin nicht schwach«, verkündet Emma trotzig mit wackeliger Stimme.

»So ist es recht«, sagt Frau Kratzer zufrieden, sammelt ihre Sachen ein und klappt das Kästchen wieder zu.

In dieser Nacht schlafen wir beide nicht viel. Emma sagt kein Wort, und das ist auch nicht notwendig. Irgendwann hält sie es auch im Umzugskarton nicht mehr aus und klettert zu mir ins Körbchen. Das ist zugegebenermaßen ziemlich riesig, Tobias hat es gut mit mir gemeint, zwei Hunde von meiner Sorte würden locker hier Platz finden. Doch Emma ist ungefähr doppelt so groß wie ich. Na ja, mindestens.

Darum schubsen wir uns liebevoll ein bisschen hin und her, und ich überlege schon, ob ich nicht in Emmas Karton umziehen soll, doch schließlich haben wir uns zurechtgerangelt: Emmas Beine hängen aus dem Körbchen, und ich liege quer über ihrem Bauch. Das ist zwar nicht besonders bequem und für einen freiheitsliebenden Hund wie mich nicht wirklich ideal, aber irgendwie erinnert es mich auch ein bisschen an meine ersten Lebenstage, als wir uns alle miteinander im Körbchen meiner Mama um ihre Zitzen balgten.

So schläft Emma irgendwann dann doch ein, während ich ihren Atem bewache, ihren Herzschlag und jedes kleinste Zucken ihrer Muskeln. Manchmal stöhnt sie leise auf, und dann denke ich an das, was gestern alles passiert ist, denke an Emmas Verfolger und überlege mir, was ich mit ihnen anstellen werde, wenn ich sie zu fassen bekomme. Irgendwann fällt mir wieder dieses schreckliche graue Haus ein mit den verzweifelten Leuten auf den Gängen, und ich denke an all die Papiere, die Tobias ausfüllen muss, damit Alice endlich Ruhe vor Frau Schreck hat. Das Leben der Menschen ist reichlich kompliziert, und ich bin sehr froh, dass Tobias das alles so gut meistert. Jedenfalls hoffe ich es. Dann denke ich lange darüber nach, warum es nicht lauter so gute Menschen geben kann wie meinen Tobias, Alice oder Moritz und ob Frau Kratzer im Stillen nicht vielleicht auch ganz in Ordnung ist. Immerhin hat sie Emmas Wunden versorgt und ihr sogar von ihren kostbaren Keksen gegeben. Sie hat ihr ihren Mut zurückgegeben und ihren Stolz, was fast noch wichtiger ist. So wie Tobias gerade dabei ist, Alice ihre Würde zurückzugeben, und ich hoffe sehr, dass er das schaffen wird …

Und dann ist es Morgen. Ich lecke Emma sanft übers Gesicht, damit sie aufwacht und noch Zeit hat, zurück ins Bett zu schlüpfen, ehe die Erwachsenen aufstehen und bemerken, dass sie die Nacht in meinem Körbchen verbracht hat. Denn in einem bin ich mir sicher: Alice fände das sicher nicht so toll. Von Frau Kratzer ganz zu schweigen. Schon seltsam, denke ich, während sich Emma dehnt und streckt und gähnend die Augen reibt: Seit gestern spielt Frau Kratzer auf einmal eine Rolle in unserem Leben.

12

Schule

Auf dem Weg zur Schule ist nichts zu sehen von der Bande. Auch vor dem Gebäude keine Spur. Als Emma sich von mir verabschiedet, bin ich unschlüssig, ob es eine gute Idee ist, sie alleine hineingehen zu lassen, doch ehe ich zu einem Ergebnis komme, ist sie weg. Statt schnurstracks nach Hause zu laufen, wie ich es sonst immer tue, schnüffle ich noch ein wenig auf dem Gehsteig herum, um herauszufinden, ob die Schläger heute das tun, was Frau Kratzer Emma verboten hat: Schule zu schwänzen. Das ist ein neuer Ausdruck für mich, und ich frage mich, was dieses Wort mit meinem Schwanz zu haben könnte, als ich den verhassten Geruch des Steinewerfers an einem Gummireifen erkenne. Es ist der Reifen eines Fahrrads, und mit einem Mal weiß ich, was ich tun kann, um Emma zu rächen, wenigstens ein ganz kleines bisschen. Und schon grabe ich meine Zähne tief in dieses Stück Gummi, das durch so manche Pfütze gefahren wurde und an dem praktischerweise ein verführerischer Duft nach Kadaver haftet. Ich kaue genüsslich an dem harten Reifen herum, bis er an einer Stelle ganz dünn geworden ist. Dann schnüffle ich noch ein bisschen in der Nachbarschaft herum, doch ich kann keine weiteren Spuren der Bande finden.

Zu Hause wartet Tobias schon vor dem Gartentor auf mich, und weiter geht's zum Fluss, zu Max und seinem Menschen. Zunächst bin ich viel zu sehr damit beschäftigt, einen jungen Pinscher namens Jockel in seine Schranken zu weisen, der noch nicht weiß, was sich gehört. Doch nach einer Weile merke ich, dass etwas nicht stimmt: Max' Mensch und Tobias streiten sich, und das haben sie noch nie getan.

»Das hat dir gerade noch gefehlt«, erklärt Moritz mit strenger Stimme. »Wenn du mich als deinen Steuerberater fragen würdest, dann würde ich dir erklären, warum du dir noch keine Angestellte leisten kannst. Aber du fragst mich ja nicht. Stattdessen stellst du das ganze Jobcenter auf den Kopf. Sag mal, wieso hast du mich nicht einfach angerufen?«

Tobias ist ganz rot im Gesicht und riecht nach Trotz und Widerspruch. Doch er presst die Lippen aufeinander und schaut über den Fluss, als gäbe es dort etwas viel Interessanteres zu sehen.

»Hör zu«, lenkt Moritz ein, »lass uns einen Ein-Euro-Job daraus machen. Dann ist ihr geholfen, und du …«

»Nein!«

Moritz bleibt mit offenem Mund stehen, dann klappt er ihn zu, hebt die Arme und lässt sie wieder fallen.

»Ich will, dass sie eine richtige Stelle hat, verstehst du?«, fährt Tobias fort. »Das ist doch alles entwürdigend: *Arbeitsgelegenheit mit Mehraufwandsentschädigung!* Was ist das für ein Deutsch? Wer denkt sich denn so etwas aus? Das ist eine Sprache, die erfunden wurde, um Menschen fertigzumachen. *Eingliederungsmaßnahme!* Als käme sie gerade aus dem Knast ...«

»Jetzt beruhige dich doch mal.«

»Nein«, widerspricht mein Mensch. »Ich beruhige mich nicht. Ich stelle sie ein. Und weißt du auch, warum? Weil ich wirklich jemanden brauche. Das Antiquariat ist jetzt viel größer als vorher. Endlich kann ich all meine Lagerbestände präsentieren. Es sind sechs Räume, Moritz, plus die wertvollen Raritäten, die ich nur wirklich interessierten Kunden zeige. Jemand muss an der Kasse sitzen und ...«

»An der Kasse?«, echot Moritz alarmiert. »Hatten wir das nicht schon einmal? Was war mit dieser ... dieser Larissa?«

»Vanessa«, knurrt Tobias, und meine Nackenhaare sträuben sich beim Klang dieses Namens. »Und ich will nicht, dass du so von ihr sprichst!«

»Ach, das willst du nicht?«, schimpft Moritz weiter. »Als die damals an deiner Kasse saß, haben deine Bilanzen hinten und vorne nicht gestimmt. Es hat mich meine ganze Überzeugungskraft und beinahe meine Berufsehre gekostet, um das einigermaßen geradezubiegen. Und was ich von dieser Alice so höre ...«

»Wie?«, fährt Tobias auf, als hätte ihn eine Wespe gestochen. »Was hast du gehört?«

»Na ja«, erwidert Moritz und wirft Tobias einen vorsichtigen Blick zu. »Ich war zufällig in diesem Restaurant, wie hieß es noch gleich, als sie es fertigbrachte, die Glasregale hinter der Bar mitsamt all diesen teuren Edelbränden zum Einsturz zu bringen. Das war vielleicht ein Spaß, sag ich dir, ich hab es in meinem ganzen Leben nie so prächtig scheppern hören.«

Moritz schüttelt den Kopf und lacht leise in sich hinein. Das sollte er besser nicht tun. Ich habe nämlich das sichere Gefühl, dass er Tobias nur noch wütender macht. Beruhigend lehne ich mich gegen sein Knie. Ich bin da, denke ich ganz fest, du bist nicht allein. Und tatsächlich, er entspannt sich ein kleines bisschen.

»Also, was ist«, fragt er und schaut dabei Moritz direkt in die Augen. »Setzt du jetzt einen richtigen Arbeitsvertrag für sie auf oder nicht?«

»Warum habe ich nur das Gefühl«, sagt Max' Mensch nach einer Weile, »dass die Sache immer dann kompliziert wird, wenn Frauen auftauchen?«

Wenn ich auch bedingungslos zu meinem Menschen halte, so muss ich Moritz in diesem Punkt vollkommen zustimmen. Und doch. Alice hat einen viel schöneren Geruch als diese Vanessa. Vielleicht gibt es Ausnahmen unter Menschenfrauen? Falls ja, dann ist Alice sicher eine von ihnen. Und wie Tobias schon Frau Schreck erklärte: Herzensräuber sind schließlich nicht aus Glas.

Am Mittag gehe ich früher zur Schule als sonst. Ich kann es nicht riskieren, dass Emma noch mal etwas passiert. Alles ist ruhig, und als ich merke, dass das Portal ein klein wenig offen steht, schlüpfe ich einfach hindurch.

Drinnen stinkt es ziemlich penetrant nach dem Mittel, mit dem die Steinfliesen eingerieben worden sind.

Es riecht nach einem zerknüllten Papier in einer Ecke, an dem das Aroma von Salamifett klebt, nach Schokoladenkeksen und verschimmeltem Brot. Es riecht nach altem Leder und feuchten Kleidern, nach Kinderschweiß und Urin. Ich muss mich konzentrieren, um auch die feineren Gerüche wahrnehmen zu können. Es riecht nach Langeweile und Ausgelassenheit, nach Beklemmung und Mutwillen, nach Ehrgeiz und Faulheit. Nach Verlogenheit und Freundschaft, Stolz und Neid. Wie soll ich in diesem Wirrwarr von Kindergerüchen Emma finden?

Ich lausche. Da ist ein Gemurmel und Gesumme hinter vielen verschlossenen Türen. Wozu soll das eigentlich gut sein, frage ich mich, warum sperrt man die Kinder hier Tag für Tag ein? Ich suche an verschiedenen Türschwellen herum und finde keine Antwort. Ich höre Erwachsene Dinge sagen, und manchmal antwortet eine zögernde Kinderstimme. Hinter keiner einzigen Tür wird gelacht. So gehe ich von Schwelle zu Schwelle, und auf einmal habe ich ihn in der Nase, Emmas einzigartigen Duft. Hinter dieser Tür ist sie.

Ziemlich zufrieden mit mir setze ich mich davor und halte Wache, wie sich das für einen ordentlichen Hund gehört. Nach einer Weile finde ich, dass ich mich genauso gut bequem hinlegen kann. Aus dem Raum klingt der eintönige Singsang einer Frauenstimme. Das macht müde, und ich bette meinen Kopf auf die Pfoten.

Da fährt mir ein grauenvoller Sirenenton in die Gehörgänge. Panik reißt mich hoch. Hinter mir wird die Tür aufgerissen, und Kinder stürzen heraus, ich kann mich gerade noch in die kleine Nische gegenüber flüchten. Eine Flut von Eigengerüchen fliegt mir um die Nase, Emmas ist nicht dabei. Gerade als ich suchend den Kopf aus meinem Versteck strecke, sehe ich sie durch die geöffnete Tür im Zimmer stehen. Eine Frau spricht eindringlich auf sie ein, es ist jedoch klar, dass Emma das gar nicht recht ist. Sie ist auf dem Sprung, ihre Zehen wippen schon, am liebsten würde sie wegrennen, so schnell sie kann. Doch ein unsichtbares Band hält sie widerstrebend zurück.

Ich trete ein wenig näher, um herauszufinden, was die Frau von Emma will. Ihr Geruch ist nicht unangenehm. Sie macht sich Sorgen. Das kann ich verstehen. Da sind wir schon zu zweit.

»… dann muss ich deine Mutter zu einem Gespräch herbestellen. Möchtest du das?«

Emma schüttelt trotzig den Kopf. Die Frau seufzt.

»Was ist überhaupt mit deinem Auge passiert?«

»Gar nichts!«

Ich frage mich, warum Emma der Frau nicht von der schrecklichen Bande erzählt, damit sie die in die Mangel nimmt und Emma gehen lässt.

»Ist denn womöglich dein Vater wieder …?«

»Nein!«

»Jemand hat dich aber geschlagen, Emma. Du solltest mir erzählen, wer das …«

»Bitte«, fleht Emma, »lassen Sie mich einfach in Ruhe, Frau Baum.«

»Ich soll dich in Ruhe lassen?«, fragt die Frau entrüstet. »Aber ich muss dir Noten geben, Emma. Ich muss entscheiden, ob du am Ende vom Schuljahr versetzt werden kannst. Versteh doch, ich meine es gut mit dir. Du solltest mir vertrauen und mir sagen, was mit dir …«

In diesem Moment fällt ihr Blick auf mich. Auch Emma hat mich entdeckt, und da es eh schon egal ist, stelle ich mich neben sie und sehe Frau Baum entschlossen an. Die ist gerade sprachlos, doch ich weiß, das wird vorübergehen, und ich mache mich schon einmal auf unangenehm schrille Töne gefasst, ungefähr wie bei Frau Kratzer, als sie mich in der Speisekammer entdeckte. Doch Frau Baum schreit nicht, sie sieht von mir zu Emma und wieder zurück. Dann erhebt sie streng ihren Zeigefinger gegen mich und sagt: »Du solltest besser auf deine Freundin aufpassen. Und jetzt macht ihr zwei, dass ihr nach Hause kommt!«

Emma lässt sich das nicht zweimal sagen, wie der Blitz ist sie an der Tür. »Und morgen«, ruft Frau Baum ihr nach, »möchte ich deine Hausaufgaben sehen. Hast du das verstanden?«

Emma antwortet nicht. Sie rennt so schnell den inzwischen menschenleeren Flur entlang und die Treppe hinunter, dass ich auf dem glatten Steinboden ins Schlittern gerate und beinahe die Stufen hinunterpurzele. Dann reißt Emma die große Tür auf und prallt wieder zurück, als sei sie gegen eine unsichtbare Mauer gerannt. Ich schaue vorsichtig hinaus und kann mir ein großes Grinsen nicht verkneifen: Der Platz vor der Schule ist fast leer. Nur ein einziger Junge fingert an seinem Fahrrad herum. Es ist der Steinewerfer, und er hat allen Grund, sich zu ärgern. Denn sein Reifen, jener, der so gut nach Kadaver schmeckte, ist kaputt. Er ist so wütend, dass er uns überhaupt nicht bemerkt. Ich richte mich zu meiner vollen Größe auf, denn das ist die einzige Sprache, die diese Art Menschen versteht. Und langsam entspannt sich Emma, tut es mir nach und öffnet die Tür noch weiter.

»Na«, ruft sie dem Jungen von den Stufen herunter schadenfroh zu, »hast du einen Platten?«

Der Junge läuft dunkelrot an und ballt die Fäuste. Schon macht er einen Schritt auf uns zu, doch Emma knickt kein bisschen ein, sie steht einfach da, so wie ich, und ich spüre, wie sie die Spannung hält. Das bleibt nicht ohne Wirkung, der Junge wird unsicher. Dann sieht er mich und lässt die Hände wieder sinken.

»Wir sehen uns wieder, Missgeburt«, ruft er, kickt einen großen Stein weg und wendet sich ab.

Ich könnte ihn ein bisschen durch die Gegend jagen. Oder ihm die Hose zerreißen. Doch ich lasse es sein. Als er mit seinem Fahrrad davonholpert, denke ich: Das hast du gut gemacht, Zola. Und keiner kann kommen und Tobias die Hölle heißmachen und behaupten, sein Hund sei bösartig, wie es in meinem ersten Leben einmal Pepes Freund Rinaldo mit der nervösen Luna erging. Die verschwand von einem Tag auf den anderen, nachdem sie sich gegen die Attacken eines gehässigen Halbwüchsigen mit ihren Zähnen gewehrt hatte. Zola hat sich das gemerkt, er ist ein guter Hund. Nur manchmal, da hilft er dem Schicksal ein kleines bisschen nach.

Am Nachmittag beobachte ich Emma, wie sie bei uns am Küchentisch das tut, was sie »Hausaufgaben ma-

chen« nennt, und alles, was ich sehe, ist, dass sie das
Ende ihres Bleistifts zerkaut. Sie starrt in ihr Schulbuch,
doch ihre Augen wandern nicht die Zeilen entlang, sie
springen mal hierhin und mal dorthin, als ergäbe das,
was sie sehen, keinen Sinn. Als einmal Tobias hereinkommt, um sich einen Kaffee zu machen, tut sie so, als
hätte sie was im Auge, und fragt:

»Kannst du mir das hier mal vorlesen, Tobias? Mein
Auge tut gerade wieder so weh.«

Tobias nimmt voller Mitleid das Buch in die Hand,
und während sein Kaffee in der Maschine blubbert, liest
er uns eine Geschichte vor. Er liest so schön, dass ich
müde werde, die Augen schließe und seiner Stimme lausche. Dann ist die Geschichte zu Ende, und der Kaffee
ist auch fertig, doch ehe Tobias wieder zu seiner Arbeit
gehen kann, erklärt Emma: »Wir müssen als Hausaufgabe eine Nacherzählung schreiben. Aber … mir tut die
Hand so weh …«

»Die Hand?«, fragt Tobias besorgt. »Hat die gestern
etwa auch was abbekommen?«

Emma zuckt mit den Schultern und betrachtet intensiv einen winzigen Fleck auf ihrer Hose. Sie kratzt an
ihm herum und sagt: »Ich könnte sie dir diktieren. Die
Nacherzählung. Schreibst du sie für mich auf?«

Sie heftet ihre klaren Augen auf Tobias und flüstert:
»Ausnahmsweise?«

»Aber …«

»Ich helf dir auch nachher mit den Büchern. Versprochen!«

Tobias seufzt, stellt seinen Kaffeebecher neben

Emmas Schulheft und greift nach dem zerkauten Bleistift.

»Es war einmal ...«, beginnt Emma, und der Bleistift in Tobias' Hand fliegt nur so über das Papier. Emma hebt ihre Augen zur Lampe über dem Tisch und erzählt in ihren Worten die Geschichte wieder, und Tobias schreibt und schreibt, und dann sind sie auch schon fertig.

»Siehst du«, sagt Emma triumphierend zu mir, während Tobias schon längst wieder bei seinen Herzensräubern ist, »ging doch ganz flott!«

Dann packt sie Buch und Heft samt zerkautem Bleistift in ihre Schultasche und rast mit wildem Geheul hinaus in den Garten. Da bleibt mir nichts anderes übrig, als ihr zu folgen und Haken schlagend Fangen mit ihr zu spielen.

Emma ist der einzige Mensch, den ich kenne, der nicht süchtig nach Herzensräubern ist. Das finde ich heraus, als ich auf die Idee komme, ihr welche auszusuchen. Aus dem Raum mit lustigen Herzensräubern und solchen nur für Kinder suche ich lange nach einem Duft, der zu Emma passt: verwegen, frech und voller Abenteuer. Schließlich ist sie ein Mädchen, das gerne mal heimlich durch ein Fenster einsteigt und ebenso heimlich in einem Umzugskarton schläft. Eines Abends, als alle schon im Bett sind und nur Emma noch wach ist, bringe ich ihr also so einen Herzensräuber, an dem andere Kinder Ausdünstungen hinterlassen haben, die ganz nach ihrem

Geschmack sein müssten. Emma sitzt in ihrer Kiste und staunt nicht schlecht, als ich ihn ihr reiche.

Sie dreht und wendet ihn, endlich schlägt sie ihn auf und blättert ihn durch. Ich bin gespannt.

Lies mir vor, denke ich, so intensiv ich nur kann, lege mich in mein Körbchen und starre sie erwartungsvoll an.

»Da sind ja gar keine Bilder drin«, beschwert sie sich, doch als sie meinen unverwandten Blick bemerkt, sagt sie: »Na gut«, und blättert zum Anfang zurück. Sie beginnt zu lesen, und ich lausche ihrer Stimme, will gerade die Augen schließen, damit ich noch besser zuhören kann, als ich etwas Merkwürdiges bemerke, etwas, das mir schon bei den Schulaufgaben auffiel. Emmas Augen wandern gar nicht die Zeilen entlang so wie die von anderen Menschen, wenn sie lesen. Sie schaut überall im Raum umher, während sie liest, nicht einmal Tobias kann das. Eine Weile vergeht, und ich beobachte Emma fasziniert, wie sie das Kunststück hinkriegt, aus dem Herzensräuber vorzulesen und dafür nur ab und zu auf die Seiten zu schauen. Da bemerke ich etwas, was mich noch viel mehr irritiert: Die Geschichte, die sie vorliest, passt überhaupt nicht zu den Düften, die an dem Herzensräuber haften. Um ganz sicherzugehen, erhebe ich mich sogar aus dem Körbchen, trete nah an Emma heran und schnuppere an dem Papier. Eigentlich müsste hier eine Geschichte eingefangen sein, die von Aufbruch und Abenteuer handelt, von einer Reise ins Ungewisse, ein gefährliches Unternehmen, wagemutig und tollkühn. Doch die Geschichte, die Emma gerade vorliest, handelt von ganz anderen Dingen. Sie erzählt von einem Mädchen, das so stark ist, dass sich sogar die kräftigsten Jungen in ihrer Schule vor ihr fürchten. Mir kommt der Gedanke, dass Emma gar nicht vorliest, sondern von sich selbst spricht und sich dabei wünscht, so zu sein wie dieses Mädchen, das sie mir in den prächtigsten Farben schildert. Statt Abenteuerlust und Aufbruch rieche ich … ja, es tut mir leid, das zu sagen, denn Emma ist meine Freundin, aber ich wittere tatsächlich Prahlerei und dahinter, ganz tief verborgen, Verzweiflung und Angst. Das erinnert mich an damals, als das Leben ganz besonders hart zu mir war und ich nicht wusste, wie ich den Tag überstehen sollte. Fühlt sich Emma tatsächlich so ähnlich wie ich damals? Um zu überleben, tat ich vor Tschakko und allen anderen so, als wäre ich der Größte. Natürlich bin ich auch der Größte, keiner reicht an Zola heran, und trotzdem war ich zu der Zeit, wenn ich ehrlich bin, ziemlich am Ende. Und wäre Tschakko nicht so ein einfältiger Kerl gewesen, er hätte mir ganz schön zusetzen können. Auch ich habe damals, um nicht unterzugehen, Tag für Tag auf Hundeart eine Version von mir heraufbeschworen, die viel stärker war, als ich es tatsächlich sein konnte. Das braucht man, damit man den Glauben an sich und das Schicksal nicht verliert und vor allem nicht die Hoffnung, dass sich alles wieder zum Guten wenden wird. Da begreife ich, dass Emma sich gerade jede Menge Mut vorliest, und das ist gut so, denn es wird ihr helfen, sich morgen wieder der Welt da draußen, Frau Baum, dem Steinewerfer und seinen Kumpels zu stellen. Doch mit dem Herzensräuber, den ich ihr ausgesucht habe, hat das überhaupt nichts zu tun. Aber was macht das schon?

»Zeig mir mal deine rechte Hand«, befiehlt Frau Kratzer, als wir mittags nach Hause kommen, und sieht Emma mit einer Mischung aus Besorgnis und Skepsis an. Die versteckt beide Hände hinter ihrem Rücken und zieht ein trotziges Gesicht.

»Warum?«

»Tut sie denn nicht weh?«, fragt Frau Kratzer hinterhältig.

Emma schüttelt den Kopf.

»Dachte ich es mir doch.« Frau Kratzer riecht nach Enttäuschung und Verachtung. »Du bist also eine Simulantin, damit andere deine Hausaufgaben machen?«

Emma stutzt. Wahrscheinlich kennt auch sie dieses komische Wort nicht, das nach einer Beleidigung klingt und mich wieder gegen die alte Frau einnimmt, die ich fast schon zu mögen begonnen habe.

»Was geht dich das an?«, faucht Emma, und ich frage mich, ob das klug von ihr ist. Frau Kratzer aber lacht. Es ist ein Lachen von jener Art, die ich überhaupt nicht mag, denn es ist nicht echt. Sie lacht und möchte Emma am liebsten eine runterhauen, das fühle ich ganz deutlich. Darum beginne ich ganz leise zu knurren, nur so, für alle Fälle. Doch Frau Kratzer beachtet mich überhaupt nicht.

»Du hast recht«, sagt sie zu Emma, »es geht mich nichts an. Das ist ganz allein eine Angelegenheit zwischen dir und dem Erbschleicher. Wenn der auf deine Tricks hereinfällt, mir soll's egal sein. Aber eines sage ich dir, du Früchtchen.« Mein Knurren wird lauter, denn sie beugt sich ganz tief hinunter und bringt ihr Gesicht nahe vor Emmas. Und überschreitet damit, wie ich finde, eine entscheidende Grenze. »Bei mir kommst du damit nicht weiter. Und das nächste Mal, wenn du dich verprügeln lässt, dann kann dich jemand anders verarzten!«

Damit dreht sie sich um und stolziert davon. Emma bläst die Backen auf, macht »Ffff« und »Pfff« und sagt: »Du kannst mich mal, du alte Hexe«, und doch kann sie es vor mir nicht verbergen, dass ihr das überhaupt nicht passt. Und das wundert mich. Denn eigentlich kann uns Frau Kratzer doch gestohlen bleiben. Oder etwa nicht?

Am Abend suche ich ihr einen neuen Herzensräuber aus, denn sie hockt in ihrem Schlafkarton und brütet finster vor sich hin. Ich finde ein Buch, das sie garantiert aufheitern wird, aber als ich es ihr bringe, schlägt sie es mir aus dem Maul. Das tut weh, auch wenn ich es nicht zeige. Und der Herzensräuber hat jetzt lauter Kratzer, dort, wo meine Zähne ihn vorsichtig hielten.

»Lass mich bloß in Ruhe«, faucht mich meine Freundin an und macht den Deckel über sich zu. Da weiß ich, dass wir ein Problem haben. Mir ist nur noch nicht klar, welches.

Am nächsten Morgen ist die Welt vollkommen verändert. Die Luft ist schwer von Feuchtigkeit, doch statt als Regen vom Himmel zu fallen, hängt sie wie ein kalter, zäher Schleier in der Luft. Man kann kaum etwas sehen, auch die Geräusche sind gedämpft, doch die Gerüche umso intensiver. Ich kann mich gar nicht satt schnuppern, während ich Emma zur Schule bringe. Als wir dort ankommen, zögert sie auf einmal hineinzugehen. Ich halte meine Nase in die Luft und prüfe, ob der Steinewerfer samt Bande in der Nähe ist und ob sich Emma womöglich fürchtet. Doch die Luft ist vollkommen rein. Emma tritt von einem Bein auf das andere und wirft mir immer wieder unsichere Blicke zu.

»Na los«, sagt sie schließlich und wedelt mit den Armen in Richtung Heimweg, »geh schon. Worauf wartest du?«

Ich suche ihren Blick und verstehe nicht recht, was mit ihr los ist. Natürlich werde ich nicht gehen, ehe sie nicht sicher hinter der großen Schultür verschwunden ist, schließlich kenne ich meine Pflicht. Ihr kann alles Mögliche passieren, ehe sie nicht diese schützenden Mauern erreicht hat. Oder sind die gar nicht so sicher? Sollte ich sie vielleicht bis vor die Klassenzimmertür begleiten?

Während ich noch darüber nachdenke, warum Emma mich wegschicken will, kommt durch die wolkige Luft eine Frau auf uns zu. Es ist Frau Baum, die Lehrerin, und sie strahlt, als sie Emma sieht.

»Guten Morgen«, sagt sie fröhlich und schenkt sogar mir ein Lächeln, sodass mein Schwanz zu wedeln beginnt und ich neugierig ihre persönliche Note aufnehme. »Das war gestern eine wirklich schöne Nacherzählung«, sagt Frau Baum zu Emma, »das hast du gut gemacht. Da war kein einziger Fehler in der ganzen Hausaufgabe. Ich bin mächtig stolz auf dich, Emma!«

Doch statt sich zu freuen, senkt meine Freundin den Blick zu Boden, dann fällt er auf mich. Schuldbewusst schaut sie in die andere Richtung, zu den Bäumen, wo gerade der Steinewerfer sein Fahrrad festbindet, dessen Reifen ganz neu aussieht.

»Weißt du, Emma«, sagt Frau Baum, die von all dem nichts bemerkt, »ich hab mir Sorgen gemacht. Aber jetzt bin ich beruhigt. Nur an deiner Handschrift, da müssen wir noch ein bisschen arbeiten. Die sieht jedes Mal anders aus und so unordentlich! Ich hoffe, du machst von nun an regelmäßig deine Hausaufgaben. Aber jetzt komm mit rein. Es ist viel zu nasskalt hier draußen.«

Sie berührt Emma sacht an der Schulter und führt sie mit sich zur Schule. Ich atme auf und verfolge genau, wie sie gemeinsam das Schulhaus betreten, dann mache ich, dass ich nach Hause komme. Ich bin stolz auf Emma. Die Lehrerin war zufrieden mit ihr. Wieso aber roch meine Freundin so verräterisch nach Schuldbewusstsein und Scham?

13

Die Eröffnung

Tobias wird von Tag zu Tag aufgeregter. Zuerst denke ich, der Grund dafür ist Alice, die jetzt den ganzen Tag zwischen den Regalen mit Herzensräubern herumläuft, doch das ist es nicht allein. Unsere Morgenspaziergänge werden immer kürzer, und schuld daran ist nicht der Dauerregen, der seit einigen Tagen herrscht, und auch nicht der Streit, den mein Mensch mit Moritz hatte. Die beiden haben sich bald wieder vertragen, so wie Max und ich uns auch immer sofort wieder versöhnen, wenn wir uns mal ernsthaft die Zähne zeigen. Ja, in letzter Zeit versucht mein Freund häufiger, mir auf Hundeart die Führung streitig zu machen. Er will sich mit mir messen, um herauszufinden, ob ich noch immer das Zeug zum Leithund habe. Dann muss ich ihm ein Stück Fell herausreißen, so leid mir das auch tut, und ihn ein bisschen empfindlicher zwicken als sonst. Oder ihn umwerfen und mit erhobener Rute meine Vorderpfoten auf seine Brust stellen, damit er weiß, was Sache ist. Er ist jünger als ich, und wir wissen beide, dass irgendwann der Tag kommt, an dem er mich besiegen wird, wenn ich älter werde und schwächer. Dann werde ich mich auf den Rücken werfen und ihm meinen Hals darbieten als Zeichen, dass er jetzt der Stärkere ist und ich mich ihm unterordne. Und vielleicht ist das auch gar nicht so schlecht, es ist ganz schön anstrengend, immer der Anführer zu sein. Doch darauf muss er noch ein halbes Hundeleben lang warten. Mindestens.

Moritz und Tobias sind also schon längst wieder Freunde, seit er zu uns nach Hause kam und sie sich gemeinsam mit Alice an den Küchentisch setzten. Eine Menge Papier wurde hin und her geschoben, Alice strömte Hitze aus, Verlegenheit und schließlich eine derart hinreißende Freude, die mit ihrem süßen Duft die ganze Küche ausfüllte. Ich bin zufrieden, denn Tobias hat sich als guter Rudelführer behauptet.

Nun verbringt Alice die Tage damit, kleine Zettel an die Regale zu heften, Herzensräuber hin und her zu räumen, stundenlang in diese leuchtende Maschine zu starren und dabei ihre Finger auf dem Tisch klappern zu lassen. Beim Essen unterhält sie sich mit Tobias, und sie gebrauchen viele mir unbekannte Wörter wie »Verzeichnis« und »Katalog«, »Erscheinungsjahr« und »Edition«. Das macht mich müde, ihre Stimmen erinnern mich an das Rauschen des großen Wassers, an dem ich früher lebte, und ich schlummere ein wenig ein, bis sie sich erheben und wieder an die Arbeit gehen. Alice lacht jeden Tag ein bisschen mehr, und Tobias sprüht nur so vor guter Laune. Das gefällt mir. Nur Emma ist still und in sich gekehrt, sitzt nachmittags am Küchentisch und kaut an ihrem Bleistift herum, als wäre er ein Knochen, während sie sehnsüchtig in den Garten hinausschaut, der vor Nässe nur so trieft.

Seit ich in Frau Kratzers Zimmer unfreiwilliger Zeuge ihrer Feuerlegung wurde, sehe ich immer mal wieder nach der alten Frau, auch wenn diese Fürsorge nicht auf Gegenliebe stößt. Vielleicht liegt es an dem trüben Wetter, dass sie so schlecht gelaunt ist, vielleicht auch an der Sache mit den Drohnen in der Zeitung und dem Tod von diesem Herrn von Straten. Mir kommt in den Sinn, dass ein schöner Herzensräuber ihr vielleicht Freude machen könnte, schließlich hat sie selbst ein paar auf diesem Brett stehen. Ich suche lange in allen Räumen nach einem ähnlich aufmüpfigen Duft, und schließlich finde ich ein Buch, das passen könnte. Nachdem ich es geschafft habe, es aus dem Regal zu holen, schnüffle ich lange an ihm herum. Ein Versuch ist es wert, denke ich und überlege mir, wo ich den Herzensräuber am besten deponiere, damit Frau Kratzer ihn auch wirklich findet. Da entdecke ich in der Küche ihren Rucksack, den sie schon leer geräumt, aber noch nicht mit auf ihr Zimmer genommen hat. Flugs lasse ich den Herzensräuber hineingleiten. Besser hätte es gar nicht laufen können!

Als ich am Tag darauf in die Küche komme, um aus meinem Wassernapf zu trinken, sitzt sie am Tisch bei einer Tasse Tee und liest. Mein Herz macht einen Sprung, und meine Nase arbeitet fieberhaft. Ja, es ist tatsächlich der Herzensräuber aus dem Rucksack, und ich schleiche mich vorsichtig an, um herauszufinden, wie er ihr gefällt. Der Zauber wirkt, ihre Augen gleiten die Seiten entlang, während sie alles um sich vergessen zu haben scheint. Sie hat einen ziemlich jugendlichen, verwegenen Geruch angenommen und schaut nicht einmal auf, als Tobias hereinkommt und sich irgendwann über sie beugt, neugierig, was sie da liest. Was er sieht, überrascht ihn, und er betrachtet Frau Kratzer eine ganze Weile nachdenklich, so als sähe er sie zum ersten Mal. Dann macht er sich mit einigem Lärm an der Kaffeemaschine zu schaffen, und Frau Kratzer taucht aus der Welt des Herzensräubers auf wie aus einem tiefen Schlaf.

»Gott«, sagt sie, »haben Sie mich erschreckt! So etwas macht man nicht mit einer alten Frau!«

»So alt sind Sie nun auch wieder nicht«, sagt Tobias lächelnd, und ich reiße die Augen auf, denn Frau Kratzer lächelt tatsächlich verschmitzt zurück.

»Na ja, es ist eine ganze Weile her«, sagt sie nachdenklich und betrachtet den Einband des Herzensräubers. »Wie sind Sie überhaupt darauf gekommen, mir ausgerechnet dieses Buch in den Rucksack zu schmuggeln?«

Tobias schaut sie verdutzt an. »In den Rucksack? Ich? Als ich das Buch zum letzten Mal sah, stand es in Raum vier schön ordentlich im Regal.«

»Aaaach, kommen Sie«, macht Frau Kratzer und zieht die Silben lang, »Sie haben es in meinen Rucksack gesteckt. Geben Sie es ruhig zu. Woher wissen Sie, dass ich …«

Sie stockt. Tobias betrachtet sie amüsiert. »Dass Sie

sich für Rudi Dutschke interessieren? Wusste ich nicht bis gerade eben. Aber klar, ist doch Ihre Generation, nicht wahr?«

Frau Kratzer wirkt auf einmal traurig und klappt den Herzensräuber zu. »Damals hätten wir uns nicht vorstellen können, einmal zum alten Eisen zu gehören.«

Tobias schmunzelt. »Sie? Zum alten Eisen? Wer sagt denn so was?«

Da ist sie still und schaut verträumt vor sich hin, sie wirkt auf einmal überhaupt nicht mehr alt.

»Na ja«, sagt sie leise, »mich braucht ja niemand. Und Ihnen bin ich sowieso nur im Weg.«

Es klingt, als hoffe sie, dass Tobias ihr widerspricht.

»Aber Frau Kratzer«, sagt Tobias sanft, »ich sehe Sie ja kaum. Wie könnten Sie mir da im Weg sein? Und überhaupt. Ich eröffne demnächst ein Bücherantiquariat, wie Sie wissen. Da gibt es immer Arbeit. Nur für den Fall, dass Sie Langeweile verspüren.«

Ohne ihre Antwort abzuwarten, geht Tobias zurück in die Eingangshalle. Frau Kratzer aber starrt noch lange die Tür an, durch die mein Mensch gerade verschwunden ist.

Schließlich erreicht die Aufregung im Haus ihren Höhepunkt, der tatsächlich auch Frau Kratzer mit sich reißt. Alice hat die Idee, in jedem Raum ein paar Möbel hinzustellen, auf denen es sich die Kundschaft mit einem Herzensräuber bequem machen kann. Gemeinsam schleppen sie Sessel, die nach einer langen Geschichte riechen,

Stühle und kleine Tische aus dem Keller wieder hoch, lauter Dinge, die Tobias noch vor wenigen Wochen aus den Zimmern verbannt hat. Dabei herrscht auf einmal eine so ungewohnte Einigkeit zwischen den beiden Frauen, die mich fast schon wieder misstrauisch werden lässt. Was Tobias wohl darüber denkt?

Doch der ist mit ganz anderen Dingen beschäftigt. Ein hagerer Mann kommt, stellt ihm eine Menge Fragen und schreibt Tobias' Antworten auf einen kleinen Block. Dann zeigt ihm mein Mensch die Räume und erklärt ihm alles über die Herzensräuber. Der hagere Mann ist gerade gegangen, als Frau Kratzer schon wieder anfängt zu streiten.

»Nein«, höre ich sie laut und entschlossen sagen. »Das kommt überhaupt nicht infrage.«

Tobias will etwas sagen, doch Frau Kratzer lässt niemanden zu Wort kommen. *Ich* kümmere mich um den Sektempfang«, bestimmt sie. »Und *sie* bleibt bei den Büchern. Keine Widerrede.«

Alice atmet auf. Auch Tobias ist erfreut.

»Das ist schrecklich nett von Ihnen«, sagt er und schenkt Frau Kratzer ein Lächeln. »Und meinen Sie, Sie könnten für die Eröffnung eventuell ein paar von Ihren famosen Plätzchen backen?«

Frau Kratzer starrt ihn an, als habe er den Verstand verloren.

»Plätzchen?«, fährt sie ihn an, »zu Sekt? Was soll das denn werden? Nein, so geht das nicht. Entweder wir servieren Plätzchen und Kaffee oder Sekt mit Käsestangen. Das sind Grundkenntnisse, Herr Erbschleicher, die meine Hauswirtschaftsschülerinnen schon im ersten Jahr aus dem Effeff beherrschten. Wollen Sie, dass Ihre Kunden Sodbrennen kriegen und nie wiederkommen? Na also. Mit wie vielen Besuchern rechnen Sie denn?«

Zwei Tage lang duftet es in der Küche nach Käse und Butter, und Frau Kratzer achtet zu meinem Bedauern sorgfältig darauf, dass die Tür zur Speisekammer immer abgeschlossen ist. Ein Tisch voller Gläser wird aufgebaut, und mir wird angst und bang bei dem Gedanken, das alles könnte auf mich herabstürzen. Glasscherben sind heimtückisch, das musste ich am Strand immer wieder schmerzhaft erleben. Dann blasen Alice und Emma viel Luft in bunte Gummihüllen, die nach und nach aussehen wie Bälle. Das finde ich lustig und schnappe mir eines dieser federleichten Dinger, so wie Max es immer tut. Doch kaum habe ich es zwischen den Pfoten, tut es einen Knall, der Ball ist verschwunden, und ich rase hinaus in den Garten vor lauter Schreck.

Dann kommt der Morgen, an dem Tobias mit mir nur bis zum Kiosk an der Ecke geht und dermaßen nach Aufregung riecht, dass ich auf einmal weiß, dass es heute so weit ist. Mein Mensch kauft eine Zeitung und blättert sie mit fahrigen Händen durch. Endlich hat er gefunden, was er sucht, und während er mit angespanntem Gesicht darauf starrt, suche ich die Sträucher ringsum auf, informiere mich über die neuesten Ereignisse in meinem Revier und erledige mein Geschäft. Denn ich ahne, dass ich heute nicht mehr oft Gelegenheit dazu bekommen werde. Endlich faltet Tobias mit einem Seufzer der Erleichterung das viele Papier zusammen und ruft nach mir.

Zu Hause zeigt er Alice und Frau Kratzer die Zeitung, und alle sind höchst erfreut. Frau Kratzer liest sogar eine Stelle laut vor und lacht ein richtiges, echtes Lachen, und das ist dermaßen ungewöhnlich, dass selbst Tobias sie heimlich voller Staunen betrachtet. Dann erklärt er mir völlig überflüssigerweise, dass heute viele Menschen kommen werden, jedenfalls hoffe er das, und dass ich mich gut benehmen soll. Was glaubt er eigentlich? Denkt er wirklich, Zola wüsste nicht, wie man sich benimmt?

Ich widerstehe dem Drang, eine oder zwei von diesen Käsestangen zu klauen, stattdessen beziehe ich meinen Posten neben der Kassentheke und starre erwartungsvoll auf die Eingangstür. Doch nichts tut sich. Normalerweise würde ich jetzt meinen Kopf auf die Pfoten legen und ein kleines Nickerchen machen, doch ich muss auf Tobias achtgeben, dessen Aufgeregtheit ins Unermessliche wächst. Auch Alice wandert zwischen den Regalen umher, als sei ihr jemand auf den Fersen. Schließlich verschwindet sie in einem der seitlichen Räume, wo sie auf eine Leiter steigt und Herzensräuber ganz oben mit einem Tuch abstaubt. Das ist vollkommen überflüssig, denn das hat sie gestern schon gemacht, doch darauf kommt es im Augenblick wohl nicht an.

Schließlich klingeln die altvertrauten Glöckchen, die Tobias schon in der alten Höhle der Herzensräuber hatte, und alle fahren zusammen. Eine Frau kommt herein und sieht sich neugierig um. Tobias geht auf sie zu und begrüßt sie, da öffnet sich die Tür gleich wieder und steht von da an nicht mehr still. Frau Kratzer füllt eine prickelnde Flüssigkeit in die Gläser, reicht sie den Kunden, die große, glückliche Augen machen, an Käsestangen knabbern und sich von Tobias alles zeigen lassen. Es dauert nicht lange, und die Kasse kommt zum Einsatz, und so manche Kundschaft entdeckt mich erst jetzt und findet, dass ich ungeheuer »brav« sei und überhaupt nicht belle und noch mehr Unsinn in dieser Art. Tobias sagt eine Menge netter Dinge über mich, und ich platze fast vor Stolz. Trotzdem passe ich genau auf, dass keiner einen der Herzensräuber einfach so mitnimmt oder sich gar an die Kasse wagt.

Schließlich wird es Zeit, Emma von der Schule abzuholen. Ausgerechnet heute ist sie ganz besonders niedergeschlagen, als sie aus dem Tor tritt. An den Jungen kann es nicht liegen, denn einer von ihnen duckt sich erschrocken weg, als Emma ihn anfährt, er solle sie nicht so anrempeln, besser könnte selbst ich das nicht machen. Ich bin mächtig stolz auf sie, und Emma könnte es auch sein, und doch nimmt meine Nase nichts als Verzweiflung wahr. Vielleicht liegt es daran, dass sie inzwischen ihren Bleistift bis zu einem winzigen Stummel heruntergekaut hat und ihr niemand einen neuen schenkt? Oder an diesen blöden Hausaufgaben, die sie mehr bedrücken, als es für ein kleines Mädchen gut ist?

Als wir nach Hause kommen, macht Emma große Augen, denn alles ist voller Menschen. Auch mir wird unheimlich, wie soll ich bei diesem Zulauf den Überblick bewahren? Frau Kratzer trägt gerade ein neues

Tablett mit Käsestangen herbei, und Alice lässt die Kasse klingeln. Sie packt Herzensräuber in knisternde Taschen und überreicht sie glücklich strahlenden Menschen. Emma steht verloren in all dem Getümmel und sieht sich um. Sie betrachtet eine Weile Alice, die mit zart geröteten Wangen ganz in ihrer Arbeit aufgeht und ihre Tochter nicht bemerkt. Auch Frau Kratzer ist viel zu sehr mit dem Einfüllen von Gläsern und dem Anpreisen ihrer Käsestangen beschäftigt. Tobias ist nirgendwo zu sehen, ein feiner Duftfaden sagt mir aber, dass er in einem der seitlichen Räume ist. Emma geht in die Küche und klaut ein paar Käsestangen von einem Tablett. Dabei bemerkt sie meine sehnsüchtigen Blicke überhaupt nicht, denn auch ich warte schon lange auf eine Gelegenheit, diese Dinger zu probieren. Sie scheint tief in Gedanken versunken, und ich mache mir Sorgen. Sanft berühre ich sie mit der Pfote, und sie erinnert sich endlich daran, dass sie nicht alleine ist. Sie reicht mir eine Käsestange, die eine Sekunde später schon in meinem Magen verschwunden ist. Da nähern sich Schritte, und Emma tut das einzig Richtige: Sie öffnet schnell die Tür zum Garten, und wir schlüpfen beide hinaus.

Eine Weile wirft sie mit Stöckchen, und ich tu ihr ausnahmsweise den Gefallen, sie ihr wieder zu bringen, auch wenn ich dieses sinnlose Spiel überhaupt nicht mag. Dann hat sie keine Lust mehr und hüpft auf einem Bein den Kiesweg entlang bis in den Vorgarten. Auf einmal erstarrt sie. Eine Frau kommt uns entgegen, es ist Frau Baum, die Lehrerin. Eine Sekunde lang denke ich,

Emma läuft einfach davon, doch das geht nicht mehr, Frau Baum hat uns längst gesehen.

»Emma«, ruft sie erfreut, »wie schön! Interessierst du dich auch für das Bücherantiquariat? Oder bist du mit deiner Mutter hier?«

»Ich …«, macht Emma und hat auf einmal eine ganz piepsige Stimme, »muss leider ganz schnell … Auf Wiedersehen, Frau Baum!« Und dann dreht sie sich um und saust davon, so schnell sie kann. Kurz vor dem Gartentor schlägt sie sich in die Büsche.

Ich hoffe, es ist ein Spiel, und jage hinterher. Doch Emma ist schneller, schon ist sie am Pförtnerhäuschen, wo sie ein Fenster aufdrückt und flink wie ein Eichhörnchen hineinklettert. Verdutzt sehe ich, wie sie das Fenster schließt. Offenbar will sie alleine sein. Ich schnüffle eine Weile unschlüssig ums Haus herum, hin- und hergerissen zwischen der Sorge um sie und meinem Pflichtbewusstsein, das mich zu Tobias zieht. Und das schließlich siegt.

Ich will gerade meinen Platz im Körbchen einnehmen, als mich ein Schreck durchfährt, sodass ich mitten in der Bewegung innehalte und witternd die Nase hebe. Da ist ein Geruch in der Luft, dem ich hoffte, nie wieder begegnen zu müssen. Alarmiert sehe ich mich um. Er kommt aus dem toten Winkel zwischen der Eingangstür und einem der Nebenräume. Als Erstes sehe ich hochhackige Stiefel. Dann die ganze Frau. Dort steht sie und beobachtet Alice hinter der Kasse. Lässt den Blick durch die Halle gleiten, über den riesigen, leise klirrenden Glaslüster, den Treppenaufgang und die Galerie. Schließlich richtet sie ihre Aufmerksamkeit auf Tobias, der gerade aus einem der gegenüberliegenden Räume kommt, im Gespräch mit Frau Baum. Mein Nackenfell sträubt sich ganz von alleine. Sie soll gehen! Was will sie überhaupt hier? An Herzensräubern ist sie ganz bestimmt nicht interessiert. Sie riecht nach Verwunderung, Neid und Berechnung. Und als hätte sie meine Gedanken gehört, dreht sie sich rasch um, drückt sich an einer Gruppe junger Leute vorbei und verschwindet. Ich atme auf und kann mich endlich wieder in mein Körbchen begeben. Und doch werde ich meine Unruhe nicht los. Denn mein Gefühl sagt mir, dass Vanessa wiederkommen wird.

Als Tobias am Abend die Tür abschließt, ist er erschöpft und überglücklich. Auch Alice strahlt, während Frau Kratzer in der Küche mit den vielen Gläsern herumklirrt und jede Hilfe von Alice ablehnt. Ich warte sehnsüchtig auf das Zauberwort »Feierabend« und darauf, dass endlich jemand meinen Napf auffüllt.

»Wo ist eigentlich Emma?«, fragt Tobias auf einmal, und Alice schaut erschrocken von der Kasse auf, wo sie das viele Geld zählt, das die Menschen heute gebracht haben. Alle beide sehen mich an, und ich gehe zur Tür und kratze so lange an ihr, bis Tobias mir aufmacht. Ich führe ihn und Alice zum Pförtnerhaus und setze mich vor die Schwelle.

»Emma«, ruft Alice, »bist du hier?«

Sie kramt nach dem Schlüssel, und Tobias und ich schauen gespannt zu, ob der vielleicht zu dem anderen unter das Gitter fällt, doch Alice ist heute ganz ruhig und schließt die Tür auf, während sie immer wieder

Emmas Namen ruft. »Wie sollte sie denn hineingekommen sein?«, fragt Tobias. »Es war doch abgeschlossen.« Keiner ahnt offenbar etwas von ihrem Talent, in Häuser einzusteigen.

Emma sitzt in dem alten Sessel und hat sich in eine Decke gewickelt. Sie tut so, als ob sie schläft, aber mir kann sie nichts vormachen. Es dauert eine Weile, bis die großen Menschen sie entdecken, und wieder hoffe ich, es ist einfach nur ein Spiel.

»Da bist du ja«, sagt Alice und zieht ihr die Decke weg, »du hast alles verpasst. Sogar deine Lehrerin war da!«

Emma reibt sich die Augen und gähnt, und ich erschrecke vor der Intensität ihrer Verzweiflung, die sie zu überspielen versucht.

»Komm mit«, fordert Tobias sie auf, »Frau Kratzer macht Spaghetti für uns alle. Du bist doch sicher auch hungrig!«

Und ob, denke ich und stupse Emma sanft mit der Schnauze an. Nur widerwillig erhebt sie sich. Wieder einmal frage ich mich, was sie so bedrückt. Und während wir alle zusammen zurück zur Villa gehen, während Tobias ausgelassen von diesem wunderbaren Tag erzählt, während Moritz mit großem Hallo zu uns stößt und Max mich begeistert begrüßt, während Frau Kratzer aus einem Riesentopf Nudeln austeilt und sogar mir und Max eine großzügige Portion samt Fleischsoße in die Näpfe füllt, wobei ich darauf achte, dass er auf keinen Fall mehr bekommt als ich – ja selbst während ich fresse, behalte ich dieses Menschenkind im Auge. Alle sind auf eine Weise glücklich, wie ich sie noch nie erlebt habe. Und ausgerechnet Emma bringt vor lauter angestauter Sorge kaum etwas runter.

An diesem Abend ist sie so niedergeschlagen, dass sie sich ohne Widerspruch von Alice ins Pförtnerhaus führen lässt, obwohl sie bislang immer darauf bestanden hat, bei uns in der Villa zu schlafen. Aber im kleinen Haus gibt es nur ein einziges Bett, und ich denke, dass es gut ist, wenn sie sich heute Nacht ganz fest an ihre Mama kuschelt. Vielleicht erzählt sie ihr ja endlich, was sie quält. Es wäre schön, wenn die Menschen es hin und wieder schaffen würden, ihre Probleme selbst zu lösen. Denn wenn es mir auch nichts ausmacht, mich um Emma zu kümmern, so habe ich doch das Gefühl, dass selbst der beste Hund an seine Grenzen stößt. Ich kann Emma beschützen, kann aufpassen, dass ihr keiner was tut. Mein Geruchssinn kann wahrnehmen, wie sie sich fühlt. Auch der Klang ihrer Stimme weist mir ihre feinsten Regungen. Was jedoch in ihrem Kopf vor sich geht, das kann auch Zola nur erahnen.

Nun sind sie fort. Ich gehe zu Tobias, lege ihm meinen Kopf auf den Oberschenkel und sehe ihm fest in die Augen. Tobias krault mich dort hinter den Ohren, wo ich es am liebsten habe. Sein Herz ist voller Liebe.

»Weißt du was, Zola?«, sagt er, und ich horche gespannt auf. »Seit du bei mir bist, ist mein Leben viel schöner geworden.« Wärme und Glück durchfluten meinen Körper. So hingebungsvoll ich nur kann, lecke ich Tobias die Hand.

Meines ist auch schöner geworden, denke ich. Du hast ja keine Ahnung, wie sehr.

So verstreicht eine kleine Ewigkeit, in der nichts anderes zählt als die Zärtlichkeit seiner Finger, der wechselvolle Geschmack seiner Haut und der Fluss von Zufriedenheit, Vertrautheit und Einvernehmen zwischen uns. Alles löst sich auf in diesem Glücksgefühl. Und doch schleicht sich irgendwann ein Hauch von Besorgnis ein. Da ist Emma, die kein Erwachsener richtig versteht. Und noch etwas stört. Oder besser – jemand. Vanessa denkt vielleicht, keiner habe sie gesehen. Doch Zola entgeht nichts.

Die Tage erhalten eine neue Routine, und nach und nach vergesse ich meine Sorgen. Frühmorgens rennen Emma und ich zur Schule, wobei Emma immer darauf achtet, dem Steinewerfer und seinen Kumpanen auszuweichen. Danach tobe ich mit Max am Fluss herum, bis es nach Hause zum Frühstück geht, ehe Tobias die Tür aufschließt und wir alle auf Kundschaft warten. Zwar gibt es keine bunten Knallbälle mehr, und Frau Kratzer backt weder Käsestangen, noch schenkt sie Getränke ein, und dennoch kommen Leute und suchen sich Herzensräuber aus. Auch wenn es nicht so viele sind wie am allerersten Tag, so zeigt sich Tobias Abend für Abend zufrieden, und das ist die Hauptsache. Da Alice jetzt den ganzen Tag bei uns ist, kann sie sich auch mehr um Emma kümmern, und das macht mich froh.

»Liest du mir das hier mal vor?«, bittet Emma ihre Mutter immer wieder, wenn keine Kundschaft da ist, und ich bin sicher, könnte ein Hund das tun, wäre auch ich vor ihr nicht sicher.

»Warum liest du nicht selbst?«, fragt Frau Kratzer eines Tages, als sie die beiden beisammensitzen sieht. »Bist du nicht schon in der dritten Klasse?«

Emma tut so, als habe sie nichts gehört, und auch Alice weiß nichts darauf zu erwidern. Ich glaube, sie genießt dieses Vorlesen, weil Emma ihr dann so nahe ist. Vielleicht denkt sie an die vielen Nächte, in denen sie die Kleine allein lassen musste. Besonders glücklich ist Alice, wenn Emma sich auf ihren Schoß setzt und ihr die Arme um den Hals schlingt, auch wenn sie dazu eigentlich längst zu groß ist. Emma bekommt dann eine ganz besonders geschmeidige Stimme, mit der es ihr manchmal sogar gelingt, Alice dazu zu bringen, etwas für sie in ihr Heft zu schreiben. Dann ist sie sehr erleichtert, und am nächsten Morgen auf dem Schulweg wird gehüpft und gesungen.

Emma schläft nun also bei ihrer Mutter und nicht mehr bei mir im Karton, und meine Nächte sind einsam. Früher hat mir das überhaupt nichts ausgemacht, doch jetzt liege ich oft wach. Dann kommt es vor, dass ich aufstehe und durch die verschiedenen Räume wandere, um nachzusehen, ob alles in Ordnung ist. Und da ich schon einmal dabei bin, versuche ich dem Geheimnis der Herzensräuber noch mehr auf die Spur zu kommen. Auch am Tage, wenn Kundschaft da ist, begleite ich sie gerne beim Stöbern, vorausgesetzt, sie haben keine Angst vor Hunden. Ich beobachte ganz genau, was sie aussuchen und was sie beiseitelegen, ich nehme ihre persönliche Duftnote auf und frage mich, ob das Buch, das sie aus dem Regal ziehen, wohl zu ihnen passt oder nicht. Das ist nicht einfach bei all den Gerüchen ringsherum, doch von Tag zu Tag wird meine Nase feiner. Ich beobachte immer wieder, wie jemand den falschen Herzensräuber für sich aussucht und ihn dann am Tag darauf wiederbringt mit der Bitte, ihn umtauschen zu dürfen. Tobias macht da keine Umstände, er schreibt einen Zettel, den er »Gutschein« nennt, was mir gefällt, denn alles auf der Welt sollte mit dem Wörtchen »gut« beginnen. Damit dürfen sich diejenigen, die sich beim ersten Mal täuschen ließen, ein Buch aussuchen, das wirklich zu ihnen passt.

Ein besonders hartnäckiger Fall ist zum Beispiel Frau Nothnagel, die schon im alten Laden Tobias zur Verzweiflung brachte. Ich kann es kaum glauben, als sie zum ersten Mal den ganzen weiten Weg zu uns findet, und muss mich sehr beherrschen, sie nicht gleich wieder vor die Tür zu jagen. Doch obwohl sie Tobias damals fast den letzten Rest Geduld gestohlen hat, beweist er auch mit ihr seine unglaubliche Langmut, während ich misstrauisch ihre Einkaufstasche nach uralten, unerwünschten Herzensräubern abschnüffle, die sie womöglich wieder eintauschen will.

Das ist zwar nicht der Fall, jedoch hat Frau Nothnagel seit Neuestem ein ganz anderes Problem: Sie kann sich nicht entscheiden. Stundenlang stöbert sie zwischen den Regalreihen herum, sitzt auf den gemütlichen Sesseln, lässt sich von Alice Kaffee bringen und liest und liest. Egal was Tobias ihr vorschlägt, es ist nicht das Richtige.

Und obwohl Frau Kratzer, wenn sie hin und wieder vorbeischaut, längst ein böses Gesicht zieht und kurz davor ist zu platzen, lässt mein Mensch die alte Nothnagel gewähren.

»Ist das hier eine öffentliche Bibliothek, Herr Griesbart?«, fragt sie dann ziemlich laut mit spitzer Stimme, doch Tobias zuckt seufzend die Schultern.

»Vielleicht ist sie einsam zu Hause«, meint er leise. »Oder sie hat kein Geld für die Heizung.« Frau Kratzer schüttelt nur den Kopf und verdreht die Augen, bis mir ganz schwindlig davon wird.

Frau Nothnagel braucht also ein Buch, das zu ihr passt, und eines Tages beschließe ich, mich selbst darum zu kümmern. Unauffällig folge ich ihr einen Nachmittag lang und nehme ihre Gefühlspalette in mich auf. In der Nacht suche ich alle Räume ab nach einem Buch, das in der Lage ist, Frau Nothnagel ihr Herz vollständig zu rauben. Lange suche ich vergeblich. Es ist nicht ideal, dass Tobias die meisten Bücher so weit oben aufbewahrt, wie soll ein vernünftiger Hund da rankommen? Ich suche ein spezielles Bukett nach Einsamkeit und nachgetrauerten Erinnerungen, glorreichen Zeiten, verpassten Gelegenheiten und schmerzlicher Liebe. Auch ein bisschen Paarungsbereitschaft darf dabei sein, Frau Nothnagel hatte schon lange keinen Mann mehr. Und dann auf einmal erschnuppere ich genau das Richtige. Es sind gleich mehrere Bände, und das ist gut, denn Frau Nothnagel liest schnell. Sie befinden sich in einem Regal, an das ich gerade noch heranreiche, wenn ich mich auf die Hinterpfoten stelle. Ich muss ein bisschen an der schö-

nen Ordnung herumrumpeln, bis die richtigen Herzensräuber herunterfallen, wobei ich aufpasse, nicht von ihnen erschlagen zu werden. Und jetzt?

Ganz vorsichtig trage ich eines nach dem anderen zu
Frau Notnagels Lieblingsstuhl in ihrem Lieblingsraum.
Dort könnte sie noch lange stöbern und würde doch nie
finden, wonach sie eigentlich sucht. Am Ende ist es ein
richtiger Stapel, wir werden Frau Nothnagel also so bald
nicht wiedersehen, falls der alte Geizkragen sich dazu
durchringen kann, die Bücher zu kaufen. Ich bin ganz
begeistert von meinem Fund und schnüffle noch lange
an den einzelnen Herzensräubern herum, die, da habe
ich keinen Zweifel, alle zusammengehören. Dann fällt
mir Emma ein und wie mühevoll sie mit dem Bleistift
Wörter in ihr Heft malt. Auf einmal beginne ich zu ahnen, wie schwierig es doch sein muss, all dieses Papier
vollzuschreiben. Ganz versunken stehe ich da und lasse den Blick die Regale entlangschweifen, atme tief diese unzähligen, in sich verschlungenen Spinnennetze an
Gefühlen und Regungen ein, und versuche mir vorzustellen, wer das alles geschaffen hat. Eine ganze Horde
von Menschen, die an ihren Bleistiften nagen und auf
leere Seiten starren, kommt mir in den Sinn, unendlich
viele, so wie es unendlich viele Düfte gibt. Sie alle erfinden Geschichten, so wie die von Emma oder Tobias oder
auch meine. Das macht mich schwindlig und auch ein
bisschen müde. Ich reiße mich von den Herzensräubern,
die ich für Frau Nothnagel gefunden habe, los und trotte
zu meinem Körbchen.

Den Rest der Nacht schlafe ich tief und fest und träume komische Sachen. Zum Beispiel, dass auch ich nur in einem Herzensräuber vorkomme und irgendein Mensch mit einem ganz speziellen Duft, dessen Gesicht ich im Traum nicht erkennen kann, meine Geschichte mit einem abgekauten Bleistift Wort für Wort in ein Heft schreibt.

14

Überraschungen

Dieser Traum setzt mir ganz schön zu, und ich bin erleichtert, als am nächsten Morgen Tobias die Treppe herunterkommt, um mir die Tür zu öffnen, damit ich in die wirkliche Welt hinausrennen und Emma zur Schule begleiten kann.

An der Schwelle halte ich jedoch gebannt inne. Was ist nur passiert mit meiner wirklichen Welt? Sie ist von einem weißen, glitzernden Fell überzogen: Der Weg, die Sträucher, die Bäume, sogar der Zaun und das Gartentor, überall hat sich diese fremdartige Masse niedergelassen. In der Luft tanzen hauchzarte Federn, so als hätte ein riesiger Hund ein riesiges weißes Huhn zerrupft. Aber es sind keine Federn, das merke ich, als mir eines dieser winzigen Dinger auf die Nase fällt und dort zu einem Wassertropfen wird, den ich verwirrt ablecke. Auch die Gerüche haben sich verändert, sie sind intensiver und unglaublich frisch. Dafür sind alle Laute gedämpft. Bin ich immer noch in meinem Traum?

»Das ist Schnee, Zola«, sagt Tobias. »Über Nacht ist der Winter gekommen.«

Schnee. Winter. Lauter Wörter, die ich noch nicht kenne. Probehalber setze ich eine Pfote in diesen Schnee. Er ist kalt, man kann darin versinken, und übrig bleibt ein Abdruck, ganz ähnlich wie am Strand im nassen Sand.

»Kommst du, Zola?«, ruft Emma vom Gartentor her, und da gibt es kein Halten mehr für mich. Mit beiden Vorderpfoten gleichzeitig stürze ich mich in diesen Winter. Unter meinen Pfoten wirbelt das weiße Zeug auf. Auf einmal ist da eine riesige Freude in mir, ich werfe mich mit dem Rücken in diese kalte, knirschende Masse, beiße hinein und hüpfe um Emma herum. Die trägt heute eine ulkige Mütze mit einer Bommel am Ende und um den Hals einen Schal. Was bin ich froh um mein Fell!

Unterwegs erfinden wir ein Spiel. Emma formt kleine Bälle aus dem Schnee und wirft sie in die Luft, und ich vollführe die tollsten Sprünge, um sie aufzufangen. Dann zerplatzen die Kugeln, und zwischen meinen Zähnen knirscht der Schnee und wird weich und schmilzt zu Wasser, wenn man ihn nicht schnell genug schluckt.

Als wir bei der Schule ankommen, ist es schon reichlich spät, dennoch sind wir nicht die Letzten. Alle Kinder scheinen von dieser Winterausgelassenheit infiziert, jeder freut sich über die weiße Überraschung. Inzwischen ist mein Bauch ziemlich kalt von all dem Schneewasser. Emma wirft mir eine letzte Kugel zu, dann winkt sie und verschwindet im Schulhaus.

Auch auf der Wiese am Fluss ist die Aufregung groß. Max gibt ziemlich an, weil er das alles längst kennt, und zeigt mir ein paar von seinen Winterspielen. Dazu gehört zum Beispiel, tiefe Löcher in den Schnee zu buddeln und große Haufen aufzutürmen, in denen er sich dann wälzt.

Ich mache mit bei all dem Unsinn, bis meine Pfoten so kalt sind, dass ich sie nicht mehr spüre. Zum Glück geht es dann nach Hause, wo Tobias und ich große Wasserpfützen in der Eingangshalle hinterlassen, was Frau Kratzer dazu bringt, einen ihrer garstigen Anfälle zu bekommen. Dabei ist es Alice, die einen Eimer und einen Wischmopp holt und alles aufputzt, ohne auch nur ein Wort zu verlieren. Sie legt mir sogar ein dickes Extrahandtuch ins Körbchen, was sehr aufmerksam ist, denn mein Fell ist voller kleiner Schneeklumpen, die in der Wärme schmelzen und alles durchnässen. Ich lecke ihr dankbar die Hand, ja, ich muss sagen, von Tag zu Tag wächst sie mir mehr ans Herz. Und während ich im Körbchen liege und ziemlich lange damit beschäftigt bin, meine Pfoten und später mein Fell trocken zu lecken, werde ich den Gedanken nicht los, dass Tobias und sie auf Menschenart ein Rudel gründen sollten, oder eine »Familie«, wie sie das nennen. Dann hätte Emma einen Vater, und alles wäre in Ordnung. Zwar käme auf mich noch viel mehr Verantwortung zu, schließlich gälte es in dem Fall, auch Alice und Emma zu bewachen – aber tue ich das nicht ohnehin schon die ganze Zeit? Wenn Emma einen Papa hätte, müsste sie sich sicher nicht mehr so viele Sorgen machen. Ich jedenfalls fände es eine sehr gute Idee. Und nach den Düften zu schließen, die zwischen den beiden hin- und herwabern, sind sie im Grunde längst bereit dazu.

Über all dem habe ich Frau Nothnagel und ihre Büchersuche ganz vergessen. Auf einmal steht sie in der Eingangshalle, auch sie bringt eine große Wasserpfütze mit. Da fallen mir die Herzensräuber wieder ein, die ich für sie gefunden habe, und ich gehe nachsehen, ob sie noch dort sind, wo ich sie hingelegt habe, oder ob Tobias oder Alice sie womöglich wieder aufgeräumt haben. Doch alles ist noch an seinem Platz. Neugierig folge ich Frau Nothnagel, um zu sehen, ob sie den Stapel entdeckt.

Meine Geduld wird auf eine harte Probe gestellt. Statt nach dem Naheliegenden zu greifen, sucht die alte Frau, wie all die anderen Tage, die Regale ihres Lieblingszimmers ab. Ob sie wohl hofft, dass Tobias neue Herzensräuber eingeräumt hat?

Er ist es schließlich, der auf den Stapel neben dem gepolsterten Stuhl aufmerksam wird.

»Nanu«, sagt er und bückt sich, »Marcel Proust. Haben Sie die herausgesucht, Frau Nothnagel? Ich muss sagen, eine ausgezeichnete Wahl.«

Frau Nothnagel blickt ihn skeptisch an und schüttelt den Kopf.

»Ich? Nein. Lassen Sie mal sehen!«

Ich atme auf. Sie reißt Tobias ziemlich unhöflich das oberste Buch aus der Hand und betrachtet es von allen Seiten. »*Auf der Suche nach der verlorenen Zeit …*«, sagt sie, und ich frage mich, ob Zeit etwa auch, so wie Alices Schlüssel, verloren gehen kann. Das ist ein schwieriger Gedanke, denn so ganz genau weiß ich gar nicht, was das ist, Zeit. Tobias sagt manchmal: »Komm, Zola, es ist Zeit für den Spaziergang.« Und wenn Emma schlechte Laune hat, dann kann sie schon mal sagen: »Nein, Zola, ich hab heute keine Zeit zum Spielen.« Manchmal ist Zeit, manchmal ist keine. Doch dass sie auch verloren gehen kann, das ist mir neu.

Frau Nothnagel hat sich auf ihren Lieblingsstuhl gesetzt und das Buch aufgeschlagen. Gespannt beobachte ich die Bewegung ihrer Augen, denn ich habe gelernt, dass der Zauber der Herzensräuber über diese ihre Wirkung entfaltet. Ich hebe witternd die Nüstern und konzentriere mich darauf, ob sich ihr Duft verändert. Erst blättert sie ein bisschen unwillig in den Seiten hin und her und runzelt dabei abschätzig die Stirn. Dann aber beginnt sie zu lesen, und ihre ganze Ausstrahlung wird ruhiger. Sanfter. Die Unzufriedenheit, die an ihr haftet wie ein zweites Fell, tritt in den Hintergrund. Und dann, zu meiner großen Freude, beginnt sie sogar leise vorzulesen. »Lange Zeit bin ich früh schlafen gegangen. Manchmal fielen mir die Augen, wenn kaum die Kerze ausgelöscht war, so schnell zu, dass ich keine Zeit mehr hatte zu denken: Jetzt schlafe ich ein …‹« Sie liest von Träumen und vom Lesen, und es sieht ganz so aus, als sei meine Vermutung, Lesen sei ein bisschen wie Träumen, zutreffend, falls ich es richtig verstehe, denn im Grunde ist das alles ziemlich kompliziert. Ich werde das Gefühl nicht los, dass man all diese Dinge auch einfacher ausdrücken kann, doch Menschen neigen nun mal dazu, alles komplizierter zu machen, als es eigentlich ist. Irgendetwas daran scheint ihnen zu gefallen. Und doch rühren, soweit ich das beurteilen kann, die meisten ihrer Probleme gerade aus diesem Hang zur Grübelei. Vorsichtig mache ich es mir hinter Frau Nothnagels Stuhl bequem, damit sie nicht auf die Idee kommt, mich zu verscheuchen. Ich bette die Schnauze auf meine Pfoten und lasse die Lider träge über meine Augen sinken, die Ohren halte ich jedoch gespitzt. »›… Ich fragte mich, wie spät es wohl sei; ich hörte das Pfeifen der Eisenbahnzüge, das – mehr oder weniger weit fort wie ein Vogellied im Wald – die Entfernungen markierte und mich die Weite der öden Landschaft erraten ließ …‹«, und tatsächlich kann ich in der Ferne die schrillen Töne hören, mit der die Straßenbahn drei Straßen weiter um die Kurve biegt, kann die Stimmen der Vögel in den umliegenden Bäumen und das Knirschen von Frau Kratzers Schritten über uns ganz deutlich vernehmen. Frau Nothnagels Geruch ist friedvoll geworden und voll freudiger Erregung, die die Menschen ausstrahlen, wenn sie endlich nach langer Suche den Herzensräuber gefunden haben, der ihrer Seele Frieden schenkt.

Als ich aufwache, ist Frau Nothnagel nicht mehr im Raum, und auch die Herzensräuber sind verschwunden. Von der Kasse her höre ich aufgeregte Stimmen. Frau Nothnagel steht da, den ganzen Stapel Herzensräuber im Arm, als sei er ihre Beute, die sie sich nie wieder entreißen lassen wird.

»Es sind sieben Bücher in ausgezeichnetem Zustand«, sagt Tobias gerade ruhig, aber für seine Verhältnisse ziemlich streng.

»Aber sie gehören alle zusammen«, widerspricht ihm die Nothnagel. »Es ist wie ein einziges, sehr dickes Buch, und Sie können unmöglich den siebenfachen Preis für ein sehr dickes Buch verlangen …«

»Ich bin Ihnen schon entgegengekommen«, mahnt Tobias. »Wenn Sie genau nachrechnen, erhalten Sie das siebte quasi umsonst. Wenn Ihnen das nicht passt, dann lassen Sie die Bücher einfach hier.«

Frau Nothnagel presst die Herzensräuber noch fester gegen ihr Herz. Auf einmal tut mir die alte Frau richtig leid. Auch Tobias' Strenge gerät ins Wanken.

»Nun gut«, sagt er, »was halten Sie davon: Sie nehmen die sieben Bände zum Preis von fünf. Dafür kommen Sie aber die nächsten drei Monate nicht wieder. Und Sie bieten mir nie wieder Bücher zum Kauf an. Und Sie werden diese hier auf keinen Fall umtauschen. Das ist mein letztes Wort.«

Frau Nothnagel strahlt. Ohne ein weiteres Wort gibt sie Alice die Herzensräuber, die sie sorgfältig in zwei Knistertaschen packt. Dann zieht sie ihre Börse heraus und zählt das Geld auf die Theke. Triumphierend nimmt sie Alice die Tüten aus der Hand und stolziert ohne Abschiedsgruß zur Tür hinaus in den Schnee.

»Sie hätten sechs Monate sagen sollen«, tönt Frau Kratzers Stimme von der Galerie herunter. »Ich hab überhaupt kein Verständnis für diese verbitterten alten, geizigen Weiber.«

Daraufhin bekommt Alice ganz plötzlich einen Hustenanfall, während Tobias sich rasch umwendet, damit Frau Kratzer nicht sehen kann, wie er still in sich hineinlacht.

Wenn es nach mir ginge, könnte Frau Nothnagel bald wiederkommen. Denn ich bin sicher, ich würde noch mehr Bücher finden, die in der Lage sind, ihr das Herz zu rauben.

Am Tag darauf öffnet ein Junge zögerlich die Tür und streckt zuerst seinen Kopf herein, ehe er sich rasch und unauffällig hereinschlängelt. Weder Tobias noch Alice blicken auf, sie sind mit anderer Kundschaft beschäftigt. Bei so viel Heimlichkeit werde ich besonders aufmerksam und behalte das Kerlchen im Auge. Unschlüssig sieht er sich um und hinterlässt überall eine scheue, ängstliche Duftmarke. Aber auch eine ganz große Sehnsucht erschnuppere ich, und die ist es, so vermute ich, die ihn überhaupt hergeführt hat. Während ich ihm folge, vergleiche ich ihn unwillkürlich mit Emma. Wenn Emma Feuer wäre, dann wäre dieser Junge hier Wasser. Seine Arme und Beine sind viel zu lang und dünn für seinen aufgeschossenen Körper und schlenkern nur so an ihm herum. Vor den Augen hat er ein Gestell mit runden Gläsern, das die Menschen Brille nennen und das immer wieder verwirrend das Licht reflektiert, sodass ich die Augen dieser Brillenmenschen oft nicht richtig sehen kann. Alles an diesem Jungen ist angespannt, während er sich die völlig falschen Bücher in den völlig falschen Räumen ansieht. Ja, mir sträubt sich das Fell, als ich wahrnehme, in welcher Gruselecke er sich gerade befindet. Sucht er etwa, so schüchtern, wie er ist, das Abenteuer? Vorsichtig beschnüffle ich seine Schuhe und Hosenbeine und nehme verschiedene übereinandergelagerte Düfte wahr. Vermutlich haben andere Kinder diese Kleider getragen, ehe er sie bekam. Vielleicht seine Brüder? Überhaupt sind seine Düfte ganz anders als die von jenen Jungen, die Emma so zu schaffen machen. Deren Kleider sind stets ganz neu, die Schuhsohlen kein bisschen abgelaufen, und alles stinkt durchdringend nach Menschenwaschmittel. Dieser Junge hier, der sich jetzt langsam getraut, mir seine Hand hinzuhalten, riecht nach Mangel und gleichzeitig nach vielem, was er sich wünscht. Ich glaube, er wäre gerne mutig, und eigentlich ist er das auch, denn jetzt krault er mich schon zwischen den Ohren. Er macht das ziemlich gut. Währenddessen prüfe ich seine Ausdünstungen mit meinen Schleimhäuten, bis ich sein Aroma ganz genau kenne. Ich komme zu dem Schluss, dass dieser Junge eine Portion Übermut und Frechheit braucht, und weiß auch, wo der passende Herzensräuber für ihn zu finden ist.

Ich stupse ihn kurz mit der Pfote an und mache mich auf die Suche. Er ist ein kluger Kerl, denn er folgt mir. Bis zu den Herzensräubern für Kinder ist es ein ganzes Stück, und das Buch, das ich suche, steht weit hinten im Regal. Es ist ziemlich dick, hat einen roten Rücken, und auf seiner Vorderseite ist ein Bild mit zwei kleinen Jungs auf einer Brücke, die eine Angel ins Wasser halten. Das hat mir Emma erzählt, die mir immer ganz genau erklärt, was sich auf den Bildern befindet, wenn ich es selbst nicht gut erkennen kann. Das Buch steht zum Glück locker in der Reihe, und mit ein paar Tatzenhieben hole ich es herunter. Es ist zu dick, um es mit dem Maul aufzuheben, und darum setze ich eine Pfote auf das Buch und blicke den Jungen aufmunternd an. Dem steht der Mund offen. Er schaut von mir zum Buch und wieder zurück, dann bückt er sich und hebt es auf.

»Der heißt ja so wie ich!«, entfährt es ihm. Er schlägt das Buch auf und blättert darin herum. Seine Augen flitzen nur so hin und her, dann geht ein Strahlen über sein Gesicht, als hätte jemand eine Lampe angezündet.

»Danke«, flüstert er glücklich. Doch dann fällt ihm etwas ein. Er schaut in Richtung Verkaufstheke, und das Strahlen erlischt.

»Hast du etwas gefunden?«, fragt Tobias hinter uns, und der Junge fährt erschrocken herum. Tobias nimmt ihm freundlich den Herzensräuber aus der Hand. »Wie heißt du denn?«

»Tommi«, sagt der Junge leise und wird rot.

»So wie Tom Sawyer?«, meint Tobias mit Blick auf das Buch. »Sollen wir es dir einpacken?«

Der Junge tritt verlegen von einem Bein auf das andere.

»Was kostet es denn?«, fragt er fast unhörbar.

Tobias dreht und wendet das Buch, als läge darin die Antwort.

»Sagen wir mal«, antwortet er schließlich, »wie viel hast du denn?«

Ich weiß, dass das irgendwie nicht richtig ist und dass Menschen wie Moritz oder Frau Kratzer ihn ausschimpfen würden. Doch während der Junge ein paar Münzen aus seinen Taschen hervorkramt, kann ich mal wieder nicht anders, als meinen Menschen von ganzem Herzen zu lieben.

»Na, dann lass mal sehen«, fordert Tobias den Jungen freundlich auf, »ein Euro dreiundachtzig? Hm. Weißt du was? Ich hab von demselben Buch eine Taschenbuchausgabe. Die hat hinten einen kleinen Riss, dafür schenk ich sie dir. Ist das in Ordnung?«

Wie kann ein Menschenkind nur so dunkelrote Ohren bekommen?, frage ich mich fasziniert, während Tommi heftig nickt. Tobias greift ins Regal gleich neben der Stelle, wo der große Herzensräuber stand, zieht ein anderes Buch hervor und reicht es dem Jungen.

»Aber erzähl es bitte nicht herum«, ermahnt ihn Tobias. »Das sollte unser Geheimnis bleiben, Tommi.«

Ich mache mich lang und versuche, den Charakter dieses Buches zu erschnuppern, und als Tommi das merkt, streckt er es mir hin. Ich beschnüffle es ausgiebig. Vorne drauf ist das gleiche Bild wie auf dem großen Herzensräuber. Diesen hier hat bislang nur ein einziges Kind gelesen, und das war zornig, darum hat es diesen Riss.

»Ihr Hund hat mich zu dem Buch geführt«, erklärt Tommi meinem Menschen.

»Zola?«, fragt Tobias überrascht. »Meinst du wirklich?«

»Ganz bestimmt!«, antwortet Tommi eifrig, und Tobias betrachtet mich auf eine Weise, wie er mich noch nie angesehen hat.

Von nun an versuche ich immer häufiger, Menschen zu helfen, den richtigen Herzensräuber zu finden. Dabei muss ich geschickt vorgehen, denn nicht alle sind so verständig wie Tommi. Einigen lege ich sie einfach in den Weg oder wie bei Frau Nothnagel neben ihren Tisch. Das birgt allerdings ein gewisses Risiko, denn Alice ist schon zweimal über einen derart ausgelegten Herzensräuber gestolpert und wurde von Frau Kratzer, die sich auch immer öfter bei uns blicken lässt, deswegen gehänselt. Also gehe ich dazu über, sie auf den Stuhl zu legen, auf denen die Menschen am liebsten sitzen, was mitunter einige Verwirrung hervorruft, aber oft zum Ziel führt. Einmal ist mein System gefährlich aus den Fugen geraten, als ein junges Mädchen, für das ich einen Herzensräuber bestimmt habe, der nach romantischer Liebe, Sehnsucht und Erfüllung duftete, aus Versehen über den für einen älteren Mann stolperte, der offenbar an nichts anderes denken konnte als Paarung, Paarung und nochmals Paarung. Dem Mädchen wurde ganz heiß vor Verlegenheit, und zum Glück legte es das Buch sofort wieder hin, als hätte es sich die Finger daran verbrannt. Es brauchte eine Menge Geschick, die Sache wieder in Ordnung zu bringen, damit jeder zufrieden mit dem richtigen Herzensräuber nach Hause gehen konnte.

Eines Tages sagt Frau Kratzer zu Tobias: »Wenn ich es nicht selbst gesehen hätte, würde ich es nicht glauben. Aber Ihr Hund trägt Bücher durch die Gegend. Er deponiert sie hier und dort, manchmal legt er sie sogar auf einen Stuhl. Sie sollten ihm das abgewöhnen!«

Tobias, der gerade in die leuchtende Tischmaschine geschaut hat und die Finger klappern ließ, blickt verwirrt auf. Dann sieht er mich an und fährt sich mit den Händen durchs Haar, bis sie wieder in alle Richtungen stehen.

»Mir ist das auch schon aufgefallen«, murmelt er und macht ein Gesicht, als denke er angestrengt über etwas sehr Unwahrscheinliches nach. Ich tue so, als hätte ich von all dem nichts mitbekommen, lege mich ins Körbchen und schlafe erst mal eine Runde.

Dann kommt der Tag, an dem Alice und Emma überall im Haus eine Menge Glitzersachen verteilen. Draußen befestigen sie eine Schnur um die Eingangstür, die nachts heller leuchtet als die Sterne am Himmel und ganz viel Wärme ausstrahlt. Davon schmilzt zwar der schöne Schnee ein bisschen, aber Emma jauchzt dermaßen begeistert, dass auch ich zufrieden bin mit dem ungewohnten Licht. Außerdem sind die Tage jetzt beunruhigend dunkel, es scheint, als nage die Nacht täglich ein noch größeres Stück aus der Helligkeit. Das ist der Winter, hat mir Tobias erklärt und auch, dass sich die Sonne um diese Zeit im Jahr weniger blicken lässt als im Sommer. Als habe sie anderswo zu tun, überlege ich, so wie Emma morgens in der Schule zu tun hat und Moritz in dem Büro, in dem wir ihn schon einmal besucht haben. Und so wie ich in der Höhle der Herzensräuber zu tun habe, damit alle Menschen glücklich sind.

Drinnen hängen sie überall gezackte goldene Gebilde auf, und Frau Kratzer macht sich wieder einmal in der Küche zu schaffen. Es duftet nach völlig neuen Aromen, und zwar so lecker, dass mir das Wasser nur so aus dem Maul tropft. Leider hält sie konsequent die Tür geschlossen und schreit schon, wenn ich nur die Nase durch einen Spalt stecke. Zum Glück ist auf Emma Verlass. Ihr gelingt es jedes Mal, wenn sie sich reinschleicht, eine Handvoll von diesen neuen Keksen mitgehen zu lassen, von denen sie mir großzügig abgibt.

In dieser dunklen Zeit voller Glitzersterne kommen immer mehr Leute in die Höhle der Herzensräuber. Da es draußen so kalt ist und sie klamme Finger haben, ist

Alice auf die Idee gekommen, Kaffee, Tee und ein säuerliches Getränk mit fremdartigen Gewürzen zu verteilen. Mir kommt es so vor, als kämen die vielen Menschen auch, um sich aufzuwärmen und weil es so gut duftet, seit Frau Kratzer backt, als ginge es um ihr Leben. Tobias und Alice stecken abends die Köpfe zusammen und machen Pläne, in denen das Wort Kaffee häufig vorkommt, aber auf der zweiten Silbe betont, so wie mein Name auch. Einmal gesellt sich Moritz dazu, und während ich aufpasse, dass Max nicht allzu viel Unsinn anstellt und vor allem Frau Kratzer nicht in die Quere kommt, die ihm schon einmal eins mit einem Holzlöffel übergebraten hat, höre ich völlig neue Wörter wie Lizenz und Ausschank und Gastronomie. Auch wenn das schon wieder ziemlich kompliziert klingt, gefällt es mir. Menschen, die Pläne schmieden, sagte mein erster Mensch oft, die haben noch Hoffnung.

Eines Tages kommt Tommi wieder und zieht einen elegant angezogenen Herrn an der Hand hinter sich her. Überhaupt ist auch Tommi ganz vornehm gekleidet, keine Spur von den alten, abgetragenen Kleidern mit so vielen Geschichten in ihren Nähten.

»Schau mal, Papa«, ruft er begeistert, »das ist Zola. Und er hat mir geholfen, ein Buch auszusuchen!«

Der Mann schaut mich vorwurfsvoll an und sagt zu Tommi: »Erzähl doch keinen Unsinn! Wie soll denn ein Hund Bücher aussuchen?«

»Aber es stimmt«, sagt Tommi nun viel kleinlauter. »Er hat mir Tom Sawyers Abenteuer gebracht. Vielleicht sucht er ja auch für dich ein Buch aus? Ach bitte, Papa!

Du hast gesagt, ich darf mir heute wünschen, was immer ich möchte!«

Der elegante Herr sieht Tommi mit einer Mischung aus Tadel und Zärtlichkeit an. Er riecht nach Eile, Ungeduld und einer Menge schlechtem Gewissen.

»Wir könnten ins Kino gehen«, schlägt er seinem Jungen vor. Dabei klingt er genervt und vorwurfsvoll, und das gefällt mir überhaupt nicht. »Oder in den Zoo. Wir könnten in den Weltweihnachtszirkus gehen, und ich könnte dir eine Carrera-Bahn kaufen. Und alles, was du dir wünschst, ist, dass ein dämlicher Hund ein Buch aus einem Haufen zieht?«

Ich bin versucht, Tommis Vater anzuknurren, doch ich beherrsche mich dem Jungen zuliebe. Der muss mächtig mit sich ringen, um nicht wieder in die alte Schüchternheit zurückzuverfallen.

Dein Wunsch ist ein guter Wunsch, denke ich, so fest ich kann, und suche seinen Blick. Er erwidert ihn und lächelt.

»Zola ist nicht dämlich, Papa«, sagt er laut und deutlich, und ich bin stolz auf ihn. »Und er wird jetzt ein Buch für dich aussuchen. Nicht wahr, Zola?«

Auweia, denke ich, jetzt darf nichts schiefgehen. Ich überwinde meine Abneigung und schnüffle an den Schuhen und den Hosenbeinen von Tommis Vater herum. Ich hebe den Kopf, schließe die Augen und lasse mich ganz auf seinen Geruch ein. Er riecht nach einer Frau, und die hat mit Tommi nichts zu tun. Er riecht nach teurem Leder und echter Schafwolle, nach Sorgen und Unruhe, nach Macht und Verantwortung. Doch darunter ist noch viel mehr. Ich rieche beiseitegeschobene Träume von einem ganz anderen Leben, von Ruhe und Frieden und der Suche nach wirklich wichtigen Dingen. Nach einfachen Dingen. Nach Spiel und Spaß und … ja, ich erfasse auf einmal heißen Asphalt und grüne Wiesen, den Wunsch, im Galopp immer weiter zu rennen, ohne anzuhalten, und dann weiß ich auch, welchen Herzensräuber er braucht, um wieder der zu werden, der er einmal war.

Ich gehe in den Raum gegenüber und lasse mich von meiner Nase führen. Es ist der Raum mit dem Erker, wo auch der Dalai Lama zu Hause ist. Das Buch für Tommis Vater steht ein paar Regale davon entfernt.

»Komm mit, Papa«, höre ich Tommis begeisterte Stimme.

Praktischerweise wurde der Herzensräuber nicht ganz ins Regal geschoben und ragt ein Stückchen zwischen den anderen hervor. Ich packe ihn mit meinen Zähnen und ziehe ihn vorsichtig heraus. Zum Glück ist es ein dünneres Buch, und als es fast heraus ist, schnappe ich nach, damit ich es mit dem Maul richtig zu fassen bekomme. Schon biegt Tommi um die Ecke und zerrt seinen Vater hinter sich her.

»Schau!«, ruft der Junge aufgeregt. »Er hat es schon gefunden.«

Der Junge bückt sich zu mir herunter und will nach dem Herzensräuber greifen. Doch ich weiche einen Schritt zurück. Er ist für seinen Vater, nicht für Tommi. Und den sehe ich jetzt an mit meinem sprechendsten Blick.

Hier, denke ich und starre ihm in die Pupillen, das ist für dich.

Tommis Vater weiß nicht so recht, was er machen soll. Er kommt sich lächerlich vor, aber dann wird er doch neugierig. Er geht in die Hocke und sieht mich mit streng gerunzelter Stirn an. Er greift nach dem Herzensräuber. Und wird blass.

»Das ist …«, sagt er und sieht mich mit ganz neuen Augen an.

»Zen«, entziffert Tommi, der es einfach nicht aushalten kann, »und die Kunst … ein Motorrad zu warten?« Der Junge sieht mich ratlos an. Zweifel wabern in ihm auf. Er kann mit dem Herzensräuber nichts anfangen.

Er ist ja auch nicht für dich, denke ich und fixiere ihn streng.

»Kann ich Ihnen helfen?«, fragt Tobias, der soeben hinzugetreten ist. Er schaut von Tommi zu dem immer noch ganz klein vor mir kauernden Mann und dann zu mir. Er entdeckt den Herzensräuber, und in seinem Blick erkenne ich, dass er zu verstehen beginnt. Da besinnt sich Tommis Vater und steht auf.

»Wissen Sie eigentlich«, sagt er und klingt wie Frau Baum, wenn sie mit Emma redet, »dass Sie einen höchst ungewöhnlichen Hund haben?«

»Ähm … ja«, stottert Tobias, »Zola ist in der Tat ein ganz besonderer Hund. Hat er für Sie vielleicht … gerade … ähm … ein Buch ausgesucht?«

»Ja«, sagt Tommis Vater und nickt, um gleich darauf den Kopf zu schütteln. »Und wissen Sie was? Dieses Buch habe ich gelesen, als ich neunzehn war. Und das

Unglaubliche ist: Heute Morgen noch dachte ich daran, dass es schön wäre, es noch einmal zu lesen. Ich meine, wie Robert Pirsig die Motorradtour mit seinem Sohn mit philosophischen Betrachtungen über ›Qualität‹ verknüpft hat … das ist einfach genial, nicht wahr? Überhaupt die Frage, was Qualität eigentlich bedeutet, darüber machen sich die jungen Leute von heute viel zu wenig Gedanken, finden Sie nicht? Aber natürlich habe ich das Buch nicht mehr. Ich habe überhaupt kaum noch Bücher … ich meine, von damals. Man hat ja keine Zeit mehr.« Sein Blick fällt auf Tommi, der ihn gespannt ansieht. »Nun ja«, fährt sein Vater nachdenklich fort, »man hat einfach viel zu wenig Zeit.«

Er nimmt Tommi bei der Hand, geht zu Alice an die Kasse, bezahlt das Buch und lässt es sich einpacken. Währenddessen schüttelt er immer wieder verwundert den Kopf. Als sie miteinander hinausgehen, hat er seinen Arm um Tommis magere Schultern gelegt, und zwischen ihnen ist auf einmal eine Gemeinsamkeit, eine Verbundenheit wie ein unsichtbares Band.

»Das hast du wirklich gut hingekriegt«, sagt Tobias und kniet sich vor mich hin. »*Zen und die Kunst ein Motorrad zu warten*«, sagt er, »nie im Leben wäre ich darauf gekommen. Was bist du nur für ein famoser Bücherhund!« Und dann fährt er mir mit der Hand über den Rücken und krault mich mit der anderen am Bauch, wie nur er es kann und wo ich es ganz besonders gerne habe. Ich schaue ihm in die Augen, und er erwidert meinen Blick, und wir beide wissen: Wir verstehen uns, auch ohne Worte. Und obwohl ich keine Ahnung habe, was Zen sein soll, und auch von Motorrädern nicht viel mehr weiß, als dass sie laut sind und schrecklich stinken, bin ich doch ein bisschen stolz. Tobias erzählt die Geschichte erst Alice, dann auch Frau Kratzer, die sich weigert, ihm zu glauben. Doch als Emma es hört, schlingt sie die Arme um mich und flüstert mir lauter liebevolle Sachen ins Ohr. Das Schönste aber ist, dass sie für mich in die Küche schleicht und einen ganzen Teller von Frau Kratzers Winterkeksen klaut. Und sagt: »Die hast du dir wirklich verdient!«

15

Frauen

Es kann jetzt durchaus vorkommen, dass unsere Morgenrunde länger dauert, weil Tobias immer wieder stehen bleiben muss, um Menschen zu begrüßen und ein paar Worte mit ihnen zu wechseln. Voller Stolz bemerke ich den Respekt, den ihm alle entgegenbringen. Besonders die Frauen mögen ihn, sie bekommen dann so etwas Schwärmerisches, und wenn sie Hündinnen wären, würden sie ihre Rute graziös zur Seite neigen als Zeichen, dass sie sich gerne mit ihm paaren würden. Doch zum Glück hat Tobias für so etwas überhaupt keine Nase. Das Letzte, was wir brauchen, ist eine neue Frau im Haus, denn bei Menschen läuft es ja immer darauf hinaus. Schließlich haben wir schon Alice.

Aber auch Männer unterhalten sich gern mit Tobias, und es kann passieren, dass sie uns einladen, ihre Bibliothek zu besichtigen. Dort ist es dann meist ziemlich langweilig, der Staub kitzelt meine Nüstern, und es fällt mir schwer, diese Herzensräuber zu verstehen, zu wenige Gefühlsdüfte kleben an ihnen. Ich brauche lange, um herauszufinden, warum das so ist. Doch dann weiß ich die Antwort: Es sind kluge Bücher, die für den Menschenverstand gemacht worden sind, sie riechen nach Mühe und Anstrengung, doch sie bewegen nicht die Gefühle. Die Männer wollen Tobias' Meinung über diesen und jenen uralten Herzensräuber hören, und mitunter darf er sich auch welche aussuchen, um unsere Regale wieder aufzufüllen, oder sie bitten ihn, einen bestimmten für sie zu finden, und dann verbringt Tobias viel Zeit vor der leuchtenden Tischmaschine und klappert mit den Fingern, bis er endlich fündig wird und die alten Herren damit sehr glücklich macht.

Hin und wieder begleite ich meinen Menschen auch zu Besuchen in Häusern, in denen es bedrückend nach vergangener Krankheit und Tod riecht und wo ein schreckliches Durcheinander herrscht. Möbel werden hinausgetragen und in große Behälter geworfen, und meist sind es erschöpfte und traurige Frauen, die Tobias fragen, ob er ihnen all die Herzensräuber abnehmen könnte. Fast immer erzählen sie ihm ihre Geschichte – meist handelt sie von Vätern oder Müttern, die jetzt bei Oma Griesbart im Park für die Toten vergraben sind, und oft kommen den Ärmsten dabei die Tränen. Tobias holt dann Kartons aus dem Auto, in die er die Herzensräuber packt, und verspricht, dass er sie gut behandeln und nur an nette Menschen weitergeben wird. Er beschreibt ihnen, wie glücklich seine Kunden sein werden, so schöne Bücher zu finden, und dass sie in den neuen Häusern ein zweites Leben haben werden. Das schenkt den Frauen Trost, das merke ich genau. Manchmal bringt Tobias sie sogar zum Lachen, und sie wischen sich die Tränen ab, holen tief Luft und schöpfen Hoffnung. Wenn alles verpackt ist, zieht er seine Geldbörse und legt ein paar Scheine auf den Tisch. Es kommt aber auch vor, dass die Frauen das gar nicht wollen und uns erklären, dass sie auch so jetzt viel erleichterter sind. Dann schenkt Tobias ihnen einen Gutschein für das Antiquariat und lädt sie ein, uns zu besuchen.

Zu Hause ordnen wir sie gemeinsam auf Stapel. Und nachdem ich jeden Herzensräuber gründlich untersucht habe, tragen Alice und Tobias sie in die passenden Räume und geben ihnen ihren Platz im Regal.

Es ist bei einer dieser Aufräumaktionen, als endlich etwas geschieht, worauf ich schon so lange hoffe. Der letzte Herzensräuber hat längst seinen Platz gefunden, und doch kommen Tobias und Alice nicht aus jenem Erkerraum, in dem auch der Dalai Lama wohnt. Es ist ganz still dort hinten, und der Hauch von Zärtlichkeit und zarter Werbung dringt bis in die große Halle, wo ich mich in meinem Körbchen ausruhe. In den vergangenen Tagen habe ich mit Befriedigung wahrgenommen, wie immer wieder die Haut des einen die des anderen streifte, was eine Explosion an aufregenden Duftpartikeln auslöste. Für meinen Geschmack brauchen die beiden viel zu lange für das Einanderumwerben, und anfangs dachte ich, einer von beiden sei einfach nicht interessiert. Doch das stimmt nicht, beide wollen einander, und ich habe Mühe zu verstehen, warum das so lange dauert bei den beiden. Obwohl sie ziemlich klug sind, können Menschen gerade bei den einfachsten Dingen verblüffend schwer von Begriff sein. Jetzt aber riecht es ganz so, als sei es endlich so weit. Um sicherzugehen, schleiche ich mich vorsichtig an und beobachte die beiden durch zwei Reihen Herzensräubern hindurch: Ganz nah stehen sie beieinander, Tobias hat vorsichtig, wie er nun einmal ist, einen Arm um sie gelegt. Er sagt leise etwas, und sie lächelt, dann kommen sich ihre Münder ganz nah. Gleich wird er ihr über das Gesicht lecken, denke ich, doch stattdessen berührt er sanft mit seinen Lippen die von Alice. Seltsame Geste, finde ich, aber Hauptsache, es gefällt den beiden. Und dann passiert etwas Wunderbares: Beider Düfte vermischen sich und bilden einen neuen, den Paargeruch, und der gestaltet sich bei Alice und Tobias geradezu hinreißend. Gerade als mein Mensch Mut fasst und Alice näher an sich heranziehen will, ertönt die klare Stimme von Emma.

»Mama? Wo bist du?«

Die beiden fahren auseinander, als hätte sie jemand in die Waden gebissen. Verflixt noch mal. Muss Emma ausgerechnet jetzt stören? Der Paargeruch stiebt auseinander, wabert noch ein bisschen durch den Raum und verfliegt. Alice ist rot geworden und zupft völlig unnötig an ihrer Kleidung herum. Tobias streicht ihr wenigstens noch einmal kurz über ihr Haar, dann wendet er sich ab und tut beschäftigt. Menschen!

Beim Abendessen bin ich noch immer ganz Aufmerksamkeit.

Alice tut so, als sei Tobias gar nicht da, während er ihr immer wieder heimliche Blicke zuwirft. Emma erzählt von der Schule, ja wenn ich es richtig verstehe, lobt sie ihre Mutter für den Schulaufsatz, den sie ihr gestern ins Heft geschrieben hat. Frau Kratzer hört sich das alles an und macht ein verkniffenes Gesicht, doch ausnahmsweise hält sie den Mund. Und dann merke ich, dass sich unter ihrer gewohnt garstigen Duftwolke noch ein ganz anderer Geruch verbirgt. Sie macht sich Sorgen. Aber weshalb? Tobias und Alice sind verliebt. Und Emma ist fröhlich. Oder etwa nicht?

Da wird mir bewusst, dass ich vor lauter Winter und Herzensräuber für andere Menschen aussuchen, vor lauter Stolz auf meinen Menschen und Hoffnung, dass zwischen ihm und Alice endlich etwas wird, vor lauter Winterkeksen und Schneegestöber Emma ziemlich vernachlässigt habe.

Am nächsten Morgen ist der schöne Schnee verschwunden, und alles ist voller Matsch. Emma hat schlechte Laune, was ich ihr nicht verdenken kann. Ein Auto fährt vorbei und bespritzt uns von oben bis unten mit dieser scheußlichen grauen Masse. Ich schüttle mich und sage mir, dass ich schon Schlimmeres überlebt habe, doch Emma schimpft dem Auto wüst hinterher. Dann wird sie stocksteif, und ich erkenne einen der Jungen, die Emma verhauen haben, auf der anderen Straßenseite. Im nächsten Moment trifft mich etwas hart an der Flanke. Ein Stein! Da sehe ich rot und rase über die Straße, höre ein entsetzliches Geräusch, wie wenn Metall auf Metall reibt, und fühle gerade noch den Schwung eines vorüberfahrenden Autos.

»Zola«, kreischt Emma, doch ich habe jetzt keine Zeit. Ich springe an dem überraschten Jungen hoch und zeige ihm meine gebleckten Zähne, sodass er zurückschreckt, ausrutscht und auf sein Hinterteil fällt. Gleich bin ich über ihm, zeige ihm noch einmal drohend mein aufgerissenes Maul, dann lasse ich von ihm ab und kümmere mich um Emma. Die ist ganz bleich geworden. Als sie sieht, dass mir nichts passiert ist, rennen wir los, damit wir nicht zu spät zur Schule kommen.

Entsprechend schlecht ist meine Laune auf der Hundewiese. Nass zu werden finde ich grundsätzlich nicht schlimm. Ich springe auch gerne mal in den Fluss oder in einen Tümpel, doch diese schmutzige Pampe hier ist einfach nur kalt und eklig. Sie brennt zwischen meinen Krallen, und erst zu Hause merke ich, dass dieser Matsch total salzig schmeckt und meine Pfoten hellrot entzündet sind. Tobias trocknet mir zwar meine Pfoten und mein Fell mit einem Handtuch ab, dennoch brauche ich ewig, um mich wieder halbwegs präsentabel zu machen.

Als es auch noch zu regnen beginnt, wundert es mich nicht, dass heute weniger Kundschaft kommt als sonst. Wer kann, bleibt in seinem Körbchen und macht es sich gemütlich, und genau das habe ich heute auch vor.

Es ist also ganz ruhig bei uns, und auf einmal hat Alice eine Menge neuer Ideen. Sie sagt zu Tobias: »Jetzt in der Adventszeit suchen viele Kunden Bücher für Weihnachten. Was wäre, wenn wir alle Bücher zum Thema hier direkt bei der Kasse auf einem Sonderregal auslegen?«

Tobias ist begeistert, und sofort machen sie sich an die Arbeit. Ich habe keine Ahnung, was »Advent« oder »Weihnachten« bedeuten, deswegen beschäftige ich mich eingehend mit der Auswahl, die die beiden zusammenstellen. Das dauert ziemlich lange, denn sie müssen alle Räume durchforsten, und während sie hin und her gehen, frage ich mich, wann Tobias Alice endlich wieder in seine Arme nimmt und diese komischen Sachen mit seinen Lippen tut. Ich finde, dass er viel zu lange damit wartet. Am Ende hat Alice womöglich kein Interesse mehr an ihm und wendet sich einem Rivalen zu, das kann bei den Weibchen, wie ich weiß, leicht passieren. Wenn auch viel mehr Frauen als Männer zu uns kommen, so sollte mein Mensch die Konkurrenz nicht unterschätzen. Das, so sagte bereits mein erster Mensch, sollte man niemals tun, es rächt sich am Ende.

Alice ist eine hübsche Frau, sie riecht lecker, und das wird auch anderen auf Dauer nicht verborgen bleiben. Doch alles, was Tobias tut, ist Herzensräuber hin und her zu tragen, und ich frage mich wieder einmal voller Sorge, ob sie ihm nicht nur sein Herz, sondern auch den Verstand gestohlen haben.

Darüber denke ich nach, als ich am Abend Tobias beim Lesen zusehe, bis er endlich den Herzensräuber weglegt und aufsteht, um noch mal mit mir vor die Tür zu gehen, so wie jeden Abend. Vielleicht kann ich ihn ja zum Pförtnerhäuschen locken? Vielleicht ist Alice noch auf? Und so erhebe ich mich, dehne und strecke mich, als es auf einmal an der großen Tür unten läutet.

Ich fahre erschrocken zusammen und belle. So spät am Abend läutet es nie an der Tür, das kann also nur ein schlechtes Zeichen sein. Auch Tobias ist überrascht, beruhigt mich aber und geht, um nachzusehen, wer gekommen ist. Natürlich komme ich mit und bin als Erster unten an der Eingangstür, schnüffle an der Ritze, bereit, mich auf jeden potenziellen Angreifer zu stürzen, sobald die Tür aufgeht. Doch Tobias ermahnt mich und ruft mich zurück, sagt: »Sitz!«, und als anständiger Hund muss ich wohl gehorchen, ob ich will oder nicht.

Dann macht er die Tür auf, und da steht sie. Vanessa. Mir sträuben sich alle Haare, und doch lässt mein Mensch sie verblüfft, wie er ist, herein. Ich starre sie an, und jede Faser in mir will sie verjagen, und obwohl mich Tobias schon wieder ermahnt, kann ich ein dumpfes Grollen in meinem Kehlkopf einfach nicht unterdrücken. Das Biest riecht nach Ärger und füllt damit bereits die ganze Eingangshalle aus. Auch wenn ihre Stimme ganz weich und demütig klingt und ihr Tränen in den Augen stehen und auch wenn sie ihre Hand an Tobias' Wange legt, geschieht es nicht aus Liebe oder Zärtlichkeit, und mir wird übel von ihrer Falschheit.

»Oh Tobias«, schluchzt sie, »ich weiß, ich war furchtbar zu dir. Es tut mir so schrecklich leid.« Dann bricht sie in Tränen aus, und Tobias' Widerstand schmilzt dahin wie Schnee im Regen. »Ich weiß nicht mehr aus noch ein«, jammert Vanessa, während sie ihm um den Hals fällt und sich an ihm festkrallt, »du bist meine letzte Hoffnung …« Dann kann sie nicht weitersprechen, so sehr muss sie weinen.

»Na, na«, murmelt mein Mensch völlig überrumpelt, und ich kann riechen, wie sich alle möglichen Gefühle in ihm eine Schlacht liefern, »was ist denn passiert?«

Vanessa schnieft und sucht ein Taschentuch, sie zittert und bebt, und ich muss wirklich sagen, dafür, dass das alles nur gespielt ist, macht sie es sehr eindrucksvoll. Mich aber täuscht sie nicht, und deswegen knurre ich so missbilligend, wie ich nur kann. Sie tut so, als hätte sie Angst vor mir, dabei würde sie mir am liebsten einen Tritt versetzen, und fiept: »Ich glaube, dein Hund will mir etwas antun«, und zittert gleich noch mehr.

»Zola«, ermahnt mich Tobias, »hör auf damit!«, und wünscht sich doch, er könnte sie einfach wegschicken, hinaus in die Nacht.

Deswegen höre ich nicht auf seine Worte, sondern auf sein Herz und knurre lauter. Ich kann Menschen wie Vanessa, bei denen das, was sie tun, und das, was sie fühlen, so unterschiedlich ist wie Feuer und Wasser, nun mal nicht ausstehen. Sie bringen Unglück, das weiß ich aus Erfahrung. Und ist es nicht meine Aufgabe, Tobias zu beschützen?

»Ich hab dir so schrecklich wehgetan«, schluchzt Vanessa gegen seine Schulter. »Ich kann dir gar nicht sagen, wie leid mir das tut. Kannst du mir …«, jetzt wird ihre Stimme ganz leise, »vielleicht … verzeihen?«

Tobias seufzt kaum hörbar und legt linkisch einen Arm um sie. Er hat noch immer Gefühle für diese Frau, das wird mir schlagartig klar. Noch kämpft er dagegen an, aber wie lange wird er ihr widerstehen?

»Jetzt komm erst einmal mit«, sagt er und macht sich sanft von ihr los. »Ich koch uns einen Tee, und du erzählst mir, was los ist.«

Keine gute Idee, finde ich und dränge mich gegen seine Beine. Schick sie fort!, denke ich, so intensiv ich nur kann. Doch ich bringe ihn nur zum Stolpern und fange mir einen ärgerlichen Blick von ihm ein. Statt sie hinauszuwerfen, führt er Vanessa in die Küche, wo sie sich auf einen Stuhl plumpsen lässt wie ein Häufchen Elend. Dabei geht es ihr überhaupt nicht schlecht. Sie spielt meinem Menschen das alles nur vor. Oder nicht? Irgendwie riecht sie tatsächlich ziemlich verzweifelt. Aber aus einem anderen Grund, einem heimlichen.

Und dann setzt er den Wasserkessel auf, und sie erzählt und erzählt, sie lügt und lügt und vergießt eine Menge Tränen, wobei sie ganz genau weiß, dass Tobias viel zu gutherzig ist, um jemanden vor die Tür zu setzen, der keine Bleibe mehr hat und im Moment auch kein Geld – jedenfalls ist es das, was sie erzählt.

»Kann ich eine Weile bei dir wohnen?«, fragt sie schließlich mit einem solchen Augenaufschlag, dass Tobias sich mit der Hand an den Hinterkopf fasst, wie immer, wenn er nicht weiß, wie er aus einer unangenehmen Situation herauskommen soll, was normalerweise selten vorkommt. Jetzt aber bringt er nichts anderes heraus als »Puh, na ja …«, worauf sie ein »Bitte, Tobias, ich flehe dich an …« herausstößt, bis er schließlich nachgibt und sagt: »Na gut«, und ich mich in mein Körbchen fallen lasse vor Verzweiflung und Resignation.

Vanessa trinkt ihren Tee unter vielen Seufzern und Wimperngeklapper und zieht eine Miene, als wäre sie eine Gestrandete und Tobias ihr Rettungsring, mit dem sie gerade noch das sichere Ufer erreichen kann. In Wirklichkeit aber wandern ihre kalten Augen interessiert durch die Küche, so als müsse sie den Wert jedes einzelnen Details berechnen. Schließlich bleibt ihr Blick an mir hängen, und in ihm erkenne ich so viel Hass, dass mir schlecht wird vor Schreck. Sie weiß, dass ich sie durchschaue. Und das gefällt ihr nicht.

Schließlich bringt Tobias sie in die Kammer, in der bis vor Kurzem Emma schlief, jedenfalls glaubten die Erwachsenen das. Wieder einmal holt er frische Wäsche und bezieht alles neu, während Vanessa im Badezimmer das Wasser rauschen lässt. Als dann endlich Ruhe einkehrt und jeder in seinem Zimmer ist, beschließe ich spontan, in dieser Nacht auf die Bequemlichkeit meines Körbchens zu verzichten, und lege mich vor Tobias' Zimmertür. Wie gut ich daran tue, zeigt sich, als wenig später Vanessa aus der Kammer geschlichen kommt und doch tatsächlich zu Tobias will. Ich stehe auf und stelle meinen Kragen auf, sehe sie so böse an, wie ich nur kann, bis sie es sich anders überlegt und den Rückzug antritt. Das kann ja heiter werden. In dieser Nacht tue ich kein Auge mehr zu, sondern halte Wache.

Am nächsten Morgen bin ich hin- und hergerissen zwischen meinem Pflichtgefühl, Emma zur Schule zu bringen und auf meinen Menschen aufzupassen. Ich lausche an der Kammertür, alles ist still. Ich lausche an Tobias' Tür, und nichts ist zu hören. Zum Glück ist Frau Kratzer schon auf und öffnet mir die Haustür. Ich überlege kurz, ob ich sie warnen muss, doch sie hat die Nase schon wieder in diesem Herzensräuber, den ich ihr ausgesucht habe. Draußen regnet es. Und ausnahmsweise passt dieses Wetter perfekt dazu, wie ich mich fühle: hundeelend!

Als ich zurückkomme, finde ich alle in der Küche versammelt. Tobias hält gerade eine kleine Rede, von der ich nur noch den Schluss mitbekomme. Soviel ich verstehe, meint er, dass das Haus groß genug sei und Vanessa im Augenblick nicht wisse, wo sie hinsoll. Die schaut demütig auf die Tasse in ihrer Hand, während Frau Kratzer sie mit schmalen Augen eingehend mustert. Alice sieht besorgt aus. Ich weiß, sie ist die Letzte, die jemandem in Not Hilfe verweigern würde, schließlich hat sie selbst bis vor Kurzem auf den Rändern des Glücks balanciert, ständig den Abgrund im Blick. Doch ihr Instinkt lässt sie wachsam sein, und das ist gut so. Schließlich ist sie in Tobias verliebt und er in sie. Und man kann es drehen und wenden, wie man will: Vanessa ist in diesem Haus eine Frau zu viel.

Und das ist nicht alles. Vanessa hat einen Plan. So wie sie das Haus inspiziert, nämlich ganz ähnlich wie ein schlauer Hund einen Knochen, fällt es mir nicht schwer, sie zu durchschauen. Warum ist sie zu Tobias zurückgekommen? Die Geschichte, dass sie in Not sei, nehme ich ihr nicht ab. Ist sie an Tobias interessiert? Wieso hat sie ihn dann schon einmal verlassen? Nein. Sie ist nicht auf meinen Menschen aus. Schon atme ich auf. Doch dann trifft mich die Erkenntnis wie ein Keulenschlag: Nicht mein Mensch ist es, den sie will. Sie braucht Geld. Und sie will das Haus.

Und als hätte sie meine Gedanken gehört, richtet sie ihren Blick auf mich. Ihre Augen sind hell und kalt und ziemlich groß. Sie haben etwas an sich, was dir den Willen rauben kann, wenn du nicht aufpasst. Mich allerdings wird sie nicht verzaubern.

Scher dich zum Teufel, denke ich, so fest ich nur kann.

Das hättest du wohl gern, antwortet ihr Blick. Ich werde dich zum Teufel jagen, so sieht es aus!

An diesem Morgen kommen wir zu spät zur Hundewiese, alle anderen sind schon weg. Das Leben eines Hundes läuft, wenn er Glück hat, nach klaren Regeln ab, und diese Regel haben wir heute nicht eingehalten. Schuld daran ist Vanessa. Also spüre ich enttäuscht den Hinterlassenschaften meiner Freunde nach und pinkle meine verspäteten Kommentare in den Matsch. Ich frage mich, ob der Winter schon wieder vergangen ist, als ich auf einmal fühle, wie ein kalter Wind aufkommt und dicke graue Wolken am Himmel vor sich hertreibt.

»Heute gibt's noch Schnee«, murmelt Tobias und schlägt den Kragen seiner Jacke hoch. Ich spüre seine Ungeduld und reiße mich wehmütig von all den Hundenachrichten los. Und richtig: Wir sind noch nicht ganz zu Hause, als die Wolken sich öffnen und dicke weiße Flocken herunterschweben lassen. Schnee. Wunderschöner, glitzernder Schnee. Ich mache ein paar Luftsprünge, schnappe nach dem weißen Zeug und bringe meinen Menschen zum Lachen.

Auch Alice freut sich, als sie mein weiß getupftes Fell bewundert, und dann kommt die erste Kundschaft, stampft den frischen Schnee von den Schuhen und will Herzensräuber und Kaffee, Kekse und mit Alice plaudern. Zu meiner Erleichterung lässt sich Vanessa nicht blicken.

Als ich Emma abholen gehe, hat es zu schneien aufgehört, und eine bleiche Sonne hängt am Himmel. Ich bin früh dran, doch zu meiner Überraschung kommt Emma keineswegs aus dem Schulhaus, sondern aus dem angrenzenden Park, und auf ihrer Mütze und den Schultern liegt dick frisch gefallener Schnee. Panik erfasst mich. Ist denn heute jede natürliche Ordnung auf den Kopf gestellt? Bin ich zu spät dran? Nein, daran kann es nicht liegen. Emma ist bestürzt, als sie mich sieht. Sie hat nicht erwartet, mich so früh hier zu treffen.

Sorgsam schnüffle ich sie ab, ob alles mit ihr in Ordnung ist. Es würde mir das Herz brechen, wenn Emma heute auch noch Prügel bekommen hätte. Doch sie hat keine Wunden und riecht auch nicht nach den Jungen, sondern mal wieder nach Verlegenheit, Scham und Trotz. Da wird mir klar: Sie war gar nicht in der Schule. Sie hat das gemacht, was Frau Kratzer »schwänzen« nennt. Statt in diesem öden Zimmer hinter einem Tisch zu sitzen, ist sie im Schneegestöber spazieren gegangen.

Erleichterung breitet sich in mir aus. Sie ist gesund und munter, alles ist in Ordnung, oder nicht? Warum ist sie dann nicht fröhlich? Warum sieht sie sich so verstohlen und gehetzt um, als wollte sie von keinem, vor allem von niemandem aus der Schule, gesehen werden? Warum sagt sie: »Komm schnell, Zola, lass uns nach Hause rennen!«? Wir sind doch so früh dran.

Ich laufe hinter ihr her und warte darauf, dass sie endlich wieder Schneekugeln formt und in die Luft wirft. Aufmunternd mache ich ein paar Luftsprünge, und Emma lacht – na also. Im Grunde kann ich gut verstehen, dass sie lieber im Park spielt, als in diesem langwei-

229

ligen Zimmer zu sitzen und zuzuhören, was Frau Baum und all die anderen Lehrer zu sagen haben. Emma wirft ein paar Stöckchen, und ich tue so, als wären es ihre Bleistifte, und zerkaue sie gründlich.

Erst als wir ins Haus toben, fällt mir Vanessa wieder ein. Zwar kann ich sie nicht sehen, doch umso deutlicher riechen.

»Ich hab ja so einen Hunger«, höre ich Emma rufen, als sie in die Küche stürmt. »Gibt es heute Schokomuffins zum Nachtisch?«

Um den Küchentisch sitzen alle versammelt, so wie immer. Nur Vanessa steht mit dem Rücken zur Gartentür und mustert Emma mit ihren kalten Augen.

»Hallo«, sagt sie dann mit dieser falschen Freundlichkeit, die scharf wie ein Messer in meine Gehörgänge schneidet. »Ich bin Vanessa. Und wer bist du?«

Emma starrt sie an wie eine Erscheinung. Alles in ihr wird stocksteif. Diesem Mädchen muss man nicht erklären, welche Menschen gut sind und welche nicht. Sie hat schon zu viel erlebt, als dass sie Wärme von Kälte nicht unterscheiden könnte.

»Das ist Emma«, sagt Frau Kratzer, die anscheinend als Einzige ihre Sprache nicht verloren hat und gerade das Essen austeilt. »Sie wohnt hier, so wie wir alle.«

»Hallo, Emma«, sagt Vanessa mit lieblicher Stimme und verzieht dabei ihr Gesicht. Da ich nun schon lange genug mit Menschen zusammenlebe, weiß ich auch, dass das ein Lächeln darstellen soll. Und doch sagt diese Miene etwas ganz anderes. Sie bedeutet: »Aber nicht mehr lange!«

16

Belagerung

Äußerlich läuft alles weiter wie zuvor. Täglich kommen mehr Menschen und tragen tütenweise Herzensräuber aus dem Haus. Die Regale leeren sich, und ich frage mich, wann wir wohl wieder Nachschub bekommen. Frau Kratzer backt, Alice steht an der Kasse, und Tobias und ich kümmern uns um die Herzensräuber. Jeder tut seine Arbeit, so wie immer. Außer Vanessa, die hängt einfach nur rum und führt dabei irgendetwas im Schilde.

Doch was das Eigentliche anbelangt, das, was die Herzen meiner Menschen bewegt, ist alles durcheinandergeraten. Zwar sprühen doch immer wieder verhaltene Funken zwischen Tobias und Alice, und ich weiß, sie würden sich zu gerne in die Arme nehmen und schöne Dinge miteinander tun, doch seit Vanessa bei uns untergekrochen ist, kommt es mir so vor, als verhindere eine unsichtbare Hand das alles. Es ist, als habe Vanessa einen Zauber über uns alle gelegt, sodass wir nicht so sein können, wie wir es eigentlich wollen.

Nur Frau Kratzer ist die, die sie immer ist, und erklärt Tobias gleich am ersten Tag, dass sie keine Lust habe, auch noch den neuen Gast zu bekochen.

»Ich weiß nicht, wie es mit Ihnen ist, aber ich jedenfalls bin kein Hotel«, sagt sie und presst ihre Lippen fest
aufeinander.

Tobias wird schrecklich verlegen und meint: »Sie haben recht, Frau Kratzer, seit der Eröffnung, als Sie so toll
Spaghetti für alle gemacht haben, setzen wir uns einfach
zu Ihnen an den Tisch und essen mit. Ich meine, wir alle
genießen das sehr, es ist ein bisschen wie … nun ja … in
einer Familie … aber …«

»Genau!«, unterbricht ihn Frau Kratzer. »Ich bin aber
nicht die Mutter der Nation. Ich hab das gern gemacht.
Aber ich will mir die Leute aussuchen, für die ich koche.«

Tobias windet sich. »Es ist ja nicht für lange. Und Vanessa ist … na ja, sie ist mein Gast …«

»Da kann man Ihnen nicht helfen«, erklärt Frau Kratzer, und obwohl es ziemlich garstig klingt, muss ich ihr
in diesem Punkt ausnahmsweise recht geben. »Mein
Gast ist sie jedenfalls nicht!«

Und damit lässt sie meinen Menschen stehen. Seither bringt jeder sein eigenes Essen auf den Tisch, und
es ist längst nicht mehr so gemütlich, wie es war, bevor
Vanessa kam.

»Wie lange bleibt die eigentlich?«, fragt Emma eines
Tages ihre Mutter. Alice wird rosa im Gesicht und schilt
ihre Tochter, dass man nicht »die« über einen anderen
Menschen sagt, sondern »sie«. Aber eine Antwort auf
ihre Frage kann sie ihr nicht geben, denn natürlich weiß
keiner, wie lange Vanessa bleiben wird. Das kann allein
mein Mensch entscheiden. Und der tut sich in solchen
Dingen schwer, so viel steht fest.

Also isst nun jeder etwas anderes. Frau Kratzer macht sich, was sie immer macht, Pfannkuchen, Spaghetti oder Bratkartoffeln mit Fleischklopsen, Schnitzel mit Kartoffelbrei und alles Mögliche mehr. Irgendwie fällt ihr jeden Tag etwas Neues ein, und nur selten wiederholen sich ihre Gerichte. Alice schmiert Brote für sich und Emma, die eine Schnute zieht und neidisch auf Frau Kratzers Teller schielt, und wenn sie Glück haben, gibt ihnen Frau Kratzer etwas von ihrem guten Essen ab. Tobias brät sich gerne Fleisch in der Pfanne an oder macht ein paar Spiegeleier, und Vanessa ernährt sich hauptsächlich von Gemüse und Salat. Ich sehe mir das alles an und denke, dass es wirklich schade ist, wie schnell Vanessa es geschafft hat, meine Menschen auseinanderzubringen, jedenfalls was das gemeinsame Essen anbelangt. Ich habe schon lange herausgefunden, dass bei Menschen das Essen neben dem Sattwerden noch eine andere Bedeutung hat, nämlich das Gefühl zusammenzugehören. Bei uns Hunden ist das eine völlig andere Geschichte. Wir hauen uns den Bauch so schnell wie möglich voll und sehen zu, dass uns keiner was klaut. Es geht ums Überleben, der Stärkere bekommt alles, der Schwache nichts. Und wenn ich es mir recht überlege, ist das nicht besonders nett. Doch auch Menschen sind nicht immer nett, wie man an Vanessa sehen kann.

Statt das Essen zu teilen, sorgt jetzt also jeder für sich selbst. Mir fällt auf, dass Vanessa gerne Tomaten isst, die gibt es bei ihr jeden Tag. Dabei sagt mir meine Nase, dass sie das besser lassen sollte. Die Tomaten bekommen ihr nämlich nicht.

Schon lange weiß ich, dass manches, was der eine ohne Probleme essen kann, einen anderen krank macht. Ich zum Beispiel vertrage keine Kartoffeln, während Max davon fressen kann, so viel er will. Ich kriege Bauchweh von Kartoffeln. Und wenn Vanessa Tomaten isst, bekommt sie eine saure Ausdünstung und rote Pusteln an den Händen. Und doch kauft sie täglich Tomaten und isst sie, und dann zeigt sie Tobias ihre Hände und sagt: »Sieh doch nur! Meine Hundeallergie. *Muss* Zola denn unbedingt im Haus leben?«

Tobias starrt sie an, Alice starrt sie an, ich starre sie an, und Emma sagt: »Natürlich! Er wohnt schließlich hier! Was denkst du denn!«, während Frau Kratzer den Kopf schräg legt und mit zusammengekniffenen Augen Vanessas Ausschlag betrachtet. Vanessa seufzt leidend auf, pustet sich auf ihre Haut und wedelt mit den Händen vor aller Augen herum. Sie wirft mir kleine hasserfüllte Blicke zu, und ich ahne Schlimmes. Sie will mich aus dem Haus jagen. Dabei kommt das mit ihrem Ausschlag überhaupt nicht von mir. Es kommt von den Tomaten.

Tobias aber fühlt sich schlecht. Und irgendwie schuldig. Wegen mir. So ist er nun mal. Er kann es nicht ertragen, wenn andere leiden. Und Vanessa weiß das ganz genau.

Doch vorerst schweigt Tobias zu Vanessas Gejammer wegen ihrer Hände. Ich hingegen beschließe, lieber zu handeln, und klaue in ihrem eigenen Interesse den Plastiksack voller Tomaten, trage ihn in den Garten und vergrabe ihn weit hinten im Gebüsch. Da kann sie suchen, so lange sie will, und jeden fragen, ob er ihre Tomaten gesehen hat, die findet sie nicht wieder, und ich bin sehr zufrieden mit mir. Doch schon am nächsten Tag kommt sie mit einem neuen Beutel vom Einkaufen und trägt sie in ihre Kammer. Ich könnte wetten, dass sie dort heimlich jeden Tag Tomaten isst. Weiß sie denn nicht, dass ihr das nicht guttut? Oder isst sie die womöglich absichtlich, damit ihr die Haut an den Händen aufplatzt und sie behaupten kann, ich sei daran schuld?

An diesem Nachmittag bringt Tobias eine Tasche voller neuer Herzensräuber, und darunter ist einer, der wie gemacht für Vanessas Problem ist. Ich schnappe ihn mir, und unter Tobias' verdutzten Blicken trage ich ihn die Treppe hoch und lege ihn vor Vanessas Kammertür. Da lächelt mein Mensch, streichelt mich und nennt mich einen guten Hund.

Ich bin natürlich sehr gespannt, was sie zu meiner Wahl sagen wird. Vorne auf dem Herzensräuber sind Tomaten, Gurken und anderes Grünzeug abgebildet, und ich hoffe sehr, dass sie begreift, was sie besser nicht mehr essen soll.

»Zola hat dir ein Buch ausgesucht«, sagt Tobias gut gelaunt, als Vanessa von ihrem Spaziergang nach Hause kommt. »Es liegt oben vor deiner Tür.«

Sie tut zwar so, als fände sie das toll, doch so, wie sie den Herzensräuber mit spitzen Fingern anfasst, weiß ich schon jetzt, dass sie ihn nicht einmal aufschlagen wird. Und tatsächlich finde ich ihn schon am nächsten Tag im Müll.

Über all dem schneit es immer weiter, und Alice zündet an dem Kranz aus duftenden Tannenzweigen eine Kerze an, was mich nervös macht, vor allem seit dem Feuer in Frau Kratzers Zimmer. Aber ich mag, wie Emmas Augen dabei leuchten und dass sie anfängt, Lieder zu singen von Lichtlein, von denen immer mehr brennen, und dass dann bald das Christkind vor der Tür stehe. Wobei mein Bedarf an Leuten, die ungerufen mitten in der Nacht vor der Tür stehen, so wie Vanessa neulich, vorerst gedeckt ist. Von solchen Überraschungen habe ich genug, Christkind hin oder her.

Also habe ich wieder etwas, worauf ich aufpassen muss, wenn ich nicht gerade Kunden helfe, die nach mir fragen, weil sie von diesem Hund gehört haben, der weiß, welche Bücher man braucht. Und so vergehen die Tage, und Vanessa ist immer noch da. Mit Sorge sehe ich, dass immer seltener Funken sprühen zwischen Tobias und Alice, während Vanessa meinen Menschen täglich mehr in Beschlag nimmt.

Vor allem abends ist sie mir ein Dorn im Auge. Sie hockt in Tobias' Zimmer herum, als sei es ihres. Dann macht sie ihm schöne Augen, ihre Stimme wird weich und schnurrend wie die einer Katze, sie stellt ihm tausend Fragen zu Dingen, die sie im Grunde überhaupt nicht interessieren, und schlägt immer wieder ihre langen Beine übereinander. Und Abend für Abend rückt sie ihm näher auf den Leib. Voller Sorge nehme ich wahr, wie mein Mensch und vor allem sein Körper sich zurückerinnern an die Zeit, bevor ich zu ihm kam, als er und Vanessa noch ein Paar waren. Ja, er hat noch immer eine Schwäche für sie, auch wenn er dagegen ankämpft, Verstand und Gefühl gehen auf Menschenart wieder einmal unterschiedliche Wege, und mein Herz schlägt heftig vor Angst, diese Frau könne ihm erneut wehtun. Sie muss dringend vertrieben werden. Doch da mein Mensch mir nicht erlaubt, es auf Hundeart zu tun, bin ich ratlos. Mehr, als auf ihn aufzupassen, kann ich einfach nicht tun. Oder?

Und dann kommt eines Tages Tommis Vater ohne Tommi in die Höhle der Herzensräuber und bittet Tobias um ein Gespräch. Immer wieder fällt mein Name, und die beiden sind bester Laune, vor allem als Tobias sagt, das sei gar kein Problem, und er sei sehr stolz, dass Herr Mittermann, denn so heißt Tommis Vater, einen so tollen Plan mit mir habe. Pläne sind gut, und doch mache ich mir Sorgen. Nicht dass mein Mensch mich womöglich weggeben will? Ich weiß, dass Vanessa das gerne sähe, und ich hoffe inständig, dass ihre Falschheit Tobias nicht vergiftet hat. Also folge ich ihm auf Schritt und Tritt, damit klar ist, zu wem ich gehöre, und er nicht auf falsche Gedanken kommt.

Ein paar Tage vergehen, und dann kommt Tommis Vater wieder und bringt eine ganze Meute mit. Man merkt sofort, dass er der Rudelführer ist und alle anderen Angst vor ihm haben. Er hält eine kleine Rede, spricht von einem ganz speziellen Event, das er sich statt der jährlichen Weihnachtsfeier ausgedacht habe, und ein Teil dieses Events sei … Zola, der Bücherhund. Ich schrecke auf, als ich meinen Namen höre, und frage mich, was das alles bedeuten soll. Täglich lerne ich neue Wörter, doch was ein Event ist, das weiß ich nicht.

Schließlich bittet mich Tommis Vater, für jeden seiner Mitarbeiter ein Buch auszusuchen. Ich bin erleichtert und hoffe, dass wir auch für jeden das richtige dahaben. Alice hat eine Menge Herzensräuber verkauft, und es ist schon eine Weile her, dass Tobias und ich Nachschub holen konnten.

Ich mache mich an die Arbeit und gebe mir große Mühe. Als Erstes traut sich ein junger Mann mit einer lustigen Frisur, sich von mir beschnuppern zu lassen. Er lacht, als ich mit der Zunge seine Hand berühre, um sein Aroma zu schmecken, und behauptet, ich würde ihn kitzeln. Mir wird klar, dass dieser Mann viel mehr Fantasie hat, als sich die anderen, vor allem aber Tommis Vater, vorstellen können. Da weiß ich auch schon, was ich ihm bringen werde, gehe den Herzensräuber rasch suchen und lege ihn dann dem jungen Mann zu Füßen.

Auf einmal ist es ganz still in der Halle. Alle Blicke ruhen auf mir. Nur der junge Mann schaut auf das Buch und schiebt die Augenbrauen ein ganzes Stück nach oben.

»Malcolm Gladwell«, sagt er. »Von dem hab ich schon mal gehört.« Und da sich jetzt alle um ihn drängen und jeder einen Blick auf den Herzensräuber erhaschen möchte, hält er ihn hoch.

»*Überflieger*«, liest Tommis Vater von dem Einband ab und sieht den jungen Mann mit ganz neuen Augen an. »›Warum manche Menschen erfolgreich sind – und andere nicht‹.«

Alle sind aufgeregt und reden durcheinander. Mein

Blick sucht meinen Menschen, und der lächelt mir verschwörerisch zu. Er ist stolz auf mich, und das macht mich glücklich. Offenbar habe ich meine Sache gut gemacht. Wer will als Nächstes von mir bedient werden?

Eine junge Frau tritt vor, sie hat einen ganz bestimmten, sehr interessanten Duft. Da ist etwas ganz Weiches an ihr, und ich frage mich, wie sie wohl in diese Truppe geraten ist. Sie geht in die Hocke und krault mich unter dem Kinn. Ich schließe genüsslich die Augen. Und verstehe, was sie braucht.

Als ich ihr das Buch bringe und sie es mir vorsichtig aus dem Maul nimmt, wird ihr plötzlich ganz heiß. Ich bekomme einen Schrecken, denn die anderen, die sich über sie beugen, brechen in Gelächter aus, die einen aus Verlegenheit, die anderen meinen es gehässig. Die nette Frau zuckt vor dem Herzensräuber zurück, so als hätte sie sich an ihm verbrannt. »*Achtung, Baby!*«, johlt einer, »von Michael Mittermaier. Ich wusste gar nicht, dass du schwanger bist.« Die nette Frau richtet sich schnell auf und sagt: »Bin ich doch gar nicht! Das muss ein Irrtum sein.« Ich verstehe nicht, was falsch daran sein soll, wenn sich eine Frau ein Baby wünscht, doch weil ich nicht möchte, dass die anderen sie auslachen, und weil ich außerdem bemerkt habe, dass Tommis Vater sie streng mustert, so als traue er ihr auf einmal alles Mögliche zu, trage ich das Buch schleunigst wieder weg und bringe ihr ein anderes aus demselben Regal. Das passt zwar nicht so genau zu ihr, ist aber auch nicht falsch. Erleichtert greift sie danach und reicht es herum. »Ein Yoga-Buch!«, ruft sie, um die Erinnerung an den ersten Herzensräuber, der sie so in Verlegenheit brachte, ein für alle Mal auszutilgen. »Das passt. Ich will mir schon lange mal wieder eine Yoga-Gruppe suchen.«

»Vielleicht Schwangerschafts-Yoga?«, stichelt ein Mann, der eine unterwürfige, hinterhältige Ausdünstung hat, irgendwie nach alt gewordenem Käse. Er ist als Nächster dran, und für ihn trabe ich in einen ganz anderen Raum. Tobias muss mir ein bisschen helfen, an den Herzensräuber heranzukommen, denn er ist zu weit oben einsortiert. »Bist du sicher?«, fragt mich Tobias leise. »*Der Untertan* von Heinrich Mann?«

Ja, da bin ich mir ganz sicher, und Tobias reicht mir den Band. Nun haben die anderen etwas zu lachen, und der käsige Mann dreht und wendet den Herzensräuber skeptisch. »Ich lese eigentlich nie Romane«, sagt er und schaut dabei unsicher Tommis Vater an.

»Dann sollten Sie heute Abend damit anfangen«, sagt der streng.

Einem stillen Mann, der sich die ganze Zeit ein bisschen abseits gehalten hat, bringe ich ein Buch, das nach dem aufregenden Kampf zwischen einem guten Helden und schrecklichen Mächten riecht, nach einer alten Herzenswunde, die nicht heilen will, und einer großen Liebe, die verloren wurde. Er bekommt rote Ohren vor Staunen, als er den Titel vorliest: »*Flammen des Zorns*«, und ich kriege einen Schreck, denn vor Flammen nehme sogar ich mich in Acht. Daniel Oliver Bachmann hat das geschrieben, und ich stelle mir jemanden vor, der emsig auf seinem Bleistift herumkaut und zornige Wörter in sein Schulheft kritzelt.

Immer wieder geraten alle in großes Staunen. Einer älteren, gutmütigen Dame bringe ich einen dicken Herzensräuber, und sie strahlt über das ganze Gesicht, als sie »*Doktor Schiwago*« sagt und erklärt, dass sie exakt diesen Herzensräuber einmal besessen habe, er ihr jedoch irgendwann im Laufe der Jahre abhandengekommen sei. Ich hoffe nicht, dass sie denkt, Tobias habe ihr den Herzensräuber gestohlen, doch das behauptet zum Glück keiner.

Am Ende sind alle zufrieden, vor allem Tommis Vater, und ich bin restlos erschöpft. Die junge Frau, die das Babybuch nicht haben wollte, kommt noch einmal bei meinem Körbchen vorbei, um mich ausgiebig zu kraulen, und ich fühle, dass sie ein schlechtes Gewissen hat, weil sie behauptete, ich hätte mich getäuscht.

Ist schon in Ordnung, denke ich, während ich ihr in die Augen sehe, und da lächelt sie und verabschiedet sich von mir. Ich habe so ein Gefühl, dass sie bald wiederkommen wird. Ohne die anderen. Dann kann sie aussuchen, was sie wirklich möchte, und keiner lacht sie aus.

»Hast du dir mal überlegt«, fragt Vanessa eines Abends meinen Menschen, »wie du die anderen Räume hier oben einrichten willst?«

Mein Mensch schält sich gerade eine Orange, und spritzige Düfte erfüllen den Raum. Ich frage mich, woher Vanessa die anderen Räume kennt, doch natürlich hat sie überall schon ihre Nase reingesteckt.

»Ich kenne da einen tollen Architekten«, fährt sie fort.

»Wenn du willst, mache ich dich mit ihm bekannt. Du haust hier ja wie ein Eremit in diesem Zimmer. Dabei gehört dir doch die ganze Villa. Oder nicht?«

Wie so oft in ihrer Gegenwart sträubt sich mir das Fell. All die vielen Tage, die sie jetzt hier schon sitzt wie eine Zecke im Pelz, hat sie so getan, als interessiere sie das Haus nicht im Geringsten. Jetzt aber streckt sie ihre Fühler aus, und die zittern wie die Barthaare einer Katze, die ihre Beute erspüren.

»Mir reicht das«, sagt Tobias und steckt sich ein Stück Orange in den Mund. Er kaut in aller Ruhe, dann fügt er hinzu: »Zuerst muss ich mich um das Antiquariat kümmern. Für alles andere ist immer noch Zeit.«

»Natürlich«, gurrt die falsche Schlange. »Das ist ja auch eine Menge Arbeit. Aber ich könnte dir helfen. Vorausgesetzt, du möchtest das.«

Tobias vertilgt genüsslich seine Frucht und scheint nachzudenken.

»Vielleicht im Frühjahr«, sagt er schließlich. »Ich habe auch schon daran gedacht. Dann könnten Alice und Emma hier einziehen. Das Pförtnerhaus ist schwer zu heizen im Winter, es ist ziemlich kalt dort. Ich hoffe nur, sie erkälten sich nicht bis dahin.«

Auch wenn man ihr das nicht ansehen kann, aber seit Tobias Alices Namen ausgesprochen hat, kocht Vanessa innerlich vor Wut. Dass sie und Emma hier einziehen, hat sie bestimmt nicht gemeint. Sie atmet einmal tief durch und kämpft ihren Ärger nieder.

»Dann hast du sicher nichts dagegen«, fährt sie im selben liebenswürdigen Ton wie zuvor fort, »wenn ich mich mal ein bisschen umschaue. Und den Architekten frage, was er meint. Ganz unverbindlich natürlich.«

Und dann schafft sie es tatsächlich, meinen Menschen aufzurütteln, dass er aufsteht und mit ihr die anderen Zimmer anschauen geht. Vanessa öffnet auf der Galerie alle möglichen Türen, und Tobias trabt völlig arglos hinter ihr her. Mir ist klar, dass sie gerade überlegt, wo sie in Zukunft wohnen will, während er sich offenbar vorstellt, dass hier Alice und Emma ein Zuhause finden werden. Was ich persönlich für eine ausgezeichnete Idee halte.

»Du wirst natürlich die alten Möbel entrümpeln müssen«, sagt Vanessa, »und alles neu einrichten. Leider sind die alle ohne Wert, es sind keine Antiquitäten dabei, wie ich anfangs dachte.« Sie reißt an den schweren Stoffen herum, die vor den Fenstern hängen und nach interessanten Geschichten riechen, und einer löst sich und stürzt herab. Eine dicke Staubwolke hüllt Vanessa ein, und ich wünschte, sie würde diese falsche Person verschlingen. Doch leider kommt sie hustend wieder zum Vorschein und setzt ihren Weg durch die Räume fort. »Hier könnten wir ... ähm, könntest du ein schönes Badezimmer einbauen lassen, was meinst du? Und wenn du mich fragst, ich würde die Galerie zur Eingangshalle hin schließen«, fährt sie fort und schmiegt sich auf einmal an Tobias an, der unter ihrer Berührung erzittert. »Dann hättest du ein bisschen mehr Privatsphäre ...«

Einen Augenblick lang steht Tobias einfach da wie vom Donner gerührt, während dieses Weibsbild sich an ihm reibt. Dann schiebt er sie von sich weg.

»Es ist schon spät«, sagt er und atmet schwer, als wäre er ein Stück gerannt. »Gute Nacht, Vanessa!«

»Ist es wegen ihr?«, fragt sie, und ihre Stimme klingt, als leide sie Höllenqualen. »Wegen dieser Alice?«

Tobias will etwas sagen, dann besinnt er sich anders. Die Hormone führen einen wilden Tanz in seinem Körper auf, und mit Schrecken wird mir klar, wie sehr er diese Frau hier noch begehrt. Er fährt sich wie wild mit beiden Händen durchs Haar und sieht ziemlich verwirrt aus.

»Du solltest das nicht wieder tun«, erklärt er streng, und ich hoffe, nur ich merke, wie seine Stimme zittert. »Was zwischen uns war, ist vorbei. Gute Nacht!«

Wir lassen sie stehen und rennen in sein Zimmer, ich ihm dicht auf den Fersen. In dieser Nacht werde ich bei ihm im Zimmer schlafen. In solchen Stunden der Verwirrung ist es besser, mein Mensch ist nicht allein.

Doch er schläft nicht in dieser Nacht. Unruhig wirft er sich von der einen auf die andere Seite, und ich weiß, das liegt an den Hormonen. Er hatte viel zu lange keine Frau, und das ist nicht gut für einen gesunden Mann wie Tobias. Normalerweise wäre er jetzt schon längst mit Alice zusammen, doch diese blöde Vanessa hat alles verdorben.

Schick sie weg, denke ich, so intensiv ich nur kann. Doch meine Gedanken erreichen ihn nicht. Liegt es daran, dass mein Mensch trotz allem noch immer an Vanessa hängt?

Warum nur?, frage ich mich. Und doch weiß ich aus eigener Erfahrung, dass es nicht immer eine Antwort auf diese Frage gibt. Das hat mit Gerüchen zu tun und mit seltsamen Geschehnissen in unseren Körpern, unseren Gefühlen, aus denen Handlungen werden, auf die wir selbst keinen Einfluss haben. Dann übernehmen die Triebe das Kommando, und wir tun Dinge, die wir nie für möglich gehalten hätten. Allzu lebendig erinnere ich mich an die Hündin, die eines Tages mit den Fremden in die Siedlung von Don Pizzarro kam und jeden Rüden des Städtchens vollkommen verrückt machte, ja, ich nehme mich da nicht aus. Sie verströmte einen solchen Balsam, dass wir alle zu willenlosen Idioten wurden, nächtelang vor ihrer Tür saßen und heulten, flehten, wimmerten und jaulten, bis ihre Menschen uns kübelweise kaltes Wasser über die Köpfe gossen. So bescheuert waren wir. So von Sinnen. Und auch wenn mich die Erkenntnis mit Entsetzen und Scham erfüllt: Tobias befindet sich in einem ganz ähnlichen Zustand. Und darum weiß ich, dass ich umso besser auf ihn aufpassen muss.

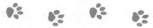

Als ich am nächsten Morgen von der Schule zurückkomme, hängt mein Mensch in der Küche herum, starrt Löcher in die Luft und macht keine Anstalten, mit mir zum Fluss zu gehen. Das Schlimme an Krisen ist, dass die Menschen völlig aus dem Takt geraten und mitunter vergessen, dass wir Hunde Bedürfnisse haben. Dass es keine Routine mehr gibt, nichts, worauf man sich verlassen kann. Obwohl wir noch nie einen Spaziergang gemacht haben, wenn Alice schon die ersten Kunden in die Höhle der Herzensräuber lässt, kommt Tobias auf einmal doch noch mit der Leine und ruft nach mir. Sofort bin ich zur Stelle.

Wir gehen zur Wiese am Fluss, aber meine Freunde sind alle längst wieder zu Hause, verputzen wahrscheinlich gerade ihr Frühstück und lümmeln sich in ihren Körbchen. Um diese Zeit waren wir noch nie hier, und uns begegnen nur zwei alte Frauen. Die eine zieht eine humpelnde Pudeldame hinter sich her, während die andere von einem kleinen, zottigen Havaneser durch die Gegend gezerrt wird. Ich schnüffle und versuche herauszufinden, was hier heute Morgen so los war, und die vielen verschlungenen Fährten führen mich kreuz und quer über die Wiese. Doch mein sonst so geduldiger Mensch achtet gar nicht mehr auf mich. Kaum habe ich ein paar Nachrichten für meine Freunde hinterlassen, hat er schon das Ende der Wiese erreicht und biegt in die angrenzende Straße ein, ohne sich noch einmal nach mir umzusehen. Das hat er noch nie getan! Hat er mich womöglich vergessen? Ich fühle deutlich, wie Vanessa nicht nur Alice, sondern auch mich mehr und mehr aus Tobias' Bewusstsein verdrängt. Eine alte Angst breitet sich in mir aus, die Angst, verstoßen zu werden. Wäre Tobias dazu fähig? In wilder Panik spurte ich los und erreiche ihn gerade noch an einer Kreuzung, wo er, tief in Gedanken versunken, auf das Blinkzeichen wartet, um weiterzugehen. Ich stupse ihn mit der Nase an, und er sieht mich erschrocken an, als hätte ich ihn aus einem tiefen Traum aufgeweckt. Bislang dachte ich, das Träumen mit offenen Augen schaffen nur die Herzensräuber, und mache mir jetzt noch mehr Sorgen um ihn.

Wir gehen eine Straße entlang, die ich noch gar nicht kenne, doch statt zu prüfen, wer in diesem fremden Revier welche Rolle spielt, passe ich lieber auf meinen Menschen auf.

Als wir nach Hause kommen, winkt Alice mit einem Zettel.

»Ein Herr aus Bayern hat angerufen, aus einem Schloss«, sagt sie aufgeregt. »Er sagt, dass er gerade eine umfangreiche Bibliothek auflösen muss.«

Mein Mensch sieht sie an, und ich erfasse eine Menge unterschiedlicher Regungen: Scham, Begehren, Verlegenheit und noch einige mehr.

»Wie groß ist die Bibliothek denn?«

»Er sagte, es seien ungefähr zweitausend Bände.«

»Zweitausend?«, fragt er staunend. »Was will er denn dafür?«

»Das hat er mir nicht gesagt«, erklärt Alice. »Auf alle Fälle haben wir in den vergangenen Wochen ziemlich gut verkauft. Wir könnten Nachschub gebrauchen.«

Tobias schaut nachdenklich auf das Stück Papier, das sie ihm gereicht hat.

»Außerdem«, fügt Alice hinzu, und mir wird klar, wie viel Mut es sie kostet, »es sind noch drei Wochen bis Weihnachten. Täglich kommen mehr Kunden. Viele wollen von Zola bedient werden. Und alle suchen sie das richtige Buch für sich selbst oder ihre ... ihre Liebsten.«

Auf einmal strahlt Alice ganz viel Hitze aus. Schnell wendet sie den Blick ab. Irgendetwas ist ihr peinlich, und doch merke ich, dass sie etwas Wichtiges gesagt hat. Tobias sieht sie lange an, und Alice tut so, als bemerke sie es nicht. Dann seufzt er auf und starrt auf den Zettel.

Er zieht sich in den Dalai-Lama-Raum zurück, um mit dem Mann aus Bayern zu telefonieren. Ich weiche nicht von seiner Seite, doch viel ist es nicht, was mein Mensch sagt. Es rauscht und brummt aus dem Telefonhörer, und als er fertig ist, geht er zu Alice und sagt: »Es klingt wirklich interessant. Und er möchte, dass ich sofort komme und die Bücher in Augenschein nehme.«

Er sollte sich freuen, doch das tut er nicht. Stattdessen sieht er sich in der Höhle der Herzensräuber um, als wäre er das erste Mal hier, und runzelt die Stirn.

»Aber«, fährt er sorgenvoll fort, »ich kann Sie doch nicht mitten im Weihnachtsgeschäft allein lassen.«

Da schaut Alice ihn an, und in ihren Augen liegt so viel Zärtlichkeit, dass mir ganz warm ums Herz wird. »Ach«, meint sie tapfer, »das schaffe ich schon. Zola wird mir helfen, nicht wahr? Wie lange wären Sie denn weg?«

Tobias kratzt sich am Hinterkopf. »Ein paar Tage werde ich schon brauchen.« Und dann sieht er aus, als habe er eine Idee. »Vanessa könnte Ihnen vielleicht helfen!«, schlägt er vor. Mir stellt sich ganz spontan das Fell auf.

»Oh nein«, antwortet Alice rasch. Sie wird rot, schlägt die Augen nieder und tut so, als müsse sie dringend ein paar Herzensräuber auf der Theke übereinanderstapeln. »Das wird nicht nötig sein, Herr Griesbart. Wirklich. Ich komme schon zurecht. Hauptsache, Sie bringen eine Menge schöner Bücher mit.«

»Also gut«, meint Tobias. »Dann fahre ich am besten gleich morgen.«

In der Nacht liege ich in meinem Körbchen neben der Theke und kann nicht schlafen. Wird Tobias mich mitnehmen? Ich hoffe es so sehr! Aber wäre das denn gut? Könnte ich Alice, Emma und Frau Kratzer mit Vanessa im Haus allein lassen?

Wohl kaum. Aber zwei, drei Tage ohne meinen Menschen? Seit ich bei ihm bin, waren wir noch nie getrennt. Wie soll ich das denn überleben? Und wer passt so lange auf ihn auf?

Über all dem bin ich wohl doch eingenickt, denn als ich hochfahre, schließt sich leise die Tür zum Zimmer meines Menschen. Etwas ist nicht in Ordnung, das merke ich sofort. Mit ein paar Sprüngen bin ich oben auf der Galerie, und meine Nase sucht den Boden ab. Oh nein, das darf nicht wahr sein! Vanessas frische Fährte führt direkt zu Tobias' Zimmer und endet an der Schwelle. Sie muss da drin sein. Und ich habe nicht aufgepasst!

Ich stelle meine Ohren auf und lausche. Da drinnen bewegen sich die Metallfedern unter der Matratze wie unter einer größeren Last. Ein leiser Überraschungslaut, kaum zu hören, dann ist es still. Nein. Nicht still. Nur sehr leise. Sehr, sehr leise. Aber Zola hört es trotzdem und kann ein Winseln nicht unterdrücken. Diese Frau hat meinen Menschen überfallen. Zornig kratze ich an der Tür, doch keiner öffnet. Ich springe an ihr hoch und versuche die Klinke niederzudrücken, aber das ist mir noch nie gelungen. Und dann rieche ich die Düfte der Lust, die durch die Ritzen dringen, und weiß, jetzt ist es ohnehin zu spät.

Als Häufchen Elend beziehe ich, viel zu spät, meinen Posten vor Tobias' Tür und lege mir eine Pfote über die Schnauze. Was hättest du getan, frage ich mich nach einer Weile, wenn diese Hündin damals in der Nacht zu dir gekommen wäre? Du hättest dich mit ihr gepaart, oder etwa nicht? Doch bei uns Tieren ist die Paarung eine klare Sache: Man macht es miteinander und geht danach getrennte Wege. Für die Menschen jedoch hat so etwas Folgen von unübersehbarer Tragweite. Alle Freunde meines ersten Menschen, die irgendwann einmal die Nacht mit einer Frau verbrachten, bekamen sie hinterher nicht wieder los. Und wenn, dann ging das niemals ohne Riesenärger, Streit und Krawall ab. Warum das so ist? Ich habe keine Ahnung. Aber die Vorstellung, dass Vanessa ab heute Nacht zu einer festen Größe in Tobias' Leben sein soll, erfüllt mich mit Panik.

Irgendwann kehrt Ruhe ein, einmal abgesehen von dem ständigen Knacken und Rascheln, den üblichen Geräuschen, die dieses alte Haus nun einmal von sich gibt. Der Mond erscheint in einem Fensterausschnitt mir gegenüber und taucht alles in träumerisches Licht. Es ist schon lange her, dass Emma hier eingestiegen ist, und ich merke, dass ich sie schrecklich vermisse. Noch immer habe ich nicht herausgefunden, was sie tief innen bedrückt. Wie soll ein Hund da schlafen können, bei so vielen offenen Fragen?

Hellwach, wie ich nun einmal bin, mache ich meine Runde durch alle Räume und inspiziere die Regale. Alice hat recht. Überall klaffen Lücken. Was, wenn ich eines Tages gebeten werde, einen Herzensräuber für jemanden zu finden, und nichts Passendes ist da?

Besorgt lege ich mich in mein Körbchen neben der Theke und wünsche mir aus ganzer Hundeseele, alles könnte wieder so sein wie noch vor wenigen Tagen, ehe Vanessa auftauchte und alles auf den Kopf stellte.

Ich wache davon auf, dass mein Mensch die Treppe herunterkommt. Rasch laufe ich zu ihm und springe voller Freude an ihm hoch. Er stellt eine Reisetasche neben mich und bückt sich, verstrubbelt mir das Fell. Doch ich nehme viele Details an ihm wahr, die mich traurig machen: Da ist Vanessas Geruch. Überall. Und der Duft nach Abschied. Er riecht nach Aufbruch und Abenteuer, garantiert hat er einen dieser Herzensräuber in der Tasche mit den vielen Linien darin, die Emma »Atlas« nennt.

Nimm mich mit, betteln meine Gedanken, so laut sie nur können. Bitte! Lass mich nicht allein zurück!

»Aber du bist doch gar nicht allein«, antwortet mir mein Mensch. »Da sind Alice und Emma. Frau Kratzer und …«

Ich weiß, wen er meint und wen er sich nicht getraut zu nennen, und jaule leise auf. Sein Blick wandert erschrocken hinauf zur Galerie, zur Tür zu seinem Zimmer, und auf einmal begreife ich: Er fährt nicht nur der Bücher wegen so früh, er ist auf der Flucht.

»Pst, pst«, macht er, »du weckst ja die anderen auf!«

Er krault mich hinter den Ohren, sieht mir direkt in die Augen.

»Du musst schön aufpassen, solange ich weg bin. Versprochen?«

Versprochen, denke ich verzagt und lasse Schwanz und Ohren hängen. Kommst du auch ganz bestimmt wieder?

»Ich bin bald zurück«, antwortet mein Mensch, und ich bin entzückt darüber, dass wir uns so gut verstehen. »Versprochen!«, fügt Tobias hinzu, und da atme ich auf. Denn Tobias hält, was er verspricht.

Dann geht mein Mensch zur Tür hinaus. Eisige Luft strömt herein, und ich begleite ihn nach draußen. Der Himmel ist noch schwarz, und die vielen Sterne scheinen in der Kälte zu tanzen. Während wir zum Auto gehen, drücke ich mich eng gegen seine Beine, sodass er beinahe stolpert. Und obwohl ich weiß, dass er es bereits entschieden hat, probiere ich es noch einmal und springe in den Kofferraum, als er seine Tasche hineinstellt. Flugs rolle ich mich zusammen und lege den Kopf auf sein Gepäck.

»Ach Zola«, sagt Tobias nur, und ich springe schuldbewusst wieder hinaus. »Du wirst hier gebraucht.« Das weiß ich ja und kann doch ein Fiepen nicht unterdrücken. »Du musst auf das Haus aufpassen und auf alle anderen auch.«

Er hat recht. Und doch wünschte ich, ich könnte mit ihm fahren.

»Ich bringe ganz viele, wunderbare Bücher mit«, verspricht mir mein Mensch. Ich lecke zärtlich seine Hand und hoffe, dass er fühlen kann, wie sehr ich ihn liebe.

»Ich hab dich auch lieb, Zola«, sagt Tobias, und mir wird es ganz warm ums Herz.

Wir gehören zusammen, denke ich. Nicht wahr?

Da geht er in die Knie, drückt mich liebevoll an sich und tätschelt mir die Flanke.

»Du bist ein guter Hund, Zola«, sagt er. »Der beste. Pass gut auf alles auf! Und du wirst sehen: Ich bin bald zurück!«

Dann erhebt er sich und steigt in das Auto ein. Ich ziehe mich ein paar Schritte zurück und sehe zu, wie der Motor aufheult und das Auto mit meinem Menschen die Auffahrt hinunterfährt. Ich sehe, wie Tobias noch einmal aussteigt, das Tor öffnet und in der Nacht verschwindet, und widerstehe dem Impuls, ihm hinterherzulaufen, die ganze Strecke bis nach Bayern. Ich bin nun mal ein gehorsamer Hund und tue, was er mir aufgetragen hat. Seine Lichter entfernen sich und verschwinden. Und in meinem Herzen hinterlassen die Berührungen seiner Hände, seine Stimme, seine Worte so viele Löcher und Lücken, dass ich aufheulen könnte vor Schmerz.

Doch Zola ist ein vernünftiger Hund. Es ist noch eine Weile hin, bis Emma zur Schule muss. Darum lege ich mich wieder in mein Körbchen und sehe dem Mond zu, wie er immer blasser wird, und lausche auf die Geräusche der Stadt, die nach und nach zum Leben erwacht.

17

Terror

An diesem Morgen stürmt ein ganzes Rudel junger Frauen in die große Halle, einige mit Babys, die sie sich vor die Brust gebunden haben, andere mit putzigen, herumstolpernden Menschenkindern an den Händen. Sie bringen eine Menge Fröhlichkeit mit und räumen das Weihnachtsregal fast leer. Die Höhle der Herzensräuber ist bis zur Decke angefüllt mit guter Laune, sodass sogar Frau Kratzer kommt, Kakao für die Kinder kocht und Teller um Teller voller Winterkekse aus der Küche bringt.

Da geht auf einmal die Tür zu Tobias' Zimmer auf, und Vanessa stolziert heraus. Sie hat einen Schlafanzug von Tobias an, aber nur das Oberteil, das ihr kaum den Hintern verdeckt, und Alice erstarrt bei ihrem Anblick derart, dass ich Sorge habe, sie könnte ohnmächtig werden. Vanessa geht langsam und genüsslich dicht am Geländer entlang zum Badezimmer, damit jeder sie sehen kann, und nach und nach verstummen sogar die fröhlichen Frauen und starren die Erscheinung oben auf der Galerie befremdet an. Nur die Kinder lassen sich nicht stören und turnen auf dem Sonderregal herum, dass es gefährlich ins Schwanken gerät. Doch die größte Gefahr geht von Vanessa dort oben aus, die ihren Auftritt genauso genießt wie die Menschen in meiner spanischen Heimat, wenn sie am Sonntagabend in ihren schönsten Kleidern den Paseo auf und ab flanieren. Nur dass ich dort nie jemanden im Schlafanzug gesehen habe.

Alice hat zu atmen aufgehört, und mir ist klar, das hat nicht allein Vanessas Anblick im Schlafanzug ausgelöst. Sie hat begriffen, was in der vergangenen Nacht dort oben zwischen Tobias und dieser Frau passiert ist, und genau das hat Vanessa auch bezweckt. Das wird mir endgültig klar, als sie nach einer Weile ebenso langsam und mit dem Hintern wackelnd zurück in Tobias' Zimmer schlendert, als echtes Luder, das sie ist.

Die Kundinnen kichern, stupsen sich gegenseitig an und schneiden lustige Grimassen, dann haben sie Vanessa vergessen und machen sich zum Aufbruch bereit. Es dauert ziemlich lange, bis jedes Kind seine Mütze auf dem Kopf und winzige Wollsäckchen über den Händchen hat, bis jede Frau ihren Herzensräuber bezahlt hat und sie endlich fröhlich von dannen ziehen. Doch Alice hat kein einziges Mal mehr gelacht, seit Vanessa ihren Paseo-Auftritt dort oben hatte, das weiß ich genau, denn ich habe aufgepasst.

Während der nächsten Stunden tut sie so, als wäre nichts geschehen, spricht mit der Kundschaft und verkauft Herzensräuber, und nur mir fällt auf, dass sie sich bemüht, auf keinen Fall zur Galerie hinaufzusehen, dorthin, wo die Tür zum Zimmer meines Menschen ist. Ich dagegen behalte sie unverwandt und mit wachsendem Groll im Auge. Und mir wird klar, dass sich Vanessa nach dem, was vergangene Nacht geschehen ist, einbildet, besondere Rechte in diesem Haus zu haben.

Nach dem Mittagessen lässt mich Frau Kratzer in den Garten, und ich sehe hier ein bisschen nach dem Rechten. Auf einmal entdecke ich Vanessa, wie sie in Stiefeln und Felljacke das Grundstück verlässt. Da ist etwas in ihrem Gang, was Entschlossenheit ausdrückt und einen bestimmten Plan. Ich bin mir sicher, dass sie nicht einfach so zum Spaß spazieren geht, und beschließe, ihr zu folgen. Das ist nicht gerade schwer, denn sie achtet nicht auf das, was um sie herum passiert, und dreht sich schon gar nicht um.

Ihr Weg führt sie zunächst in Richtung Schule, und kurz denke ich, dass sie vielleicht Emma sucht, doch dann biegt sie ab. Wir überqueren den Fluss und kommen in ein mir völlig fremdes Viertel mit lauter hohen Häusern, in denen viele Menschen wohnen. Bei einer Tür hält sie an, holt einen Schlüssel aus der Tasche und öffnet einen der Briefkästen, der vor Post nur so überquillt. Sie holt alles raus und stopft es in ihre Tasche, dann schließt sie die Haustür auf und verschwindet darin. Es ist eine dieser Türen, die sich ganz langsam schließen, und so schlüpfe ich hinter Vanessa in das dunkle Treppenhaus, das viele unterschiedliche Gerüche beherbergt. Zum Glück fällt mir ein, dass ich mir den Rückweg offen halten muss, und zerre eine kratzige Matte so über die Schwelle, dass die Tür nicht ganz zufallen kann.

Dann schleiche ich vorsichtig die Treppen hinauf und sehe gerade noch, wie Vanessa hinter einer Tür verschwindet. Hier hat sich ihr Geruch dermaßen verdichtet, dass mir ganz schlecht wird, und ich begreife, dass dies ihre eigentliche Wohnung ist. Aber hat sie nicht zu Tobias gesagt, dass sie kein Zuhause mehr hat? Falls ich nicht alles falsch verstanden habe, ist das doch der Grund, warum sie uns schon die ganze Zeit auf die Nerven geht.

Da höre ich Geräusche von unten. Zwei Männer betreten das Haus, und der Klang ihrer Schritte, mit denen sie die Treppe heraufstapfen, macht deutlich, dass sie ziemlich entschlossen sind. Ich habe keine Ahnung, was sie zu einem Hund im Treppenhaus sagen würden, und will es lieber gar nicht wissen. Darum springe ich flugs ein paar Stufen höher und verstecke mich hinter dem Treppengeländer. Die Schritte verharren vor der Tür, hinter der Vanessa verschwunden ist. Ich recke den Kopf gerade so weit vor, dass ich sehen kann, was dort unten passiert. Die Männer klingeln an der Tür, und als sie aufmacht, schieben sie Vanessa einfach zur Seite. Wäre sie meine Freundin, dann würde ich jetzt eingreifen, mich an die Hosenbeine der Eindringlinge hängen, denn Vanessa ist alles andere als einverstanden, so wie sie zetert und schimpft. Aber sie ist nicht meine Freundin und darf auf keinen Fall wissen, dass ich hier bin, und da kommen die beiden Männer auch schon wieder aus der Wohnung. Sie haben einen Fernsehapparat bei sich, so groß wie der, der über Pepes Theke an der Decke hängt und in dem von morgens bis abends flimmernde Bilder laufen. So einen tragen sie aus Vanessas Wohnung und die Treppe hinunter, und während sie flucht wie die Marktfrauen in meiner Heimat, sprechen die beiden Männer dabei kein einziges Wort.

Und dann sind sie weg. Vanessa weint. Es sind Zornestränen, und doch kann ich nicht anders, sie tut mir irgendwie leid. In meinem Versteck lasse ich den Schwanz und die Ohren hängen und bereue fast schon, nicht eingegriffen zu haben, als ich auf einmal eine dicke Schwade von Hass in die Nase bekomme, die Vanessa ausdünstet, samt einem anderen, unangenehm säuerlichen Geruch, der mir irgendwie bekannt vorkommt, ich weiß nur nicht woher. Vanessa ballt die Fäuste, dann scheint sie einen Entschluss zu fassen, geht zurück in die Wohnung, und ich mache, dass ich unbemerkt die Treppe hinunterkomme. Zum Glück haben die Männer die Matte nicht aus der Tür genommen, und wie der Blitz bin ich draußen. Ich versuche noch, die Matte aus der Tür zu zerren, doch das gelingt mir nicht, und so lasse ich sie, wo sie ist, und verstecke mich hinter einem geparkten Auto. Gerade noch rechtzeitig! Vanessa taucht in der Tür auf, schüttelt den Kopf, als sie die zusammengequetschte Matte entdeckt, gibt ihr einen Tritt, dass sie zurück ins Treppenhaus segelt, und murmelt etwas Abschätziges vor sich hin. Dann schüttelt sie ihre lange Mähne zurecht und macht sich mit harten Absatzschlägen auf den Weg.

Sie geht und geht und telefoniert währenddessen immer wieder hektisch mit ihrem kleinen Telefon, bis wir in der Altstadt sind und sie in eine schmale Gasse einbiegt, in der es nach abgestandenem Alkohol, nach Hoffnung, Gier, Verzweiflung und Enttäuschung riecht. Ich folge ihr so unauffällig wie möglich, doch sie ist dermaßen mit ihrer eigenen Wut und Verzweiflung beschäftigt, dass sie mich wahrscheinlich nicht mal sehen würde, selbst wenn ich direkt vor ihrer Nase die Straße überqueren würde. Sie geht zielsicher zu einem Laden, in dessen Schaufenster bunte Lichter aufleuchten wie hektische Straßenampeln. Gerade kommt ein Mann heraus, und Vanessa spricht ihn an, sie will etwas von ihm, doch er schiebt seine Hände in die Hosentaschen, streckt provozierend die Brust vor, mustert sie von oben herab und schüttelt dann den Kopf.

»Bezahl du erst mal deine Schulden«, sagt er und lässt Vanessa einfach stehen. Wieder geht eine Schwade dieses sauren Geruchs von ihr aus, dann reißt sie die Tür auf und geht schnell hinein.

Ich habe das Gefühl, dass hinter dieser Tür Vanessas Geheimnis verborgen ist. Und darum drücke ich mich in der Gasse herum, bis endlich zwei Männer kommen, von denen der eine ein bisschen nach den Zigarrenschachteln meines ersten Menschen riecht, und das macht mir Mut. Ich folge den beiden ganz dicht auf den Fersen, und als sie den Blinkeladen betreten, husche ich einfach mit hinein.

Drinnen mache ich mich erst einmal unsichtbar, das habe ich als Straßenhund lernen müssen, und auch hier scheint es zu funktionieren. Ich ducke mich unter einen Hocker in einer besonders dunklen Ecke und versuche mich zu orientieren. Überall fiept und tutet es, klingelt, ratscht und tönt. Es ist nicht besonders hell hier drinnen, umso mehr leuchtet es an den Wänden, blinkt, glimmert in allen Farben. Und auf einmal weiß ich, was das ist, denn auch Pepe hatte von diesen Apparaten einen in seiner Bar stehen. »Das ist der Anfang vom Ende«, hat mein erster Mensch immer gesagt, wenn einer mal wieder an einem einzigen Vormittag sein ganzes Münzgeld in diese nimmersatte Maschine gesteckt hatte und dann jeden seiner Freunde um ein bisschen Kleingeld anbettelte.

»Geld ist Geld«, hat Felipe immer gesagt, »ob in kleinen Münzen oder in Scheinen. Am Ende spielst du dich um Kopf und Kragen.«

So wie Vanessa, die wie verrückt auf einem solchen Apparat herumhaut, dabei ihre Mähne schüttelt, sodass die beiden Männer, mit denen ich hereingekommen bin, auf sie aufmerksam werden, sich hinter sie stellen und sich gegenseitig anstupsen und über sie lustig machen. Dann ertönt plötzlich eine quäkende Melodie, und Vanessa trommelt mit beiden Fäusten auf die Maschine ein.

»Na, Schätzchen«, sagt einer der Männer, »wieder mal verloren?«

Da ist auf einmal der ganze Raum von diesem säuerlichen Geruch erfüllt, und jetzt weiß ich wieder, woher ich ihn kenne.

»Schaff das Ding ab«, hat mein erster Mensch oft zu Pepe gesagt. »Jetzt hast du schon wieder einen ruiniert!«

Doch so gut sich mein erster Mensch und Pepe auch sonst verstanden, wenn es um die Maschine mit den bunten Lichtern ging, gab es regelmäßig Streit. »Es ist wie Alkohol«, hat mir Felipe damals erklärt. »Wer damit anfängt, kommt nie wieder davon los. Dieses Ding verwandelt vernünftige Menschen in willenlose Sklaven, bis sie jede Münze, die sie nur kriegen können, in sein gefräßiges Maul werfen.«

Am anderen Ende des Raumes ertönt eine Fanfare, gefolgt von einem metallenen Rauschen. Ein wahrer Regen aus Münzen ergießt sich aus einer der Maschinen. Ein dicker, kleiner Mann starrt auf den immer größer werdenden Haufen, dann schaufelt er all das Geld mit seinen Händen in eine Einkaufstasche. Vanessa versetzt ihrem Apparat einen letzten Hieb, dann rutscht sie von ihrem Hocker und geht langsam auf den dicken Gewinner zu.

»Glückwunsch«, sagt sie und schiebt kokett ihre Hüfte vor.

»Du brauchst es gar nicht erst zu versuchen«, entgegnet der Dicke. »Ich leih dir nichts mehr. Genauso gut könnte ich mein Geld in den Neckar werfen.«

Die beiden anderen Männer feixen. Vanessa aber wirft ihr Haar zurück und richtet sich zu ihrer vollen Größe auf.

»Ihr werdet euch alle noch wundern«, sagt sie und wendet sich ab. Dabei dreht sie sich gefährlich weit in meine Richtung, und ich ziehe mich so tief in die Ecke zurück, wie es meine Größe eben zulässt. Doch ihre Katzenaugen haben mich schon gesehen.

»Was zum …«, sagt sie, doch im selben Moment geht die Tür auf, und eine Gruppe junger Männer stürmt ins Lokal. Das ist meine Chance, und ich flitze hinter dem letzten hinaus, ehe die Tür sich schließt. So schnell ich kann, galoppiere ich die Gasse hinunter, biege um die nächste Ecke und laufe immer weiter, bis ich den Fluss riechen kann. Von hier finde ich den Weg ganz leicht nach Hause.

In der Höhle der Herzensräuber ist mächtig was los, und Alice, die immer noch bleich und in sich gekehrt wirkt, hat alle Hände voll zu tun. Keiner bemerkt mich, als ich meinen Posten im Körbchen neben der Theke beziehe und mir erst einmal ausgiebig die Pfoten lecke. Es gibt so vieles, worüber ich nachdenken muss. Und das geht beim Pfotenlecken ganz besonders gut.

An diesem Abend taucht Vanessa nicht in der Villa auf, und ich schöpfe Hoffnung, dass wir sie losgeworden sind. Doch als ich am nächsten Morgen von der Schule komme, finde ich fremde Männer in unserem Garten vor. Sie haben an einer Stelle den Schnee zur Seite geräumt, reißen ein paar Büsche heraus, rammen Pfähle in den Boden und kriegen einen Riesenschrecken, als ich über sie komme wie ein Gewitter. Es gibt einen hübschen Kampf, bis mir einer eine Schaufel über den Schädel zieht und ich einen weißen Blitz sehe und dann für einen Moment gar nichts mehr. Wie durch eine dicke Wolldecke hindurch höre ich Frau Kratzer kreischen und Alice meinen Namen rufen. Schon bin ich wieder da und springe auf, doch Alice hält mich am Halsband fest und zerrt mich ins Haus.

Da stehen wir hinter der Gartentür und starren hinaus auf Frau Kratzer, die beide Hände in die Hüften gestemmt hat und mit den Männern streitet. Ich scharre an der Tür und sehe Alice flehend an, denn es ist klar, dass Frau Kratzer meine Hilfe sehr gut gebrauchen könnte. Gerade reißt sie dem einen Mann die Schaufel aus der Hand, als Vanessa um die Ecke biegt.

»Wer hat Ihnen erlaubt, den Garten zu zerstören?«, brüllt Frau Kratzer sie an. Doch Vanessa beachtet sie gar nicht. Da wird es Frau Kratzer zu bunt. Sie geht auf Vanessa zu und schubst sie, und ich springe bellend gegen die Tür, um ihr zu Hilfe zu eilen, doch Alice lässt mich einfach nicht raus. Und so muss ich hilflos mit ansehen, wie Vanessa Frau Kratzer zurückschubst, und zwar so heftig, dass die alte Frau rückwärts im Schnee landet. Da wird es auch Alice zu viel. Entschlossen öffnet sie die Tür und marschiert hinaus, und ich jage hinüber zu den Eindringlingen, die hier ganz bestimmt nichts verloren haben. Und während ich die Männer umtanze, Scheinangriffe mache, ihren Schaufeln ausweiche und den einen oder anderen in die Waden kneife, hilft Alice Frau Kratzer auf.

»Was fällt Ihnen ein«, herrscht sie Vanessa an, während sie Schnee von Frau Kratzers Kleidung klopft. »Und was soll das da überhaupt werden?«

»Das geht Sie nichts an«, erklärt Vanessa kalt. »Sie sind ja sowieso nur die Angestellte hier. Also machen Sie, dass Sie zurück ins Antiquariat kommen. Oder wollen Sie womöglich Ihre Stelle verlieren?«

Alice ist noch blasser geworden, als sie es normalerweise ohnehin schon ist. Doch Vanessa schenkt ihr längst keine Beachtung mehr, sondern wendet sich an Frau Kratzer.

»Und an Ihrer Stelle wäre ich vorsichtig. Das hier ist kein Seniorenheim, merken Sie sich das.«

Damit dreht sie sich auf dem Absatz um und stolziert davon. Und ich weiß nicht, was notwendiger ist: die Männer zu vertreiben oder die beiden Frauen zu trösten. Denn die wenigen Worte, die Vanessa gesagt hat, haben einen großen Schaden bei ihnen angerichtet. Ich entscheide mich für Letzteres und helfe Alice, Frau Kratzer auf ihr Zimmer zu begleiten und ihr eine Tasse Tee zu machen. Die alte Frau zittert noch immer vor Zorn. Alices Gefühlsgemisch ist komplizierter. Auch sie ist wütend, aber zugleich unendlich traurig und enttäuscht. Verzweiflung nehme ich wahr, Angst und Eifersucht, und mir wird klar, dass es um mehr geht als um das, was die Männer da draußen im Garten bauen. Es geht um das, was sein wird. Um das, was die Menschen Zukunft nennen und für mich nur dann eine Rolle spielt, wenn ich mir Sorgen machen muss. Es geht um das, was morgen sein wird, und schon kriege ich dieses enge Gefühl in meiner Brust, die große Angst, es könnte wieder etwas passieren wie damals, als mein erster Mensch von mir ging.

Am Abend sind die Männer fertig, und im Garten ragt ein Käfig auf, so groß wie die halbe Küche. Emma, Alice und ich stehen an der Gartentür und betrachten ihn ratlos. Vielleicht will Vanessa Hühner halten? Das wird ein Spaß werden, wenn Max und ich das Federvieh ein bisschen durch die Gegend jagen! Etwas erleichtert von diesem Gedanken und auch um mich von meinem Brummschädel abzulenken, der sicher von dem harten Schlag mit der Schaufel kommt, male ich mir in der Nacht das alles in den schönsten Düften aus.

Als ich am nächsten Morgen von der Schule komme, passt Vanessa mich im Vorgarten ab.

»Komm, Zola«, ruft sie schmeichelnd und wedelt mir mit etwas vor der Nase herum. Es ist ein Stück von der besonderen Wurst, die Frau Kratzer immer sorgsam vor mir versteckt hält, und mir läuft der Speichel im Maul zusammen. Dass sie köstlich schmeckt, weiß ich nur, weil Emma hin und wieder ganz unauffällig ein Stückchen für mich zu Boden fallen lässt. Vanessa geht vor mir her hinter das Haus und winkt mit der Wurst. Vielleicht tut es ihr leid, dass der Mann mich gestern geschlagen hat, und sie will es wiedergutmachen? Also springe ich hinter ihr her. Auf einmal sind wir mitten in dem Käfig, und ehe ich mich versehe, ist Vanessa draußen und schlägt die Tür zu. Dann schneidet sie mir eine Grimasse, steckt sich selbst das Wurststück in den Mund und kaut genüsslich darauf herum. Ich stemme mich mit den Vorderpfoten gegen die Tür, doch sie gibt nicht nach. Noch immer hoffe ich, es ist ein Spiel, doch Vanessa fingert in aller Ruhe ein metallenes Etwas aus ihrer Jackentasche und hängt es von außen an die Tür. Es macht Klick.

»Du schleichst mir nicht mehr hinterher!«, zischt sie. Erst jetzt begreife ich, was für ein Volltrottel ich doch bin.

Es nützt nichts, mich wieder und wieder gegen die Tür zu werfen. Auch der Zaun, mit dem der Käfig bespannt ist, hält meinem wütenden Toben stand. Er ist viel zu hoch, als dass ich ihn überspringen könnte. Außerdem hat Vanessa sogar ein Dach aus Brettern anbringen lassen – selbst wenn ich Flügel hätte, käme ich hier nicht raus. Ich belle, so hell und laut ich kann, doch niemand hört mich. Emma ist in der Schule und Alice in der Höhle der Herzensräuber auf der anderen Seite des Hauses, sie kann mich nicht hören. Und wo Frau Kratzer steckt, das weiß der Himmel. Verzweifelt laufe ich den Zaun nach einer Lücke ab, wieder und wieder, doch da ist keine. Schließlich setze ich mich auf mein Hinterteil, biege den Kopf nach hinten und besinne mich einer uralten Hundekunst, des Heulens. Es ist lange her, dass ich mich in ihr geübt habe, und meine Kehle ist ein wenig eingerostet, doch leider habe ich genügend Zeit, um immer besser darin zu werden, denn niemand kommt und hilft mir. Ich weiß, dass mein Heulen weit zu hören sein muss. Früher oder später wird jemand darauf aufmerksam werden und mich befreien. Aber stattdessen stimmen in entfernten Gärten andere Hunde in meinen Gesang mit ein, unbekannte Leidensgenossen, von denen ich nichts ahnte, solange ich im warmen Körbchen in der Höhle der Herzensräuber liegen durfte. Zum Glück ist das Wetter mild heute, es riecht nach Erde und verrottendem Laub; normalerweise wäre dies ein guter Tag, um die Schnauze in die Luft zu halten und den frei geräumten Boden abzuschnüffeln. Wäre Tobias zu Hause, wäre das alles nicht passiert, wir würden jetzt spazieren gehen, und ich frage mich, ob ich jemals Max wiedersehen werde und all die anderen Freunde auf der Auenwiese am Fluss und ob inzwischen womöglich Max dort das Sagen hat. Zu lange war ich schon nicht mehr dort, keiner wird mehr mit Zola rechnen. Da heule ich erst recht, was das Zeug hält, lasse meine Stimme sich höher und lauter und immer durchdringender in die Lüfte erheben, damit sie mich hören, dort am Fluss. Es ist der langgezogene Laut, den meine Vorfahren beherrschten, wenn sie in Not waren oder wenn sie die Meute verloren hatten, damit die anderen ihnen Antwort geben konnten und sie aus ihrer Einsamkeit befreiten.

Und tatsächlich, die Meute hört mich auch jetzt, auf einmal kommt Max von ich weiß nicht woher angeschossen, will mich anspringen wie immer und prallt verdutzt gegen den Zaun. Hinter ihm sehe ich Moritz.

»Ach du heilige Sch…«, sagt der, als er mich in meinem Käfig sieht, »was ist denn hier los? Zola, das darf doch nicht wahr sein! Seit wann …«

Dann ändert sich sein Geruch, und er wird wütend. Er macht sich an der Tür zu schaffen, und ich schöpfe Hoffnung, doch irgendwie kriegt er es nicht hin, sie zu öffnen.

»Verdammt«, presst er zwischen den Zähnen hervor, »ein Vorhängeschloss«, und ich lasse die Ohren hängen. Moritz schüttelt zornig den Kopf und ruft nach Max, der mich wie verrückt vor dem Zaun verbellt, als sei es meine Schuld, dass dieses Metallgitter zwischen uns ist. Und aus lauter Frust belle ich zurück, belle meinen ganzen Ärger und Schmerz Max ins Gesicht, das nur zwei Zentimeter von meinem entfernt ist und doch so weit weg.

»Komm, Max«, ruft Moritz und geht mit energischen Schritten zum Haus. »Aus!« Und dann sind sie wieder weg.

Niedergeschlagen sehe ich mich in meinem Gefängnis um. In einer Ecke steht ein Eimer mit Wasser, der mich verdammt an den in Pepes Strandbar erinnert, fehlt nur noch, dass dieser hier auch nach eingelegten Oliven stinkt. Dann ist da noch ein hölzerner Kasten mit einem kleinen Eingang. Ich gehe nachsehen, wozu der gut sein soll. Drinnen liegt die kratzige Matte aus Vanessas Hauseingang auf der blanken Erde. Soll ich hier etwa schlafen? Sind denn alle verrückt geworden? Da war ja die Höhle am Strand noch ein Luxusquartier gegen diesen Verschlag. Ich schnüffle weiter den Boden ab, kann aber nichts Besonderes mehr entdecken. Nicht einmal ein Frühstück hab ich heute bekommen. Mein Magen knurrt. Und es ist ziemlich kalt hier draußen. Ein echtes Hundeelend.

Irgendwann nähern sich wütende Stimmen. Es ist Moritz, und er zerrt Vanessa am Arm hinter sich her. Max umtanzt die beiden und bellt freudig, wie immer hält er alles für ein schönes Spiel.

»Sie machen jetzt sofort diese Tür hier auf«, herrscht Moritz Vanessa an. Die reißt sich los, reibt sich den Oberarm und schaut Moritz böse an.

»Das wird ein Nachspiel haben«, zischt sie. »Ich werde Sie wegen Körperverletzung anzeigen!«

»Wenn Sie wüssten, weswegen ich Sie anzeigen könnte«, fährt ihr Moritz über den Mund. »Sie haben Tobias schwer geschädigt. Unterschlagung nennt man das. Ich habe alle Unterlagen bei mir im Büro und kann sie jederzeit der Polizei übergeben!«

Vanessa starrt ihn mit kämpferisch vorgerecktem Kopf an.

»Versuchen Sie es doch!«, höhnt sie und will ins Haus zurückgehen. Doch Moritz packt sie wieder am Arm, dass sie leise aufschreit.

»Machen Sie den Zwinger auf!«, schreit er sie an.

»Ich denke überhaupt nicht daran! Der Köter kann sehr gut hier draußen sein.«

Ich lege den Kopf in den Nacken und stimme mein Protestgeheul an, und augenblicklich fallen wieder all die unbekannten Leidensgenossen mit ein. Doch auf einmal bemerke ich ein Geraschel am hinteren Ende des Käfigs, wo er an das Gebüsch angrenzt. Es ist Max, und er ist dabei, direkt unter dem Zaun hindurch ein Loch zu buddeln. Ich muss zugeben, im Buddeln ist Max ganz groß. Er hat auch größere Pfoten als ich, und die Hundewiese ist voller Löcher, die auf sein Konto gehen. Neulich ist sogar ein Mensch in eines getreten und hat sich den Fuß verstaucht. Und dann endlich begreife ich: Er ist dabei, mir einen Ausweg zu graben.

»Lassen Sie mich jetzt endlich los?«, höre ich Vanessa gerade sagen, und das Schöne ist, es ist mir auf einmal egal. Wenn sie nur nicht bemerkt, was mein Freund dort hinten, vom Busch gut verborgen, gerade treibt.

»Sie machen einen ganz großen Fehler«, sagt Moritz. »Tobias liebt Zola und wird Ihnen sehr übelnehmen, was Sie da tun. Mitten im Winter, sind Sie noch bei Trost?

Ich werde den Tierschutzverein auf Sie aufmerksam machen.«

»Oh bitte«, sagt Vanessa und lächelt böse, »tun Sie das. Dann kommt der Köter in ein Tierheim. Und genau dort gehört er auch hin.« Sie wirft Moritz einen triumphierenden Blick zu und sagt: »Ich erwarte von Ihnen, dass Sie sich in aller Form entschuldigen. Tobias wird nicht hinnehmen, dass Sie seine Lebensgefährtin so behandeln!«

Moritz bleibt der Mund offen stehen und lässt vor Schreck ihren Arm los. Und sie macht, dass sie zurück ins Haus kommt, so schnell es ihre hohen Absätze erlauben.

»Das glaub ich nicht«, murmelt Moritz vor sich hin. »Bitte, Zola, sag, dass das nicht wahr ist!« Dann bemerkt er Max, der wie ein Verrückter Erde hinter sich wirft, und versteht. Ein großes Grinsen breitet sich auf seinem Gesicht aus, und endlich ist das Loch groß genug, damit ich mich hindurchzwängen kann.

Mein Freund befreit mich gerade rechtzeitig, damit ich losstürmen und Emma von der Schule abholen kann. Max ist so begeistert von seiner Heldentat, dass er mich spontan begleitet, da kann Moritz so viel rufen, wie er will. Eigentlich müsste ich ihn zurückbringen, aber schließlich kann ich mich nicht um alles gleichzeitig kümmern. Max hält das alles noch immer für ein wunderbares Spiel, und manchmal denke ich, wie glücklich er dran ist, eine solche Frohnatur zu sein. Mit Sicherheit macht sich Max viel weniger Sorgen als ich. Doch er hat auch keinen Grund dazu. Er kam schon als Welpe zu Moritz und hat keinen blassen Schimmer, was es bedeutet, menschenlos zu sein, zu hungern, zu frieren und nicht zu wissen, wo man sich zum Schlafen hinlegen kann. Ihn sperrt auch keiner in einen Zwinger, und wenn ich daran denke, schnürt es mir das Herz ab. Also denke ich an Emma und ob sie heute einen guten Schultag hatte.

Schon von Weitem nehme ich die Aufregung wahr und laufe noch schneller. Die Jungen haben Emma den Schulranzen weggenommen und werfen ihn sich gegenseitig zu, während sie verzweifelt versucht, an ihn ranzukommen. Jetzt platzt er auf, und all ihre Schulsachen fallen heraus. Ich springe den Jungen, der den Ranzen hält, an und werfe ihn um, während Max wie wild um uns herumtanzt und kläfft. Eigentlich will er nur spielen, doch die Jungen nehmen Reißaus, richtige Helden sehen anders aus. Aber richtige Helden legen sich auch nicht in Überzahl mit einem Mädchen an, und das findet auch Max, denn er setzt dem Größten, dem Steinewerfer, nach und jagt ihm einen Riesenschrecken ein. Ich aber kümmere mich um Emma, die ihre Siebensachen wieder einsammelt und verzweifelt mit den Tränen kämpft. Ihr Schulbuch ist ganz schmutzig geworden, es ist aufgeflattert und mit dem Papier voran in den Dreck gefallen, da nützt es auch nichts mehr, daran herumzureiben. Tränen tropfen von Emmas Nase, die sie zornig hochzieht, als sie feststellt, dass ein paar Seiten aus ihrem Schulbuch ausgerissen sind. Sie stopft alles zurück in die Schultasche und wischt sich mit dem Ärmel über das Gesicht. Ich fühle mich hilflos. Was, wenn Max mir nicht einen Fluchtweg gebuddelt hätte? Was, wenn Vanessa dafür sorgt, dass ich morgen nicht rechtzeitig komme? Was, wenn mein Mensch – ich wage es kaum zu denken – vielleicht nicht wiederkommt? Was soll dann aus uns werden?

18

Widerstand

Vor unserer Gartentür bleibe ich zögernd stehen. Ich kann nicht nach Hause, denn ich will nicht zurück in den Zwinger. Emma versteht nicht, was mit mir los ist, außerdem ist sie noch immer viel zu sehr mit sich selbst beschäftigt. Und Max, für den alles nur eine lustige Abwechslung ist, tobt im Garten umher, als gäbe es keine Vanessas auf dieser Welt, bis Moritz erscheint und ihn streng an die Leine nimmt.

»Komm schon rein«, mault Emma, deren Laune nicht die beste ist, und ich drücke mich zögernd an ihren Beinen vorbei aufs Grundstück. Vorsichtshalber schlage ich mich ins Gebüsch und warte erst einmal ab, während Emma ins Haus geht, um in der Küche zu Mittag zu essen. Mir aber bleibt dieser Weg versperrt, denn wenn Vanessa mich sieht, versteht sie, dass ich einen Ausweg gefunden habe. Sie wird das Loch entdecken und den Käfig dann umso besser sichern. Menschen haben viele Tricks auf Lager. Ich erinnere mich an einen Käfig mit Eisenstangen, in dem ein armer Dobermann auf einer Finca ein Leben lang eingesperrt war. Mein erster Mensch nannte diesen Käfig einen Hochsicherheitstrakt und den

Bauern einen Schinder. Vanessa wäre so etwas durchaus zuzutrauen. Allein schon der Gedanke an erneute Gefangenschaft bringt mich zur Verzweiflung.

Doch dann habe ich eine Idee. Was, wenn ich freiwillig durch das Loch zurück in den Käfig schlüpfe und so tue, als wäre ich nie fort gewesen? Solange mir Max' famoses Buddelloch offen steht und ich kommen und gehen kann, wie ich will, wäre das alles ... nun ja ... nicht ganz so schlimm. Also schleiche ich mich durch die Sträucher zurück zu der Stelle, wo Max Vanessas Boshaftigkeit untergraben hat, zögere eine Weile, schaudernd vor Sorge, ich könnte vielleicht einen ganz großen Fehler begehen. Doch dann höre ich, wie sich Schritte vom Haus her nähern, und zwänge mich mit wild klopfendem Herzen durch das Loch. Ich kann gerade noch die Erde aus meinem Fell schütteln, als Emma und Moritz den Käfig erreichen. Max tobt hinter ihnen her. Auch er kommt aus der Küche. Sicherlich hat der freche Kerl dort meinen Fressnapf geleert.

»Was soll das!«, schreit Emma wütend und rüttelt an der Tür. Dann wird sie stutzig. »Aber ... Zola hat mich doch eben von der Schule ...«

»Pssst«, macht Moritz und sieht sich um. »Max hat ihm ein Loch gebuddelt, dort hinten im Gebüsch. Da kann er rein und raus, bloß Vanessa darf davon nichts merken. Geh am besten wieder rein. Je weniger Aufsehen wir hier machen, desto besser.«

Emma sieht nicht zufrieden aus, doch sie dreht sich um und geht zurück ins Haus. Max verbellt mich erneut begeistert und macht Anstalten, zum Buddelloch zu ren-

nen. Doch zum Glück nimmt Moritz ihn geistesgegenwärtig an die Leine. »Pass gut auf, Zola«, raunt er mir
leise zu. »Lass dich vor allem nicht von diesem Weibsbild erwischen!«

Dann zerrt er den enttäuschten Max Richtung Straße
und geht mit ihm davon, während ich mir die Schwäche
erlaube, ganz leise in mich hineinzuweinen, so leise, dass
niemand es hören kann.

Oder vielleicht doch? Es dauert nicht lange, und die
Tür zur Küche geht auf. Heraus kommt Frau Kratzer,
und sie sieht ziemlich verärgert aus.

»Komm raus, Zola«, sagt sie leise. Ich zögere und
denke an das, was Moritz gesagt hat. »Los, kriech schon
durch das Loch, wir wissen alle Bescheid. Vanessa ist
weggegangen. Oder bist du vielleicht lieber hier draußen in der Kälte?«

Nein, das bin ich nicht, und ich beeile mich, durch
den Tunnel zu schlüpfen. Frau Kratzer ist schon wieder
in der Küche, wo Emma und Alice am Tisch sitzen, und
hält mir die Tür auf. Sie hat sogar daran gedacht, meinen Napf aufzufüllen, auf den ich mich nun stürze, aus-
gehungert, wie ich bin. Mit halbem Ohr höre ich Alice
sagen: »Am liebsten würde ich wegziehen.«

Da bricht zu unser aller Bestürzung Emma in Tränen
aus, und ich vergesse sogar weiterzufressen.

»Ich will aber nicht weg«, weint sie. »Nicht schon wieder woandershin!«

Alice legt erschrocken ihren Arm um die bebenden
Schultern ihrer Tochter und drückt sie zärtlich an sich:
»Ach Emma, ich hab es nicht so gemeint.«

»Doch«, schluchzt Emma heftig auf, »hast du!«

Sie reißt sich los und springt auf, dass ihr Stuhl rückwärts umfällt und ich einen Satz zurück mache, rennt aus der Küche hinaus in den Garten, schlägt die Tür hinter sich zu, und ich könnte wetten, sie läuft ins Pförtnerhaus. Alice macht die Tür wieder auf und ruft ihrer Tochter hinterher, doch umsonst.

»Lassen Sie die Kleine«, rät Frau Kratzer. »Sie wird sich schon wieder beruhigen. Es ist doch nicht Ihr Ernst, dass Sie wegwollen?«

»Ich kann ja gar nicht«, sagt Alice, während sie traurig die Tür wieder schließt und Emmas Stuhl aufhebt. »Ich kann es mir nicht leisten, schon wieder meine Arbeit zu verlieren. Ausgerechnet jetzt, wo sie mir wirklich Spaß macht!«

»Sie werden doch nicht kampflos das Schlachtfeld räumen«, sagt Frau Kratzer wütend. »Außerdem würde der Erbschleicher Sie gar nicht gehen lassen. Glauben Sie mir, der hat ein Auge auf Sie geworfen!«

Ich bin zur Glastür gegangen und blase meinen Atem gegen die Scheibe. Jemand sollte wirklich nach Emma sehen.

»Wenn Sie sich da mal nicht täuschen«, entgegnet Alice düster. »Die beiden sind nämlich wieder ein Paar, Tobias – ich meine, Herr Griesbart – und sie.« Alice flüstert fast. »Und sie will uns loswerden. Uns alle.«

»Pah«, macht Frau Kratzer laut und patzig, sodass ich mir schon wieder Sorgen mache, ob sie sich vielleicht zu sehr aufregt. »Das soll sie nur versuchen. Mich kriegen keine zehn Pferde aus dem Haus.«

Alice sieht sie bedrückt an, und da wird mir klar, dass sie etwas weiß und überlegt, ob sie es sagen soll oder nicht, und wenn ja, wie. Schließlich gibt sie sich einen Ruck.

»Heute Vormittag hat sie sich an den Computer gesetzt«, erzählt sie. »Ich weiß, dass man so was eigentlich nicht macht ... aber ich habe hinterher im Browser nachgesehen, wonach sie so eifrig gesucht hat.« Sie beißt sich auf die Lippen, sieht Frau Kratzer unsicher an.

»Na und, was hat das mit mir zu tun?«, fragt die ungeduldig.

»Seniorenheime«, flüstert Alice und traut sich nicht, Frau Kratzer in die Augen zu sehen. »Sie hat Telefonnummern von Seniorenheimen herausgesucht und eine Liste gemacht.«

Frau Kratzer blickt Alice mit weit aufgerissenen Augen an. Ihr Blutdruck steigt, und ich mache mir Sorgen um ihr Herz.

»Sie hat auch schon einige angerufen«, flüstert Alice weiter, inzwischen rosarot im Gesicht vor Aufregung. »Und hat gesagt, hier gäbe es eine alte Frau im Haus, die dringend einen Heimplatz braucht.«

Frau Kratzer schnappt nach Luft, und Alice springt auf, um ihr ein Glas Wasser zu holen. Es fällt ihr aus der Hand, was ihr schon lange nicht mehr passiert ist, und das Beunruhigende ist, Frau Kratzer scheint es nicht einmal zu bemerken. Alice lässt die Scherben einfach liegen und holt ein neues Glas aus dem Schrank.

»Diese Frau ist gefährlich«, sagt sie, während sie

Wasser einfüllt und das Glas Frau Kratzer reicht. Die greift gierig danach und leert es in einem Zug. Dann knallt sie es auf den Tisch, dass ich zusammenfahre und mich beeile, mich in mein Körbchen zurückzuziehen.

»Dann müssen wir eben sehen, wie wir *sie* loswerden«, erklärt Frau Kratzer entschlossen.

Alice sieht sie zweifelnd an.

»Ich bin schon mit ganz anderen fertiggeworden«, erklärt Frau Kratzer. »Sieht so aus, als sei es mal wieder an der Zeit, Widerstand zu leisten.«

Ich kann nicht finden, dass Alice überzeugt wirkt.

»Widerstand?«, fragt sie. »Wie stellen Sie sich das denn vor?«

»Streik«, kontert Frau Kratzer, und ihre Augen blitzen. »Ziviler Ungehorsam. Hausbesetzung. Sitzblockaden. All diese Dinge.«

»Ich soll … streiken?«

»Widerstand ist machbar, Frau Nachbar.«

Alice runzelt die Stirn und mustert Frau Kratzer alarmiert.

»Geht es Ihnen wirklich gut?«, fragt sie zögernd.

»Es ging mir nie besser«, erklärt die alte Frau, die auf einmal jung wirkt wie noch nie. »Und dieses Weibsbild wird mich kennenlernen! Mich ins Seniorenheim abschieben? Dass ich nicht lache!«

Sie lacht tatsächlich. Und obwohl ich keine Ahnung habe, was das genau heißt, Widerstand, und auch wenn Alice Frau Kratzer immer noch besorgt beobachtet, klingt das für mich nach einem Plan. Ich seufze erleichtert auf, und beide Frauen wenden ihre Köpfe zu mir.

»Was machen wir mit Zola, wenn sie zurückkommt?«, fragt Alice.

»Hm«, macht Frau Kratzer und reibt sich das Kinn. »Ich hab da noch irgendwo eine alte Fellmütze von dem alten von Straten. Die hat genau die Farbe von Zolas Fell. Wenn wir die in die Hundehütte legen, sieht es aus, als ob er darin schläft. Ich will gleich mal nachsehen, wo die ist …«

Mit neuem Elan verlässt Frau Kratzer die Küche, viel rascher und gelenkiger, als ich ihr das eben noch zugetraut hätte. Vielleicht macht das der Widerstand. Jedenfalls bin ich froh, dass wir zusammenhalten.

Während Frau Kratzer alte Schränke öffnet und in ihnen herumsucht, kümmern sich Alice und ich endlich wieder um die Höhle der Herzensräuber. Eine Frau sucht nach einem ganz besonderen Roman, und das verstehe ich, denn auch sie hat etwas Besonderes an sich. Sie ist nicht mehr jung, aber kraftvoll und stark, und wenn es darauf ankäme, wäre sie sicherlich mutiger als so mancher Mann. Das kommt mir bekannt vor, und ich suche in einem bestimmten Raum, bis ich das Buch finde. Es ist dick und schwer, und glücklicherweise merkt Alice, dass ich Hilfe brauche, nimmt das Buch aus dem Regal und dreht und wendet es erstaunt.

»*Die Zärtlichkeit der Wölfe*«, liest sie, und jetzt sehe ich auch, dass auf dem hellen Einband ein einzelner Wolf abgebildet ist, und mein Herz schlägt höher. Alice reicht das Buch der Frau, die es umdreht und liest, was hinten draufsteht. Ihre Augen leuchten auf, und sie sagt: »Ja, da klingt gut. Aber von der Autorin hab ich noch nie etwas gehört!«

Alice klappert an ihrem Computer herum und sagt: »Stef Penney stammt aus Schottland. Sie hat erst drei Bücher geschrieben, aber für dieses hier hat sie zwei Preise bekommen.«

Die beiden reden noch eine Weile über ein Land, das Kanada heißt und wohin viele Menschen ausgewandert sind, weil in ihrer Heimat großer Hunger herrschte. Alice fragt, ob die Frau vielleicht einen Kaffee und ein paar von Frau Kratzers Plätzchen möchte, und die freut sich und zieht ihren Mantel aus. Da kommt Frau Kratzer triumphierend die Treppe herunter, schwenkt etwas, das aussieht wie ein Fellsack, und ruft: »Ich hab sie gefunden!«, worauf die fremde Frau lacht und sagt, dass sie eigentlich nur über Kanada lesen wollte, aber nicht vorhat, zu einer Expedition aufzubrechen. Ich muss über den Titel *Die Zärtlichkeit der Wölfe* nachdenken und wie schön es wäre, wenn mir jemand dieses Buch vorlesen würde, als ich auf einmal merke, wie sich die Stimmung verändert hat. Vorsichtshalber verstecke ich mich unter der Ladentheke für den Fall, dass Vanessa im Anmarsch ist, doch dann wird mir klar, dass man nur über sie spricht.

»Das kann sie nicht machen«, sagt die Frau gerade sehr bestimmt. »Sie hat kein Recht dazu.«

Peinliches Schweigen legt sich schwer über die gerade noch so fröhlichen Frauen. Die Kundin trinkt ihren Kaffee aus, zieht eine von diesen kleinen Karten aus der Tasche und reicht sie Frau Kratzer.

»Hier«, sagt sie. »Sollte es tatsächlich zu Schwierigkeiten kommen, melden Sie sich. Ich bin Anwältin. Dann sehen wir, was wir machen können. Aber wo ist denn eigentlich der nette Hund abgeblieben?«

Vorsichtig strecke ich den Kopf unter der Theke hervor. Sie sieht mich und lacht.

»Entschuldigen Sie, wenn ich das frage«, sagt sie zu Alice und wird ein bisschen rosa im Gesicht. »Es kommt mir selbst lächerlich vor. Kann es sein, dass … dass dieser Hund vorhin … ich meine … war er es, der das Buch gefunden hat?«

»Aber ja«, antwortet Alice und strahlt endlich wieder. »Zola ist ein ausgezeichneter Bücherhund. Ich habe zwar keine Ahnung, wie er das macht, aber mitunter sucht er tatsächlich Bücher für unsere Kunden aus. Bislang lag er noch nie daneben, nicht wahr, Zola?«

Mein Schwanz wedelt heftig und verursacht Klopfgeräusche unter dem Tisch. Es ist ein schönes Gefühl, etwas gut gemacht zu haben. Wir Hunde brauchen Aufgaben, damit wir zeigen können, was in uns steckt.

Als die nette Frau gegangen ist, begleite ich Frau Kratzer widerstrebend in den Garten. Sie hat die Fellmütze in der Hand, und ich bin mir nicht sicher, ob das, was sie vorhat, ein guter Plan ist. Ich meine, wie sollte mich jemand mit einer alten Fellmütze verwechseln können? Mal davon abgesehen, dass ich keinerlei Ähnlichkeit mit diesem Fetzen habe, riecht das Teil nach Mottenkugeln und altem Herrn und kein bisschen wie Zola. Ob Vanessa sich derart täuschen lassen wird? Ich kann nur hoffen, dass Frau Kratzer weiß, was sie tut.

Jetzt steht sie vor der verschlossenen Tür zum Käfig und weiß nicht mehr weiter. Natürlich sehe ich ein, dass Frau Kratzer nicht durch das Loch kriechen kann, also nehme ich die Fellmütze zwischen die Zähne und zwänge mich mit ihr unter dem Zaun hindurch. Das ist mühsam, und beinahe bleibe ich auf halber Strecke stecken, doch irgendwann bin ich durch und schüttle mich kräftig. Ich stopfe die Mütze in den Holzverschlag und versuche, mich selbst mit reinzuquetschen, doch Frau Kratzer ruft, ich solle das bleiben lassen und schön dafür sorgen, dass man das Fell von außen ein bisschen sieht. Endlich ist sie zufrieden, und ich krabble eilig wieder aus dem Zwinger. Durch diese Aktion hat der Eingang des Tunnels ein bisschen gelitten, er ist größer geworden, und Frau Kratzer macht sich die Mühe, ihn mit abgerissenen Zweigen und Efeuranken vor Vanessas Blicken zu schützen. Ich bin ganz gerührt, so viel Sorge um mein Wohl hätte ich Frau Kratzer gar nicht zugetraut. Schuldbewusst nehme ich mir vor, in Zukunft netter zu ihr zu sein.

Da fällt mir Emma ein, und ich sause zum Pförtnerhäuschen, um nach ihr zu sehen. Ich muss lange an der Tür kratzen, bis sie endlich einen Spaltbreit aufgeht. Emma hat noch immer ein ganz verheultes Gesicht und rote Augen. Schnell drücke ich mich zwischen ihren Füßen hindurch ins Haus.

Sie wickelt sich wieder in die Wolldecke, verkriecht sich im Sessel. Es ist frisch in dem Häuschen, doch viel wärmer als draußen im Zwinger. Ich behalte das Mädchen im Auge, das überhaupt nichts tut, als vor sich hin zu schniefen und die Zipfel der Decke festzuhalten. Neben der Tür entdecke ich Emmas Schulranzen, den sie achtlos dort hingeworfen hat. Ich packe einen der Gurte und schleppe ihn zu ihr, drapiere ihn schön zu ihren Füßen. Ich weiß, dass sie traurig ist, und ich weiß auch, dass nichts so sehr hilft, auf andere Gedanken zu kommen, als eine Aufgabe. Und so wie es aussieht, hat Emma ihre Schulaufgaben heute noch nicht gemacht.

»Ach Zola«, schnieft Emma und fängt wieder an zu weinen. »Du bist ein dummer Hund. Du bist genauso dumm wie meine Mama und wie Frau Kratzer. Und wie Tobias. Ihr seid alle ganz schrecklich dumm.«

Es betrübt mich, das von ihr zu hören. Ich lege mich strategisch zwischen Tür und Sessel. Ich bohre Emma meinen Blick in die Pupillen und denke: Vielleicht hast du ja recht. Aber das ändert nichts daran, dass wir dich lieb haben.

Da endlich hört sie auf zu weinen, putzt sich geräuschvoll die Nase und wickelt sich aus ihrer Decke. Sie nimmt den Schulranzen und holt das verschmutzte Heft hervor, legt es auf den Tisch und streicht es mit dem Arm glatt. Dann holt sie das Buch heraus, blättert darin herum, stützt die Ellbogen auf den Tisch und den Kopf in die Hände. Und seufzt.

»Wenn ich groß bin«, sagt sie, »dann werde ich Bundeskanzlerin. Und dann schaffe ich als Erstes die Schule ab.«

Das halte ich für einen guten Plan und wedle zustimmend mit dem Schwanz. Vielleicht kann sie auch Vanessas abschaffen und Leute wie Herrn Bohn und Frau Schreck.

»Und als Zweites schaffe ich das Jobcenter ab«, fährt Emma nachdenklich fort, und ich wedle noch heftiger mit dem Schwanz, während sie selbstvergessen aus dem Fenster sieht. »Und wenn ein Papa sein Kind schlägt«, spricht sie weiter, »oder die Mama, dann stecke ich ihn in einen Hundezwinger. Und wenn …«

Mitten im Satz hält Emma inne, bekommt große Augen und reckt den Hals, um besser aus dem Fenster sehen zu können.

»Auweia«, sagt sie und springt auf. »Schnell, Zola, du musst dich verstecken …«, und schon poltert es an der Tür.

Ich laufe hin und halte meine Nase an die Ritze zwischen Tür und Boden. Was will denn Vanessa hier?

Mach einfach nicht auf, denke ich, so intensiv ich nur kann, und suche Emmas Blick. Doch die sieht mich gar nicht mehr an, ihre Augen flackern vor Schreck.

»Emma«, ruft Vanessa von draußen, und ihre Stimme klingt geschmeidig. »Magst du mich nicht reinlassen? Ich habe dir einen Schokomuffin mitgebracht.«

Das Wort Schokomuffin hat eine zauberhafte Wirkung auf Emma, das weiß ich aus Erfahrung. Und tatsächlich, wie ferngesteuert hebt sich Emmas Hand zur Klinke. Mit einem Satz bin ich hinter dem Sessel und suche nach einem passenden Versteck. Ich finde keines, also bleibt mir nichts anderes übrig, als mich platt wie eine tote Qualle unter das altersschwache Sofa zu quet-

schen. Ich kann nur hoffen, dass sich Vanessa nicht ausgerechnet darauf setzen wird.

Ich vergewissere mich eben noch, ob nicht etwa mein
Schwanz unter dem Sofa hervorragt, als Vanessa schon
das Zimmer betritt. Obwohl ich nur ihre Stiefelfüße sehen kann, nehme ich wahr, wie sie abschätzend die Ein-
richtung prüft.

»Darf ich mich setzen?«, fragt sie mit einer Stimme,
so süß wie Muttermilch. Gleich darauf knarzt der Sessel
schmerzlich auf.

»Ach«, sagt sie, »ich habe dich bei deinen Hausaufgaben gestört.«

Emma schweigt eisern, und ich wage es, den Kopf
ein bisschen vorzustrecken, um zu sehen, was das Luder dort macht. Sie hält Emmas Schulbuch in der Hand
und blättert darin herum.

»Was lernst du denn gerade Schönes?«, fragt Vanessa.
Dann hält sie mit dem Blättern inne und besieht sich das
Buch genau. »Was ist denn hier passiert? Sieht aus, als
wäre es dir in den Schmutz gefallen.«

Emma stampft zornig mit dem Fuß auf und verschränkt beide Arme vor ihrer schmächtigen Brust.

»Was ist mit dem Schokomuffin?«, fragt sie streng,
und Vanessa lacht glockenhell auf. Ich könnte ihr meine Fänge in die Wade schlagen, so sehr verabscheue ich
den Klang ihres falschen Lachens.

»Ja natürlich«, antwortet Vanessa mit einem amüsier-
ten Glucksen in der Stimme. »Hier ist er.« Was sie sonst
noch sagt, geht im Rascheln von Papier unter. Der Duft
von Emmas Lieblingsgebäck dringt bis zu mir unters

Sofa und lässt mir den Speichel im Maul zusammenlaufen. Hoffentlich geht Vanessa bald. Unter dem Sofa bleibt mir kaum Platz zum Atmen. Doch vorerst lehnt sie sich zurück und greift nun nach Emmas Schulbuch.

»Soll ich dir bei deinen Schulaufgaben helfen?«, fragt sie unvermittelt, und ich spüre mehr, als ich es sehe, dass Emma zusammenzuckt. Sie liebt es, wenn man ihr hilft. Niemand weiß so gut wie ich, wie viel Mühe sie darauf verwendet, mal Tobias und mal ihre Mutter unter einem Vorwand dazu zu bringen, alles Mögliche in ihr Heft zu schreiben. »Was hast du denn heute auf?«

Emma kämpft mit sich. Sie kann Vanessa nicht leiden. Doch die Versuchung ist beträchtlich. Wie oft habe ich es schon bedauert, ihr nicht selbst helfen zu können! Was schadet es, wenn Vanessa ein paar Aufgaben für Emma löst?

Schon ist Emma auf den Stuhl neben dem Sessel geklettert und erklärt Vanessa, was Frau Baum ihr heute aufgetragen hat. Sie sagt: »Rechnen und Sätze vervollständigen«, und Grammatikfragen müsse sie auch noch beantworten. Vanessa nimmt einen Bleistift und schreibt alles, was Emma ihr, ohne zu zögern, diktiert, ins Schulheft. Sie füllt Seite um Seite, macht Scherze mit Emma und bringt sie zum Lachen. Dann fragt Vanessa, ob Emma Klebestreifen da hat, und nach langem Suchen in verschiedenen Schubladen findet sie den sogar. Damit repariert Vanessa geschickt die kaputten Seiten in Emmas Schulbuch.

»Fertig«, sagt Emma, und ihre Erleichterung füllt in Schwaden den Raum. Vanessa greift nach Emmas Stiftemäppchen und macht den Reißverschluss auf, da fällt ihr Blick auf etwas, und sie sieht es sich genauer an.

»Emma Sterbeck«, liest sie, und ihre Augen bekommen einen gefährlichen Glanz. »Heißt deine Mutter nicht Sommerfeld?«

Emma strahlt auf einmal ganz viel Hitze aus. Sie presst die Lippen fest aufeinander und wendet sich ruckartig ab.

»Am Schlierbachweg 12«, liest Vanessa weiter aus dem Stiftemäppchen vor. »Das ist aber eine vornehme Gegend hier in Heidelberg …«

Emma antwortet noch immer nicht. Sie reißt Vanessa das Mäppchen aus der Hand, kniet sich auf den Boden und packt es zu Heft und Buch in ihren Schulranzen.

»Wohnt da dein Papa? Heißt er Sterbeck, so wie du?«

Emma wird stocksteif und wirft Vanessa einen alarmierten Blick zu. Dann macht sie sich wieder an ihrem Schulranzen zu schaffen. Sie ist ganz blass geworden und kaut auf ihrer Unterlippe herum. Säße sie in dem alten Umzugskarton, würde sie jetzt die beiden Deckelhälften über sich zuklappen. Doch das geht nicht. Schonungslos ist sie Vanessas Blicken ausgesetzt. In diesem Augenblick geht die Tür auf, und Alice kommt herein. Als sie Vanessa sieht, wird auch sie weiß wie die Wand.

»Was tun Sie denn hier?«, fragt sie erschrocken. Doch Vanessa hat sich bereits erhoben.

»Ich wollte ohnehin gerade gehen«, sagt sie hoheitsvoll wie eine Königin. »Wir haben ein bisschen geplaudert, nicht wahr, Emma? Und miteinander Schokomuffins gegessen. Sie müssen keine Angst haben. Ich fresse Ihre Tochter schon nicht auf.«

Dann stöckelt sie hinaus und wirft die Tür hinter sich zu.

Emma sitzt immer noch am Boden über ihrem Schulranzen, mit eingezogenem Kopf wie ein Häufchen Elend, und wagt nicht, den Blick zu heben.

»Emma«, sagt Alice, »es tut mir leid, was ich vorhin in der Küche gesagt habe. Natürlich gehen wir nicht weg. Wir lassen uns nicht vertreiben. Aber du solltest vorsichtig sein mit dieser Frau. Vertrau ihr nicht. Sie hat kein gutes Herz, Emma.«

Das Mädchen fingert konzentriert an den Riemen ihrer Schultasche herum. Sie tut so, als müsse sie die Schlaufe enger machen, doch eigentlich denkt sie an ganz andere Dinge. Vielleicht denkt sie an die Jungen, die heute Mittag ihren Ranzen durch die Luft geworfen haben. Vielleicht auch an Frau Baum, die morgen sicherlich zufrieden sein wird. Aber warum ist sie dann so verängstigt?

»Emma«, bittet Alice. »Sei mir nicht mehr böse. Ich weiß, das ist alles nicht einfach für dich. Wir werden das schon hinkriegen mit Vanessa. Stell dir vor, Frau Kratzer hat eine alte Fellmütze in den Zwinger gelegt, damit Zola herauskann. Und sie sagt, wir sollten Widerstand leisten.«

Da finde ich, dass es an der Zeit ist, aus meinem Versteck zu kriechen.

Alice fährt vor Schreck zusammen, als sie mich so plötzlich unter dem Sofa auftauchen sieht. Dann lacht sie erleichtert auf.

»Siehst du«, meint sie zu Emma, »Zola macht uns das

vor. Wer hätte gedacht, dass ein so großer Hund wie er unter unser Sofa passt?«

»Was heißt das, Widerstand?«, fragt Emma plötzlich.

Alice wird nachdenklich und zupft mir Staubfusseln aus dem Fell.

»Das heißt, dass man sich wehrt«, erklärt sie. »Dass man nicht alles hinnimmt. Vor allem keine Ungerechtigkeiten. Aber sprich ruhig mal mit Frau Kratzer darüber. Die hat ziemlich viel Erfahrung damit aus der Zeit, als sie noch jünger war.«

»Die alte Frau Kratzer?«

Offenbar kann Emma sich das nur schwer vorstellen.

»Ja«, bestätigt Alice. »1968, das war lange, bevor du und ich geboren wurden, da hat sie mit anderen Studenten Randale gemacht. Und mehr als einen bösen Professor vertrieben.«

»Wirklich?« Emma scheint beeindruckt. »Dann kann sie vielleicht auch Vanessa vertreiben?«

»Wer weiß. Wenn wir ihr dabei helfen, vielleicht.« Alice wirft ihrer Tochter einen langen, prüfenden Blick zu. »Was wollte sie überhaupt von dir?«

Emma zuckt mit den Schultern.

»Sie hat mir einen Schokomuffin gebracht.«

Wieder erfordern die Riemen an ihrem Schulranzen Emmas gesamte Aufmerksamkeit.

»Hat sie dich ausgefragt?«, sagt Alice in dem Versuch, etwas aus ihr hervorzulocken. »Was wollte sie denn wissen?«

»Sie hat mir bei den Schulaufgaben geholfen«, sagt Emma schließlich. »Weiter nichts.«

Und das, so überlege ich, stimmt ja auch. Ich meine, außer dass es um Namen ging, etwas, was ich nicht verstanden habe. Die Kundschaft sagt Frau Sommerfeld zu Alice, und ich sehe dann immer eine riesengroße Wiese vor mir, die bis zum Horizont reicht, mit lauter Blumen darauf. Die duften so gut wie Emma und Alice. Und mein Mensch und ich gehen darauf spazieren ...

»Zola ist eingenickt«, kichert Emma.

Sofort hebe ich den Kopf. Zola doch nicht, denke ich und setze mich auf, damit sie sehen, dass ich hellwach bin.

Dann wird Emma nachdenklich. »Wo soll er denn jetzt schlafen? Wir können ihn doch nicht da draußen in der Kälte lassen! Und ins große Haus darf er ja nicht mehr ...«

»Zola schläft bei uns«, beruhigt Alice ihre Tochter und mich gleich mit. »Wenn Tobias zurückkommt, wird er dem Ganzen bestimmt ein Ende bereiten. Aber so lange bleibt der Hund hier. Nicht wahr, Zola?«

Emma klatscht vor Freude in die Hände, und meine Rute klopft dazu den Takt gegen Sofa und Sessel, dass es nur so staubt.

Doch als ich später in meinem Körbchen liege, das Alice heimlich aus der Höhle der Herzensräuber herausgeschmuggelt hat, und den leisen Stimmen von Alice und Emma lausche, die sich das Bett im anderen Zimmer teilen und noch lange miteinander flüstern, kommen sie wieder, die sorgenvollen Gedanken.

Müsste ich nicht die Höhle der Herzensräuber bewachen, statt hier herumzuliegen? War es nicht genau das, was mir Tobias aufgetragen hat, ehe er wegfuhr? »Pass schön auf alles auf!«, hat er gesagt. Und was tue ich? Verstecke mich bei Alice und Emma und lasse die Herzensräuber unbeaufsichtigt.

Und dann fällt es mir schreckensheiß ein: Wollte Vanessa bei ihrem ersten Besuch im alten Laden nicht unbedingt ein ganz besonderes Buch haben? Und Tobias, der sonst immer so großzügig ist und oft eines herschenkt, hat Nein gesagt.

Unruhig wandere ich in dem kleinen Zimmer auf und ab, stelle mir Vanessa vor, die das große Haus auf den Kopf stellt auf der Suche nach dieser Kostbarkeit. Ob sie in dem Zimmer hinter der Kellertreppe sicher vor ihr ist, wohin Tobias nur ganz selten Kunden führt? Könnte eine verschlossene Tür Vanessa aufhalten? Am Ende holt sie wieder diese brutalen Männer mit den Schaufeln und lässt sie einschlagen!

Ich lass mich ins Körbchen fallen und vergrabe meine Nase zwischen den Pfoten. Ich habe Kopfweh, bin müde und schrecklich besorgt. Hoffentlich kommt Tobias bald zurück. So viel ist passiert, seit er weggefahren ist, sodass es mir wie eine Ewigkeit vorkommt. Mein Herz tut weh, wenn ich an ihn denke, ach was, mein ganzer Körper, so sehr vermisse ich ihn. Als ich letzte Nacht noch an meinem angestammten Platz in der Höhle der Herzensräuber schlafen konnte, war es noch nicht so schlimm, dort ist jeder Winkel angefüllt von seinem Duft. Hier, im Pförtnerhaus, ist er schon lange nicht mehr gewesen, und so gern ich das Mutter-Tochter-Aroma von Alice und Emma auch mag, es kann das meines Menschen nun einmal nicht ersetzen.

Komm wieder nach Hause, denke ich, so fest ich kann. Und habe doch keine Ahnung, ob Tobias auch in der Ferne meine Gedanken hört.

19

Möbelregen

Als ich am nächsten Morgen vorsichtig den Kopf aus dem Pförtnerhaus strecke, um zu sehen, ob die Luft rein ist und ich Emma unentdeckt zur Schule bringen kann, krieg ich einen Riesenschreck. Ein Monster drängt mit schrecklichem Piepen durch das große Tor herein. Orangefarbene Lichter blinken in der Dunkelheit und werden vom Schnee reflektiert. Das Fahrzeug ist so groß, dass die Eisengitter zu beiden Seiten des geöffneten Tors gefährlich ins Wanken kommen. Der Wagen hält an, und ein Mensch krabbelt aus der Führerkabine. Fluchend besieht er sich den Schaden.

»Das macht nichts«, höre ich Vanessas verhasste Stimme und ziehe mich schleunigst hinter den Türrahmen zurück. »Das alte Gitter kommt sowieso bald weg.«

Emma steht da wie vom Donner gerührt und starrt den unheimlichen Wagen an. Dann rennt sie zu Vanessa und zieht unsanft an ihrer Felljacke.

»Das darfst du nicht machen«, erklärt sie ihr. »Das alles gehört Tobias, und niemand darf das kaputt machen!«

Vanessa betrachtet sie böse, beherrscht sich aber und

sagt mit falscher Freundlichkeit: »Das verstehst du nicht, Emma. Tobias wird sehr zufrieden sein.«

»Nein«, schreit Emma, »wird er nicht! Warum wartest du nicht, bis er zurückkommt? Was hat dieser Monsterlaster überhaupt bei uns zu suchen?«

»Das erklär ich dir später. Musst du nicht zur Schule?«

Emma sieht aus, als wolle sie noch eine Menge sagen, doch Vanessa schiebt sie einfach weg und wendet sich dem Fahrer zu. Das Mädchen stampft mit dem Fuß auf, dann sieht sie sich suchend um. Der Blick gilt mir. Im Schatten der Bäume husche ich zu meiner Freundin und stupse sie an. Widerwillig lässt sie sich zum Gartentörchen führen und hinaus auf die Straße.

»Was hat die nur vor?«, fragt Emma mich vorwurfsvoll, als hätte Vanessa mich in ihre Pläne eingeweiht.

Dabei bin ich vielleicht noch besorgter als sie. Noch nie habe ich ein so furchteinflößendes Fahrzeug gesehen. Ich kann es kaum erwarten, wieder zurückzurennen und nach dem Rechten zu sehen, und habe es sehr eilig. Deswegen bin ich Emma ein paar Schritte voraus. Auf einmal prasselt Schnee auf uns herab, alles wird schwarz um mich, ich bin unter ihm begraben. Ich wusste überhaupt nicht, wie schwer Schnee sein kann, und brauche ein paar Herzschläge lang, um mich aus ihm zu befreien und wieder nach Luft schnappen zu können. Auch Emma ist hingefallen. Zwei Jungen knien über ihr und stopfen ihr Schnee in den Mund und unter ihren Mantelkragen. Ich packe einen der Kerle an seinem Fußknöchel und zerre ihn von Emma herunter. Das ist schwer, der Bursche wiegt mehr, als ich dachte, außerdem strampelt er und wehrt sich, doch ich gebe nicht nach. Ich höre Emmas Schrei, der sofort wieder erstickt wird, und da weiß ich, dass ich drastischere Maßnahmen ergreifen muss. Auch wenn mir mein erster Mensch oft und geduldig eingebläut hat, dass Hunde, die beißen, getötet werden – heute habe ich keine andere Wahl, denn wie es aussieht, geht es hier ohnehin um Leben und Tod. Und so schlage ich dem sich windenden und nach mir tretenden Jungen meine Zähne knapp unter dem Gürtel in seine Hose und erwische den Stoff, der mit einem ratschenden Geräusch nachgibt. Ich zerre weiter daran, reiße ein prächtiges Loch in den Hosenboden und lege einen blass leuchtenden Hintern frei. Erleichtert stelle ich fest, dass ich dem Jungen nicht einmal eine Schramme zugefügt habe. Trotzdem lässt er von Emma ab. Also kümmere ich mich um den anderen und probiere dasselbe noch mal: Wieder erwische ich die richtige Stelle, der Stoff reißt, und ich zerre den Fetzen so weit hinunter, wie es nur geht.

Das genügt. Die Bengel lassen von Emma ab und springen auf, beide Hände am Hosenboden. Inzwischen ist es hell genug geworden, und ich erkenne, in welchen Hinterhalt wir geraten sind. Die Jungen haben den Schnee von den breiten Ästen eines immergrünen Baums geschüttelt, als wir unter ihm hindurchgingen. Besorgt kümmere ich mich um Emma, die mit dunkelrot angelaufenem Gesicht im Schnee sitzt, würgt und hustet.

»Häääh, habt ihr das gesehen?«, höre ich von der anderen Straßenseite her hämisches Kinderrufen und Gelächter. »Man kann eure Ärsche sehen!« Die beiden verhöhnten Jungen laufen davon, während ihre hellen Hinterteile noch eine ganze Weile durch den anbrechenden Morgen leuchten.

Emma rappelt sich mühevoll aus dem Schnee auf und hört nicht auf zu husten. Sie hat ihre Handschuhe ausgezogen und pult Schnee unter ihrem Schal hervor, der zwischen ihren Fingern zerschmilzt. Sie zittert vor Kälte.

»Wer war das?«, fragt streng eine Frauenstimme. Emma fährt auf, und auch ich ziehe mich vorsichtshalber in den Schatten des angrenzenden Gartens zurück. Dann erkenne ich Frau Baum, die sich über Emma beugt, ein Taschentuch hervorzieht und ihr behutsam das Gesicht und den Hals abtupft. »Ich hab alles gesehen«, erklärt sie. »Emma, wer waren die beiden?«

Emma zuckt mit den Achseln und atmet schwer. Immer wieder muss sie husten. Sie ist den Tränen nahe, doch tapfer, wie sie nun einmal ist, versucht sie sie hinunterzuschlucken.

»Ich weiß, wer das war«, sagt da ein schmaler Junge mit einer lustigen Mütze mit zwei Bommeln auf dem Kopf. Seine Arme baumeln schlaksig um seine magere Gestalt. Ich erkenne Tommi und springe schwanzwedelnd an ihm hoch. Er klopft mir kumpelhaft die Flanke, während er mitfühlend meine Freundin betrachtet. »Die beiden sind in meiner Klasse.«

»Tatsächlich?«, sagt Frau Baum grimmig. »Dann kommt doch mal mit in die Schule, ihr beiden. Und du, kleiner Held …« Freundlich sieht sie mich an.

»Das ist Zola«, beeilt Tommi sich eifrig, mich vorzustellen, während wir in Richtung Schule weitergehen.

»Der Hund aus dem neuen Antiquariat. Das ist ein ganz besonderer Hund! Wissen Sie, dass er Bücher aussuchen kann? Mir hat er genau das richtige gebracht. Sogar mein Vater hat zugeben müssen, dass er das kann. Mein Vater ist mit seiner ganzen Firma hingegangen ...« Und während Tommi weiterplaudert und mein Loblied singt, wird mir klar, dass Emma für heute in guten Händen ist. Ich reibe noch einmal meinen Kopf in ihre Hand, dann mache ich, dass ich nach Hause komme.

Am Tor zur Einfahrt beschnüffle ich den Schaden. Ein Metallpfosten wurde unschön beiseitegebogen und ragt nun schräg in den Himmel. Doch als ich mich zum großen Haus umwende, wird mir ganz anders: Da fallen Möbel aus den Fenstern und zerschellen krachend auf dem Boden. Ich ziehe meinen Schwanz ein und verdrücke mich in die Büsche, suche mir einen günstigen Platz und beobachte entsetzt den Möbelregen. Unter dem Fenster von Tobias' Zimmer steht ein riesiges Maul aus Metall, und dort hinein werfen die beiden Männer, die schon den Zwinger gebaut haben, das, was von den Sachen übrig bleibt. Eben stürzt Tobias' Bett herunter, und mir wird es kalt ums Herz. Kommt er etwa nicht zurück? Ist er verloren gegangen? Oder ist er gar ... Ich wage den Gedanken nicht zu Ende zu denken. Längst vergessene Bilder tauchen wieder auf, Bilder von früher, als man das Haus meines ersten Menschen ausräumte, und mit den Bildern überwältigen mich die dazugehörenden Gefühle. Trauer, so tief und schwarz wie ein riesiges Loch.

Verzweiflung, die mir die Luft zum Atmen nimmt. Trostlosigkeit und Verlassenheit. Damals weinte ich, als man
sein Bett hinaustrug. Und auch jetzt kann ich nicht anders, als mich flach auf die kalte Erde zu legen, meine
Schnauze unter den Pfoten zu vergraben und ganz leise
in mich hineinzuwinseln.

Doch dann reiße ich mich zusammen. Könnte ich es
nicht fühlen, wenn Tobias diese Welt verlassen hätte?
Ganz sicher könnte ich das. Wieso kann er dann nicht
spüren, dass er schleunigst wiederkommen muss?

Komm zurück!, jaule ich in Gedanken. Komm bitte
endlich wieder nach Hause!

Vorsichtig schlage ich mich durch das Gebüsch, das
zum Glück den ganzen Garten umschließt. Vanessa ist
nirgendwo zu sehen, aber ihre Stimme höre ich von der
anderen Seite des Hauses, und so pirsche ich mich von
Deckung zu Deckung zum Käfig. Ich inspiziere das Loch,
es ist unverändert. Noch immer liegt die Fellmütze leblos und geruchsfremd im Holzverschlag. Vielleicht sollte ich sie ein bisschen durchschütteln und anders hinlegen? Wäre sie ein Hund, sie hätte sich längst mal wieder
bewegt.

Doch solche Feinheiten müssen warten. Ich muss
mich um den Möbelregen kümmern, auch wenn ich keine Ahnung habe, was ich dagegen tun kann.

Irgendwie muss ich ins Haus gelangen, und da sehe
ich zu meiner Erleichterung, dass die Küchentür leicht
geöffnet ist. Es ist zwar nur ein Spalt, aber der reicht aus,
um hindurchzuschlüpfen.

Die Küche ist menschenleer, doch jemand hat daran

gedacht, meinen Napf aufzufüllen. Rasch stärke ich mich und trinke ausreichend Wasser. Eigentlich bin ich ganz schön müde nach dieser durchwachten Nacht und der Aufregung auf dem Schulweg. Und das gemütliche Küchenkörbchen scheint mich einladend anzulachen. Ich klettere hinein und drehe mich probehalber ein paarmal im Kreis, schnuppere an dem Kissen herum, und ein wenig Zuversicht steigt in mir auf angesichts der duftenden Erinnerungen an bessere Zeiten, die hier ihre olfaktorische Spur hinterlassen haben. Dieses Wort habe ich erst vor Kurzem gelernt, als Tommis Vater seinen Mitarbeitern erklärte, wie ich es schaffe, die richtigen Herzensräuber zu finden. Olfaktorisch, sagte er, und das Wort gefällt mir.

Doch jetzt ist keine Zeit für sprachliche Finessen. Es ist zwar gut und schön, dass ich täglich mehr Wörter verstehe, doch das hilft uns im Augenblick auch nicht weiter. Ich frage mich, was Alice zu dem Möbelregen sagt. Ob sich überhaupt Kunden herwagen, wo ihnen doch jederzeit ein Bett oder ein Schrank auf den Kopf fallen könnte?

Ich stupse die Tür zur großen Eingangshalle an, und siehe da, sie gibt nach. Alles wirkt wie ausgestorben, doch aus dem Raum, in dem der Dalai Lama wohnt, dringt leises Reden. Ich pirsche dorthin, ständig auf der Hut vor Vanessa, die irgendwo in den oberen Räumen sein muss. Gleich hinter dem Regal, in dem ich das Buch für Tommis Vater fand, sitzen sie beisammen, Alice und Frau Kratzer.

»Soll sie doch«, sagt gerade die alte Frau. »Ich hab nichts dagegen.«

»Aber Frau Kratzer«, widerspricht Alice erschrocken, »Sie können doch nicht zulassen, dass man Ihre Sachen zum Fenster hinauswirft!«

»Wieso nicht?«, kontert Frau Kratzer. »Da nimmt sie mir schon eine Menge Arbeit ab. Ich habe diesen alten Krempel ohnehin so was von satt.«

Alice schweigt bestürzt. In Frau Kratzers Stimme nehme ich eine neue Nuance wahr, so als hätte sie die Tür zu ihrem Herzen einen Spaltbreit geöffnet.

»Wissen Sie was? Mir ist in den letzten Tagen etwas klar geworden«, fährt sie fort. »Ich habe meine Überzeugungen verraten und mich kaufen lassen. Jawohl. Wir alle haben das. Auch der alte von Straten. Sie haben ja gar keine Ahnung, wie das alles kam. Und wahrscheinlich interessiert es Sie auch nicht …«

»Oh doch, Frau Kratzer, bitte, erklären Sie es mir. Ich verstehe nämlich kein Wort von dem, was Sie da sagen.«

Frau Kratzer starrt auf die Herzensräuber vor ihr im Regal. Ich kann nicht riechen, welche es sind, sie sind zu weit weg, und die anderen, die näher sind, drängen sich meiner Nase nur so auf. Aber sie duften alle ein wenig nach dem Wunsch nach Wahrheit und der Frage, was das ganze Leben überhaupt soll.

»Wir waren seine Studentinnen, Bernadette und ich«, bricht Frau Kratzer das Schweigen. »Von Straten war nur ein paar Jahre älter als wir, und doch war er schon Professor. Ein genialer Kopf, das können Sie mir glauben, auch wenn am Ende nichts davon übrig blieb. Er hat hier an der Uni gelehrt, und dort haben wir uns alle kennengelernt. Die Studentenbewegung kam hier erst mit Verspätung an. Aber nachdem man Benno Ohnesorg einfach so erschossen hatte, konnten wir nicht länger stillhalten. Sigi … ich meine von Straten, schloss sich uns an. Sein alter Herr sah das nicht gern und hat ihn verstoßen. Dass er diesen alten Kasten am Ende doch noch geerbt hat, damit war nicht zu rechnen gewesen, so oft hatte ihm sein Vater versichert, er habe ihn aus dem Testament gestrichen.« Frau Kratzer lacht in sich hinein. »Na ja, jedenfalls wurde das hier unser Hauptquartier. In dieser Villa hab ich meine besten Jahre verlebt, das können Sie mir glauben. Was haben wir diskutiert und uns die Köpfe heißgeredet! Wir haben an eine Zukunft geglaubt, an etwas Besseres als das, was uns die alten Säcke, die noch immer von einem tausendjährigen Reich träumten, diktieren wollten. Ach … Sie sind ja viel zu jung, um zu begreifen, was das damals alles für uns bedeutete. Am Anfang demonstrierten wir für die Senkung der Straßenbahnpreise, die sich die einfachen Leute nicht leisten konnten, und solche Dinge. Aber bald ging es um die Notstandsgesetze und den Krieg in Vietnam. Dann kam die RAF, und jeder von uns ging seiner Wege. Damit wollten wir nichts zu tun haben. Wir kämpften mit Worten, nicht mit Bomben. Die Zeiten änderten sich. Jeder hatte seine eigenen Sorgen. Ich glaube, ich war die Letzte, die Sigi hin und wieder besuchte. Er hat nie geheiratet und ich auch nicht. Nach meiner Pensionierung fragte er mich, ob ich nicht wieder einziehen wollte. Kaum war ich da, kam auch Herr Alzheimer ins Haus. Er hat gesagt: Maggi, wenn du bleibst bis zum Ende, kriegst du das Haus. Na ja, ich wäre auch so geblieben. Ich mochte ihn nun mal.

Früher waren wir alle in ihn verknallt. Aber am liebsten hatte er doch immer die Bernadette …«

Frau Kratzer streicht sich mit der Hand über ihr Gesicht, als wäre da etwas, was sie abstreifen muss. Sie atmet tief durch.

»Ich weiß nicht mehr, wann es passierte. Aber irgendwann dachte jeder nur noch an sich selbst. Es gibt nichts Egoistischeres als einen dementen alten Menschen. Die letzten zwei Jahre waren die Hölle. Und dann, mit einem Mal, ist es vorbei. Und man stellt fest, dass man selbst auch alles vergessen hat. Alles, was einmal so wichtig war. Und dass man nur noch an sich selbst denkt …«

Frau Kratzers Stimme ist immer leiser geworden. Alice legt sachte die Hand auf ihren Arm.

»Sie haben uns aufgenommen, Emma und mich«, sagt sie sanft. »Das war sehr nett von Ihnen.«

Doch Frau Kratzer schüttelt grimmig den Kopf.

»Erzählen Sie keinen Quatsch«, entgegnet sie unwirsch. »Ich war nicht nett. Ich habe das Geld gebraucht. Denn der alte von Straten hat mir ja keine Bankvollmacht gegeben. Ich hab sie nicht aus Nettigkeit aufgenommen, sondern aus Berechnung.«

»Aber uns haben Sie damit das Leben gerettet«, beharrt Alice auf ihrer Meinung, denn so ist sie nun einmal. Sie sieht einfach lieber das Gute als das Schlechte. »Egal, welche Motive Sie hatten. Und jetzt bleibt uns nichts anderes übrig, als zusammenzuhalten. Oder?«

Bei diesem Stichwort trete ich zu den beiden. Frau Kratzer lacht auf, als sie mich sieht.

»Dieser verrückte Kerl da«, sagt sie und zeigt auf

mich, »wissen Sie, welches Buch er für mich ausgesucht hat? Ich hielt es ja für eine Boshaftigkeit des Herrn Erbschleichers, aber heute ist mir klar, wer mir das in den Rucksack geschmuggelt hat!« Ich kenne sie zum Glück inzwischen gut genug, um trotz ihrer harschen Worte das Lob herauszuhören. Und tatsächlich, träume ich, oder krault mich die sonst oft so garstige Frau tatsächlich hinter den Ohren?

»Welches Buch meinen Sie denn?«, fragt Alice gespannt.

»Ach, das kennen Sie sowieso nicht«, knarzt die Alte schon wieder recht unfreundlich. »Die Dutschke-Biografie, geschrieben von seiner Frau Gretchen. *Wir hatten ein barbarisches, schönes Leben,* heißt sie.« Sie lacht auf. »Ja, das könnten wir alle unterschreiben, jedenfalls die paar von uns, die noch am Leben sind. Ein barbarisches, schönes Leben. Und jetzt ist nichts mehr davon übrig.«

»Wir dürfen nicht aufgeben«, widerspricht Alice. »Wenn ich doch nur wüsste, was wir tun sollen. Tobias kann ich nicht erreichen. Das Schloss mit der Bibliothek befindet sich wohl in einem Funkloch. Auch unter der Nummer des Verkäufers nimmt keiner ab. Irgendetwas müssen wir doch tun! Die stellt uns ja das ganze Haus auf den Kopf!«

Alice hat wieder diese durchscheinende Haut bekommen, so als sei sie zu dünn, und jeder könnte sie verletzen. Doch Frau Kratzer starrt immer noch auf die Herzensräuber direkt vor ihr. Dann greift sie ins Regal und zieht einen heraus.

»*Buddhas Anleitung zum Glücklichsein*«, liest sie vor,

und in ihrer Stimme schwingt eine Menge Spott und Hohn. »Dann wollen wir doch mal sehen, was dieser Herr Buddha zu sagen hat.« Sie dreht das Buch um und kneift die Augen ein wenig zusammen, um besser sehen zu können. »Aha«, sagt sie dann. »Hier steht es ja: ›Statt uns von dem bestimmen zu lassen, was wir meinen, haben zu müssen, werden wir angeregt, uns auf Wesentliches zu besinnen. Schließlich geht es auch darum, die Dinge so zu akzeptieren, wie sie sind, statt Kräfte in sinnlosem Widerstand zu vergeuden.‹«

Triumphierend hebt sie den Blick und stellt das Buch zurück. Alice sieht ziemlich verwirrt aus, und mir geht es genauso.

»Aber«, stammelt sie, »gestern sagten Sie doch noch, wir sollten Widerstand üben.«

»Natürlich müssen wir das«, erklärt Frau Kratzer ungeduldig. »Aber keinen *sinnlosen* Widerstand. Besinnen wir uns auf das Wesentliche: In diesem Haus hat sich viel zu viel alter Krempel angesammelt. Diese Vanessa hat zwar keine Ahnung davon, aber im Augenblick tut sie uns einen riesengroßen Gefallen.«

»Und Ihre Sachen?«

»Raus damit!« Frau Kratzer steht energisch auf. »Wissen Sie was? Ich geh jetzt hoch und helfe ihr dabei. Meine alten Sachen zu entrümpeln heißt nämlich noch lange nicht, dass sie mich loswird.« Und damit stapft sie hinauf. Alice sieht ihr mit offenem Mund nach. Dann schaut sie mich an.

»Verstehst du das?«

Ich schmiege mich an ihr Knie und genieße ihre streichelnde Hand. Ein bisschen kann ich Frau Kratzer schon verstehen. Wenn ich nur daran denke, wie vollgestopft und muffig ihr Zimmer ist. Und all die anderen Räume, in denen noch alles nach dem toten alten Mann riecht! Es wäre mir allerdings lieber gewesen, mein Mensch hätte das beschlossen statt dieser dahergelaufenen Frau, die heimlich ihr Geld in die blinkenden Maschinen wirft und Schulden hat bei anderen Männern. Vielleicht hat Frau Kratzer ein bisschen recht, aber es fühlt sich nicht richtig an, dass Vanessa das tut. Schließlich ist er der Rudelführer. Sie ist hier nur ein lästiger Eindringling.

Alice erhebt sich mit einem leisen Seufzer und geht in die Eingangshalle. Sie öffnet die große Tür, und ich versuche, zwischen ihren Beinen hindurch nach draußen zu spähen. Erst jetzt sehe ich, wie sehr der Vorgarten gelitten hat. Das große Fahrzeug hat den Kiesweg kaputt gemacht und tiefe Rillen in den angrenzenden Rasen gedrückt. Zum Glück schneit es wieder, die Flocken setzen sich sanft auf die Wunden im Garten und bedecken sie, sodass alles sauber aussieht und rein. Immer wieder fahre ich zusammen, wenn auf der anderen Seite des Hauses etwas Großes auf die Erde aufschlägt und mit lautem Krachen zerbricht. Zwei Frauen kommen, bleiben vor dem Tor stehen und betrachten ratlos ein Schild, das ich ganz übersehen habe. Dann recken sie die Hälse nach den Arbeitern und sehen eine Weile zu, wie es Möbel regnet. Alice winkt ihnen, und sie winken zurück. Sie rufen etwas, aber der Lärm ist zu groß, man kann nicht verstehen, was sie sagen. Dann zucken sie bedauernd die Schultern und gehen weiter.

»Vanessa hat ein Schild aufstellen lassen, darauf steht: ›Geschlossen wegen Renovierung‹«, erklärt mir Alice. »Meinst du wirklich, Zola, dass Tobias das alles wollte?«

Auf keinen Fall!, denke ich.

»Dann hätte er mir doch davon erzählt, oder nicht?«

Ganz bestimmt! Und mir auch!

Alice seufzt schon wieder und schließt die Tür. Ich lausche nach oben und höre Frau Kratzer rufen: »Nur zu! Nur zu! Werft das alles ruhig raus. Soll ich vielleicht mit anpacken?«

Vanessas unverkennbarer, harter Schritt nähert sich, und ich ducke mich unter die Verkaufstheke. Mit knallenden Absätzen kommt sie die Holztreppe herunter.

»Ach, gut, dass ich Sie sehe, Frau Sommerfeld«, sagt sie, und Alice fährt zusammen. »Hier ist Ihre Kündigung. Sie sehen ja, dass das Antiquariat bis auf Weiteres geschlossen ist. Wir brauchen Sie nicht mehr. Und es wäre gut, wenn Sie zügig aus dem Haus vorne ausziehen würden. Ich gebe Ihnen Zeit bis morgen, dann lasse ich es räumen!«

Sie knallt einen Brief auf die Theke, dass ich zusammenfahre. Dann verlässt sie das Haus und schlägt die Tür hinter sich zu. Ich warte noch ein paar Herzschläge lang, dann krieche ich unter meinem Versteck hervor.

»Ha«, ruft Frau Kratzer von oben, »schauen Sie mal, was ich gefunden habe!«

Dann sieht sie, in welchem Zustand Alice ist, und kommt, so rasch sie kann, zu uns herunter.

»Was ist passiert?«

Alice kann nichts sagen. Sie steht da, als hätte ihr jemand in den Magen getreten, und zeigt auf den Brief. Frau Kratzer reißt ihn auf und überfliegt ihn.

»Na, so ein Biest aber auch«, sagt sie. »Jetzt fallen Sie mir doch nicht gleich in Ohnmacht, Kindchen. Ich glaube nicht, dass sie das einfach so machen kann. Kommen Sie, wir gehen in die Küche. Dann überlegen wir, was wir tun.«

Frau Kratzer kocht einen starken Kaffee, von dessen Geruch mir ganz schummrig wird, doch er macht, dass Alice wieder Farbe ins Gesicht bekommt. Frau Kratzer zieht die kleine Karte von der netten Frau heraus, die das Buch mit dem Wolf mitgenommen hat, und ruft sie an. Sie spricht lange mit ihr, nickt und klopft zufrieden mit den Fingern auf den Kündigungsbrief. Dann reicht sie den Hörer Alice, und langsam legt sich die Schockstarre, in der Emmas Mama gefangen war.

»Sie sagt«, erklärt Alice mit schwacher Stimme, nachdem sie aufgelegt hat, »dass ich das einfach ignorieren soll. Sie hat gar keine Befugnis, mir zu kündigen …«

»Sag ich doch«, unterbricht Frau Kratzer sie ungeduldig. Dann legt sie verschwörerisch lächelnd einen kleinen Beutel auf den Küchentisch, der intensiv nach vertrockneten Pflanzen riecht.

»Raten Sie mal, was ich gefunden habe«, fordert sie Alice auf. »Es steckte zwischen meiner alten Mao-Bibel und dem *Kapital*. Keine Ahnung, wie alt es ist. Ob es wohl noch wirkt?«

Alice hält sich an ihrem Kaffeebecher fest und sieht Frau Kratzer verständnislos an.

»Was ist das?«

»Gras«, antwortet Frau Kratzer. Und als Alice immer noch nicht versteht, beugt sie sich ihr über den Tisch entgegen und flüstert verschwörerisch: »Marihuana. Sagen Sie bloß, Sie Christkindchen, Sie haben nie davon gehört.«

Alice hat die Augen noch weiter aufgerissen.

»Sie meinen, Sie hatten all die Jahre …«

»Ich glaube, das war mal eine ganz gute Qualität«, fährt Frau Kratzer ungerührt fort und schnuppert an dem Säckchen. »Und wissen Sie, was ich jetzt mache?«

Alice sieht aus, als traue sie Frau Kratzer auf einmal alles Mögliche zu.

»Sie wollen das doch jetzt nicht etwa … rauchen?«

Frau Kratzer schüttelt lachend den Kopf.

»Nein«, meint sie. »Ich backe Kekse.«

Für Kekse bin ich immer zu haben, und so einträchtig, wie Alice und Frau Kratzer heute gemeinsam Mehl und Zucker abwiegen, Butter und Eier daruntermischen, könnte man fast meinen, unsere Welt sei in bester Ordnung. Erst als Frau Kratzer das Säckchen öffnet und eine ordentliche Menge von dem ziemlich eigenartig duftenden »Gras« in den Teig streut, wobei sie eine derart heimliche, ja fast hinterhältige Freude verströmt, wird mir klar, dass dies nicht die üblichen Winterkekse werden.

»Von denen musst du die Finger lassen«, ermahnt Frau Kratzer Emma, als wir von der Schule kommen. »Das sind Erwachsenenkekse. Hier«, sagt sie, als sie Emmas empörtes Gesicht sieht, und öffnet eine ihrer Blechdosen, »nimm dir von denen, so viele du willst. Aber versprich mir, dass du die anderen in Ruhe lässt!«

Emma sieht gar nicht zufrieden aus.

»Warum habt ihr sie dann überhaupt gebacken?«, beschwert sie sich, während sie sich einen dieser knusprigen Nusskekse in den Mund stopft, dass mir das Wasser im Maul zusammenläuft.

»Pst«, macht Frau Kratzer und schaut geheimnisvoll. »Das ist ein Geheimnis. Kannst du es für dich behalten?«

Emma nickt mit vollem Keksmund. Da nähert sich Frau Kratzer Emmas Ohr und flüstert ihr so leise etwas zu, dass ich nicht verstehen kann, was sie sagt. Emmas Miene jedoch hellt sich von Moment zu Moment mehr auf, bis sie von einem Ohr bis zum anderen grinst. Dann fällt ihr Blick auf mich.

»Zola sollte in den Zwinger zurück, oder nicht?«, meint sie besorgt. Ich lasse die Ohren hängen und sehe hilfesuchend von Frau Kratzer zu Alice. Doch die beiden nicken, Frau Kratzer macht schon die Tür auf. Ich habe keine Lust, hinaus in die Kälte zu gehen. Ein Spaziergang, ja, das wäre eine feine Sache. Aber in den Käfig? Nein danke.

»Komm schon, Zola«, quengelt Emma. »Sonst merkt Vanessa womöglich, dass du gar nicht da drinnen bist. Es ist nur für kurze Zeit, versprochen!«

Widerstrebend erhebe ich mich aus meinem Körbchen. Was für ein anstrengendes Leben! Während die Menschen Kekse futtern, soll ich in raus in die Kälte?

»Außerdem kannst du ja jederzeit wieder durchs Loch

schlüpfen, wenn du keine Lust mehr hast«, meint Alice mitfühlend.

Na gut, denke ich und verlasse widerwillig die gemütliche, duftende Küche. Draußen lausche ich erst einmal und prüfe die glasklare, kalte Luft. Von der anderen Hausseite ertönt immer noch der Lärm von zerberstenden Möbeln. Ich husche zum Käfig und untersuche das Loch. Man kann es kaum noch sehen, der frische Schnee hat eine feine Decke darübergebreitet. Ich überwinde mein Unbehagen und schlüpfe durch den kleinen Tunnel. Sofort ist die Welt in Vierecke geteilt, und ein Gefühl der Trostlosigkeit überkommt mich. Um mich abzulenken, zerre ich die Fellmütze aus dem Holzverschlag und schüttle sie kräftig, als wäre sie ein Hase, den ich eben erbeutet habe. Eine Weile spiele ich dieses Spiel, dann krieche ich selbst in den Holzverschlag und versuche, mich darin umzudrehen, so wie ich es gerne mache, ehe ich mich in einem Körbchen niederlasse. Doch überall stoße ich an Holzlatten an, ein Gefühl der Beklemmung überfällt mich, und schon bin ich wieder draußen. Puh. Das ist definitiv nichts für mich. Und weil ich mich ohnehin danach fühle und weil ich denke, wenn ich schon hier bin, soll es Vanessa auch mitkriegen und von mir aus auch die ganze Welt, springe ich auf das Dach des Holzverschlags und verbelle die Vögel oben in den Bäumen, Haselmaus und Eichhorn ebenso, ich verbelle den Zaun und die verschlossene Tür und den Holzverschlag, und irgendwann verfalle ich unwillkürlich wieder ins Heulen, bis mir die Leidensgenossen in nah und fern antworten und wir die gesamte Stadt mit einem Klangnetz überspannen. Es ist, als könnte ich die anderen sehen, jeden einzelnen in seinem Zwinger, in seinem Garten, in seinem Gefängnis, wie sie alle ihre Köpfe in den Nacken legen und die Augen schließen, während sich die magischen Töne aus unserer Kehle in den Himmel schwingen und sich dort zu einem einzigen Gesang vereinigen.

Es ist wie ein Aufwachen, als das Netz irgendwann zerreißt und wir, einer nach dem anderen, verstummen. Die Kälte habe ich nicht gespürt, jetzt aber fröstle ich. Und dann bemerke ich noch etwas: Vanessa steht vor dem Käfig und starrt mich an. Sie hat eine Faust in die Hüfte gestemmt, in der anderen hält sie einen Napf.

»Schluss mit dem Radau«, befiehlt sie. »Sonst gibt es kein Futter mehr. Hast du das verstanden?«

Wir starren uns gegenseitig böse an, dann stellt sie den Napf ab und öffnet umständlich den Zwinger. Eilig schiebt sie das Futter herein und schlägt sofort wieder die Tür zu, so groß ist ihre Angst, ich könnte sie anfallen. Damit sie das auch weiterhin denkt, springe ich von dem Holzverschlag, knurre sie an und warte, bis sie den Rückzug antritt. Dann erst mache ich vorsichtig meine Nase lang und schnuppere an dem Futter. Vanessa wäre es zuzutrauen, Gift in mein Fressen zu mischen, so wie Señor Pizzarro oder wer auch immer das war, und ich beschließe, lieber zu hungern, als an diesem faden Trockenfutter herumzukauen. Da fallen mir wieder die Graskekse ein, und schon geht die Küchentür auf, und Frau Kratzer bittet Vanessa höflich und freundlich herein, obwohl sie es überhaupt nicht so meint. Vanessa aber merkt das offenbar nicht, denn sie lässt sich tatsächlich in die Küche locken.

311

Ich springe wieder auf den Holzverschlag, um besser sehen zu können, doch die Scheiben der Küchentür spiegeln, und ich kann nicht erkennen, was da drinnen vor sich geht. Ich schnüffle gelangweilt im Zwinger herum, zertrete so viel wie möglich von dem frischen Schnee, damit jeder sehen kann, dass ich hier war. Schließlich zerre ich die Mütze hervor, schüttle sie wieder in Form und lasse sie am Eingang des Verschlags zurück. Genug Gefangenschaft für heute, beschließe ich und quetsche mich zurück in die Freiheit. Und weil ich jetzt nicht in die warme Küche kann, weil ich schlechte Laune habe, weil man mich hier allein in der Kälte lässt, beschließe ich, einen Spaziergang zu machen. Vielleicht treffe ich ja Max und Moritz, das wäre schön. Die sind zwar nicht auf der Wiese, aber Jockel, der freche Pinscher, ist da, der immer noch nicht begriffen hat, wo seine Grenzen sind und dem ich mal wieder ein paar Lektionen erteilen muss, ehe sein Mensch nach ihm pfeift, ihn an die Leine nimmt und mit ihm nach Hause geht. Zwar tue ich so, als interessiere mich das gar nicht, und jage ein bisschen die langhalsigen Gänse am Flussufer durch das Schilfgras, auch wenn das verboten ist oder vielleicht gerade deswegen, doch in Wirklichkeit schiele ich den beiden neidisch hinterher. Das Gefühl von Verlassenheit kriecht in meine Seele und vergiftet meinen Frieden. Und mir wird klar, dass ich mal wieder herumstreiche wie ein menschenloser Köter, der nicht weiß, wo er hingehört.

Es dämmert schon, als ich mit der Pfote gegen die Küchentür drücke, doch sie geht nicht auf. Drinnen brennt kein Licht, und ich frage mich, wo sie alle sind. Auch das Pförtnerhaus ist dunkel, ich habe lange an der Tür gekratzt, und niemand hat mir aufgemacht. Zum Glück sind die Männer fort, und Möbel fallen auch nicht mehr aus den Fenstern. Ich lausche. Es ist verdächtig still da drinnen. Sind sie alle fortgegangen und haben mich allein zurückgelassen?

Panik ergreift mich, und ich bereue es, einfach so herumgestromert zu sein. Ich umrunde das Haus und schaue traurig hoch zu den Fenstern. Da, in Frau Kratzers Fenster brennt Licht. Ich vergesse meine Vorsicht und jaule kläglich dort hinauf. Zu meiner Erleichterung geht nach einer Weile das Fenster auf, und jemand schaut herunter.

»Pst, Zola, sei bloß still!«

Das muss Emma gewesen sein, und da höre ich schon das Getrappel von Füßen auf der großen Treppe. Endlich geht die Tür auf.

»Schnell«, raunt Emma, »komm rein! Wo warst du bloß? Ich hab dich überall gesucht!«

Schuldbewusst und doch erleichtert springe ich über die Schwelle und in die große Halle. Dort schüttle ich mich erst einmal ausgiebig, und mir ist, als gleite auch die schreckliche Furcht, allein gelassen und ausgesetzt worden zu sein, von mir ab.

»Komm mit hoch«, flüstert Emma, »aber vorsichtig. Nicht dass du sie aufweckst.«

Neugierig klettere ich hinter meiner Freundin die

Treppe hinauf und werfe einen Blick in Frau Kratzers Zimmer. Ich erkenne es nicht wieder. Die Möbel sind alle weg. Auf dem Fußboden hat jemand Teppiche ausgebreitet. Das sieht einladend und gemütlich aus, und ehe es mir jemand verbieten kann, gehe ich hinein. Alice und Frau Kratzer sitzen mit untergeschlagenen Beinen auf dem Boden und trinken Tee. Zwischen ihnen liegt, auf Kissen gebettet, völlig entspannt eine Gestalt. Es ist Vanessa. Ihre Augen sind geschlossen, ihr Mund leicht geöffnet. Sie schläft. Oder nicht? Vorsichtig pirsche ich mich an sie heran und schnüffle an ihrem Gesicht, während Alice kichert und Frau Kratzer in sich hineinlacht. Vanessa riecht nach Keksen. Nach den neuen mit den grünen Krümeln darin.

»Es wirkt tatsächlich noch«, gluckst Frau Kratzer. »Nach all den Jahren. Wirklich gute Qualität. Wer hätte das gedacht!«

20

Sitzblockade

Vanessa schläft den restlichen Tag und die ganze Nacht, und auch am nächsten Tag wacht sie nicht auf. Sie liegt in Frau Kratzers Zimmer auf dem Teppich, ihr langes Haar über das Kissen ausgebreitet, und wirkt auf einmal ganz harmlos. Wenn Menschen schlafen, sehen sie alle ein bisschen aus, wie sie als Welpen waren, ohne Argwohn, ohne Falsch. Auch Vanessa hat zu meiner Überraschung diese Unschuld, wie sie so daliegt, vollkommen entspannt, als hätte sie einen angenehmen Traum. Ich schnüffle sie gründlich ab und stelle fest, dass sie offenbar seit Tobias' Abreise keine Tomaten mehr gegessen hat, ihre Hände sind kein bisschen mehr rot. Nur diesen merkwürdigen Geruch, der sie einhüllt wie ein unsichtbares Fell, den kann ich überhaupt nicht erklären.

Als früh am Morgen die Männer wiederkommen, schickt Frau Kratzer sie heim. Sie nehmen das große Maul aus Metall mit, das jetzt all die alten Möbel geschluckt hat, und unter großem Trara rollt zu meiner Erleichterung auch der Riesenlaster wieder von unserem Revier. Alice holt schleunigst das Schild herein und öffnet weit die Eingangstür, und bald ist die große Halle wieder voller Leben. Während all dem träumt Vanessa ich weiß nicht welche Träume.

Dann klingelt auf einmal das Telefon, und ich flüchte mich in einen der Nebenräume. Als ich höre, wie Alice »Tobias!« ruft, um sich gleich wieder zu korrigieren und »Ich meine: Herr Griesbart« zu sagen, renne ich schnell zu ihr und lege ihr eine Pfote aufs Knie.

Sag ihm, er soll sofort wiederkommen, denke ich, so fest ich nur kann, und sie sagt: »Sie sollten wirklich dringend nach Hause kommen, Herr Griesbart.« Sie lauscht auf seine Antwort und scheint nicht überzeugt, denn sie rafft all ihren Mut zusammen und sagt: »Vanessa hat im Garten einen Zwinger für Zola bauen lassen. Und mir … mir hat sie die Kündigung überreicht. Sie lässt das Haus umbauen, und morgen soll das Pförtnerhaus … Wie bitte? Ja … die Möbel sind schon weg. Ja. Ja, das wäre gut. Ob sie … nein, ich fürchte, das geht nicht. Sie … ähm … sie schläft gerade. Am besten, Sie kommen so schnell wie möglich … hallo? Herr Griesbart? Sind Sie noch dran? Hallo?«

Alice stöhnt auf und wirft ärgerlich das Telefon auf den Tisch. Dann muss sie wieder zur Kasse, denn ein paar Kunden wollen ihre Bücher bezahlen und eingepackt bekommen. Auf einmal steht eine völlig verstrubbelte, schwankende Vanessa oben auf der Galerie, reibt sich die Augen und sagt mit kläglicher Kinderstimme: »Ich hab einen solchen Durst. Kann ich bitte ein Glas Wasser haben?«

Frau Kratzer beeilt sich, ihr nicht nur eine ganze Karaffe zu bringen, sondern auch einen Teller mit Keksen.

Vanessa trinkt das Wasser und verputzt alle Kekse, dann legt sie sich wieder hin und schläft weiter. Von mir aus könnte sie so lange schlafen, bis Tobias wiederkommt, doch am Abend ist der Spaß vorbei. Ich beschnüffle gerade interessiert ihr Gesicht, als sie auf einmal die Augen aufmacht. Sie stößt einen markerschütternden Schrei aus, der mich in die Flucht treibt. Bei meinem Fressnapf, was hat diese Frau für ein schrilles Organ!

»Was macht der Hund im Haus?«, kreischt sie, und ich renne wie der Blitz in die Küche auf der Suche nach einem Versteck. Frau Kratzer öffnet geistesgegenwärtig die Tür, und ich rase hinaus, drücke mich durch das Loch unter dem Zaun hindurch, schiebe die Mütze in den Verschlag und krieche rückwärts hinterher. Keinen Moment zu früh. Vanessa ist zwar nicht gerade sicher auf den Beinen, doch mit einer starken Taschenlampe bewaffnet sucht sie den Käfig nach ihrem Gefangenen ab. Blinzelnd strecke ich den Kopf aus dem Verschlag und blicke sie mit meinem vorwurfsvollsten Leidensblick an.

»Was ist los mit Ihnen?«, höre ich Frau Kratzer vom Haus her rufen. »Leiden Sie vielleicht unter Halluzinationen? Sie haben das arme Tier eigenhändig dort eingesperrt. Wie soll es dann auf einmal im Haus sein?«

Vanessa fuchtelt mit der Taschenlampe umher und inspiziert die Tür samt Schloss. Doch sie kann nichts entdecken. Ich hoffe inständig, dass sie nicht in Richtung des Lochs leuchtet, denn das sieht jetzt aus wie ein riesiger frischer Maulwurfhaufen.

»Wobei ich finde«, erklärt Frau Kratzer hartnäckig, wie sie nun einmal ist, kommt jetzt doch tatsächlich in den Schnee herausgestapft und stellt sich zu Vanessa, »dass das Tierquälerei ist. Heute Nacht gibt es Frost. Sie würden sich keinen Zacken aus Ihrer verdammten Krone brechen, wenn Sie den armen Kerl in der Küche schlafen ließen.«

Vanessas Zähne schlagen aufeinander, so sehr friert sie. Kurz scheint sie zu überlegen. »Dafür ist schließlich die Hundehütte da«, erklärt sie dann kaltherzig und geht zurück zum Haus. Frau Kratzer schnalzt missbilligend mit der Zunge und schneidet Grimassen in meine Richtung, die ich nicht deuten kann. Soll ich etwa die ganze Nacht hier draußen bleiben?

»Warte noch ein bisschen. Dann macht Emma das Pförtnerhäuschen auf. Alles klar, Genosse?«

Ich blicke mich verwirrt um, ob noch jemand außer mir im Zwinger ist, doch da ist keiner. Hat sie vergessen, dass ich Zola heiße? Irgendwie benehmen sie sich alle ziemlich merkwürdig, seit Frau Kratzer dieses Gras gefunden hat.

»Was hat er denn gesagt?«, will Frau Kratzer wissen.

Wir haben uns alle im Pförtnerhäuschen versammelt, und ich wärme meine durchfrorenen Knochen auf dem Sofa zwischen Emma und Alice. Frau Kratzer thront auf dem Sessel, zwischen uns steht eine große Dose mit Winterkeksen, und zu meinem Entzücken versorgt mich Emma großzügig daraus.

»Dass er keinen Empfang hat im Schloss.«

»Hat er gesagt, wann er zurückkommt?«

»Nein«, erklärt Alice verdrossen. »Die Leitung war immer wieder gestört. Er wollte Vanessa sprechen. Dann ist die Verbindung abgerissen.«

Ich spitze die Ohren. Mir ist klar, dass sie von meinem Menschen sprechen. Alice seufzt. Und ich mache mir auch schon wieder Sorgen.

»Schade«, sagt Emma und greift nach einem gezackten Keks, »dass die Schlafkekse alle sind.«

»Ich könnte neue backen«, sagt Frau Kratzer nachdenklich. »Aber auf Dauer ist das ja auch keine Lösung. Und wer weiß, vielleicht würden die nächsten ganz anders bei ihr wirken. Ich kann mich nicht erinnern, dass wir jemals müde davon wurden.«

Um Frau Kratzers Mund spielt ein Lächeln, so als denke sie an einen schönen, saftigen Knochen, den sie früher mal abgenagt hat.

»Aber morgen wird sie das Haus hier räumen und Emma und mich auf die Straße setzen«, wendet Alice verzweifelt ein.

»Papperlapapp«, erklärt Frau Kratzer entschlossen und greift nach einem Winterkeks. »Das wird nicht passieren. Jetzt beginnt nämlich die Konfrontationsphase. Wir trommeln alle unsere Stammkunden zusammen. Wozu haben sie wochenlang Plätzchen gegessen und Kaffee bei uns getrunken? Die Leute mögen Sie, Alice. Und wenn Vanessa mit dem Räumungskommando kommt, findet sie eine schöne Sitzblockade vor.«

»Was ist das?«, will Emma wissen.

»Ganz einfach. Wir setzen uns alle vor die Haustür und hindern sie damit daran hereinzukommen.«

Emma schaut fragend ihre Mutter an, dann kräht sie:
»Au ja. Sitzblockade. Dann muss ich nicht zur Schule
gehen.«

»Oh doch«, widerspricht Alice, »du gehst auf jeden
Fall zur Schule. Was ist eigentlich mit deinen Hausaufgaben?«

Emma zieht eine Schnute, und sosehr sie sich auch
windet, am Ende holt sie ihr Heft aus dem Ranzen, und
keiner spricht mehr von Widerstand oder Sitzblockade.

In dieser Nacht schläft Frau Kratzer auf dem Sofa und
schnarcht immer wieder so laut auf, dass ich jedes Mal
hochschrecke. Ich denke an Vanessa, die die ganze Höhle der Herzensräuber für sich hat und wer weiß was anstellt. Ob sie wohl auch die Bücher aus dem Haus schaffen wird? Sie könnte sie verkaufen und das Geld in die
Automaten werfen oder den Leuten geben, bei denen
sie Schulden hat. Als der Wecker klingelt und Alice und
Emma munter werden, gibt es ein ganz schönes Durcheinander, bis meine Freundin ihren Brei aus Getreide
und Milch aufgegessen und all ihre warmen Sachen an-
gezogen hat. Emma versucht bis zur letzten Minute, ihre
Mutter zu erweichen, damit sie an diesem wichtigen Tag
nicht zur Schule muss, wo es dort so schrecklich langweilig sei und sie noch nie eine Sitzblockade erlebt habe,
doch Alice bleibt hart. Missmutig stapft Emma in die
Dunkelheit hinaus, und ich husche hinter ihr her. Die
kalte Luft füllt meine Lunge, und mich überkommt eine
unbändige Lust, mich zu bewegen. Viel zu lange war ich
nicht mehr zum Toben auf der Hundewiese, und heute
tänzle ich den ganzen Schulweg um die grimmige Emma

herum, um sie auf andere Gedanken und schließlich zum Lachen zu bringen. Dabei halte ich Ausschau in alle Richtungen nach möglichen Angreifern. Doch die lassen sich nicht blicken. Dafür wartet am Schultor jemand mit einer doppelten Bommelmütze auf uns. Es ist Tommi, und seine Augen leuchten, als er uns sieht.

»Guten Morgen, Zola«, begrüßt er mich höflich. »Guten Morgen, Emma!«

Zufrieden sehe ich zu, wie die beiden gemeinsam ins Schulhaus gehen, und trete den Heimweg an. Als ich in unsere Straße einbiege, rempelt mich jemand von der Seite an und wirft mich in einen Schneehaufen. Es ist Max, und zur Begrüßung springe ich ihm auf den Rücken, damit klar ist, wer hier das Sagen hat. Eine Weile balgen wir uns, dann höre ich laute Stimmen aus meinem Revier.

Vor dem Pförtnerhaus stehen Alice, Frau Kratzer, Moritz, die Frau mit dem Wolfsbuch und ein paar unserer Lieblingskunden. Als Max seinen Menschen sieht, ist er nicht mehr zu halten und sprintet auf ihn zu.

»Halten Sie den Hund zurück«, kreischt eine verhasste Stimme. Doch zu spät. Mein Freund springt an Vanessa hoch und will ihr das Gesicht ablecken, sodass sie um sich schlägt und die Flucht ergreift. Max hält es wieder einmal für ein Spiel und setzt ihr nach. Er ignoriert die Rufe seines Menschen, und als Vanessa auf dem zerfurchten Kiesweg stolpert und lang hinfällt, umtanzt er sie kläffend als seine Beute. Während Moritz ihn einfängt und an die Leine nimmt, klatschen ein paar von den Kunden Beifall. Das ist nicht nett, aber es erfüllt mich dennoch mit Genugtuung, auch wenn ich im Grunde weiß, dass Tobias das nicht gutheißen würde, egal, was Vanessa inzwischen angerichtet hat. Er ist nun einmal so. Ein guter Mensch. So wie ich mich nach Kräften bemühe, ein guter Hund zu bleiben. Auch wenn ich mitunter nicht mehr weiß, was genau das heißt.

Die Luft ist erfüllt von dem Geruch nach Aufruhr und Rebellion. Alice nimmt all ihren Mut zusammen, öffnet trotz Vanessas Verbot die Höhle der Herzensräuber, und die Käufer kommen heute so zahlreich wie noch nie. Viele fragen nach dem Bücherhund, und inzwischen weiß ich, dass sie mich damit meinen. Ich bringe Herzensräuber, die nach großen Reisen riechen, und andere, die von der Suche nach Liebe handeln. Bücher, die in fantastischen Welten spielen, wo alles anders ist als in der Wirklichkeit, und solche, in denen sich kühne Träume erfüllen. Am liebsten suche ich Herzensräuber aus, die voller Lachen und frecher Streiche stecken. Für Kunden, die ihrer Seele Ruhe und Frieden schenken wollen, leere ich ganze Regalreihen aus dem Dalai-Lama-Raum, und nur widerstrebend suche ich Herzensräuber aus dem Raum des Schreckens aus. Zuerst gebe ich acht, ob Vanessa irgendwo auftaucht, doch nach und nach kümmere ich mich nicht mehr darum. Soll sie doch kommen. Ihre Macht ist am Schwinden. Es ist ihr nicht gelungen, die Kundschaft zu vertreiben. Sogar Alice widersetzt sich ihrem Willen. Soll ich da etwa noch wie ein feiger Hund in den Käfig kriechen?

Frau Kratzer verteilt Kekse, schenkt Kaffee aus und lädt alle zu einem Nachmittagspunsch ins Pförtnerhäuschen ein, dort gäbe es auch ein paar Bücherschnäppchen, und viele finden, das sei eine richtig gute Idee. Mit den Kunden, die häufig kommen, spricht sie leise und ernsthaft, und alle schauen entsetzt, nicken entschlossen, und all das wirkt wie eine richtige Verschwörung. Alle versprechen, am Nachmittag wiederzukommen, und manche sagen, dass sie Verstärkung mitbringen werden. Gegen Mittag wirkt Frau Kratzer sehr zufrieden, und als ich Emma abhole, kommt sie zusammen mit Tommi aus dem Schulhaus. Ich aber sage mir erleichtert: Zola, bald braucht sie dich nicht mehr. Sie hat einen neuen Beschützer.

Nach dem Mittagessen lege ich mich erschöpft in mein Küchenkörbchen und versenke genüsslich die Nase zwischen meine Pfoten. In jeder Faser meines Körpers spüre ich die Anstrengung der vergangenen Tage, schließlich habe ich auch nachts kaum ein Auge zugemacht. Das hole ich jetzt nach und schlafe auf der Stelle ein. Als ich wieder aufwache, bin ich allein. Draußen dämmert es schon, und in der Küche herrscht Zwielicht. Auf dem Herd simmert eine Flüssigkeit vor sich hin, die ziemlich scharf nach heißem Alkohol, Früchten und Gewürzen riecht. Besorgt untersuche ich die Türen. Alle sind geschlossen. Ich lausche hinaus in die Höhle der Herzensräuber, auch dort ist alles still. Das ganze Haus scheint wie ausgestorben, und einen Moment lang denke ich: Jetzt sind sie alle weggegangen und haben mich zurückgelassen.

Angestrengt lauschend nehme ich auf einmal in der Ferne viele Geräusche wahr: Menschenstimmen. Bewegung. Und das tiefe Summen eines schweren Motors. Irgendetwas ist beim Pförtnerhäuschen zugange. Was ist dort bloß los?

Ich trinke ein bisschen Wasser, verspüre ein dringendes Bedürfnis, und gerade als ich mir ernsthaft Sorgen mache, geht die Tür auf, und Frau Kratzer kommt herein. Sie schaltet das grelle Licht an der Decke an, sodass ich geblendet die Augen schließe.

»Na, Genosse«, raunzt sie, »auch mal wieder wach?«

Sie hat eine große Kanne bei sich, die sie mit dem Gebräu vom Herd füllt. »Du hast die schönste Sitzblockade verschlafen, mein Freund. Komm mit mir und lerne fürs Leben. Ziviler Widerstand. Gandhi wäre stolz auf uns. *Satyagraha*. Das ist Sanskrit und bedeutet ›Festhalten an der Wahrheit‹. Und jetzt gibt's eine Lichterkette. Na, komm schon, alter Junge!«

Das lasse ich mir nicht zweimal sagen. Schon von Weitem sehe ich Lichter, Fackeln und Kerzen. Menschen halten sich an den Händen und haben sich rund um das Pförtnerhäuschen aufgestellt. Aber da sind noch andere Lichter, nämlich die orangefarbenen Lampen des Monsterfahrzeugs. Vanessa steht davor und schreit auf den Fahrer ein. Der schüttelt nur den Kopf und hebt hilflos die Hände. Dann lässt er Vanessa einfach stehen und klettert in den Wagen. Ganz langsam rollt das Fahrzeug aus unserem Vorgarten und davon.

Die Menschen, die das Pförtnerhäuschen bewachen, jubeln, sie haben Vanessa und den Monsterlaster besiegt.

Eine Frau beginnt mit heller Stimme ein Lied zu singen, und andere fallen ein. Sie singen von einem kleinen Jungen mit einer Spielzeugtrommel in der Hand, mit der er durch die Nacht zieht, und dann singen sie ein lustiges Lied, in dem es heißt, dass bald Nikolausabend sei, was immer das auch ist. Frau Kratzer schenkt Punsch aus, und Alice verkauft mit glänzenden Augen Herzensräuber aus dem Plastikkorb. Emma stibitzt mal wieder Kekse und teilt sie mit Tommi, und sogar Frau Nothnagel ist da und feilscht mit Alice. Keiner achtet auf Vanessa, die am Tor steht und vor Wut nur so schäumt. Schließlich dreht sie sich um und stapft an mir vorbei zurück zum Haus. In ihrer Ausdünstung ist etwas, was mich aufmerken lässt. Es riecht gefährlich nach bösen Gedanken, nach einem Plan. Wenig später sehe ich, wie sie das Haus verlässt und zielstrebig zur Straße stöckelt. Einen Moment lang habe ich den Impuls, ihr zu folgen. Da ruft Emma nach mir und winkt mit einem Winterkeks. Kurz zögere ich, wittere Vanessa hinterher. Doch dann schüttle ich meine Besorgnis ab. Max kommt angerast und richtet großen Aufruhr unter den Kunden an, gefolgt von Moritz, der ihn wie immer ausschimpft, und beim Anblick der beiden geht mir das Herz auf. Eigentlich fehlt nur noch Tobias zu meinem vollständigen Glück. Und mein Gefühl sagt mir, dass er schon auf dem Weg nach Hause ist.

Mitten in der Nacht wache ich auf und spitze die Ohren. Ich habe von Tobias geträumt, und jetzt höre ich ein vertrautes Motorengeräusch. Frau Kratzer und ich haben beschlossen, wieder dort zu schlafen, wo wir hingehören: ich in meinem Körbchen in der Höhle der Herzensräuber und Frau Kratzer auf dem gemütlichen Teppichlager in ihrem Zimmer. Das ich eigentlich auch gerne mal ausprobieren würde. Bislang jedoch hat sie mich immer verjagt.

Jetzt laufe ich zur Tür, stelle die Ohren auf, öffne weit meine Nasenflügel und sauge die Luft ein. Das Motorengeräusch erstirbt. Eine Autotür geht auf und fällt wieder zu. Jetzt nähern sich Schritte, und der geliebte Duft wird immer deutlicher. Mein Herz schlägt Trommelwirbel, als ein Schlüssel in das Türschloss gesteckt und umgedreht wird. Und dann geht mitten in der Nacht für mich die Sonne auf.

»Oh, Zola! Hast du mich etwa erwartet?«, fragt Tobias, und ich denke, wie kann er nur so fragen. Er kniet sich zu mir hin, und ich hechle und wimmere und quietsche vor lauter Freude und kann mir auch ein paar Jubelwuffs nicht verkneifen. Ich weiß gar nicht, was ich zuerst tun soll, und so schmiege ich mich an ihn, tanze um ihn herum, drücke ihm meine Nase in die Hand, lecke ihn ab von oben bis unten und bin so außer mir vor Erleichterung, dass ich durch die ganze Herzensräuberhöhle jage und wieder zurück, an ihm hochspringe, über meine eigenen Pfoten stolpere und Purzelbäume schlage.

Bist du endlich zurück, denke ich ganz fest, ich habe dich so vermisst.

»Das wird aber auch höchste Zeit«, erklärt Frau Kratzer von der Galerie herunter, »Herr Erbschleicher, wo haben Sie so lange gesteckt?«

Tobias lacht. Er ist froh, wieder zu Hause zu sein, das merke ich deutlich.

»Haben Sie mich etwa vermisst, Frau Kratzer?«

»Vermisst?!«, echot Frau Kratzer. »Wir haben hier die Stellung für Sie gehalten und der feindlichen Übernahme getrotzt. Sie haben uns da nämlich einen kapitalen Kuckuck ins Nest gelegt, Herr Griesbart.«

Tobias knuddelt mich, und ich werfe ihn fast um vor lauter Liebe.

»Ist sie … ich meine … ist Vanessa da?«

Frau Kratzer zuckt mit den Schultern.

»Nachdem wir heute Nachmittag verhindert haben, dass Alice und Emma auf die Straße gesetzt wurden, hab ich sie nicht mehr gesehen.«

Tobias zuckt zusammen und steht auf.

»Was sagen Sie da?«

»Kommen Sie nur hoch und sehen Sie sich ein bisschen um in Ihrem Haus. Falls es noch Ihres ist.«

Es versteht sich von selbst, dass ich Tobias die Treppe hinauf und in sein Zimmer begleite. Zum einen braucht er jetzt sicher jede Menge Beistand, zum anderen habe ich nicht vor, mich jemals mehr als einen Zentimeter von meinem Menschen zu entfernen. Er öffnet die Tür zu seinem Zimmer und bekommt einen Riesenschrecken, als er die Leere darin sieht. Ich weiche nicht von seiner Seite, als er die anderen Zimmer öffnet, eines nach dem anderen. Ich stehe ihm bei, als er nach Luft schnappt, sich durch die Haare fährt und unfertige Sätze sagt wie: »Was zum …« und »Ja hat sie denn …«.

Wir sehen überall gründlich nach, doch Vanessa ist

nicht da. Wie es aussieht, haben wir sie in die Flucht geschlagen. Und wenn wir Glück haben, kommt sie überhaupt nicht wieder. Das wäre zu schön, um wahr zu sein.

»Wenn Sie wollen«, sagt Frau Kratzer, »dann leih ich Ihnen einen von meinen Teppichen und ein paar Kissen aus. Auf dem blanken Boden können Sie ja kaum schlafen.«

Tobias folgt ihr wie ferngesteuert in ihr Zimmer. Er bringt noch immer keinen ganzen Satz heraus, so geschockt ist er. Er starrt auf Frau Kratzers gemütliches Lager und lässt sich auf eines der Kissen sinken.

»Hier«, sagt Frau Kratzer und reicht ihm eine kleine Pfeife. »Nimm einen Zug. Das wird dir guttun.«

»Aber Frau Kratzer«, staunt mein Mensch. »Bitte sagen Sie mir, dass das nicht das ist, was ich denke!«

Frau Kratzer kichert.

»Was du denkst, Erbschleicher, das weiß ich nicht. Aber du darfst mich Maggi nennen. Und das hier ist gutes altes Gras von allerbester Qualität.«

Tobias starrt Frau Kratzer an und dann die Pfeife. Schließlich ergreift er sie, nimmt einen Zug und muss husten. Frau Kratzer grinst.

»Stammt das etwa noch aus Ihrer ... ähm ... deiner APO-Zeit?«

»Kann man so sagen, ja«, gibt Frau Kratzer zu. Tobias seufzt und lehnt sich erschöpft zurück.

»Hier hat sich ja allerhand getan«, sagt er und schüttelt den Kopf. »Wie lange war ich weg? Jahre?«

»Mindestens«, lacht Frau Kratzer. Dann wird sie ernst.

»Das war keine gute Idee von dir, dich wieder mit diesem Luder einzulassen. Sie hat uns hier ganz schön die Hölle heißgemacht. Deinem Köter hat sie draußen im Schnee einen Zwinger bauen lassen. Mich hat sie in einem Seniorenheim angemeldet, das Biest. Und Alice…«

»Ja«, sagt Tobias und zieht noch mal an der Pfeife. »Du hast völlig recht. Das war wirklich dumm von mir. Und weißt du, eigentlich …«

Auf einmal sträuben sich mir alle Haare, und ich weiß nicht, warum. Irgendetwas geschieht gerade, und das ist gar nicht gut. Ein heller Laut entfährt mir, dann renne ich zur offenen Tür hinaus und die Treppe hinunter. Jemand ist auf dem Gelände, der überhaupt nicht hierhergehört.

»Was ist los, Zola?«, ruft Tobias von oben.

Irgendetwas Schlimmes, denke ich, so laut ich kann, und belle hell und scharf gegen die Eingangstür, werfe mich mit meinem ganzen Gewicht dagegen, bis Tobias sie endlich öffnet.

Meine Beine tragen mich von ganz allein zum Pförtnerhaus. Da sind Schreie, deutlich kann ich die von Alice von denen ihrer Tochter unterscheiden. Aber da sind noch andere Geräusche. Holz zersplittert. Und Glas. Und ein Mann sagt böse Dinge.

Dann bin ich auch schon dort. Und rieche alles. Wut. Raserei. Angst. Mordlust. Schmerz. Und Blut.

21

Der Überfall

Die Tür ist zu, und ich kriege sie nicht auf. Ich belle wie verrückt und springe an einem der Fenster hoch. Der Gestank nach Hass und Zerstörungslust ist unerträglich. Warum braucht Tobias so lange? Warum kommt er nicht?

Emma reißt das Fenster auf und schreit schrill in die Nacht hinaus. Ihr Schrei fährt mir dermaßen in den Hörnerv, dass ich mich aufjaulend seitlich in die Büsche fallen lasse. Emma versucht, aus dem Fenster zu klettern, keiner weiß so gut wie ich, dass sie das kann, und zwar ziemlich flink. Doch etwas, das ich nicht sehen kann, hält sie fest und zieht sie zurück ins Haus. Das Fenster klappt zu. Da sehe ich zu meiner Erleichterung Tobias, der gegen die Tür schlägt und »Sofort aufmachen!« schreit«.

Doch nichts geschieht. Nur Alices Wimmern ist zu hören, das Klatschen von Haut auf Haut. Dann verstummt Alice. Und Emma fängt an zu schreien, wie sie es noch nie zuvor getan hat.

»Mamaaa!«, schreit sie markerschütternd, wieder und wieder. Und dann: »Papa. Bitte, bitte, lass sie los!«

Da hat Tobias eine Schaufel in der Hand – jene Schaufel, mit der mir der Mann auf den Kopf geschlagen hat, anscheinend hat er sie vergessen. Und während er ausholt und die Fensterscheibe zertrümmert, nehme ich eine Bewegung unter den Bäumen wahr. Es ist Vanessa, die zuschaut, und da weiß ich, dass sie es war, die das angerichtet hat. Tobias fegt ein paar spitze Scherben aus dem Fensterrahmen, die stehen geblieben sind, und ich springe beiseite. Dann klettert Tobias so behände hinein, wie ich es ihm niemals zugetraut hätte.

»Schluss jetzt«, schreit er von drinnen. »Hören Sie auf der Stelle auf oder …«

Doch der Mann da drin lässt sich von Tobias nichts sagen. Ich vernehme Kampfgeräusche. Und halte es nicht mehr aus. Obwohl ich mich vor den Scherben fürchte, nehme ich Anlauf und springe meinem Menschen durch das Fenster hinterher. Ich lande auf einem Rücken, und der riecht nach Mord und Totschlag. Der Mann hebt den Arm, um auf Tobias einzuprügeln, und ohne nachzudenken, schlage ich meine Zähne in diesen Oberarm, so tief ich nur kann. Der fremde Mann brüllt auf und fährt herum. Ich sehe blutunterlaufene Augen, ein verzerrtes Gesicht, das mich trotz der Wut, die es entstellt, an Emma erinnert. Er holt aus, doch ich komme ihm zuvor, mein Maul zuckt blitzschnell nach vorne und beißt in diese Hand. Zola ist ein guter Hund. Er hat einmal versprochen, niemals einen Menschen zu beißen. Doch dies hier ist kein Mensch. Es ist eine Bestie. Und er hat Alice und Emma wehgetan.

Alice.

Sie liegt ganz still auf dem Boden, und um sie herum

ist alles voller Blut. Emma kauert bei ihr, schluchzt wie von Sinnen, dann stammelt sie etwas vor sich hin, immer wieder. Es ist kaum zu verstehen, aber ich kann riechen, was sie meint: »Es ist meine Schuld, meine Schuld. Es ist meine Schuld.« Sie springt auf, schaut mit wirrem Blick um sich, reißt die Haustür auf und rennt hinaus in die Nacht. So viel passiert auf einmal, ich muss nach meinem Menschen sehen, doch der hat den bösen Mann dank meiner Hilfe fest im Griff.

»Die Polizei ist gleich da«, sagt Frau Kratzer, die auf einmal auch hier ist. Dann ruft sie: »Oh mein Gott!«, und beugt sich über Alice. Sirenen nähern sich. Ich gerate in Panik bei diesem Lärm und laufe aus dem Haus. Wo ist Emma?

»Ruf sofort einen Krankenwagen«, keucht mein Mensch, und Frau Kratzer rennt davon.

Scheinwerferlicht blendet mich, und ich ziehe mich unter die Büsche zurück. Vanessa ist nicht mehr da. Ich schnüffle im Schnee herum, finde Emmas Spur. Wo ist sie hingelaufen? Die Nase am Boden, mache ich mich auf die Suche nach ihr.

Es ist leicht, ihr zu folgen. Auch sie blutet, wenn auch nicht so stark wie ihre Mutter. Die Fährte führt mich in Richtung Fluss, und große Angst steigt in mir auf. Was will sie dort? An einer Kreuzung verliere ich kurz die Richtung und damit kostbare Zeit. Zu viele Menschen sind hier unterwegs, sogar um diese späte Stunde.

Endlich habe ich ihn wieder in der Nase, Emmas Duft. Da ist etwas Bitteres, Verzweifeltes in ihrem vertrauten Aroma. Und eine Entschlossenheit, etwas zu tun, was sie nicht tun sollte. Das Gefühl von Schuld, so groß, dass Emma sie nicht ertragen kann.

Jetzt bin ich am Wasser. Emmas Spur endet hier. Ich suche das Uferstück ab, doch es gibt keinen Zweifel. Hier hat sie kurz gestanden, vielleicht hat sie Mut sammeln müssen. Ich stehe ganz aufrecht und blicke auf den Fluss hinaus.

Emma, denke ich, so laut ich nur kann. Wo bist du?

Da tritt der Mond hinter den Wolken hervor und bescheint die Wasseroberfläche. Sie ist glatt, nur wenn man genau hinsieht, erkennt man das stetige Fließen. Die Strömung ist stark, das weiß ich, seit ich damals Max aus dem Wasser gezogen habe. Das war nicht weit von hier. Und auf einmal sehe ich etwas Dunkles, das aus dem Wasser auftaucht. Etwas prustet, strampelt. Emma.

Ohne nachzudenken, springe ich ins Wasser. Es ist viel kälter als damals, und der Schock darüber fährt mir durch alle Glieder. Ich versuche ruhig zu atmen und schwimme auf den dunklen Fleck zu, der viel weiter vom Ufer entfernt ist, als ich dachte, und jetzt wieder verschwindet.

Emma!, denke ich. Wehre dich gegen den Fluss!, doch dann begreife ich, dass es nicht der Fluss ist, gegen den sie ankämpft. Sie selbst ist es. Will sie wirklich kalt und leblos sein und in der Erde vergaben werden wie mein erster Mensch und Oma Griesbart? Das darf sie nicht. Ich schwimme schneller, lasse nicht zu, dass die Kälte meine Kräfte aus mir heraussaugt. Ich muss Emma retten. Nichts anderes hat mehr eine Bedeutung. Nur dieses eine. Emma retten.

Da ist ein stampfendes Geräusch, schon seit einer Weile, und es wird lauter. Ich blicke auf und sehe Lichter auf dem Wasser. Ein Schiff. Es kommt näher, und ich habe Emma noch immer nicht erreicht. Jetzt taucht sie wieder auf, und ich gebe alles, um die Distanz zwischen ihr und mir zu besiegen.

Jetzt hat sie das Schiff auch bemerkt und strampelt wilder. Sie bewegt sich in meine Richtung, und das ist gut, sehr gut. Dann verschwindet sie wieder, und ich beschließe das Äußerste: Ich fülle meine Lunge mit Luft und tauche. Etwas wedelt mir um die Nase, ich schnappe danach und ziehe es nach oben. Ich habe Glück, es ist Emmas Jacke, und so fest ich kann, stemme ich mich gegen ihr Gewicht. Das Stampfen des Schiffes ist jetzt ein Dröhnen. Ich kann den Kopf nicht wenden, um zu sehen, wo genau es ist. Ich könnte Emma wieder verlieren, und das darf nicht passieren.

»Zola«, gurgelt sie leise.

Sie hält sich an meinem Halsband fest, vorsichtig, um mich nicht unter Wasser zu ziehen. Emma hat keine Kraft mehr, und ich muss für uns beide stark sein. Ich darf nicht daran denken, wie weit das Ufer noch entfernt ist. Hinter uns dröhnt es immer lauter, und ich kämpfe gegen einen neuen Sog, der mich nach hinten ziehen will. Ich sehe den Schein des Mondes vor mir auf dem Wasser. Und denke an meine Mama, an ihre Zitzen, ihre Milch und ihre zärtlich leckende Zunge. An meinen Bruder, der mich immer wegschubsen wollte, doch ich ließ es nicht zu. So wie ich jetzt Emmas Jacke nicht loslasse, auch wenn sie schwerer wird von Schwimmstoß

334

zu Schwimmstoß. Dann denke ich an Tobias, an seine geliebte Stimme, die Berührung seiner Hände. An seinen Duft und das Gefühl der Liebe, die ich für ihn habe. Und plötzlich ist mir, als stünde er am Ufer und riefe nach mir. Zola! Halte durch! Du bist ein guter Hund. Der beste.

Da fühle ich, wie meine Zuversicht wieder wächst und mit ihr meine Kraft. Es ist, als gebe Tobias mir von seiner Stärke ab und von seinem Mut. Das Dröhnen wird leiser, und ich weiß, das Schiff kann uns nichts mehr tun. Auf einmal hab ich das Gefühl, mein erster Mensch ist bei mir, der mich einst so viel lehrte. Auch das Schwimmen brachte er mir bei, *anda,* glaube ich ihn sagen zu hören in seiner Sprache, *perrito,* du schaffst das! Ich bin stolz auf dich!

Und dann taucht das Ufer vor meiner Nase auf, und ich kann es kaum glauben. Meine Pfoten tasten und finden Boden, der Übergang von Fluss zu Land ist an dieser Stelle seicht, was für ein Glück. Ich raffe meine letzten Reserven zusammen und schleppe mich auf diesen festen Grund. Emmas Jacke habe ich immer noch zwischen meinen Zähnen. Sie hängt daran wie ein nasser, lebloser Sack. Wie soll ich sie nur ans trockene Ufer befördern? Verzweifelt ziehe und zerre ich, doch sie ist einfach zu schwer.

Auf einmal kläfft es wie verrückt direkt hinter mir. Ich erkenne Jockels Stimme und denke: Mann, pack doch mal mit an! Doch wo Jockel ist, ist auch sein Mensch nicht weit, und der fragt: »Was ist denn hier los? Zola, bist du das?«

Zwei kräftige Menschenarme greifen ins seichte Wasser, und ich höre einen überraschten Laut. Dann fasst der Mann fester zu und befördert Emma an Land. Ich lecke ihr Gesicht ab und winsle. Jockel hat offenbar begriffen, dass es sich um eine ernste Angelegenheit handelt, und ist ausnahmsweise anständig. Er macht neben mir Platz und starrt Emma besorgt an. Der Mann murmelt unverständliches Zeug vor sich hin und sucht wie verrückt in seinen Taschen herum. Ich lege mich erschöpft neben Emma, so nah wie möglich, um sie zu wärmen, denn sie ist ganz kalt. »Verdammt«, keucht der Mann, »jetzt hab ich auch noch mein Handy vergessen.« Er sieht sich hektisch um, aber außer uns ist niemand am Fluss. Da zieht er kurz entschlossen seinen warmen Mantel aus, wickelt Emma darin ein und hebt sie hoch. Dann schaut er mich auffordernd an.

»Na los«, sagt er. »Wo gehört die Kleine hin?«

So schnell Jockels Mensch mit Emma auf dem Arm laufen kann, führe ich ihn zu uns nach Hause. Doch dann weiche ich in das Dunkel der Büsche zurück, denn der Vorgarten ist von grellen Lichtern unheimlich erhellt. Männer in Uniformen stehen beim Pförtnerhaus, und ich mache einen weiten Bogen um sie. In meiner Heimat kamen solche Männer hin und wieder zum Strand und verjagten uns. Einmal versuchten sie sogar, uns einzufangen, doch damit hatten sie wenig Glück. Wenn heimatlose Hunde etwas können, dann rennen. Seither bin ich vorsichtig mit dieser Sorte Mensch. Aber diesmal fangen sie den Richtigen: Zwei der Uniformierten führen den bösen Mann aus dem Pförtnerhaus, seine

Hände sind auf dem Rücken gefesselt. Sie bringen ihn zu einem der Autos mit den blinkenden Lichtern und zwingen ihn einzusteigen. Da entdecke ich auch eine Frau unter ihnen, die sich Notizen macht und klug aussieht. Sie geht zu Tobias, der neben der Tür zum Pförtnerhaus lehnt. Er hat ein großes Pflaster an der Stirn und sieht mitgenommen aus. Sie fragt ihn etwas, doch er schüttelt nur den Kopf.

»Was ist passiert?«, fragt Jockels Mensch, der immer noch Emma auf den Armen trägt. »Gehört das Mädchen hierher? Es muss in den Neckar gefallen sein«, erklärt er, während Jockel um die Polizisten herumtanzt und sie todesmutig verbellt. »Sie werden es nicht glauben, aber Ihr Hund hat sie da rausgezogen!«

»Zola?«, fragt Tobias ungläubig. Da wird es Zeit, mich zu zeigen, und ich schmiege mich gegen seine Beine. Er schlingt den Arm um mich und drückt seine Stirn gegen meine und ruft: »Oh mein Gott, Zola, du zitterst ja vor Kälte, du tapferer, wunderbarer Hund!«

In diesem Augenblick erscheint etwas Helles in der Tür, und Tobias weicht zur Seite. Es ist ein Mann in weißen Kleidern, und dann sehe ich, dass sie eine Art Bahre tragen, und ein Winseln entfährt mir, denn all das erinnert mich an die letzten Stunden meines ersten Menschen. Auf der Bahre liegt Alice, das kann ich durch einen hässlichen Geruchsschleier nach Krankenhaus erkennen. Ein dritter Mann trägt eine Art Stange neben Alice her, an dem eine Flasche hängt, von der ein Schlauch zu ihrem Arm führt.

»Mami«, wimmert Emma in dem dicken Mantelpaket.

Die weißen Männer tragen Alice zu einem länglichen Wagen. »Am besten nehmen wir Emma auch gleich mit ins Krankenhaus, damit man sie …«, doch ehe Tobias zu Ende sprechen kann, strampelt Emma und befreit sich aus den Armen von Jockels Mensch, wirft einen verzweifelten Blick auf den Wagen, in dem Alice gerade verschwindet, und rennt schluchzend in Richtung Villa davon.

»Ich kümmere mich um sie«, höre ich Frau Kratzer noch sagen, dann folgt sie Emma. Ich sehe ihr nach, dann blicke ich meinen Menschen an.

»Das hast du toll gemacht, Zola«, lobt er mich. »Und jetzt pass weiter gut auf Emma auf. Ich fahre mit Alice. Da kann ich dich nicht mitnehmen. Aber hier wirst du gebraucht!«

Frau Kratzer hat Emma die nassen Kleider ausgezogen und sie in eine Wanne mit lauwarmem Wasser gelegt. Die Tür zum Badezimmer hat sie offen gelassen und mein Körbchen davor gezogen, damit ich alles genau im Auge behalten kann. Mit einem Waschlappen massiert sie Emmas Füße, Hände, Arme und Beine. Immer wenn das Mädchen sagt: »Heißer!«, lässt sie wärmeres Wasser nach, bis es in dem kleinen Badezimmer nur so dampft.

Mir hat sie ein dickes Handtuch um den Leib gewickelt und ein Federkissen obendrauf gelegt, und nach einer Weile lässt das Zittern in meinem Körper nach, und Wärme breitet sich in ihm aus. Da brauche ich die Decken nicht mehr und beginne, jeden Zentimeter meines Fells sorgfältig sauber zu lecken. Ich schmecke Flusswasser, meine eigene Angst und Anstrengung, Todesmut und Spuren des Kampfes mit dem bösen Mann. Ich entdecke eine Schnittwunde in meiner rechten Vorderpfote und wundere mich, dass ich das nicht schon eher gespürt habe. Das muss eine Scherbe vom Fenster gewesen sein, und ich bin erleichtert, dass kein Splitter mehr in der Wunde steckt.

Emma hat zum Glück zu weinen aufgehört. Ganz apathisch liegt sie in der Wanne und lässt es sogar zu, dass Frau Kratzer ihr das Haar einschäumt. Sie wirkt, als sei sie gar nicht da, als sei sie immer noch draußen im Fluss oder, was ich nicht hoffe, noch im Pförtnerhaus, wo der Kampf tobte.

»Du wirst sehen«, sagt Frau Kratzer, »deiner Mama geht es bald wieder besser. Ich hab die Sanitäter gefragt. Sie meinen, ihre Chancen stehen gut.«

Emma reagiert nicht, und schon glaube ich, dass sie gar nicht zugehört hat, da sagt sie plötzlich: »Es ist alles meine Schuld.«

»Unsinn!«, wettert Frau Kratzer schroff. »Wieso soll das denn bitte schön deine Schuld sein?«

Emma schluckt, als müsse sie einen dicken Brocken hinunterwürgen. »Vanessa … sie hat mir einen Schokomuffin mitgebracht …«

Wieder fängt sie an, herzzerreißend zu schluchzen. Frau Kratzer erstarrt und reißt die Augen auf. Dann fasst sie Emma entschlossen, aber sanft unter die Achseln, hebt sie aus der Wanne, schließt sie fest in ihre Arme und achtet kein bisschen darauf, dass sie dabei ganz nass wird. Sie angelt sich ein großes Handtuch von der Heizung, wickelt Emma darin ein und trägt sie wie ein Welpenkind in ihr Zimmer. Dort bettet sie die schluchzende Emma auf ihr Teppichlager, breitet eine dicke Decke über sie und legt sich zu ihr. Ich lege mich auf ihre andere Seite und lecke ihr das Genick ab, so wie es meine Mama immer tat, wenn wir traurig waren, und darum weiß ich, wie gut das hilft. Irgendwann wird Emma ruhiger und schläft schließlich ein. Frau Kratzer aber starrt finster an die Decke und hat die Lippen fest aufeinandergepresst.

Am nächsten Morgen strahlt Emma Hitze aus und hustet. Frau Kratzer kocht Tee, dann holt sie aus einem Wandschrank frische Leintücher und wickelt Emma, die das Handtuch ganz nass geschwitzt hat, darin ein und bettet sie warm. Emma schläft wieder ein, und ich folge Frau Kratzer in die Küche. Mir tut jeder Muskel weh, ich fühle mich wacklig auf den Pfoten und weiß gar nicht, warum. Frau Kratzer macht mir ein schönes Frühstück und gibt mir sogar eine zweite Portion, die ich dankbar verschlinge. Sie holt zwei Flaschen mit einer dunklen Flüssigkeit aus der Speisekammer und erklärt mir, das sei ein Saft aus bestimmten Beeren, die auf unserem Grundstück wachsen, und der werde Emma ganz bestimmt wieder gesund machen.

Und dann geht auf einmal die Küchentür auf, und ich glaube meiner Nase nicht zu trauen, denn das ist tatsächlich Vanessa, die da hereinspaziert, als sei nie etwas gewesen. Ich knurre böse, doch Frau Kratzer fährt mich an, ich solle das bleiben lassen. Zuerst bin ich beleidigt, schließlich hat Vanessa im Dunkeln gestanden und alles beobachtet, aber kein bisschen geholfen, als der Mann Alice fast getötet hätte. Stattdessen ist diese blöde Frau Kratzer unerhört freundlich zu diesem Miststück.

Es dauert ein bisschen, ehe ich merke, dass sie das, was sie gerade zu Vanessa sagt, gar nicht wirklich meint. Sie hat einen Plan, und ich beobachte genau, was geschieht.

»Ist Tobias wieder da? Ich hab seinen Wagen gesehen«, erkundigt sich Vanessa scheinheilig, und Frau Kratzer antwortet: »Ach, der hat zu tun. Heute bleibt das Antiquariat wohl geschlossen. Möchten Sie auch einen Kaffee? Und vielleicht ein paar Weihnachtsplätzchen? Wären Sie so nett und holen mal eben die Keksdose aus der Speisekammer? Sie steht ganz hinten neben den Marmeladengläsern!«

Ich bin wütend! Wie ungerecht, dass so jemand für seine bösen Taten Winterkekse bekommt und sich die Dose auch noch selbst holen darf. Doch da entdecke ich das Blechding mit seinem duftenden Inhalt auf dem Küchentisch. Frau Kratzer aber schlägt urplötzlich die Speisekammertür zu und dreht den Schlüssel um. Dann grinst sie mir verschwörerisch zu.

»Nicht schlecht, was?«, meint sie und ist sehr zufrieden mit sich, erst recht, als es hinter ihr gegen die Tür poltert und Vanessa schreit, man solle ihr sofort aufmachen.

»Das werden wir schön bleiben lassen«, sagt Frau Kratzer zu mir. »Nicht wahr, Zola?«

Da wird mir klar, dass Frau Kratzer ziemlich schlau

ist. Doch als ich im Geiste durchgehe, was sich alles Leckeres in der Speisekammer befindet, bin ich mir nicht mehr so sicher, ob sie das auch wirklich gut durchdacht hat. Was, wenn Vanessa all die guten Sachen aufisst?

Vorerst lassen wir sie in der Kammer toben, schieben zur Vorsicht noch einen Küchenstuhl so vor die Tür, dass sie die Klinke nicht herunterdrücken kann, und gehen wieder hinauf zu Emma. Die schläft, schwitzt, hustet, wacht auf und trinkt Frau Kratzers heiß gemachten Beerensaft, schläft wieder ein, schwitzt, und so geht der Morgen vorbei. Irgendwann kommt ein übermüdeter Tobias nach Hause, das Kinn von Bartstoppeln umschattet. Erschöpft sinkt er auf Frau Kratzers Teppiche und nimmt dankbar den Tee, den sie ihm reicht.

»Wie geht es Alice?«, fragt Frau Kratzer leise und schaut besorgt nach, ob Emma schläft.

»Sie ist über dem Berg«, seufzt Tobias. »Sie hat eine schwere Gehirnerschütterung und einen komplizierten Bruch am linken Oberarm, der musste operiert werden. Zwei Rippen sind auch noch gebrochen. Na ja. Und dann hat sie eine Menge Platzwunden und Prellungen.«

Er schweigt, und auf einmal merke ich, dass Emma aufgewacht ist und aufmerksam lauscht.

»Emma glaubt, sie sei schuld an dem Ganzen«, sagt Frau Kratzer leise. »Sie hat Vanessa erwähnt und dass sie ihr einen Schokomuffin mitgebracht habe. Irgendetwas muss zwischen den beiden vorgefallen sein, und jetzt denkt Emma, es sei ihretwegen passiert.«

Tobias ist auf einmal hellwach.

»Vanessa?«, fragt er entsetzt. »Glaubst du, dass sie dahintersteckt?«

Frau Kratzer zuckt mit den Schultern.

»Wundern würde es mich nicht. Wenn mich nicht alles täuscht, habe ich sie gestern Nacht kurz im Garten gesehen.«

Emma erzittert, doch das merke nur ich.

»Das wäre ja …«

Ich kann direkt riechen, wie eine Veränderung in meinem Menschen vor sich geht. Es ist, als ob ein Vorhang vor seinen Augen weggezogen würde. Als ob eine frische Brise sein Riechorgan gereinigt hätte. Diese seltsame, diffuse Gefühlsschwäche, die ihn immer überfiel, sobald er auch nur an Vanessa dachte, löst sich auf, und sein Duft wird ganz klar und rein.

»Was hat sie da angerichtet«, sagt er leise. »Wo ist sie überhaupt? Mir hat sie gesagt, sie hätte kein Zuhause.«

Das weiß ich besser, und auch Frau Kratzer schüttelt nur den Kopf. Sie zieht etwas zwischen den Teppichen hervor und hält es Tobias hin.

»Das ist ein Brief, der ihr aus der Handtasche fiel«, erklärt sie. »Na ja«, gibt sie dann zu, »ich hab ein bisschen nachgeholfen. Aber schau dir mal die Adresse an. Offenbar hat sie durchaus ein Zuhause.«

Tobias nimmt den Brief und starrt ihn mit zusammengezogenen Augenbrauen an.

»Dann werde ich mich mal auf den Weg machen«, erklärt er entschlossen und steht auf.

»Wozu?«, fragt Frau Kratzer misstrauisch. »Was willst du ihr sagen, wenn sie vor dir steht? Willst du sie ausschimpfen und ihr mit dem Finger drohen, dass sie so etwas nie wieder machen soll?«

Tobias fährt sich durchs Haar und sieht sich ratlos im Zimmer um. An den Wänden kann man noch sehen, wo die Möbel gestanden haben und wo Bilder hingen, dort sind helle Flecken und an manchen Stellen auch grünliche. Es riecht ein bisschen nach Moder und Vergänglichkeit. Und während Tobias noch darüber nachdenkt, was er Vanessa sagen will, klingelt es an der Tür.

»Ich hätte da noch ein paar Fragen«, sagt die Frau in Uniform, die mit den Männern heute Nacht im Garten war. »Darf ich reinkommen?«

Ich bin skeptisch, immerhin trägt sie Uniform, und das mag ich nun einmal nicht. Doch dann erinnere ich mich daran, dass sie mitgeholfen hat, Emmas Vater wegzubringen, und ich reiße mich zusammen.

»Herr Sterbeck hat ausgesagt, dass er den Aufenthaltsort seiner Frau durch einen anonymen Anruf erfahren habe. Es war eine weibliche Stimme. Und ich wollte Sie fragen, ob Sie …«

Gepolter und gedämpftes Geschrei dringen aus der Küche.

»Lasst mich sofort hier raus!«, schreit Vanessa mit sich überschlagender Stimme. Tobias erstarrt.

»Nun«, sagt Frau Kratzer, »wenn Sie bitte mitkommen möchten. Gut möglich, dass die anonyme Anruferin zufällig in unserer Speisekammer sitzt.«

22

Buchstabenplätzchen

Vanessa streitet alles ab und wird ziemlich laut. Sie macht das sehr gut mit dem Sichverstellen, ihre Augen sprühen Funken vor gespielter Empörung, und ich spüre, wie Tobias schon wieder unsicher wird. Da steht auf einmal Emma in ihrem Schlafanzug in der Küchentür. Sie ist total verstrubbelt, ihr Gesicht ist von der inneren Hitze ganz rot, und ihre Augen haben einen ungesunden Glanz. Als sie Vanessa sieht, kommen ihr die Tränen.

»Sie hat gesagt, sie will mir bei den Hausaufgaben helfen«, sagt sie mit erstickter Stimme. »Ich hab doch nicht daran gedacht, dass unsere alte Adresse in meinem Federmäppchen steht. Am Schlierbachweg 12. Und da hat sie auch gesehen, dass ich anders heiße als Mama.«

»Aber Emma«, unterbricht Vanessa sie empört. »Ich hab dir einen Schokomuffin mitgebracht! Und jetzt sagst du so etwas?«

Emma zieht die Nase hoch und wischt sich mit der Faust über die Augen. Sie ringt mit sich. Doch dann holt sie tief Luft und sagt: »Du hast gefragt, ob da mein Papa wohnt. Niemand hat das gewusst. Nicht einmal Tobias.«

Sie schwankt, und Tobias beeilt sich, sie auf den Arm

zu nehmen. Emma verbirgt ihr Gesicht an seinem Hals und fängt wieder an zu weinen.

»Das ist totaler Unsinn«, erklärt Vanessa der Polizistin. »Das Mädchen ist krank. Wahrscheinlich hat es Fieber. Ist ja auch kein Wunder nach allem, was gestern Nacht hier los …«

Sie stockt. Die Polizistin und Frau Kratzer sehen sie scharf an.

»Was meinen Sie denn? Was ist kein Wunder?«, will die Polizistin wissen. »Woher wissen Sie, was hier los war? Eben haben Sie doch erklärt, die Nacht in Ihrer Wohnung verbracht zu haben.«

»Sie hat das alles genau beobachtet«, erklärt Frau Kratzer mit Abscheu in der Stimme. »Ich habe sie unter den Bäumen stehen sehen. Sie lügt!«

»Sie hat gesagt, dass wir rausmüssen aus dem Pförtnerhaus«, flüstert Emma. »Meine Mama hat ihr das Papier von Tobias gezeigt, in dem steht, dass wir da wohnen dürfen. Trotzdem hat sie die Männer herbestellt. Aber wir haben uns alle an den Händen gefasst und Lieder gesungen, und sie war total wütend …« Emma löst den Kopf von Tobias' Hals und schaut Vanessa direkt in die Augen.

»Hast du meinen Papa angerufen und ihm verraten, wo wir sind?«

Vanessa wird unmerklich blass unter ihrer Schicht Farbe, die sie wie immer im Gesicht hat. Ihre Augen flackern unsicher, dann schaut sie Tobias an. Sie setzt ihre Unschuldsmiene auf und fragt: »Du glaubst doch hoffentlich nicht diesen Unsinn?«

»Du bist Emma eine Antwort schuldig«, sagt mein Mensch leise, aber bestimmt. »Hast du ihren Vater angerufen?«

Es ist ganz still in der Küche. Nicht einmal der Wasserhahn tropft, wie er es sonst oft tut, sogar der Kühlschrank hat zu brummen aufgehört. Die Menschen halten den Atem an.

»Natürlich nicht«, bricht Vanessa schließlich das Schweigen und verschränkt die Arme vor der Brust. »Ich hab mit der Sache überhaupt nichts zu tun.« Und doch kann sie Emmas Blick nicht länger standhalten und schaut zu Boden.

»Ich will, dass du gehst«, erklärt Tobias ruhig, aber streng. »Und wage es nicht, dieses Grundstück je wieder zu betreten. Leg den Schlüssel auf den Tisch und verschwinde.«

Vanessa holt empört Luft und will etwas entgegnen, aber Tobias lässt es nicht zu.

»Schluss jetzt«, sagt er so bestimmt, dass selbst ich zusammenfahre. Vanessa legt klirrend den Schlüssel auf den Tisch und steht trotzig auf. Die Polizistin legt ihr die Hand auf den Arm.

»Ich muss Sie bitten, mich aufs Revier zu begleiten«, sagt sie. »Wir haben da noch ein paar Fragen an Sie.«

»Sie können überhaupt nichts beweisen!«, fährt Vanessa sie an, und zum ersten Mal, seit ich sie kenne, zeigt sie ihr wahres Gesicht.

»Na, das werden wir dann ja sehen«, erklärt die Polizistin ruhig.

Vielleicht sollte ich meine Meinung über Menschen, die Uniformen tragen, doch noch einmal überdenken?

Mein Mensch hat jetzt jede Menge zu tun, und ich helfe ihm dabei. Täglich besucht er Alice, und ich passe so lange auf Emma und Frau Kratzer auf. Dabei vergesse ich nicht, die Tür im Auge zu behalten. Einer muss schließlich achtgeben, ob sich Vanessa womöglich wieder einschleichen will.

Etwas ist mit meinem Menschen geschehen, ich spüre, dass er dabei ist, sich zu verändern. Vieles geht ihm im Kopf herum, das sehe ich ihm an. Wenn er mit den Männern spricht, die den Zwinger wegmachen, das Pförtnerhaus wieder in Ordnung bringen und das Tor aufrichten, tut er das wie ein richtiger Anführer, und keiner kommt auf die Idee, ihn infrage zu stellen. Das beruhigt mich. Nichts ist anstrengender für einen Hund, als wenn sein Mensch nicht weiß, was er will.

Auch im Haus geht einiges vor sich, und ich bin ständig unterwegs, um nach dem Rechten zu sehen. Männer kommen mit großen Eimern, aus denen es nach Kalk riecht, nach Leim und fein gemahlenen Steinen. Sie breiten große Plastikplanen aus, kratzen die Tapeten von den Wänden und malen sie schließlich mit Farbe an, sodass alles hell und freundlich wird und die alten Gerüche verschwinden. Zuerst bin ich besorgt, doch dann breitet sich Erleichterung in mir aus. Mit den alten Gerüchen verschwinden auch die Erinnerungen und machen Platz für neue Geschichten.

Ja, vieles ist im Wandel, und das Einzige, was wie früher ist, sind unsere Morgenspaziergänge zum Fluss. Endlich treffe ich meine Freunde wieder und merke erst jetzt, wie sehr sie mir gefehlt haben. Es ist gut zu sehen, dass manche einfach immer sie selbst bleiben, so wie Max, für den das Leben nur eine einzige Hundewiese ist und jeder, der ihm begegnet, ein Spielkamerad. Mit ihm kann auch ich wieder ausgelassen sein und für kurze Zeit alles andere vergessen. Nur wenn wir an die Stelle kommen, wo ich Emma retten musste, fällt mir alles wieder ein. Max kann zuerst nicht verstehen, warum ich seit Neuestem mit Jockel befreundet bin. Erst als sich der junge Pinscher auch ihm bedenkenlos unterwirft, ist er zufrieden, und von nun an sind wir zu dritt auf der Wiese unterwegs.

Dann fährt ein großes Auto den Kiesweg heran, und es ist bis oben hin angefüllt mit Kisten voller Herzensräuber. Tobias hat sie alle schon vorsortiert, und nun werden die Kartons in die passenden Räume gestellt und warten darauf, ausgepackt zu werden. Während all dieser Aufgaben weiche ich nur von Tobias' Seite, um regelmäßig nach Emma zu sehen.

Emma muss nicht zur Schule, Frau Kratzer sagt, sie sei noch zu schwach. Tommi kommt sie jeden Tag besuchen, und einmal erscheint sogar Frau Baum. Nachdem sie nach Emma geschaut hat, bittet Frau Kratzer sie in die Küche und macht die Tür hinter ihnen zu. Was die zwei da drinnen tun, außer Kaffee zu trinken und Winterkekse zu essen, davon weiß ich nichts. Sicher ist, dass Frau Baum sehr nachdenklich ist, als sie wieder geht.

Nach ein paar Tagen kann Emma wieder aufstehen. Eines Morgens ruhe ich mich ein bisschen aus, während Tobias Herzensräuber sortiert. Ich sehe Emma beim Frühstücken zu, als Frau Kratzer sich zu ihr setzt. Sie stemmt die Ellbogen auf den Tisch, stützt ihr Kinn in die Hände und fixiert Emma. Die beginnt unbehaglich mit den Füßen zu scharren.

»Was ist los?«, fragt sie schließlich. »Was starrst du mich so an?«

»Du bist ein kluges Mädchen, sagt deine Lehrerin«, beginnt Frau Kratzer, aber Emma weiß so gut wie ich, dass das erst der Anfang ist. »Du kannst fix kopfrechnen, du kannst Grammatikregeln erklären, du kannst alle Flüsse Deutschlands auswendig hersagen und viele Sachen mehr, die ein Mädchen in der dritten Klasse noch gar nicht zu wissen braucht.«

Emma strahlt zufrieden.

»Willst du auch wissen, welche Berge über tausend Meter hoch sind? Kann ich dir alle aufsagen!«, erklärt sie stolz und beißt in ihr Marmeladebrot. Doch Frau Kratzer ist an den Bergen nicht interessiert, und ich bin mir nicht sicher, worauf sie eigentlich hinauswill. Mir ist jedoch klar, dass sie das nicht einfach so gesagt hat, um Emma zu loben. Dafür schwingt zu viel in ihrer Stimme mit, und Emma sollte besser auf der Hut sein.

»Aber was du nicht kannst«, fährt sie prompt fort, und Emma wird blass, »ist Lesen und Schreiben. Stimmt's?«

Emma hört zu kauen auf und will protestieren, aber Frau Kratzer sagt: »Papperlapapp! Du weißt genau, dass ich recht habe. Es wird Zeit, mit dem Versteckspiel aufzuhören. Du wirst nicht dein Leben lang Leute finden, die das für dich übernehmen. Ja, ich habe schon mitbekommen, dass du dir neuerdings von Tommi alles vorlesen lässt, was dich interessiert. Du hast ein unglaubliches Gedächtnis, Emma, ehrlich gesagt habe ich keine Ahnung, wie du das machst. Aber wenn du nicht Schreiben und Lesen lernst, wird dir das alles auf die Dauer nichts nützen.«

Emma hat das Marmeladebrot auf den Teller geworfen und starrt es zornig an.

»Ich kann sehr wohl …«

»Emma!«

Frau Kratzer schaut sie streng an. Und doch fühle ich, dass sie es gut meint. Dass die Geschichten, die mir Emma vorgelesen hat, nicht aus den Herzensräubern stammten, sondern aus ihr selbst, das habe ich ja schon lange bemerkt. Mich hat das nicht gestört. Ablesen, was andere geschrieben haben, können ja viele, wie man an unserer zahlreichen Kundschaft sehen kann. Aber eine schöne Geschichte erfinden, das ist schon etwas Besonderes. Trotzdem hat Frau Kratzer wahrscheinlich recht, und es wäre gut für Emma, wenn sie das andere auch könnte. Dann braucht sie vielleicht nicht mehr ihren Bleistift abzukauen, stundenlang vor ihrem Heft herumzusitzen und ganz bleich vor Sorge zu werden, wo es doch so viel lustiger ist, im Garten herumzutollen.

»Weißt du, was wir jetzt machen?«, fragt Frau Kratzer, und Emma mustert sie misstrauisch, bereit zu widersprechen, was immer auch kommen mag. »Wir backen Plätzchen. Hilfst du mir dabei?«

Da strahlt das Mädchen erleichtert, und ich kann direkt fühlen, wie eine Last von ihm abfällt.

»Au ja«, sagt sie. »Welche Sorte machen wir?«

»Heute machen wir die A-Plätzchen. Und du stichst sie aus.«

Ich bin ja nur ein Hund, und was Plätzchen mit Lesen und Schreiben zu tun haben, davon hab ich keine Ahnung. Aber seit Frau Kratzer und Emma jeden Tag miteinander backen, riecht es wieder lecker und friedvoll im Haus, und alle sind zufrieden. Am zweiten Tag backen sie B-Plätzchen, und dafür füllt Frau Kratzer Teig in eine spitze Tüte mit einem Loch unten, und Emma malt damit den Buchstaben B in vier Ausführungen auf das Backblech, nämlich in Groß und Klein und in Druck- und in Schreibschrift. Meiner Meinung nach schmecken sie zwar alle gleich, aber Emma bekommt rote Ohren vor Aufregung, und schon beim zweiten Blech geht es viel besser. Danach kommen die C-Plätzchen dran, und weil sie so einfach gehen und die D-Plätzchen ganz ähnlich sind, macht Emma die gleich mit. Jetzt wird es spannend, denn mit E beginnt ihr Name, und auf einmal ist sie ganz wild darauf, auch die Ms zu backen, dann kann sie nämlich ihren Namen aus Plätzchen zusammensetzen. Frau Kratzer hat überhaupt nichts dagegen, nein, sie lächelt erleichtert in sich hinein. Von den Ms kommen sie zu den Ws, die fast gleich sind, nur auf dem Kopf stehen, und vom W zum V. Bei so vielen Plätzchen fallen auch für Tommi und mich reichlich ab, bis Tobias sagt, so viel Zucker sei nicht gut für einen Hund und für kleine Mädchen auch nicht. Ohnehin gibt es inzwischen so viele Kekse, dass keiner weiß, wohin damit.

»Ich hab's«, erklärt Emma, und ihre Augen leuchten dabei. »Wir füllen die Kekse in kleine Tüten und verkaufen sie an Tobias' Kunden. Die mögen Bücher. Also wollen sie bestimmt auch Buchstabenkekse!«

Tobias findet, dass das ein guter Plan ist, und Frau Kratzer meint: »Darauf könnte glatt ich gekommen sein!«

Also werden nun Kekse in knisternde Tüten verpackt und mit einem roten Band oben zugebunden, und siehe da, die Kundschaft ist ganz wild auf Emmas Buchstabenkekse.

Das befeuert Emmas Freude am Backen, wenn die Sache auch nicht immer reibungslos abgeht. Als nämlich die Buchstaben Q und R drankommen, die kompliziert sind und leicht zerbrechen, kriegt Emma einen kleinen Wutanfall und behauptet, dass man die überhaupt nicht braucht, und überhaupt habe sie keine Lust mehr auf diese blöde Buchstabenbackerei. Frau Kratzer braucht viel Geduld, und ehrlich gesagt hätte ich ihr die niemals zugetraut, so garstig, wie sie anfangs war. Doch wenn ich den beiden so zusehe, wie sie Mehl abwiegen, den Teig kneten und ihre Hände immer wieder an ihren Schürzen abwischen, die schon von oben bis unten so lecker riechen, dass ich sie am liebsten stundenlang ablecken würde, dann kann ich nicht umhin, eine gewisse Ähnlichkeit zwischen ihnen festzustellen: Emma kann genauso ruppig sein wie Frau Kratzer und Frau Kratzer genauso gewieft wie meine kleine Freundin.

Und während ich mich mit den neuen Büchern vertraut mache und Tobias beim Verkaufen helfe, während mir mein Mensch eine neue Sorte Herzensräuber erklärt, in denen Gedichte sind von Menschen, die früher hier in unserer Stadt gelebt haben, während ich die Namen Brentano lerne und Eichendorff, lernt Emma nicht nur ihren Namen aus Keksen zu schreiben, sondern auch die von Alice, Tobias und Maggi, wie Frau Kratzer seit Neuestem auch heißt. Die macht das ziemlich gut, jeden Tag gibt es eine andere Überraschung für Emma, zum Beispiel, als sie Schokoladenglasur für die P-Kekse vorbereitet, und was das anbelangt, kann Emma ohnehin nicht Nein sagen. Nur als Frau Kratzer eines Tages vorschlägt, zur Feier des Tages Schokomuffins zu backen, weil heute der letzte Buchstabe drankomme, und das Z mit weißem Zuckerguss obendrauf zu malen, wird Emma stocksteif und erklärt, dass sie in ihrem ganzen Leben nie wieder einen Schokomuffin essen werde.

»Aber warum denn nicht?«

Emma gibt keine Antwort. In ihren Augen steht Panik, und ich weiß auch, warum. Es war ein Schokomuffin, der Emma dazu brachte, Vanessa ins Pförtnerhaus zu lassen. Sie riecht auf einmal wieder genauso nach Entsetzen, Todesangst und Schuld wie in jener schlimmen Nacht, als ihr böser Papa kam. Abrupt läuft sie zur Tür in den Garten, reißt sie auf und rennt hinaus. Ich spurte hinterher, denn bei Emma weiß man nie. Sie hat immer noch ihre Schürze um und an den Füßen Hausschuhe, und das ist nicht genug bei dieser Kälte. Sie schlägt tatsächlich den Weg zum Fluss ein, und ich mache mir große Sorgen, also renne ich neben ihr her, mache lustige Sprünge und warte auf Schneekugeln, doch seltsamerweise scheint Emma mich gar nicht zu bemerken. Schließlich kommen wir an die Stelle, wo sie schon einmal ins Wasser sprang, und sie bleibt stehen. Ich setze mich auf ihre Füße, obwohl kaum Platz zwischen ihr und dem Fluss ist, und ich riskiere, jeden Moment ins Wasser zu fallen, aber es ist mir egal. Ich blicke zu Emma auf und winsle, damit sie endlich bemerkt, dass sie einen Freund hat, der zu ihr hält. Doch sie reagiert noch immer nicht, sondern sieht starr hinaus aufs Wasser, und da tue ich etwas, das ich ansonsten bei anderen Hunden überhaupt nicht mag: Ich nenne das Kläff-Jaulen, was ein bisschen wie heulen klingt, aber eben mit ein paar Kläffern dazwischen, und das ist so nervtötend, dass es normalerweise keiner überhört. Da endlich senkt Emma den Kopf und schaut mich an.

»Was soll ich bloß Mama sagen«, bricht es aus ihr hervor, »wenn sie aus dem Krankenhaus kommt?«

Ich lecke ihre Hände, erst die eine, dann die andere, sie sind eiskalt, und ich denke ganz intensiv: Lass uns nach Hause gehen, bitte!

»Sie wird mich nicht mehr lieb haben«, sagt Emma mit einer Stimme, in der die ganze Traurigkeit der Welt mitklingt, und ich denke: Alice hat dich immer lieb. Sie ist doch deine Mama!

»Aber ich habe sie verraten«, beharrt Emma mit Tränen in der Stimme. »Ich hab meine Mama verraten, und jetzt ist sie … Du hast ja keine Ahnung, wie schlimm Papa sie gehauen hat, immer wieder, obwohl ich gesagt hab, dass er aufhören soll ...« Ihre Stimme ist irgendwie brüchig geworden, so als zertrete jemand feines Porzellan. Und ganz leise, nur noch ein Hauch. Tränen kullern ihr über die Wangen, und ich kann nicht anders, als mitzuweinen und mich an ihre Beine zu schmiegen, ihr von meiner Wärme zu geben und von meiner Liebe. Es gelingt mir, sie einen Schritt von der Wasserkante wegzudrängen, damit sie bloß auf keine dummen Ideen kommt, und nach einer Weile, die mir ewig vorkommt, geht sie in die Hocke und schlingt die Arme um mich.

»Warum macht er das? Warum, Zola, warum?« Sie drückt ihr Gesicht in mein Nackenfell und schluchzt, dass es ihren ganzen Körper erschüttert, während ich stillhalte und aufpasse, dass ihr nichts passiert. Dann beginne ich vorsichtig ihr Gesicht abzulecken. Um den Mund herum schmeckt es süß nach dem Teig, von dem sie genascht hat. Es ist noch nicht lange her, da war sie noch fröhlich, doch unter ihrem Gesundwerden und ihrer guten Laune lauerte die ganze Zeit die Verzweiflung, die sie damals in den Fluss getrieben hat und die sie kaum ertragen kann.

Du hast deine Mama nicht verraten, denke ich ganz fest und lecke ihr die Tränen ab. Wir alle haben nicht gut genug aufgepasst.

Und dann wird mir klar, dass das stimmt. Zola hat nicht aufgepasst und Tobias auch nicht. Wir hätten Vanessa niemals ins Haus lassen dürfen. Aber böse Menschen finden viele Wege, das hat schon mein erster Mensch gewusst. Und dann lecke ich Emma hinter ihren Ohren, was ich immer ganz besonders gernhabe, und

Emma muss auf einmal lachen. Sie zieht die Nase kraus und ruft: »Zola, hör auf damit!« Doch wo ich nun schon einmal dabei bin, fahre ich mit der Zunge noch mitten in ihre Ohrmuscheln, und sie kreischt und wehrt sich, aber ich mach einfach weiter, Hauptsache, sie weint nicht mehr. Am Ende kullern wir miteinander auf der Wiese im Schnee herum, so wie ich es mit Max und Jockel immer mache, bis sie vor Kälte zu zittern beginnt und sagt: »Komm, Zola, wer als Erster zu Hause ist.«

Dann laufen wir um die Wette. Unterwegs verliert Emma einen ihrer Hausschuhe, und ich finde ihn in einer Schneewehe. Und als wir wieder in die Küche stürmen, sitzt da eine bleiche Alice mit einem unförmigen weißen Verband am Arm, der bis hoch zur Schulter reicht, und sieht unglaublich erleichtert aus, als sie uns sieht.

»Emma, mein Schatz«, ruft sie aus, und in ihrer Stimme sind so viel Herzensliebe und Erleichterung, dass Emma ihr nur so in den gesunden Arm fliegt. Da atme ich auf und gehe in mein Körbchen, wo ich die nächsten Stunden damit beschäftigt bin, meine Pfoten zu lecken, besonders die wehe mit dem Schnitt. Denn es gibt nichts, was mich nach einer großen Aufregung mehr beruhigt als das.

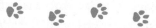

Ich muss wachsam sein. Irgendwie muss es mir gelingen, unser Rudel fest zusammenzuschweißen, damit nicht wieder etwas Schlimmes geschieht. Und so drehe ich meine Runden von Tobias zu Alice, die meistens in ihrem Bett liegt, das Tobias aus dem Pförtnerhaus holen und in dem frisch gestrichenen Zimmer direkt neben seinem aufstellen ließ. Vor den Fenstern hängen duftige Vorhänge, und alles ist so hell und leicht wie die Schneeflocken, die draußen zur Erde schweben. Noch immer hat Alice Schmerzen, das Atmen fällt ihr schwer, und viele Stellen ihres Körpers sind wund und angeschwollen. Das nehme ich deutlich wahr, auch wenn warme Decken über sie gebreitet sind. Von dem dicken Verband, in dem einer ihrer Arme fast vollständig verschwunden ist, ganz zu schweigen. Trotzdem ist Alice irgendwie voller Hoffnung. Sie mag es, wenn ich sie besuchen komme, dann streckt sie immer ihre gesunde Hand nach unten, krault mich ganz wunderbar hinter den Ohren und sagt liebe Sachen zu mir.

Und als ich eines Tages beobachte, wie Tobias sie zärtlich streichelt und ihren Mund mit seinem lange berührt, so als wollte er ihr seinen Atem schenken, schlingt sie den gesunden Arm um ihn und will ihn gar nicht wieder gehen lassen. Ich aber liege still in meinem Körbchen und halte fast den Atem an, denn was dort zwischen meinem Menschen und Alice gerade geschieht, ist einfach zu schön, und ich hoffe inständig, dass keiner die beiden dabei stört.

»Ich liebe dich«, sagt nach einer Weile Tobias zu Alice, und obwohl ich immer dachte, dass es mich umbringen würde, wenn er das zu einem anderen Wesen sagen würde als zu mir, macht es mir überhaupt nichts aus. Im Gegenteil. Es fühlt sich so richtig an wie schon lange nichts mehr in unserem Leben. Und als Alice ganz leise, fast unhörbar flüstert: »Ich liebe dich auch!«, da weiß ich, dass jetzt alles gut werden kann. Vorausgesetzt, wir passen alle ein bisschen besser aufeinander auf.

Den Buchstaben Z hat Emma dann doch noch gelernt, auch ohne Schokomuffins. Gemeinsam mit Tommi legt sie nun ein Wort nach dem anderen aus Plätzchen, und wenn ein Satz gelungen ist, dann essen sie ihn auf oder packen ihn in ein Tütchen zum Verkaufen, weil so viele Plätzchen überhaupt keinen Platz in ihren Bäuchen finden.

Dann kommt der Tag, an dem Tobias mit mir zu einem Ort geht, wo es intensiv nach Wald riecht. Alles ist voller immergrüner Bäume, und Tobias sucht einen für uns aus. Mit dem Baum, den Tobias in der großen Halle aufpflanzt, kommt eine ganz besondere Freude ins Haus, alle kriegen glänzende Augen, und überall raschelt geheimnisvoll Papier. Emma und Frau Kratzer hängen glitzernde Dinge an den Baum, glänzende Kugeln und noch mehr von den Zackengebilden, die Emma Sterne nennt. Ich kannte bislang nur die Sterne am Himmel, und die sind überhaupt nicht gezackt. Aber ich kenne das schon, dass verschiedene Dinge dieselben Namen haben, so als ob den Menschen nicht genug einfallen würde für alles, was es auf der Welt gibt. So heißt zum Beispiel ein Keks auch Plätzchen, aber genauso auch ein kleiner Platz. Mit dem Wort Schloss kann das riesige Gebäude gemeint sein, das über unserer Stadt thront, aber auch das kleine Metallding, das Vanessa an die Tür des Zwingers hängte. Auch bei den vielen unterschiedlichen Geruchsnuancen gehen den Menschen viel zu schnell die Wörter aus, und manchmal frage ich mich, wenn ich nachts in der Höhle der Herzensräuber herumgehe und die Neuzugänge beschnuppere, ob ihre Geschichten deshalb so viel Raum einnehmen, weil sie so viele Wörter brauchen, um die einfachsten Dinge zu beschreiben. Weil sie das richtige Wort dafür nicht haben. Dann wird mir ganz schwindlig im Kopf, und ich lege mich lieber wieder in mein Körbchen, sauge tief den feinen Waldduft des immergrünen Baumes ein und stelle mir vor, was der wohl schon alles so erlebt haben mag, ehe man ihn aus seinem Wald holte und hier hereinstellte und mit glitzernden Sachen behängte. Und damit er sich auch noch als Baum fühlen kann, hebe ich in einer stillen Minute, als keiner hinschaut, mein Bein und markiere ihn, damit er weiß, wo er hingehört.

»Heute ist Weihnachten«, erklärt mir Emma eines Morgens, doch was genau das bedeutet, das sagt sie nicht. Aber ich fühle, dass alle irgendwie von einer besonderen, andächtigen Stimmung durchdrungen sind. Emma hüpft den ganzen Tag aufgeregt herum und verhält sich ein bisschen wie Jockel, der auch niemals still sitzen kann. Frau Kratzer hat einen toten Vogel in den Backofen gesteckt, einen von der Sorte, die am Fluss leben und die ich auf keinen Fall jagen darf, und ich frage mich, was so einer dann bei uns im Backofen zu suchen hat. Anscheinend gelten an Weihnachten ganz viele Aus-

nahmen, und dazu gehört, dass die Höhle der Herzensräuber mittags schon schließt, obwohl am Morgen noch
sehr viele Kunden kommen, auch Tommis Vater, der
mir heimlich ein Würstchen schenkt, das ich zu seiner
Freude auf der Stelle verputze.

»Fröhliche Weihnachten, Zola«, sagt er, und ich wedle
zustimmend mit dem Schwanz. Ein bisschen Fröhlichkeit tut uns gut nach allem, was passiert ist. Frau Nothnagel kommt und kauft drei Tüten Buchstabenkekse, ja
sie bezahlt sie sogar, ohne zu feilschen, und auch die jungen Frauen mit ihren Kinderwagen sind zur Stelle und
wollen wissen, wie es Alice geht.

Fast gleichzeitig, so als hätten sie sich verabredet, eilen sie alle auf einmal nach Hause, und ihr vielstimmiges
»Frohe Weihnachten« hallt noch eine Weile in der großen Halle nach. Ich gehe nach dem toten Vogel sehen,
nach dem es so verführerisch duftet, doch Frau Kratzer,
die jetzt von allen Maggi genannt wird, scheucht mich
aus der Küche. Zum Glück kommt Moritz und mit ihm
Max, der sofort den Baum umwirft und dafür heftig ge-
scholten wird. Dabei wollte er doch nur meiner Markierung seine hinzufügen, was ziemlich unverschämt ist,
schließlich ist es mein Baum auf meinem Terrain, und
deshalb finde ich es ganz in Ordnung, als Moritz ihn in
die kleine Kammer sperrt, in der früher Emma geschla-
fen hat oder, besser gesagt, schlafen sollte. Dann tragen
Tobias und Moritz gemeinsam Sessel und Polsterstühle
aus den verschiedenen Räumen in die Halle und stellen
sie rund um den Baum auf. Tobias hilft Alice die Treppe herunter, und an der Art, wie er sie liebevoll anfasst,

merke ich erleichtert, dass die beiden das mit dem Lieb-haben ernst meinen.

Dann werden Lieder gesungen, und das ist etwas, was ich persönlich nicht so gut leiden kann, denn mein Ge-hör ist ziemlich empfindlich, und ich kann nicht sagen, dass Frau Kratzer eine angenehme Stimme hat, dafür aber ist sie laut. Außerdem muss ich höllisch aufpassen, denn jetzt werden auch noch unzählige kleine Lichter an dem Baum angezündet, was ich für ziemlich fahrlässig halte, denn so ein Baum fängt ruckzuck Feuer, und al-lein der Gedanke daran versetzt mich in Panik. Alles in allem, überlege ich mir, während ich in das Lichtermeer starre – jeden Moment bereit anzuschlagen, falls so ein Flämmchen auf einen Zweig übergreifen sollte –, gehen diese Menschen ganz schön viele Risiken ein. Der Baum mit all den vielen Kerzen strahlt eine unglaubliche Hitze aus, auch der Vogel im Backofen trägt seinen Teil dazu bei, dass mir unerträglich heiß wird unter meinem Fell. Dann ist das Gesinge endlich vorüber, und Emma stürzt sich auf ein paar Pakete, die unter dem Baum herumlie-gen, und zerreißt wie wild das Papier, in das sie einge-wickelt sind. Ein neues Federmäppchen ist dabei und wird achtlos beiseitegelegt. Doch von dem bunten Tep-pich, einem Geschenk von Frau Kratzer, sind wir beide begeistert, auch ich muss ihn sofort ausprobieren, und zu meiner Freude verjagt mich Emma nicht gleich wie-der, sondern legt ihren Arm um mich und schmiegt sich an mich. Rastlos, wie sie ist, springt sie gleich wieder auf und verteilt selbst Geschenke, und ich vergnüge mich eine Weile damit, all das bunte Papier in kleine Fetzen zu reißen. Endlich sind die Lichter heruntergebrannt und verlöschen, und Max, der in der kleinen Kammer jämmerlich winselt, wird befreit und sorgt für einige Aufregung. Da hält mir Tobias auf einmal ein Päckchen vor die Nase. Ich schnuppere. Es riecht gut.

»Na, mach es schon auf!«, fordert Tobias mich auf. Das lass ich mir nicht zweimal sagen. Und zwischen all dem Papier kommt etwas hervor, was aussieht wie ein Knochen, aber ganz anders schmeckt. Lecker schmeckt. Und während der nächsten Stunden bin ich damit beschäftigt, dieses köstliche Ding vor Max in Sicherheit zu bringen, um es später in der Nacht, wenn alle schlafen, in aller Ruhe zu zerkauen.

23

Café Zola

Dann ist Weihnachten vorbei und damit auch die Zeit der Plätzchen. Alice geht es jeden Tag besser, und Emma ist jetzt stundenlang bei ihr. Moritz und Tobias stecken über einer Unmenge von Papieren die Köpfe zusammen, was ich ängstlich beobachte, immer auf der Hut vor Herrn Bohn. Doch der lässt sich nicht blicken. Es sind stille Tage, auch Frau Kratzer verbringt viel Zeit auf ihrem Zimmer. Mir soll es recht sein, endlich kann ich den Schlaf nachholen, der mir in den letzten Wochen fehlte.

»Ein guter Neuanfang«, sagt Moritz gerade, und ich spitze die Ohren. »In den wenigen Monaten seit dem Umzug hast du mehr Umsatz gemacht als im ganzen vergangenen Jahr. Sicher war die Vorweihnachtszeit ein besonderer Anreiz für deine Kunden. Januar und Februar werden womöglich ruhiger verlaufen.«

Ich atme auf. Ein bisschen Ruhe täte uns ganz gut.

»Das stimmt«, meint Tobias. »Aber lesen tun die Menschen immer. Gebrauchte Bücher verschenkt man nicht so häufig, meine Kunden sind meistens auf der Suche nach Lektüre für sich selbst. Alice ist unglaublich beliebt bei ihnen. Von Zola ganz zu schweigen …«

Er sieht mich liebevoll an, und mir wird ganz warm ums Herz. Dann wendet er sich entschlossen Moritz zu, und ich kann fühlen, dass er einen Plan hat.

»Ich würde gerne Alices Idee verwirklichen ...«, und dann stecken die beiden wieder die Köpfe zusammen, und Moritz rechnet und nickt und nimmt ein neues Blatt und schreibt lauter Sachen auf, und Tobias bekommt leuchtende Augen. Da weiß ich, dass etwas Schönes entstehen wird, und atme erleichtert auf. Vielleicht wird jetzt doch alles gut?

In Emmas neuem Federmäppchen steckt neben vielen bunten Stiften ein ganz besonders großer, glänzender. Der hat den schwierigen Namen Füllfederhalter, doch Emma nennt ihn kurz »Füller«, und mit ihm beginnen wieder schwierige Zeiten.

Nach der Sache mit den Buchstabenplätzchen haben wir alle gehofft, dass das mit dem Lesen und Schreiben jetzt erledigt wäre. Doch in dem Moment, als der Füller ins Spiel kommt, gibt es viele Tränen, und Frau Kratzer sieht aus, als wisse sie jetzt auch nicht mehr weiter. Emma wirft den Füller gegen die Wand und schreit, dass sie keine Lust mehr habe und noch ein paar andere freche Sachen mehr. Ein paar Tage lang herrscht dicke Luft zwischen ihr und Frau Kratzer, und ich überlege fieberhaft, wie ich die beiden wieder aufheitern könnte.

Zum Glück kommt Tommi zu Besuch mit einer flachen Schachtel unterm Arm. Ich hoffe, dass es kein Herzensräuber ist, und wenn doch, dann einer mit vielen schönen Bildern, denn sonst laufen wir Gefahr, dass Emma entweder wütend oder so traurig wird, dass sie weinen muss, und dann ist nichts mehr mit ihr anzufangen. Doch es ist kein Herzensräuber. Als Tommi die Schachtel aufmacht, regnet es lauter gleich große Pappstücke auf Emmas neuen Teppich, und auf jedem ist ein buntes Bild.

»Das habe ich zu Weihnachten bekommen«, erklärt Tommi und schlenkert verlegen mit den Armen. »Ein Tier-Memory. Wollen wir das miteinander spielen?«

Emma hat sich bereits begeistert auf den Teppich gesetzt und fängt an, die Bilder zu betrachten. Ich lege mich erleichtert zu den beiden und beobachte, wie sie die Kärtchen mit den Bildern nach unten in schöne, gerade Reihen auslegen. Es sind viele, und der Kartenteppich wird immer größer. Ich schließe die Augen und döse ein bisschen vor mich hin.

»Vermisst du eigentlich auch deinen Papa?«, fragt Tommi unvermittelt, und ich reiße die Augen auf, denn »Papa« ist bei uns ein gefährliches Wort. Emma erstarrt, doch Tommi scheint es nicht zu bemerken. »Ich vermisse meinen«, fährt er fort. »Seit meine Eltern geschieden sind, sehe ich ihn nur einmal im Monat, am Wochenende. Dann will er immer etwas ganz Besonderes mit mir unternehmen, dabei wäre es mir viel lieber, wir machten normale Sachen. Fußball spielen zum Beispiel oder gemeinsam fernsehen. Aber er ist nur zufrieden mit mir, wenn ich besondere Wünsche habe, aber was besonders ist, das entscheidet er. Er hat mir teure Kleider gekauft, die meine Mama sich nicht leisten kann, aber die darf ich nicht mit nach Hause nehmen. Er sagt, ich würde sie dann nur schmutzig machen. Nur wenn ich bei ihm bin, darf ich sie anziehen. Erwachsene können schon komisch sein.«

Er legt noch ein paar Karten in Reih und Glied, während die von Emma jetzt im Zickzack zu liegen kommen, so sehr zittert ihre Hand.

»Ich vermisse meinen Papa nicht«, sagt sie trotzig. »Er hat meine Mama geschlagen.«

»Geschlagen hat mein Papa meine Mama nicht«, erwidert Tommi. »Aber er hat sie auch so zum Weinen gebracht. Er hat sie mit Worten in die Enge getrieben, bis ihr nichts mehr eingefallen ist. Worte können auch wehtun, wenn sie gemein genug sind. Und dann sagt er immer, dass meine Mama blöd ist. Sie ist zu blöd zu allem, behauptet er. Und das tut mir weh. Denn es stimmt überhaupt nicht. Meine Mama ist nicht blöd.«

Emma sieht ihn an, und ihre Miene wird weich. Erst jetzt fällt mir auf, dass Tommi Tränen in den Augen hat.

»Der Blödmann bin ich«, sagt er und tut so, als hätte er was ins Auge gekriegt. »Weil er mir trotz allem immer noch fehlt.«

Emma dreht und wendet ein Kärtchen zwischen ihren Händen, und ich bin mir sicher, sie hat es ganz vergessen. Sie schluckt ein paarmal, dann sagt sie mit rauer Stimme: »Meiner konnte auch ganz anders sein. Als wäre er zwei verschiedene Personen. Der eine, der …« Emma presst die Lippen aufeinander, um nicht in Tränen auszubrechen. Doch sie atmet tapfer ein und aus und spricht weiter. »Mein netter Papa hat mich seine

Prinzessin genannt und Landkarten mit mir angeschaut und mir von fremden Kontinenten erzählt. Er ist nämlich Pilot und fliegt durch die ganze Welt. Aber wir wussten nie, welcher Papa nach Hause kommt. Der nette oder der, der uns verprügeln will.«

»Hat er auch gesagt, dass deine Mama blöd ist?«

Emma schüttelt den Kopf und starrt auf die Karte in ihrer Hand. »Er war ganz schrecklich eifersüchtig. Wenn irgendjemand nett zu ihr war, dann hat er gleich gemeint, dass sie den lieber mag als ihn. Dann konnte man nicht mehr mit ihm reden. Und am Ende war er nur noch so. Ich hatte solche Angst, Tag und Nacht. Bis wir irgendwann heimlich weggelaufen sind.«

Die Karten sind nun alle ausgelegt. Doch keiner von beiden hat mehr Interesse an ihnen.

»Meinen netten Papa, ja, den vermisse ich schon«, sagt Emma schließlich. »Aber den gibt es nicht mehr. Schon lange nicht mehr.« Sie schüttelt sich, als müsse sie etwas abwehren. Dann fragt sie: »Soll ich dir mal zeigen, wohin er mich mitnehmen wollte?«

Tommi schaut erstaunt auf, dann nickt er heftig. Emma rennt die Treppe hinunter in die Höhle der Herzensräuber und kommt gleich darauf mit dem dicken, großen Buch wieder, das sie sich so oft angeschaut hat, als sie noch im Umzugskarton schlief.

»Hier«, sagt sie und sucht die richtige Seite. »Gleich hab ich es. Afrika, wo es die großen Tiere gibt.«

Tommi bekommt glänzende Augen. Sie schieben die Spielkarten beiseite und legen sich nebeneinander auf den Bauch, den aufgeschlagenen Herzensräuber vor sich. Emma fährt mit dem Finger über die Linien und beschreibt Tommi die Reise, die sie mit ihrem Vater jetzt nicht mehr machen wird. »Aber eines Tages«, sagt sie, »wenn ich groß bin, dann fahre ich da ohne ihn hin.« Sie wirft Tommi einen Blick zu und überlegt. »Willst du mitkommen?«

»Klar!«, sagt Tommi strahlend, und eine große, freudige Hitze steigt in ihm auf. »Wohin genau willst du denn? Ich hab gelesen, dass die meisten Tiere im Krüger-Nationalpark leben.« Sie beugen die Köpfe über den Herzensräuber und schauen sich noch weiter die Linien und Flächen an, reden über diese und jene afrikanische Gegend, und auf einmal reibt sich Emma die Augen und fragt: »Kennst du das, wenn die Linien und Buchstaben zu tanzen anfangen? Ich frage mich, wie man da lesen soll, wenn sie immer aus der Reihe hüpfen.«

»Ja, das kenn ich«, erwidert Tommi, als wären tanzende und hüpfende Buchstaben überhaupt nichts Besonderes. »Das war bei mir auch so, bevor ich meine Brille bekam. Hey, wahrscheinlich brauchst du auch eine.«

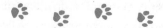

Und dann beginnt mit viel Lärm und Getöse ein neues Jahr. Ich verstecke mich in der Speisekammer und nage an einem echten Knochen herum, den mir Tobias hingelegt hat, damit ich abgelenkt bin von dem Schießen und Knallen, mit dem die Menschen das neue Jahr begrüßen. Emma kriegt tatsächlich auch solche Gläser vor die Augen, wie Tommi sie hat, und es ist, als ob eine riesige Last von ihr genommen würde. Ihre Brille ist bunt und lustig, und Tommi kommt jeden Tag und zeigt ihr, wie das mit dem Schreiben geht. Dabei ist immer mal wieder die Rede von seinem Papa, und dann erzählt Emma von ihrem, während sie ihren Füller ganz fest in der Hand hält und ihn kratzend über das Papier führt und dabei die Zungenspitze zwischen ihren Lippen erscheint. Offenbar tanzen die Linien nicht mehr, und auch die Buchstaben halten schön still, und so gelingt es Emma immer besser, sie abzumalen, zu Wörtern aneinanderzufügen und aus den Wörtern Sätze zu basteln, auch wenn es ihr noch ziemliche Mühe bereitet und man dabei offenbar viele Fehler machen kann.

»Das wird leichter mit der Zeit«, versichert ihr Tommi. »Am Anfang ist alles schwierig. Wenn ich nur so toll Kopfrechnen könnte wie du!« Da ist Emma wieder besser gelaunt, zieht ein paar lustige Grimassen, verrät Tommi ein paar ihrer Rechentricks, von denen ich nichts verstehe, und übt weiter. Die Schule beginnt wieder, und von jetzt an holt Tommi Emma morgens ab und bringt sie mittags wieder nach Hause, und nachdem ich mich davon überzeugt habe, dass die bösen Buben die beiden in Ruhe lassen, kann ich mich endlich ein bisschen erholen und mit Tobias zur Hundewiese gehen, wo der Schnee nach und nach schmilzt und die Erde darunter ganz wunderbar zu duften beginnt, nach Wachsen und Werden.

Dann muss Alice wieder ins Krankenhaus, wo man ihr, wenn ich es richtig verstanden habe, den riesigen Verband abnimmt und irgendwelche Metallplatten aus dem Arm herausholt, die geholfen haben, dass er wieder schön gerade wird, so wie er war, bevor Emmas Papa ihn kaputt gehauen hat. Dort muss sie eine Weile bleiben, und kaum ist sie weg, geschehen in der Höhle der Herzensräuber ungeheuerliche Dinge. Männer kommen und vermessen die große Halle. Wenige Tage später tauchen andere auf, die von oben bis unten nach gesägtem Holz riechen, und bauen in der Nähe der Küchentür eine Theke auf, die Tobias »Cafébar« nennt.

Ich habe mich gerade an die Männer gewöhnt und mich in mein Körbchen zurückgezogen, um mich endlich mal wieder meiner Fellpflege zu widmen, als schon wieder neue Leute erscheinen. Sie bringen ein paar hübsche kleine Tische und eine Menge schwarzer Stühle, von denen Frau Kratzer behauptet, dass sie viel zu bequem seien und die Kundschaft in ihnen vergessen würde, Herzensräuber zu kaufen, doch Tobias sieht sehr zufrieden aus, und das ist es, was zählt. Dann geht schon wieder die Tür auf, und jemand will wissen, wo die Kaffeemaschine hinkommt, und eine große Aufregung bricht aus, bis auch die ihren Platz gefunden hat. Alle stehen erwartungsvoll um sie herum, bis Lichter aufblinken und sie zu prusten, zu keuchen, zu knirschen und zu rattern beginnt, und dann riecht es nach Kaffee, und alle klatschen Beifall.

»Willst du einen Espresso, Tobias?«, fragt Frau Kratzer, und mir fällt auf, dass sie ihn zum allerersten Mal so nennt. »Oder lieber einen Cappuccino?«

Moritz, der gerade hereinschneit, bekommt auch eine Tasse, und alle genießen den Kaffee aus der Maschine still und voller Freude, auch ein bisschen andächtig, ganz so, als wäre schon wieder Weihnachten.

»Das wird ihr gefallen«, meint Moritz und betrachtet anerkennend die neue Theke, setzt sich auf einen der Stühle und findet alles famos. »Wann darf sie denn nach Hause?«

In Tobias steigt ganz viel liebevolle Wärme auf, und da weiß ich, dass sie von Alice sprechen.

»In drei Wochen«, antwortet er und wird rosa im Gesicht. Er fährt sich mit der Hand durch das Haar, sodass es mal wieder in alle Richtungen absteht, und auf einmal sagt Moritz: »Weißt du eigentlich, dass du aussiehst wie Zola, wenn du das mit deinen Haaren machst?«

»Aber ich mach doch gar nichts mit meinen Haaren«, entgegnet mein Mensch konsterniert. Da brechen Moritz und Frau Kratzer gleichzeitig in Gelächter aus, dass ich erschrecke und ein bisschen wuffen muss, zumal ich überhaupt nicht verstehe, was daran lustig sein soll.

Eines Tages packen Tobias und ich wieder einmal eine neue Kiste mit Herzensräubern aus, und auf einmal merke ich, dass mein Mensch einfach nur dasitzt und mir dabei zuschaut, wie ich ein Buch nach dem anderen inspiziere und auf Stapel sortiere.

»Wie machst du das eigentlich, Zola?«, fragt er mich, als ich schon drei Häufchen angelegt habe, eines für Liebesgeschichten, eines für Kindergeschichten und eines für den Dalai-Lama-Raum.

Ich schnüffle an seiner Hand herum, dann an einem

Herzensräuber und denke ganz intensiv: Na, das riecht man doch!, aber er scheint mich ausnahmsweise nicht zu verstehen. Dann hat er eine Idee.

»Für mich hast du noch nie ein Buch ausgesucht«, sagt er nachdenklich.

Ich lasse den Herzensräuber fallen, den ich gerade im Maul habe, so überrascht bin ich. Schließlich ist er der Herr über all diese Herzensräuber, sie gehören ihm ja. Aber dann verstehe ich, was er meint: Er wünscht sich einen ganz persönlichen Herzensräuber, einen, der gerade jetzt zu ihm passt. Über einen Menschen, der ihm ähnlich ist, und das ist schwierig, denn meinen Menschen, einzigartig, wie er ist, gibt es sicherlich nur ein einziges Mal auf dieser Welt. Und damit wahrscheinlich auch nur ein einziges passendes Buch. Auf einmal muss ich mich zusammenreißen, um nicht traurig zu werden, denn das erinnert mich daran, dass wir alle sterben werden, zum Glück wir Hunde viel früher als die Menschen, sodass ich, wenn die Dinge wirklich besser laufen als in den vergangenen Wochen, gute Chancen habe, nicht noch einen dritten Menschen in meinem Leben suchen zu müssen.

»Was ist, Zola«, reißt mich Tobias aus meinen Gedanken, »bekomme ich kein Buch von dir?«

Ich setze mich auf mein Hinterteil und denke nach. Das ist die schwierigste Aufgabe, die ich je gestellt bekommen habe. Ich kenne meinen Menschen so gut, sein Duft ist mir mehr als vertraut. Doch wie geht es ihm gerade jetzt, in diesem Moment? Ich atme tief sein Aroma ein und stelle fest: Noch immer weiß er nicht genau, was gut für ihn ist. Also mache ich mich auf den

Weg in den Dalai-Lama-Raum, dort finde ich zwar vieles, was fast das Richtige ist, aber eben nur fast. Auch bei den Liebesgeschichten ist nicht das Richtige dabei, bei den Herzensräubern, bei denen es um ein Verbrechen geht, schon gar nicht, und natürlich nicht in dem Raum für den großen Schrecken. Mein Mensch ist erwachsen, trotzdem erwäge ich kurz, ob der passende Herzensräuber vielleicht bei den Kinderbüchern zu finden ist, entscheide mich aber dagegen. Schließlich bleibt nur noch ein Raum übrig, es ist der mit den wertvollen Büchern, der die meiste Zeit verschlossen ist, und vor diesen stelle ich mich hin, die Stirn gegen das Türholz gelehnt, bis Tobias mit dem Schlüssel kommt und endlich aufmacht.

Hier drinnen bin ich erst ein- oder zweimal gewesen. Es riecht fein nach Ehrfurcht, Begeisterung und Besitzerstolz. Hier und dort auch ein bisschen modrig, das sind die Kostbarkeiten, die jahrelang vergessen in irgendeinem feuchten Winkel ausgeharrt haben, bis sie endlich zu meinem Menschen kamen. Ich muss mich erst ein bisschen an die besondere Stimmung hier gewöhnen, die diese alten Bücher aussenden, denn dass fast alle hier viele Hundegenerationen überlebt haben, das steht fest.

Meine Nase hat viel zu tun, mit diesem Bestand ist sie nicht vertraut. Doch dann, endlich, findet sie eine Spur. Sie führt mich zu drei Herzensräubern ganz unten im Regal, die sich sehr ähnlich sind und, wie die Bücher für Frau Nothnagel, zusammengehören. Sie sind in altes Leder eingebunden und duften so wunderbar nach einer schönen Liebe zwischen einem Mann und einer Frau, nach Trennung, Abenteuer, Aufregung und Leid, doch am Ende, das nehme ich deutlich wahr, folgt Erleichterung, die beiden finden und bekommen sich und werden glücklich. Und genau das wünsche ich mir so sehr für meinen Menschen und Alice, dass es gar keinen Zweifel geben kann: Dies ist der richtige Herzensräuber für meinen Menschen, jedenfalls gerade jetzt.

Ich tippe mit der Pfote gegen die Buchrücken, lecke ein bisschen an dem schmackhaften Leder, bis Tobias versteht.

»Diese hier?«, fragt er und bückt sich, legt den Kopf schräg. »*I Promessi Sposi*«, sagt er, und ich verstehe kein Wort. »*Die Verlobten*. Von Alessandro Manzoni?«

Er schaut mich an, so als wäre ich ihm ein bisschen unheimlich, und holt die drei Bände aus dem Regal, schlägt den obersten auf. »Das habe ich tatsächlich noch nicht gelesen, immerhin die deutsche Erstausgabe von 1828 in drei Bänden«, murmelt er vor sich hin und überfliegt mit zusammengezogenen Brauen die ersten Seiten. »Ein Klassiker der italienischen Literatur«, erklärt er mir und klingt auf einmal ein bisschen wie Frau Kratzer, wenn sie Emma etwas erklärt. »Es handelt von zwei Liebenden, die heiraten wollen, aber durch alle möglichen Schicksalsschläge und böse Menschen daran gehindert werden.«

Ein bisschen wie bei uns, denke ich.

»Ich weiß gar nicht«, murmelt Tobias und blättert in dem dritten Band herum, »wie die Geschichte eigentlich ausgeht. Hmm … ah … ach so …«, er liest ganz hinten im Herzensräuber, etwas, das man eigentlich nicht machen soll, wie Alice mir mal erklärt hat. »Ah …«, macht Tobias da, während seine Augen die Zeilen entlangflitzen, »am Ende kriegen sich die zwei.«

Er schlägt das Buch zu und schaut mich an.

»Moment mal, Zola«, sagt er auf einmal und zieht die Augenbrauen hoch. »Soll das etwa … ich meine … willst du mir damit etwas sagen?«

Ich weiß nicht genau, was er damit meint, wedle aber schon mal mit dem Schwanz.

»Du meinst …«, Tobias schaut zur offenen Tür, wie um zu prüfen, ob uns jemand belauscht. Dann geht er vor mir in die Hocke und sieht mir in die Augen. »Du meinst, ich soll …?«

Na klar!, denke ich, so fest ich nur kann, und wedle heftiger. Worauf um alles in der Welt wartest du denn noch!

Da legt er die Herzensräuber neben sich auf den Boden, schlingt den Arm um meinen Hals und knuddelt mich so richtig nach Strich und Faden durch.

»Danke«, sagt er nah an meinem Ohr, und ich merke glückselig, wie eine Woge der Zuneigung uns einhüllt. »Du bist der beste Freund der Welt!«

Die Zeit vergeht, die Tage werden heller, die Sonne scheint sich wieder an uns zu erinnern, und auf der Wiese am Fluss blühen winzige weiß-gelbe Blümchen zwischen dem Gras. An den Wochenenden besucht Tobias Alice, bis endlich der Tag bevorsteht, an dem sie nach Hause darf. Frau Kratzer, Tommi und Emma basteln eine lange, dicke Schlange aus buntem Raschelpapier und hängen sie um den Eingang, dorthin, wo bis vor Kurzem noch die Lichtergirlande war. Emma schneidet große rote Formen aus steifem Pappkarton aus, die oben zwei Wellen haben und unten eine Spitze, Emma nennt das »Herz«, und ich frage mich, woher sie weiß, wie die aussehen, meiner Meinung nach kann man die nur spüren. Aber Emma ist eben ein kluges Mädchen, und ich bin sehr stolz auf sie, als sie an der Girlande all diese Herzen und noch viele andere bunte Sachen befestigt.

Am Morgen vor Alices Heimkehr rollt Tobias einen langen Teppich aus, der bis zu seinem Auto reicht.

»Roter Teppich, was?«, stichelt Frau Kratzer und grinst von einem Ohr bis zum anderen. Ich probiere ihn gleich mal aus, finde, dass man prima auf ihm laufen kann, und frage mich, warum Tobias erst jetzt auf so etwas Schönes kommt.

Ich gehe wieder hinein zu Emma, die in der großen Halle auf dem Boden kniet und auf ein riesiges Stück Papier mit ihren bunten Stiften Zeichen malt. »Das heißt: WILLKOMMEN ZU HAUSE, ALICE«, verrät sie mir, und als ich an ihrem verschmierten Finger schnüffle, mit dem sie auf die Zeichen deutet, fragt sie: »Kannst du das etwa nicht lesen, Zola? Das ist doch ganz einfach!«

Und dann erklärt sie mir jeden einzelnen Buchstaben, und Frau Kratzer sagt: »Jetzt bringt sie dem Hund auch noch das Lesen bei! Was für ein verrückter Haushalt!«

Ich aber rieche an Emmas Fingern Stolz und Freude, Ausgelassenheit und Selbstbewusstsein, und während ich ihren Erklärungen lausche, macht sich Erleichterung in mir breit. Wenn Emma das schreiben kann, dann kann sie sicher auch lesen, und bald werde ich ihr die richtigen Herzensräuber aussuchen, auch solche ohne viele Bilder darin.

Kaum hängt WILLKOMMEN ZU HAUSE, ALICE an der Girlande, nehme ich Motorengeräusche wahr. Es ist Tobias' Wagen, der die Kieseinfahrt herauf bis zum Ende des Teppichs gerollt kommt. Zu dritt erwarten wir sie am Eingang. Tobias macht die Wagentür auf, und Alice steigt aus. Ihre beiden Arme sehen ganz normal aus, weder zu klein noch zu groß. Ihr Gesicht ist voller Freude, als sie uns da stehen sieht, und voller Staunen, als sie die schöne Girlande und das Plakat entdeckt. Emma rast los und wirft ihre Mutter fast um, doch Tobias ist da und passt auf, dass die beiden nicht auf dem Teppich landen. Alice sieht glücklich aus, und wenn ich die Augen schließe und ihren Duft einsauge, dann wird mir klar, wie sehr sie sich verändert hat seit damals, als wir sie spät am Abend vorne am Pförtnerhaus so erschreckt haben, dass sie ihre Tasche fallen ließ.

In der großen Halle geht die Überraschung weiter. Erst jetzt begreife ich, dass Alice keine Ahnung davon hatte, dass bei uns ein Büchercafé Einzug gehalten hat, denn sie stößt begeisterte Rufe aus und schaut sich alles ganz genau an. Sie bekommt auch gleich einen Kaffee mit viel Milch.

»Haben wir schon einen Namen für das Café?«, fragt sie und schaut Tobias liebevoll in die Augen. Der schüttelt den Kopf.

»Dann lass es uns *Café Zola* nennen!«, schlägt sie vor. Ich spitze die Ohren beim Klang meines Namens, und da sich alle riesig freuen, freue ich mich auch und wedle heftig mit dem Schwanz, und jeder bückt sich und streichelt und knuddelt und knufft mich, bis ich ganz aus dem Häuschen bin und jedem dankbar das Gesicht lecke, der so unvorsichtig ist, mir zu nahe zu kommen.

Dann kommen Moritz und Max, und als wir alle ganz gemütlich beisammensitzen, ich auf den Füßen meines Menschen, ein bisschen zwischen ihm und Alice, während Emma auf Alices Schoß sitzt und sich so an ihren Hals hängt, dass ich Sorge habe, sie reißt ihr gleich den Kopf ab, da klimpert Tobias mit dem Löffel gegen seine Tasse, und auf der Stelle sind alle ganz still.

»Ich wollte Emma gerne etwas fragen«, beginnt er und sieht sie an, als habe er eine schöne Überraschung für sie, aber auch ganz viel Respekt vor ihr. Emma hebt erstaunt den Kopf.

»Ja?«, fragt sie neugierig, »was denn?«

»Hättest du etwas dagegen«, fragt Tobias mit großem Ernst, »wenn deine Mama und ich heiraten?«

Auf einmal ist es ganz still in der Halle. Ich sehe von Emma zu Alice und von ihr zu Tobias. Alice ist kein bisschen überrascht, auch sie sieht ihre Tochter an, als warte sie gespannt auf ihre Antwort. Durch ihre neue Brille hindurch, die ihre Augen größer erscheinen lässt, schaut Emma von einem zum anderen, und noch ehe sie etwas sagt, weiß ich, dass gerade ein großer Wunsch von ihr in Erfüllung geht.

»Nein, das ist schon in Ordnung«, sagt Emma großmütig und strahlt. »Wenn meine Mama das auch will, dann kannst du sie ruhig heiraten.«

Die großen Menschen lachen und freuen sich, und Frau Kratzer hat auf einmal etwas im Auge, und Moritz zaubert von irgendwo eine Flasche hervor, die mit einem lauten Knall aufgeht, sodass ich wieder einmal fürchterlich erschrecke und gemeinsam mit Max in den hintersten Herzensräuberraum flüchte. Als wir uns wieder zu den anderen trauen, stoßen sie gerade ihre Gläser gegeneinander, und dieser vielstimmige Klang fügt sich zu dem des großen Kristalllüsters, der sacht an der Decke schwingt und dabei klimpert und singt und mit seinem feinen Sirren die Halle erfüllt, unhörbar für Menschenohren, jedoch deutlich wahrnehmbar für einen Hund. Es ist ein guter Klang, ein freudiger Ton. Und während ich mir großzügig mit Max das Körbchen teile, auch wenn wir uns noch eine Weile balgen müssen, bis jeder von uns irgendwie seinen Platz gefunden hat, behalte ich meinen Menschen im Auge, der so randvoll bis obenhin mit Glück angefüllt ist, wie ich es mir für ihn immer erträumt habe. Dann schweift mein Blick zu Alice, die strahlt wie eine Kerze am Weihnachtsbaum, zu Emma, die gerade zur Tür läuft, um Tommi hereinzulassen, und dann zu Frau Kratzer, die überhaupt keine Ähnlichkeit mehr hat mit der alten, garstigen Frau, die hier einmal hauste wie eine Spinne in ihrem Netz.

Da geht ein großes Aufatmen durch Zola, den Bücherhund. Jeder, der mir am Herzen liegt, hat seinen Platz gefunden. Beruhigt kann ich die Augen schließen und ein bisschen träumen.

Und genau das mache ich auch, total erleichtert, weil es zum ersten Mal in meinem Leben völlig egal ist, ob ich träume oder wach bin, denn beides ist gleich schön und endlich in allerbester Ordnung.

Danksagung

Dieses Buch hätte ich nie geschrieben, wäre nicht vor vielen Jahren ein ganz besonderes Wesen auf vier Pfoten in mein Leben getreten. Ich muss gestehen, dass ich nicht gleich so vernünftig war wie Tobias, sondern mich zunächst heftig gegen die Invasion der temperamentvollen Schnauzermischlingsdame wehrte. Ich hatte allerdings keine Chance, und heute ist mir klar, dass die Entscheidung, Cookie mit nach Deutschland zu nehmen, eine der besten war, die ich jemals getroffen habe. Danke, Cookie, für deine bedingungslose Liebe und deine Klugheit, die Freude, die du uns brachtest, und die Geduld mit deinen oftmals ziemlich begriffsstutzigen *dueños*. Und herzlichen Dank an Werner und Brigitte Brock für euer großes Vertrauen.

Danken möchte ich auch dem Australian Shepherd Max, den es wirklich gibt, und Maria und Bernd Schwendemann, die es mir erlaubten, ihn fast eins zu eins in meinen Roman zu übernehmen.

Zola trägt natürlich viele Züge von Cookie. Doch wozu Hunde tatsächlich fähig sind und wie sie anhand ihrer ausgezeichneten Nase uns besser durchschauen, als wir es uns vorstellen können, erfuhr ich unter anderem durch die Lektüre des Buches von Dorit Urd Feddersen-Petersen, *Ausdrucksverhalten beim Hund: Mimik und Körpersprache, Kommunikation und Verständigung* (Stuttgart 2008). Auch ihr gebührt mein Dank.

Danken möchte ich meiner wunderbaren Agentin Petra Hermanns, die mich auf die Idee brachte, die Herausforderung anzunehmen, einen ganzen Roman aus der Perspektive eines Hundes zu schreiben. Ganz lieben Dank an Anja Franzen, die Zola vom ersten Moment an fest in ihr Herz schloss, und dem gesamten Team des Blanvalet Verlags einschließlich Angela Kuepper für ihr einfühlsames und kluges Lektorat.

Zuletzt kommt immer der Herzensdank, und der geht einmal mehr an meinen Mann, den Schriftsteller Daniel Oliver Bachmann, ohne dessen Fürsprache ich Cookie möglicherweise damals die Tür zu unserem Leben gar nicht geöffnet hätte, was ein schrecklicher Verlust gewesen wäre. Danke für deine Liebe, deinen Rat und dein unfehlbares Urteil, nicht nur in Sachen *Herzensräuber*.